조선후기 통신사
필담창화집 연구총서 1

1763

계미 통신사 사행문학 연구

구지현 지음

보고사

책머리에

"일본을 이기려면 일본을 알아야 해."

어릴 때부터 종종 들었던 말이다. 무조건 일본을 배척하는 세태를 우려한 말이리라. 그런데 이런 말을 들으면서도 왜 일본을 이겨야 하는 지 한 번도 의문을 가져본 적이 없었다. 우리가 왜 일본을 이겨야 하지? 일제 침략을 절실히 반성하지도, 배상할 생각도 없는 일본이 세계적인 경제 선진국이 되어 있는 지금, 우리나라가 제대로 대우받을 수 있는 길이 일본보다 더 잘 사는 길이라고 생각하기 때문일까? 그렇다면 구로후네에 무릎을 꿇은 일본이 歐美를 넘어서는 것을 목표로 삼은 것처럼, 불평등조약으로 무너진 우리나라도 일본을 넘어서는 것을 목표로 삼아야 하는 것일까? 축구에서 일본을 이기면, 러일전쟁의 승리를 드디어 구미열강을 넘어선 것으로 본 당시 일본인들처럼 기뻐해야 하는 것일까? 脫亞入歐를 부르짖었던 막부 말기의 일본 지식인처럼 광복 60년이 지난 지금의 우리가 일본을 이기려는 종착지가 脫朝鮮入日本이 되어야 하는 것일까? 아마도 일제 35년이 준 가장 큰 피해는 물질적인 것이 아니라 정신적인 것일 게다. 排日이든 知日이든, 아무 의심 없이 일본적인 방식으로 일본을 이겨야 한다고 전국민이 생각하게 만들었으니 말이다.

통신사 사행문학에 대해 관심을 갖기 전까지 일본은 내게 말 그대로 '風馬牛不相及'의 나라였을 뿐이다. 일본에 대해 막연한 감정만 있을 뿐 구체적인 지식도 견해도 없었다. 그러나 사행원들의 사행록과 그들이 일본 지식인들과 나눈 대화를 기록한 필담창수집들을 보면서 오히려 현재의 한일관계를 반추해볼 기회를 갖게 되었다.

임진왜란 170여 년 후 일본을 방문한 계미사행단의 문사들이 일본 문사를 대하는 태도는 공손하면서도 예의가 있었다. 침략당한 역사 때문에 좋지 않은 감정을 가지고 있었지만, 그로 인한 열등감이나 경쟁의식은 보이지 않았다. 일본이라는 나라는 교린관계를 유지해야 하는 만큼 잘 알아둬야 하는 이웃나라였던 것이다. 비뚤어진 극복방식이 지나쳐 스스로를 가해자와 동일시하는 신친일파라는 사람까지 등장하는 지금과 비교하면, 당시 조선 문사들은 보수적이고 융통성 없기는 했어도 조선인 본래의 위엄과 자존은 잃지 않았다.

이 책은 박사 논문을 약간 손질한 것이다. 논문을 쓰는 내내 가장 어려웠던 일은 지금의 눈으로 당시를 판단하지 않는 태도를 갖는 것이었다. 은연중에 임진왜란을 일제침략과 동일시하고, 에도막부 때의 일본을 현대 경제대국 일본과 겹쳐보고 있는 자신에 대해 문득문득 놀라곤 했다. 그래서 가끔씩은 양국 문사의 대화를 바꾸어 생각해보기도 하였다. 한 가지 자위할 거리가 있다면, 그래도 논문 쓰는 내내 편견을 버리고 구체적으로 생각하려고 노력했다는 점이다.

이 책을 쓰는 동안 많은 사람들에게 신세를 지지 않을 수 없었다. 사행록 자료를 흔쾌히 건네주신 하우봉 선생님, 도호쿠대학 자료를 주신 정민 선생님, 교토대학 자료를 구해주신 이철희 선생님께 감사드린다. 그리고 연구년 동안 계셨던 덴리대학의 자료를 구해주신 이윤석 선생님께 감사드린다. 이윤석 선생님이 아니었다면 아마 논문을 시작하기 훨씬 전 절망 속에서 공부를 그만두었을지도 모른다.

논문에 대해 새로운 시각을 갖게 해주신 이혜순 선생님, 한태문 선생님, 그리고 박찬기 선생님께 감사드린다. 이분들이 아니었다면, 사행문학의 의미에 대해 다시 생각해 보지 못했을 것이다. 언제나 격려해주시며 논문을 꼼꼼하게 보아주신 박무영 선생님께 감사드린다. 또 언제나 웃으며 일본어 번역을 도와주신 다지마 데쓰오 선생님께도 감사드린다.

가장 친한 친구이자 일본에 대해 처음 관심을 갖게 해준, 이제는 구로사키로 성이 바뀐 나카무라 마유에게 감사한다. 일본에 대한 몰이해 때문에 울린 적도 있지만, 언제나 사려 깊게 나를 지켜봐 주었고 자료 수집에도 한없는 도움을 주었다. 논문의 반은 마유의 몫이라고 해도 과언이 아닐 것이다.

마지막으로 비딱한 제자를 늘 순순하게 이끌어주셨던 허경진 선생님께 무한한 존경과 감사를 드린다.

2011년 4월 구지현

목차

I. 서론

1. 문제 제기

1) 계미(1763) 통신사행의 문학사적 중요성

조선시대 對日使臣의 파견은 일본 쪽 외교주권자에 따라 다음과 같이 네 시기로 구분할 수 있다. 조선전기 足利幕府에 사신을 파견한 것은 고려의 대일외교를 그대로 이은 것으로서, 파견이 예정되었던 3차례는 실행이 되지 않을 정도로 일본의 국내사정이 매우 불안한 상태에서 이루어졌다. 戰國時代를 끝내고 정권을 잡은 豊臣秀吉이 將軍의 지위에 오른 후 임진왜란을 전후로 2차례의 사신이 파견되었으나 이는 임시적인 성격이 강한 것이었다. 德川幕府의 성립 후에는 총 12차례의 통신사가 파견되었으며, 明治政府 때 불평등조약의 성립 후 2차례의 修信使가 일본을 다녀왔다. 이 네 시기를 통틀어 德川幕府에 통신사가 파견되었던 조선후기가 일본과 가장 전형적인 교린관계를 맺었던 때로 볼 수 있다.

조선후기 통신사 파견은 횟수를 거듭해 가며 정례화된 모습을 띠게 된다. 처음 3차에 걸친 1607년, 1617년, 1624년의 사행이 回答兼

刷還使라는 명칭으로 파견된 점에서 보이듯이 조선쪽의 주된 목적은 포로쇄환이었다. 이 시기를 三宅英利는 國交回復期로 규정하였는데,[1] 국교가 재개되긴 하였어도 入貢으로 보는 일본의 입장과 交隣으로 보는 조선의 입장은 對馬島의 國書改撰이라는 임시방편으로 무마되는 불안한 상태였다. 이러한 모순은 1635년 柳川一件으로 표출되었다. 국서개찬의 전모가 밝혀지면서 幕府는 책임을 柳川調興에게 돌렸다. 이 시기 일본은 3대 將軍 家光이 新武家諸法度의 시행으로 幕府의 우위를 공고히 하고 出島를 설치하여 해외무역을 관리하는 등 막부의 토대가 확고히 구축되기 시작하였다. 반면 조선은 청의 압박으로 인해 국내 정세가 어지러운 때였으므로 어느 때보다도 일본과의 관계를 안정시킬 필요가 있었다. 따라서 조선 역시 對馬島의 손을 들어 주기 위해 1636년 이례적으로 '將軍襲職'이 아닌 '倍加泰平'을 축하하는 사신을 파견하였고 명칭도 通信使를 사용하였다. 이 때부터 幕府는 以酊庵輪番制를 실시하여 국서작성을 幕府 쪽으로 일원화하고 국서에 사용하는 연호와 칭호를 확정하여 交隣外交라는 점을 분명히 하였는데, 이는 양국의 외교관계가 본격적인 궤도로 진입했음을 의미하는 것이었다.

　1711년 8차 통신사행은 新井白石이 주도한 의식개정이 있었으나 이듬해 家宣이 사망하고 뒤이어 즉위한 家繼마저 3년 만에 사망하면서 단 한 차례로 끝나게 되었다. 이후 德川 宗家의 혈통이 끊어지고 御三家 출신으로서는 처음으로 吉宗이 8대 將軍에 즉위하였다. 그는 享保改革으로 통칭되는 幕政의 과감한 개혁을 통해 幕府를 중흥으로

---

1) 三宅英利 저, 손승철 역, 『근세한일관계사 연구』, 이론과실천, 1991, 103쪽.

이끌었던 인물이었다. 아울러 통신사행의 의식개정을 곧 구례로 복
귀시켰다. 이후 家重·家治의 襲職을 축하하기 위해 파견되었던 1748
년, 1763년 통신사행 역시 구례를 따라 이루어졌다. 9·10·11차 통신
사행은 양국의 국내외 정세로 볼 때 가장 안정적인 때 이루어졌다.
조선은 청과의 관계가 定立되었던 시기인 숙종·영조 때였고, 일본
역시 幕府 재정의 쇠퇴에 접어들었으나 큰 위협은 없었다. 특히 1763
년의 사행은 국제 정세의 안정을 배경으로 파견부터 빙례까지 별다
른 마찰 없이 관행에 기초한 정례화된 모습을 보여준다.[2]

통신사행은 對馬島에서의 易地聘禮가 이루어졌던 1811년으로 막
을 내렸다. 家齊의 즉위가 훨씬 이전인 1786년이었던 점에서도 보이
듯이 제12차 사행은 여러 차례의 교섭과 연기를 통해 이루어졌다.
사행원과 예단이 대폭 줄었고, 국서를 전달한 것 외에는 이전 사행에
서 계승한 의식이 전혀 없었다. 이미 양국의 외교가 쇠퇴기에 들어섰
던 것이다.

양국의 문화교류는 통신사 파견의 안정화에 따라 점점 활성화되는
경향을 보여준다. 『通航一覽』에 따르면 일본문사와 조선 사행인원
사이의 최초 酬唱은 1624년 林羅山과 寫字官으로 온 李誠國(1575~?)
사이에 있었지만 본격적인 문사들 간의 수창은 1643년 5차 때부터
시작되었다고 보아야 할 것이다. 『癸未東槎日記』 7월 10일자에 林羅
山이 객관인 本願寺로 찾아와 文翰을 담당한 讀祝官 朴安期를 보자고
청했다는 내용이 나오는데, 이때 羅山의 두 아들도 함께하여 박안기
와 화운시를 주고받았다. 1655년에도 江戶에 도착한 이틀 후 林春齋

---

2) 三宅英利, 전게서, 403~404쪽.

가 맏아들 林春信을 비롯해 몇 명을 데리고 와 독축관과 書畵 하는
사람을 청했다. 羅山은 연로하여 낙향해 있었으므로 아들을 통해 절
구를 보내 화운시를 청하였다.

1682년 통신사행부터는 日光山致祭가 폐지되어 독축관의 임무가
사라졌으나 대신 글재주가 있는 자를 가려 뽑아 제술관으로 파견하
기 시작했다. 이는 일본 쪽의 文詞에 대한 욕구를 충족시켜 주기 위한
일환이었다. 洪禹載는 강호에 머물 때 林春齋의 아들인 林信篤을 비
롯한 학사들이 찾아와 조선의 학사들과 화답하였다고 하였는데,[3] 국
서 문제로 관례화되어 있던 太學頭 부자와의 만남이 다른 문인들과
의 수창으로 확대되기 시작했음을 알 수 있다.

실제로 1630년부터 1680년 사이 林家에 입문한 사람은 총 331명이
었다. 매년 昌平黌에 재학하고 있는 학생이 32명 정도 되었으며 1691
년부터는 일반인을 대상으로 講經을 할 정도로 규모는 점점 더 커졌
다. 新井白石의 개혁이 있었던 1711년에는 이러한 현상이 더욱 현저
하게 드러났다. 각 번에서는 昌平學校를 본뜬 藩學이 세워져 번사의
교육을 담당했고 지방의 인재가 중앙으로 천거를 통해 진출하기도
했다. 新井의 스승인 木下順庵(1612~1698)도 1682년 幕府의 국사편찬
에 참여하였고, 국사 편찬의 책임자인 林信篤을 따라 1682년 통신사
와 만난 적이 있었다. 1711년에는 新井뿐 아니라 木下의 제자들이 新
井의 추천으로 다수 幕府 儒臣으로 활약하고 있었는데, 林家의 학교

---

3) "留住江戸時 所謂學士輩 相與我學士成李兩儒洪神唱和詩句 詩在諸賢之所集 余不記
焉 只抄文人之名 貞簡號順菴丹後州人曾經弘文學士者 林春常號整宇 祖子孫爲學士者
陸奧州人 藤倫字子明號士峯 作富士山七絶六百首 生前刊行傳布相模州人 野節號鶴山
稍有文名者武藏州人 柳順剛號雪溪山城州人卽倭京也"『東槎錄』9월 11일)

는 이러한 성리학자들이 江戶에 모이는 중심에 있었다. 세습되는 太學頭의 직위에 오른 林氏 후손들의 실력이 점점 떨어지기는 하였어도 士庶人에게까지 유학이 널리 전파되었다.

보통 町人文化로 일컬어지는 元祿年間(1688~1704)의 문화적 발전을 바탕으로 일본에서는 주자학을 비판하는 古學派가 등장하기에 이른다. 山鹿素行의 聖學, 伊藤仁齋에서 비롯된 古義學과 荻生徂徠가 창도한 古文辭學을 아울러 古學이라고 하는데, 이는 姜沆에서 전파된 일본의 유학이 점차 성리학에서 벗어나 일본식으로 이해되기 시작했음을 보여준다. 古文辭의 지나친 유행은 다시 반작용을 일으켜 關西를 중심으로 反徂徠派의 학풍을 일으키게 되었다. 다양한 학풍의 전개는 1790년 寬政異學の禁이 내려질 때까지 계속된다.

통신사가 도착하면 통상적인 접대 의례에 관해 명을 내리던 것과는 달리 1764년 1월 16일 통신사의 江戶 入城 전에 德川家重은 양국 문사의 시문수창과 필담에 대해 다음과 같은 명을 내린다.

오늘 명을 내린 것은 이번에 내빙한 한인에게 시문의 응수 및 필담을 해도 된다는 것이다. 심상한 말, 혹은 서적의 의문을 질문하거나 혹은 시를 증답하는 것은 해서 안 되는 것은 아니지만 자신의 학력을 뽐내려고 상대방 나라를 폄하하거나 혹은 높이고 우리나라를 비웃는 등과 같은 일이 있는 것은 나라의 체면을 알지 못하는 것이다. 이미 天和 때부터 지금까지 林家의 제자들이 모두 시필 증답만 하고 필담은 엄격하게 삼갔다. 이번은 그 법에 따라서 시의 창화를 하는 것은 문제될 것 없지만 나라의 체면을 분별하지 못하는 무용한 雜事筆談은 하지 말라. 그 관리가 자리를 살피고 글자를 쓴 종이를 모아서 大學頭 林信言에게 가져와야 한다. 기타 여관의 급사

로 나오는 사람 가운데 시문을 주고받는 경우가 있다는 말을 듣는
다. 그런 일은 모두 하지 말라. 종전부터 말했던 것 외에 贈詩筆話는
엄격히 삼가라.4)

天和는 天和 2년, 즉 1682년을 가리키는데, 양국 문사 사이의 필담
창화가 활성화되기 시작한 때이다. 이른바 昌平黌으로 불리는 林家
의 사숙이 가장 활성화되었던 때로서 양국의 문사 교류에 대한 욕구
가 높아지기 시작한 때이기도 하다. 외교사절과의 접촉 도중 지나친
동경이나 자만심으로 인해 나라의 체면을 손상시키는 경우에 대비한
幕府의 제재는 시문 수창과 필담을 太學頭의 감독 하에 두려는 시도
로 나타났다. 그러나 幕府의 필담과 휘호를 금지시키는 영이 연로에
서 실효를 거두지 못하였다는 雨森芳洲의 지적대로5) 사행 도중 다양
한 학파의 일본 문사들은 통신사행원들과 만나 필담과 수창을 활발
히 나누었다. 학문이 일반에게 보급되는 정도에 따라 통신사원들과
의 접촉도 더욱 빈번해지는 양상을 보인다. 현전하는 자료를 보더라
도 1682년에 林家를 제외한 문인들의 필담창화집이 갑자기 늘어났으

---

4) "十六日けふ命せられしは。こたび來聘の韓人に。詩文の應酬幷に筆談するともが
ら。尋常の說話。あるは書籍の疑義を質し。あるは風騷の贈答することは。はゞか
るべきにあらざれども。その身の學力を衒んとて。かの國を詰り。或はかの國を尊
んで。我國を嘲りなどすることあるは。國體をわかぬといふべき。すでに天和より
このかた。林家の徒弟等。みな詩筆贈答のみにて。筆談をかたくとゞむ。此度はそ
の法にならひ。詩の唱和ははゞかりなし。國體をわかたさる無用の雑事筆談すべか
らず。その吏其席を監し。字紙は集て。林大學頭信言がもとにをくるべし。その他
旅館の給仕に出るもの。詩文のとりやりしたるも有と聞ゆ。これらの事皆とゞめら
る。かねて申乞しものゝ外。贈詩筆話かたくすべからずとなり。"(『德川實紀』・「嚴
有院殿御實紀卷九」、黒板勝美 편집、吉川弘文館 간행、1990.)
5) 雨森芳洲、『譯註交隣提醒』、한일관계사학회 편、국학자료원、2001、39쪽.

며, 1763년이 그 정점에 있음을 알 수 있다.

계미사행은 조선과 일본의 문학교류에 있어 중요하게 다루어질 필요가 있다.

우선 일본의 상황을 보면, 가장 다양한 학파가 풍미했던 시기이다. 藤原惺窩에서 시작된 주자학파뿐 아니라 古學派, 이에 반발하는 反徂徠派까지 활발한 활동을 하고 있었다. 통신사행을 통틀어 이때가 조선문사들이 가장 다양한 인물들을 만났던 시기이다.

또 사행원 쪽에서 볼 때 일본 바로보기가 본격적으로 시작된 때이다. 일례로 古學派에 대한 언급은 이전에도 있었으나 伊藤仁齋에 국한된 것이었다. 계미사행에 와서 비로소 사행원들은 徂徠學派에 대해 인식하기 시작하는데, 한결같이 이단으로 공격하기는 하였어도 하나의 큰 흐름으로 인정하는 모습을 보여준다. 『和國志』를 쓴 元重擧조차 '필담이 중요하고 시문이 다음인데 우리들이 필담에 소홀했던 것은 매우 잘못한 것이다'[6]라고 아쉬움을 드러낼 정도로 전대에 비해 일본의 탐색에 매우 적극적이었던 때이다. 이러한 탐색의 결과물은 이후 조선의 일본에 대한 인식 변화에 지대한 영향을 미쳤다.

그리고 무엇보다도 계미사행은 가장 다양한 기록물이 현전하여 사행의 올바른 이해를 위한 조건을 구비하고 있다. 조선쪽을 보면 정사뿐 아니라 일본문사 접촉의 전면에 있던 네 문사의 사행록이 모두 남아있고, 역관, 군관, 선장 등과 같이 다른 사행에서 보기 힘든 다양한 계층의 사행록이 전해진다. 일본쪽을 보면 30종 가량의 필담 창수집이 전해지는데, 작자들의 구성을 보면 사상이나 지역적으로 다양

---

6) "盖筆談爲重 詩文次之 吾輩之忽於筆談 甚是失着"(『乘槎錄』 6월 15일)

하게 구성되어 있다.

계미사행은 통신사행의 가장 정례화된 형태를 보여준다. 귀로에서의 최천종 피살사건으로 인한 지체를 제외하고는 통신사행이 안정적으로 이루어졌다. 그 가운데 양국 문사의 교류가 가장 활발하게 이루어진 때이자 가장 많은 기록물을 남긴 때이다. 계미사행을 연구함으로써 우리는 조선시대 통신사행의 구체적인 모습을 파악할 수 있는 동시에 양국 문사의 교류 양상을 파악하는 데에도 객관적으로 접근하기 쉽다. 따라서 문학 연구에 있어 계미사행에 좀 더 주목할 필요가 있다.

2) 통신사 사행문학의 공시적 연구의 필요성

通信使 관련 연구는 일본이 먼저 시작하였다. 최초의 논문은 1904년에 작성된 辻善之助의 「德川時代初期における日韓の關係」로[7] 알려져 있다. 식민지시대 통신사 관련 연구는 제국주의 관점에 맞추어 일본의 우월성을 강조하는 방향으로 진행되었다. 2차 대전의 종식 후 고증적인 방법에 따라 한일관계사가 새롭게 다루어지기 시작했고, 70년대 중반에는 재일 한국인 학자를 중심으로 통신사연구의 붐이 조성되어 다양한 분야의 연구 결과물들이 나왔다. 우리나라에서 한일관계에 대한 연구는 1960년대에 시작되었고, 조선후기 통신사에 관련된 연구는 1970년대, 전체적인 모습을 다루려는 시도는 80년대 들어서 이루어졌다. 손승철의 정리에 따르면, 1970년대 이후 통신

---

7) 「조선시대 통신사연구의 회고와 전망」(손승철, 『한일관계사연구』 16집, 한일관계사학회, 2002, 54쪽) 재인용.

사를 주제로 한 논문은 61편 정도이고, 빈도수는 외교, 제도, 상호인식, 문학, 문화교류, 서지 순으로8) 역사학계의 논문이 다수를 차지한다. 이는 초기 연구에 있어 각종 사행록과 필담집이 통신사의 면모를 파악하는 보조적인 자료로 다루어져왔을 뿐 문학 연구의 주된 대상이 되지 못했음을 의미한다.

개별 작품이 문학 연구대상이 된 것은 『日東壯遊歌』에서 시작되었는데, 사행 문학이라기보다는 기행가사라는 측면에서의 접근이었다. 사행록 자체를 문학연구의 대상으로 포함시킨 것은 『旅行과 體驗의 文學』9)이 발간된 1980년대 이후로 보아야 할 것이다. 한태문은 지금까지의 연구 방향을 크게 '통신사의 對日觀을 비롯한 대외 인식에 대한 것에서, 양국 문사간의 교류에 초점을 맞춘 것, 국내에서 못 다피운 재능을 사행에서 마음껏 풀어버린 서얼·여항문사의 활약상에 초점을 맞춘 것, 그리고 비교문학적 관점에서 접근한 것 및 통신사에 대한 전반적인 사항을 종합적으로 다룬 것들'로 나누어 살핀 바 있는데,10) 그중 대일관이나 서얼·여항 문사의 활약상을 다룬 것들은 엄밀한 의미에서 사행문학의 주변을 다룬 것이라 할 수 있다.

조선후기 통신사의 문학을 대상으로 하는 개별적 연구는 주로 양국 문사간의 수창이 이루어진 18세기에 치중되어 있고, 그중에서도 특히 18세기 초기를 중심으로 이루어졌다. 박창기의 연구11)는 1711

---

8) 손승철, 전게 논문.

9) 소재영·김태준 편, 민족문화문고간행회, 1985.

10) 한태문, 「通信使 使行文學 硏究의 回顧와 展望」, 『국제어문』 27집, 국제어문학회, 2003, 67~87쪽.

11) 박창기의 논저로는 「朝鮮時代 通信使와 日本의 文壇-1711년 使行時 林家 및 木下順庵의 文學交流」(『일본학보』 23집, 한국일본학회, 1991), 「朝鮮時代 通信使와 日本의 文

년 관학의 중심에 있었던 林家 및 木下順庵과 荻生徂徠 학파의 문인 들과의 교류를 살핀 것이다. 최박광[12]의 연구는 1719년 신유한과 만 난 일본문사들과의 접촉에 관해 추적한 것들이다. 박찬기[13]는 水足 安置의 수창집『航海贈酬錄』을 텍스트로 한 것으로 신유한과의 교류 를 살폈다. 小島康敬의 연구[14]는 荻生徂徠의 제자 太宰春台를 중심 으로 한 것이지만 역시 신유한과의 교류를 살핀 것이다.

통신사 사행문학의 종합적 검토는 한태문의 연구[15]가 처음이다. 그는 江戸幕府에 파견되었던 조선후기 통신사원들의 사행록을 대상 으로 하여 사행문학의 서술양상과 전개과정을 전반적으로 살폈다. 사행록을 문학 연구의 대상에 포함시켜 통시적으로 살폈다는데 큰 의미가 있다. 이혜순[16]의 연구는 한발 더 나아가 수창시까지 아울러 서 양국 문사의 교류 양상을 살폈다. 통신사의 수창에 관한 이러한

壇-1711년 使行時 林家 및 木下順庵의 文學交流」(『일본학보』 23집, 한국일본학회, 1989)가 있다.

12) 최박광의 논저로는 「韓・日間의 文學交流-申維翰과 月心性湛의 경우」(『인문과학』 29집, 성대인문과학연구소, 1999), 「韓日間 文學交流에 대하여-朝鮮後期와 德川日本 을 중심으로-」(『비교문학』 18집, 한국비교문학회, 1993), 「近世 韓日間의 文學交流 에 대하여」(『일어일문학연구』 19집, 한국일어일문학회, 1991), 「唱和集에 나타난 韓日 間의 詩의 交流」(『모산학보』 2집, 모산학술연구소, 1991), 「朝鮮通信使와 日本文學- 『三綱・續三綱行實圖』를 중심으로-」(『대동문화연구』 22집, 성대대동문화연구원, 1988), 「18世紀 日本漢詩壇-신유한문집에서-」(『일본학』 2집, 동국대일본학연구소, 1982) 등이 있다.

13) 박찬기, 「18세기초 大阪에서의 申維翰과 水足屛山」, 『일본어문학』 6집, 한국일본어 문학회, 1990.

14) 小島康敬, 「『先王同文の治』-太宰春台と朝鮮通信使-」, 『남명학연구』 16집, 경상대 남명학연구소, 2003.

15) 한태문, 『朝鮮後期 通信使 使行文學 研究』, 부산대 박사논문, 1995.

16) 이혜순, 『조선통신사의 문학』, 이대출판부, 1996.

종합적인 검토는, 12차 사행을 망라하여 양국문사의 교류를 통시적으로 살핌으로써 사행록에 치우쳤던 선행 연구의 극복이라는 점에서 매우 큰 의의를 지닌다.

이상의 연구를 살펴보면, 통신사 사행문학 연구가 아직 기틀을 다져나가는 단계임을 알 수 있다. 현재의 초기단계를 넘어서기 위해 몇 가지 한계를 극복하지 않으면 안 된다. 우선 대상 텍스트가『海行摠載』소재의 사행록에 집중된 경향을 벗어나야 할 것이다.『海行摠載』에 실려 있지 않은 사행록에 대해서는 이미 하우봉의 연구17)에서 소개되었고, 필담창수집을 비롯한 관련 자료 목록은 일본에서 나온 『大系 朝鮮通信使』18) 8권에 대부분 소개되어 있다. 그러나 이렇게 발굴된 자료를 적극적으로 활용한 문학 연구가 거의 나오지 않은 상태이다.

둘째, 조선쪽 연구에 편중된 데에서 벗어나야 할 것이다. 통신사 사행문학 연구에서 견지해야 할 가장 큰 전제는 양국을 객관적인 시각에서 바라보는 관점일 것이다. 기존의 사행록 연구에서는 이런 한계를 극복하기 위해 표면적 서술 이면에 숨겨진 내면의 인식을 추적하는 방법이 종종 사용되었다. 이런 방법과 아울러 상대국인 일본문사의 기록을 함께 다룬다면 훨씬 객관적인 연구가 진행될 수 있다. 현재 일본문사들이 남긴 상당한 양의 필담창수집이 전한다. 이를 사행문학 연구에 포괄시키는 시도가 필요하다.

셋째, 양국 교류를 다루면서 조선 문사와 일본 문사를 각각의 균질

---

17) 하우봉,「새로 발견된 日本使行錄들-『海行摠載』의 보충에 관련하여-」,『역사학보』 112집, 역사학회, 1986.
18) 辛基秀·仲尾宏 편, 明石書店, 1994.

적인 집단으로 다루려는 태도에서 벗어나야 할 것이다. 조선쪽 사행 단에는 동일한 사상을 가진 인물들로 구성되어 있었으나 계층적으로 는 다양한 편차를 지니고 있었다. 그리고 이들이 만난 수많은 일본 문사들 안에서의 편차는 사상과 신분의 면에서 조선문사들보다 훨씬 다양하고 큰 것이다. 양국 문사 교류를 연구하기 위해서는 양국 문사 집단의 구성을 좀 더 면밀하게 검토해야 할 것이다.

이혜순은 사행시문으로서의 가치와 상관없이 각 사행록의 연구가 불균형하게 이루어진 점을 자신의 연구에 있어 미비한 점으로 지적 하고 있는데, 여러 사행록과 창수시문 가운데 대표적인 것을 선별하 는 방식은 어쩔 수 없는 통시적 연구의 한계라 할 것이다. 7편의 사행 록으로 조선시대 대일사행문학을 통시적으로 살핀 정영문의 연구[19] 역시 이런 한계 안에 놓여 있다. 최근 시대가 아닌 지리적 관점에서 창수 양상을 살핀 한태문의 연구[20]는 통시적 연구의 한계를 극복하 려는 시도의 일환으로 보인다.

이상의 문제를 해결하기 위해 시대별로 분류화했던 기존의 통시적 연구를 바탕으로 공시적인 접근을 통해 양국 교류의 양상을 정밀하 게 분석할 필요가 있다. 본 연구는 이러한 접근방식을 시도하기 위해 계미사행(1763)을 대상으로 한다. 계미사행을 선정한 이유는 앞서 언 급한대로 12차의 사행 가운데 계미사행이 여러 면으로 볼 때 양국의 문학교류에 중요하게 다루어질 필요가 있기 때문이다.

---

19) 정영문, 『朝鮮時代 對日使行文學 硏究 - 『海行摠載』所載 作品을 中心으로』, 숭실대 박사논문, 2005.

20) 한태문, 「通信使의 海路路程에 반영된 한일문화교류」, 『한민족어문학』 45집, 한민 족어문학회, 2004.

　1763년 계미통신사행의 사행문학에 관한 연구를 살펴보면 자료의
이른 소개와 연구의 미진이라는 불균형한 상황을 발견할 수 있다.
이원식은 여러 차례 필담·수창관련 자료와 유묵을 소개하였는데, 특
히 계미사행에 관해서 성대중의 필담·수창을 중심으로 한 연구를 비
교적 이른 시기에 내놓았다.21) 大阪에서 江戸까지 통신사행을 수행
했던 那波魯堂의 후손인 那波利貞은 魯堂 형제의 수창관련 자료를
소개하기도 하였다.22) 하지만 연구실적은 그리 많은 편은 아니다.
문학연구에서 계미사행이 최초로 주목받은 이유는 김인겸의 국문기
행가사인 『日東壯遊歌』가 지어졌기 때문이다. 이후 연구에서는 최다
종의 사행록이 남아있는 시기이므로 조엄·원중거·김인겸·이언진
등의 대일인식23)을 살피거나 서술장르를 비교하는 몇 편의 논문24)
이 발표되었다. 최근 정민에 의해 劉龍門과 이언진의 필담을 통해
이언진의 문학인식을 밝히는 연구가 이루어졌는데,25) 양국 교류보
다는 이언진과 이용휴의 문학 정체성을 밝히기 위한 하나의 자료로

21) 이원식, 「明和度(一七六四)の朝鮮國信使 －成大中との筆談·唱和詩卷を中心に」, 『조
　　선학보 84집』, 조선하회, 1977.
22) 那波利貞, 「明和元年の朝鮮國修好通信使團の渡來と我國の學者文人との翰墨上に於
　　ける應酬唱和の一例に就きる」, 『朝鮮學報』 42집, 1967.
23) 이와 관련한 논문으로는 「18세기 대일 사행체험의 문화적 충격 양상」(이동찬, 『한국
　　문학논총』 15집, 한국문학회, 1994), 「일동장유가의 실학적 고찰」(이성후, 『어문학』
　　53집, 한국어문학회, 1992), 「18세기 일본 체험－「일동상유가」를 중심으로」(소재영,
　　『논문집』 18집, 숭실대학교, 1988) 등이 있다.
24) 서술 장르를 비교한 것에는 「일동장유가와 해사일기의 비교연구」(이성후, 『논문집』
　　17집, 금오공대, 1996), 「계미통신사행 기록의 장르 선택」(이동찬, 『한국문학논총』
　　18집, 한국문학회, 1996) 등이 있다.
25) 정민, 「『東槎餘談』에 실린 李彦瑱의 필담 자료와 그 의미」, 『한국한문학연구』 32집,
　　한국한문학회, 2003.

일본문사의 필담집이 사용되었을 뿐이다. 계미사행에 있어 양국문사의 교류에 관한 연구의 시초는 김성진의 연구[26]이다. 김성진은 계미사행 필담·창화의 중심에 있었던 남옥의 생애를 밝히고 일본에서의 수창 양상을 살폈다. 가장 최근에는 南玉과 那波魯堂의 교류를 살핀 연구[27]가 나왔다.

　1763년 계미사행은 정치·외교적으로 조선·일본 양국을 통틀어 동아시아의 정세가 매우 안정적인 시기였으며 사행경험의 축적으로 통신사행의 정례화가 이루어진 시기의 사행이다. 이런 안정과 경험을 배경으로 문화적으로 다양한 사상 운동이 일어났던 일본의 문사들과 정선된 조선의 문사들이 만나 활발한 교류를 가졌던 시기이다. 그에 따라 조선 쪽에서는 최다종의 사행록이, 일본 쪽에서는 최다종의 창수집이 현전하는 시기이기도 하다. 문학 연구사적으로 볼 때 자료의 발굴이 가장 많이 이루어진 데 반해 연구는 아직 초기 단계에 있다. 따라서 1763년 통신사 사행문학을 공시적으로 검토하여 한일 문사의 교류가 이루어진 양상을 밝히는 일은 조선후기 통신사 문학 연구의 핵심을 밝히는 일이라 할 수 있을 것이다.

---

26) 김성진, 「南玉의 生涯와 日本에서의 筆談唱和」, 『한국한문학회』 19집, 한국한문학회, 1996.
27) 김성진, 「癸未使行時의 南玉과 那波魯堂」, 『한국문학논총』 40집, 한국문학회, 2005.

2. 연구대상 및 연구방법

1) 통신사 사행문학의 정의와 연구대상

조선시대 사행 대상국은 중국과 일본에 국한되어 있었다. 이때 파견된 사행원들 가운데 여행의 체험을 일기로 쓰거나 시로 읊어 기록물을 남기는 경우가 있다. 이러한 것들은 기행문이나 기행시로 분류할 수 있겠지만 사행이라는 경험에 주목하여 특별히 '사행문학'이라고 칭한다.

몇 가지 사행문학에 대한 정의를 살펴보면 사용하는 사람마다 약간씩 차이가 있음을 발견할 수 있다. 이채연의 경우 '사신들이 사행에서의 감동을 기록한 글'[28)]로 정의하여, 사행원이 아니라 사신의 업무를 맡은 사람의 기록으로만 한정시켰다.[29)] 한태문은 사행문학 가운데 통신사 사행문학을 '통신사행에 참여한 사행원들이 사행 중 체험한 견문을 바탕으로 이를 시와 산문을 통해 문학적으로 형상화한 모든 작품'으로 정의하여[30)] 작자의 범위를 확실하게 사행원들로 규정하였다. 정영문은 '국내·국외 사행의 개별적인 체험을 운문과 산문의 문학형식으로 형상화한 작품을 사행문학'[31)]이라 하여 지역적으로 외국뿐 아니라 국내에 파견된 사신의 작품, 외국에 파견되었더라도

---

28) 이채연, 「조선전기 대일 사행문학에 나타난 일본의식」, 『한국문학논총』 18집, 한국문학회, 1996.

29) 그러나 실제로 연구 내용을 보면 연구자 자신이 특별히 사신과 사행원의 구분을 하지 않은 것으로 보인다. 대상이 되는 조선전기 사행록의 저자는 모두 사신단이었으므로 이런 정의가 크게 문제가 된 것 같지 않다.

30) 한태문, 「通信使 使行文學 硏究의 回顧와 展望」, 『국제어문』 27집, 국제어문학회, 2003, 67~87쪽.

31) 정영문, 전게논문, 2쪽.

여정 도중 국내에서 지은 작품까지 포함시켰다. 이혜순은 사행문학에 대해 별다른 정의를 내리지는 않았지만 '조선조 후기 도일한 후 형성된 사행문학은 우리 측 사신들이 쓴 사행일기와 사행시, 교류에 참여했던 일본 문사의 문집에 포함된 기록, 그리고 양국 문사의 창화시와 필담이 중요한 자료가 된다'[32]라고 하였다. "도일한 후"라는 말에서 보이듯이 사행문학의 전제가 국경선을 넘어 외국경험을 하는 데 있으며 대상에는 사행록, 사행시뿐 아니라 양국 문사의 창화시까지 포함된다.

사행록과 사행시를 사행문학으로 규정하는 관점은 사행문학을 기행문학의 일부분으로 바라보는 일반적인 국문학상의 분류에 기인한다. 사행원이 사행 체험을 문학형식으로 기록한 것을 사행문학이라고 간단히 말할 수 있겠지만, 국내사신인 관찰사의 관동유람이나 금강산 유람의 기록들은 觀遊紀行으로 다룰 뿐 使行紀行으로 취급하지는 않는다. 실제 연구에 있어 사행문학은 암묵적으로 외국 사행을 전제로 하는 것이며, 국내외 여정을 모두 포함해 사행 주체자의 체험이 문학형식으로 드러난 것을 가리킨다. 따라서 이런 경우 연구 대상은 조선 쪽의 사행록과 사행시로 한정될 수밖에 없고, 당연히 연구 방향도 조선 사행원의 인식과 텍스트를 분석하는 쪽으로 기운다. 기존에 양국문사의 교류를 다루는 연구가 대체로 일문학계나 일본학계 쪽에서 이루어졌던 것은 사행문학을 국문학의 영역으로 한정한 반증이라 할 수 있다.

이와 달리 이혜순의 정의는 국문학적인 관점이 아닌 비교문학적

---

32) 이혜순, 전게서, 46쪽.

관점으로 접근한 것이다. 사행문학을 국문학의 기행문학으로서가 아니라 비교문학 영역에서의 '여행자문학'으로 다루었다. 그는 '여행자문학'을 '어느 한 나라의 사람이 자기 나라의 언어적 또는 정치적 국경선을 넘은 타국에서의 일시적 유람이나 거주를 통해 갖게 된 직접체험의 문학적 표현을 의미'한다고 정의하였고 '그 핵심이 국가적 경계선을 넘은 나라의 직접 체험에 있음을 주목하여 서술 방식이나 매체는 문제 삼지 않을 것'을 권하였다.[33] 여행자문학은 타국의 직접체험이 문학적으로 형상화되는 것이다. 사행문학도 마찬가지이다. 따라서 사행록과 사행시뿐 아니라 타국의 직접체험의 한 기록물인 필담창수집 역시 연구대상에 포함되어야 하며, 연구자가 지적한 대로 이를 다루는 데는 '다른 국가와의 상호 이해의 기초 위에 이루어지는 것이어서 국문학적 연구만으로 수행되는 데에는 한계가 있'다.

최근 한태문과 김성진의 연구에서 보이듯이 사행문학의 정의와 상관없이 일본문사와의 필담창수집이 사행문학의 연구대상으로 실제 연구에서 다루어지고 있다. 이혜순은 여행자문학을 여행주체자의 기록물로 정의하였지만, 연구에 있어서는 통신사 "사행의 문학적 기록"에 시행일기·사행시와 너불어 "때로 창화를 주도한 일본 문사의 개인 저작물로 간주되기도 하는" 한일 문사의 창화·서신·필담집을 포함시켰다.[34] 이는 현실적인 연구 상황에 맞추어 연구대상의 폭을 확장시킬 필요가 있음을 시사한다.

"사행문학"이라는 개념과 실제 연구대상의 괴리는 "사행"이라는 특

---

33) 이혜순, 「여행자 문학론 시고」, 『비교문학』 24집, 한국비교문학회, 1999.
34) 이혜순, 전게서, 49~51쪽.

수성에서 기인한다. 사행이라는 사건은 한 국가에서 다른 국가로의
일방적인 여행을 의미하는 것이 아니라 사행원과 사행대상국의 국민
들 사이에 이루어지는 상호 교류를 바탕으로 한다. 특히 통신사행은
500명에 가까운 대규모 인원이 2·30년을 주기로 일본을 방문하였
다. 조선의 사행원에게 일본여행이 특수한 경험에 속했던 것처럼 쇄
국정책 하의 일본에서도 대규모의 외국인을 만나는 일은 극히 드문
일이었다. 즉, 통신사행은 사행주체자뿐 아니라 사행대상국의 국민
에게 충격을 던져주는 새로운 경험이었다. 사행주체자들이 사행록과
사행시로 자신의 경험을 문학적으로 형상화하는 것처럼 사행대상국
인 일본에서도 통신사행이라는 이벤트를 둘러싼 개인적인 경험을 형
상화한 이국인 체험기가 존재하였다. 그리고 상호 접촉의 결과 수창
과 필담이라는 공동 산물이 나타났다. 즉, 사행의 주체자뿐 아니라
사행대상국의 문사들에게까지 문학 활동이 일어났던 것이다.

　따라서 통신사행의 문학이란 곧 통신사행을 통해 이루어진 양국
문학교류를 모두 포함하지 않을 수 없다. 기존 "사행문학의 개념"에
따라 사행주체자의 문학만을 연구대상으로 하면 양국 교류를 특징으
로 하는 사행문학에서 반쪽만을 다루게 되기 때문이다. 우선, 사행
도중 지어진 시문 중 많은 수가 일본문사의 시에 차화운한 것들인데,
주로 수창집에 전한다. 그런데 현전하는 수창집은 모두 일본에서 엮
였고 사행주체자의 시와 여행대상국의 문사의 시가 혼재되어 있어,
작가를 사행주체로 분류하기 어렵다. 둘째, 대다수의 창수집이 시뿐
만이 아니라 필담이 함께 묶여 있으며 일부분은 필담만이 기록되어
있는데, 필담 기록의 주체는 사행주체자가 아니라 사행주체가 필담
을 나눈 대상자이다. 따라서 필담집의 편집자 역시 사행대상국의 작

가이다. 셋째, 수창이나 필담 외에 통신사행과 접촉한 사람이 그 경험을 기술한 것이 있다. 이는 우리 쪽 사행록의 행간을 통한 상호인식의 추측을 넘어선, 상대방의 직접적 인식을 노출시키는 기록이다. 이상 세 종류는 위의 정의에 따르자면 기록의 주체가 여행당사자가 아니므로 사행문학의 범주에서 보자면 연구대상에서 벗어나야 할 것이다. 그러나 현실적으로 이루어지고 있는 문학교류 연구에서 수창시나 필담은 연구대상으로 광범위하게 활용되고 있는 실정이다.

본 연구에서는 이러한 현실적인 문제를 해결하기 위해 통신사 사행문학의 주체를 사행대상국의 문사까지 포함시켜, 통신사 사행문학을 '통신사 사행을 매개로 이루어지는 직접 체험과 상호접촉의 문학적 표현물'이라고 정의하기로 하고, 이를 연구대상으로 한다.

2) 연구방법

본 연구는 사행록만을 통시적으로 다루는 기존의 방법을 탈피하여 '통신사 사행을 매개로 이루어지는 직접체험과 상호접촉의 문학적 표현물'이라는 사행문학의 정의에 따라, 계미시행(1763)을 매개로 일어났던 조선과 일본, 양국의 문학 활동과 기록물을 공시적으로 고찰하는 것을 목적으로 한다.

Ⅱ장에서는 계미사행 때 이루어진 사행록의 작가 및 작품에 대한 전반적인 검토를 한다.

계미사행단은 기록마다 약간의 차이가 있지만 480명 내외로 구성되어 있었다. 이 가운데 일본 문사들과 접촉할 만한 가능성을 지닌 인물들을 추적하고, 현전 사행록의 작가를 밝혀 문학교류에 참여했던 인물들의 계층을 살핀다. 그리고 이들 사행록의 기본적 형식을 정리하고, 계층에 따른 서술 태도를 살펴 일반적인 사행록의 서술 유형을 추출하도록 한다. 사행 노정 가운데 어떤 방식으로 접촉했는지 구체적인 양상을 고찰하려 한다.

Ⅲ장에서는 계미사행에서 이루어진 양국 문사 사이의 수창 양상과 이때 이루어진 필담창수집을 고찰하고, 이를 통해 통신사행이 일본에 어떤 의미를 가지고 있었나 살핀다.

남옥의『日觀記』에 기재된 일본 문사의 명단에는 500명 가량의 이름이 올라있다. 이들과 만났던 지역이나 상황은 여정에 따라 매우 달랐다. 우선 통신사의 여정과 수창방식이 어떤 연관성을 지니고 있으며, 수창에 참여했던 일본 문사들의 계층과 그 계층에 따른 방식이 어떠했는지 전반적으로 살펴본다. 그리고 이때 기록된 필담창수집의 형식과 유형을 추출한다.

Ⅳ장에서는 양국 교류의 구체적인 양상에 대해 서술한다.

우선 전통적인 주자학파와 反徂徠學派가 조선문사 사이에서는 어떤 점이 다르게 인식되었는지 柴邦彦과 南宮大湫와의 교류를 통해 살핀다. 이어 조선문사에게 가장 큰 충격을 던져주었던 徂徠學派와 조선문사 사이의 필담과 창수시를 통해 양국 시론을 살피고, 조선문사에게 가장 높이 평가되었던 龜井魯와 徂徠學派에게 가장 높이 평가되었던 이언진을 시론의 표본으로 선정하여 양국이 대상국의 시론에 대해 가지는 이해와 오해의 양면성에 대해 서술하려 한다.

Ⅴ장에서는 사행을 통한 문학교류가 양국의 직접체험자들에 끼친 영향과 의미에 대해 서술한다. 여기에서는 주로 사행 전의 이해와 오해가 사행에 어떤 이해와 오해로 연결되었는지 양국의 상호인식을

중점적으로 살피고 사행단의 귀국 후 사행의 체험이 어떤 결과로 이어졌는지 고찰할 것이다.

이상의 연구를 통해 양국 문학을 포괄하는 구체적이고 객관적인 통신사행의 문학교류 양상에 관한 연구가 이루어질 수 있을 것이라 생각한다.

II. 사행록의 작가와 서술 양상

사행문학은 사행이라는 특수한 사건을 전제로 한다. 그러나 사행에 참여했다고 하여 모두가 사행문학의 주체가 된 것은 아니었다. 당연한 이야기이겠지만, 사행에 참여한 사람이 기본적으로 문자로 기록할만한 소양을 가지고 있어야 하고, 상대국과 접촉할 기회도 가져야 한다. 사행단은 500명에 가까운 인물로 구성되어 있었지만, 이들 가운데 일본문사들과 교류할 수 있는 인물은 그렇게 많지 않았다. 이 장에서는 어떤 사람들이 교류에 참여했었고, 어떤 계층의 인물이 사행록을 남겼는지 구체적으로 살펴보도록 하겠다.

1. 계미사행 사행록의 작가

1) 통신사 사행단의 인물 구성

통신사행을 구성하는 인원의 범례는 『通文館志』에 자세히 기술되어 있다.[1] 사행록 가운데 계미사행인원의 명단을 기술하고 있는 것은

조엄의 『海槎日記』, 남옥의 『日觀記』, 민혜수의 『槎錄』, 변탁의 『癸未
隨槎錄』2)이다. 『통문관지』에 따르면 총 인원은 521명이 되어야 하
나, 조엄이 486명, 남옥이 475명, 민혜수가 485명, 변탁이 476명으
로 기록하였다.3) 행차할 때 格軍이 旗手를 겸하는 경우가 있어 총합
에서 약간의 차이가 나는 것일 뿐 中官4)까지의 인명수는 일치한다.

통신사선은 3척의 騎船과 그에 딸린 卜船으로 구성되어 있었다.
짐을 싣는 배인 복선에는 복선장과 격군만이 탔으므로 대부분 인원
들은 騎船에 승선하였다. 기선은 세 사신이 각각 탄 正使船, 副使船,
從事船으로 나뉜다. 따라서 각 사신에 딸린 인원들도 그에 따라 나누
어 승선하였다.

통신사행의 목적은 국서를 전달하는 것이었으므로 노정은 江戶에
서의 국서전달 의식을 치르는 주체자인 三使臣을 중심으로 사행단이
꾸려진다.

민혜수와 변탁의 명단은 정사, 부사, 종사관에 속한 인원들을 나누
어 기재하였다. 그에 따르면 정사에게는 子弟軍官 2명, 名武軍官 4

---

1) 『국역 통문관지』 1권, 김구진·이현숙 번역, 세종대왕기념사업회, 1998, 281~284쪽.
2) 『癸未隨槎錄』은 작자 미상으로 알려져 있으며, 이전 연구에서도 작자 미상으로 취급
　 되었다. 최근 구지현은 『계미수사록』의 작가를 卞琢으로 추정하였는데, 여기에서는
　 이 연구에 따라 『계미수사록』의 작가를 변탁으로 설정하였다.(「『癸未隨槎錄』에 대한
　 재검토 -작가와 사행록으로서의 의미를 중심으로」(구지현, 『동방학지』 131집, 연대국
　 학연구원, 2005) 참조)
3) 『海槎日記』에는 員役 합계를 477명, 『癸未隨槎錄』은 474명으로 밝히고 있으나 실제
　 명단의 인물 숫자와 차이가 난다.
4) 『通文館志』에 따르면 堂上首譯은 上上官, 上通使·次上通事·押物通事·製述官·書記
　 ·良醫·醫員·寫字官·畵員·子弟軍官·軍官·別破陣은 上官, 馬上才·典樂·理馬·伴人
　 ·船將은 次官, 卜船將·小童·奴子·小通事·導訓導·禮單直·廳直·盤纏直 등은 中官이
　 라고 하고 이하 格軍을 下官이라고 한다.

명, 壯士軍官, 製述官, 書記, 伴人, 首譯, 上通使, 次上通事, 押物通事, 良醫, 寫字官, 畵員, 馬上才, 典樂, 理馬, 導訓導, 禮單直, 盤纏直, 廳直, 鄕書記, 小童 6인, 小通事 4인과 奴子들 및 船將, 格軍, 樂工, 刀尺 등이 딸려 있다. 부사에게는 子弟軍官 2명, 名武軍官 4명, 壯士軍官, 首譯, 書記, 伴人, 上通使, 次上通事, 押物通事, 醫員, 別破陣, 馬上才, 導訓導, 盤纏直, 廳直, 鄕書記, 小童 5인, 소통사 3인과 노자들 및 船將, 格軍, 樂工, 刀尺 등이 딸려 있다. 종사관에게는 子弟軍官 1인, 名武軍官 2인, 首譯, 書記, 伴人, 上通使, 次上通事, 押物通事, 醫員, 寫字官, 典樂, 導訓導, 盤纏直, 廳直, 鄕書記, 小童 5인, 小通事 3인과 노자들 및 船將, 格軍, 樂工, 刀尺 등이 딸려 있다.

이들 가운데 항해 관련 인원은 大阪城에서 사신 행렬이 돌아올 때까지 배를 지키며 기다렸다. 『增正交隣志』에 '우리 배 여섯 척은 남겨두고 선장이 격군을 거느리고 지킨다'[5]라는 구절이 들어 있다. 『海槎日記』 1764년 1월 26일 일기에 '배에 남은 장졸이 106명이고 원역 이하 江戶에 따라 들어가는 자가 도합 366명이다'라고 기록하였다.

이상의 500명에 가까운 사행인원 가운데 공식적으로 양국의 직접 교류를 위해 파견된 인원은, 조선의 조정에서 일본문사와의 창수·필담을 위해 文翰이 출중한 인물을 가려 뽑아 보낸 제술관과 세 서기, 書法을 위해 파견했던 寫字官[6]이 있고, 일본의 요청에 따라 뛰어난 자를 선발해 보낸 畵員, 良醫와 무예 기량을 선보이기 위해 파견한 軍官[7]과 마상재가 있다. 통역을 위해 파견된 譯官들도 당연히 일본

---

5) "我六船則留 船將率格夫看守"(『增正交隣志』 卷5 「水陸路程」 '大阪城')
6) "留船將卒爲一百六人 而員役以下之隨入江戶者 合爲三百六十六人員矣"(『증정교린지』 卷5)

인과의 접촉이 임무일 수밖에 없는데, 사행단의 통역으로 堂上譯官 [首譯] 3인, 上通使 3인, 次上通事 2인, 押物通事 4인, 小通事 10인이 파견되었다.

직접적으로 만나야 하는 임무를 띤 것은 아니지만 그런 임무를 띤 사람을 수행하거나 시중드는 위치에 있었으므로 일본문사와의 접촉이 가능한 경우가 있다. 사신의 수행원으로 따라온 子弟軍官과 名武軍官, 사신이 자비로 데려온 종자인 伴人, 사신·당상역관·제술관에 딸린 小童, 각 사행원의 奴子가 여기에 포함될 수 있다.

일본문사와의 소통이 이루어지기 위해서는 접촉할 기회와 소통할 수 있는 능력이 전제되어야 한다. 반면 공식적으로 접촉할 통로를 가지고 있더라도 필담을 할 정도의 문자 능력을 가지고 있지 않으면 사행문학의 담당층에서 제외될 수밖에 없다. 잡역에 종사했던 원역이나 악공, 다수를 차지했던 격군, 격군에서 선발되었던 기수 등에게서 기록물이 나오지 않은 것은 이 때문이다. 500명에 가까운 인물들이 사행에 참여했다고 하지만, 일본문사와 접촉 가능성을 가진 인물은 상위 7,80명에 불과하다. 일단은 次官 이상의 인물에게는 그 가능성을 열어두어도 좋을 것이다.[8]

사행록을 남긴 작가는 사행의 경험을 기록하였으므로 당연히 사행문학의 작가군에 들어가야 할 것이다. 이들 외에 확실한 기록을 남기지는 않았지만 일본 문사들의 기록을 통해 일본문사와 접촉한 흔적을 남긴 사행원을 찾아보도록 하자.

---

7) 『海槎日記』 3월 6일자 일기에 규례에 따라 關白 앞에서 활쏘기 기예를 선보이는 내용이 나온다.

8) 계미사행에서 일본문사와 접촉 가능성이 있는 인물들을 나열하면 다음과 같다.

　　현전하는 25종의 필담창수집에 등장하는 조선 사행원은 三使臣인
趙曮·李仁培·金相翊, 四文士인 南玉·成大中·元重擧·金仁謙, 의원
인 李佐國·南斗旻·成灝, 譯官인 崔鶴齡·李命尹·玄泰翼·吳大齡·崔
鳳齡·崔壽仁·玄啓根·劉道弘·李命和·李彦瑱, 寫字官인 洪聖源·李
彦佑, 畫員인 金有聲, 군관인 柳達源·徐有大·吳載熙·李梅·金相玉·
曹學臣·李海文·趙曮, 伴人인 趙東觀·金應錫·洪善輔, 理馬인 張世
文, 船將인 卞璞·卞琢, 小童인 金龍澤·吳孟直, 奴子인 時南, 禮單直
의 명목으로 조엄이 데려온 醫員 李守義, 미상 2인이다.

　　빈도 2회 이상인 인물은 다음과 같다.

직　책	이　름
使臣	趙曮 李仁培 金相翊
製述官	南玉
書記	成大中 元重擧 金仁謙
寫字官	洪聖源 李彦佑
畫員	金有聲
良醫 및 醫員	李佐國 南斗旻 成灝
名武軍官	金相玉 柳達源 徐有大 閔惠洙 柳鎭恒 李海文 曹學臣 任屹 吳載熙 梁容
子弟軍官	李梅 權琦 趙曮 李德履 李儆輔
壯士軍官	林春興 曹信
堂上譯官	崔鶴齡 李命尹 玄泰翼
上通事	吳大齡 崔鳳齡 崔弘慶
次上通事	崔壽仁 李命和
押物通事	玄泰心 玄啓根 劉道弘 李彦瑱
小通事	朴再會 朴泰萬 金分雄 朴斗応 朴尙点 朴元興 金聖得 朴致祥 田致白 金德重
伴人	趙東觀 金應錫 洪善輔
小童	白泰隆 朴泰範 鄭致仁 金龍澤 崔致大 玉振海 孫金道 金大振 趙命三 林就彬 金永大 鄭重僑 金漢重 吳孟直 裵尙台 朴聖信
別破陣	許圭 柳斗億
馬上才 및 理馬	鄭道行 朴聖迪 張世文
기타	卞璞 卞琢

이름	南玉	成大中	元重擧	金仁謙	李佐國	洪善輔	趙東觀	李彦瑱	南斗旻	柳達源
직책	製述官	書記	書記	書記	良醫	伴人	伴人	譯官	醫員	軍官
빈도	26	26	26	26	14	12	8	8	6	4
이름	金有聲	吳大齡	李彦佑	洪聖源	李命和	成瀨	李守義	劉道弘	金應錫	金龍澤
직책	畵員	譯官	寫字官	寫字官	譯官	醫員	禮單直	譯官	伴人	小童
빈도	4	4	3	3	3	3	3	2	2	2

　　사행단의 중심에 사신이 있었지만, 三使臣이 등장하는 필담창화
집은 『韓館唱和』 1종에 불과하다. 『韓館唱和』·『韓館唱和續集』·『韓
館唱和別集』은 일본의 국학인 昌平學敎 출신의 문인들과 사행원들
이 만나 필담창화한 내용이 담긴 것인데, 29명의 일본 문사 가운데
三使臣은 太學頭 林信言 부자와만 접촉했다. 林信言 부자의 서기로
따라온 松本爲美·久保泰亨조차도 시는커녕 名刺를 주고받은 기록이
없다.

　　『海槎日記』의 「與彼往復文字」는 조엄이 일본인들과 주고받은 서
한과 필담·시가 기재되어 있는데, 이것들은 關白의 執政과 對馬島
主, 太學頭 林信言 부자 등과 주고받은 것들로서 모두 관례에 따른
것들이다. 『海槎日記』 전편을 통해, 정사였던 조엄이 직접 만났던 일
본인은 對馬島主를 중심으로 한 護行員과 藩이나 幕府의 고위관리들
에 국한되어 있다. 공무에 관한 일은 주로 수역을 통해서, 수창을 하
러 온 일본문사에 관한 일은 제술관과 삼서기를 통해 듣는다.

　　조엄의 『海槎日記』에 「酬唱錄」이 붙어 있고 네 문사나 반인들과
창수한 시도 여러 편 실려 있는 것으로 보아 그가 문학적 소양이 부족
했다고 보기는 어렵다. 공적인 업무로 시간이 없었던 것인지 의도적

으로 공식적인 범위로 국한시킨 것인지 확실하지는 않지만 사신들이
일본인과의 문화교류에서는 한 발짝 떨어져 있었음을 알 수 있다.

그 대신 양국의 문화교류의 중심에는 제술관과 서기들이 있었다.
거의 모든 창화집에 네 문사가 등장하고, 분량에서도 절대적인 우위
를 차지한다.

네 문사의 사행 임무는 일본문사와의 창수였고 일본문사들도 이들
의 역량이 가장 뛰어나다는 사실을 알고 있었다. 『通航一覽』에는 '韓
使는 문사를 주장하기 때문에 대단히 문재가 뛰어난 자를 뽑아 보내
는 것 같다. 그래서 연도의 객관에서 侯國의 儒臣과 시문 증답과 필담
하는 일이 많다'9)라는 『草茅危言』의 글을 인용하였다. 劉龍門은 '이
번에 오는 학사들에 현감도 있고 찰방도 있어 성균진사는 김인겸 한
사람뿐이다. 요컨대 팔도의 재주를 뽑은 것이니 이것이 그 증거이
다'10)라고 하여 네 문사에 대한 기대를 드러낸다. 모든 일본 문사들
은 네 문사와의 창수를 원했다. 의원들의 약재에 관한 필담이 주가
되는 『桑韓筆語』나 『兩東鬪語』에서조차도 네 문사의 창수시가 앞머
리에 실려 있다. 이에 대한 네 문사의 태도도 매우 성실했다. 네 번씩
이나 찾아와 수창한 것에 대해 미안한 감정을 드러내는 승려 因靜에
게 김인겸은 '오는 사람을 거절하지 않는 것이 우리들의 본뜻입니
다'11)라고 대답하는 것을 보면, 제술관 및 삼사신의 서기들에게는 일

---

9) "韓使は文事を主張する故, 隨分文才に秀てたるを選みさしこすと見えたり, 故に沿
　道客館にて侯國の儒臣と詩文贈答筆談の事多し"(『通航一覽』第3, 早川純三郎 編, 國
　書刊行會, 大正 2年, 319쪽)
10) "今所來之學士 或縣監或察訪 成均進士退石一人耳 要擇八道之才 此其證也"(『東槎餘
　談』)
11) "來者不拒 俺等本意也"(『東渡筆談』)

본문사의 창수 요청에 기본적으로는 모두 응해야 하는 의무가 있었
던 것으로 보인다.

창수 의무는 없지만 일본문사의 요청으로 창수에 응했던 경우가
있다. 원중거는 『乘槎錄』에서 양의에게 書手를 딸려 보내어 보고 들
은 것을 기록하게 하는 것이 좋겠다고까지 하였는데, 이는 양의가
일본인과 접촉하여 저들의 물정을 파악하는데 용이했기 때문이었다.
일본의 의관들이 양의를 찾아와 의학지식에 대해 물을 뿐 아니라 창
수하는 것이 문사와 마찬가지였으며 이좌국의 성실한 응수로 인해
일본 내에 이름이 났다고 하였다.[12] 『萍遇錄』이나 『韓館應酬錄』에서
이좌국이 문사들의 화답시를 전해주러 갔다가 일본문사들과 통성명
하고 수창하는 모습을 볼 수 있다. 양의가 의원들뿐 아니라 일반 문사
들과도 수창했고 일본문사들도 양의 역시 문사들과 마찬가지로 대했
다는 것을 알 수 있다.

네 문사와 양의 다음으로 창수에 자주 등장하는 인물은 반인인 洪
善輔와 趙東觀이다. 이들도 창수 의무가 있었던 것은 아니지만 문사
가 뛰어났던 관계로 일본문사와 자주 배석했다. 忠海島에서 글을 구
걸하는 일본남녀에게 조동관이 사자관인 洪聖源과 짝하여 답해주는
모습을 남옥과 원중거가 묘사한 것[13]으로 보아 문자 쓰는 것이 임무

---

12) "文士之次良醫當極擇 盖其國中醫祿甚厚 自西京武州以至小邑小聚俱各有醫官 其祿旣
厚而地處自別 亦各能詩文廣記識 自古國中名人多出於醫 然而其術狹其技局 不能治深
痼之疾 故如值信行則必來問於良醫 其難議談讌之儀 又與文士唱酬無異 前此爲良醫者
忽於酬應容止疎率 故彼中來見者頗譏侮之 今番李佐國能誠實酬接 所遺幣物一切不受
時以所齎文房之具分與彼人一如吾輩 又得富野義胤 自大阪往返江戶 能採取物情隨方接
應 故慕菴之號頗顯於彼中 今後信行時 如能擇人而送之 又給一書手使之隨聞隨錄而可
採擇 則於行事極有利 於俊考且有益矣"(乘槎錄』 6월 14일)
13) "往往有姿容男女多從船中投扇乞書 趙伴人洪寫官應之 趙題一女之扇以杜律 佳人拾翠

가 아니더라도 일본인의 요구에 별 거리낌 없이 응했던 것으로 보인
다. 반인인 홍선보는 네 문사와 창화했던 林家文人 25인과 창수하였
는데, 기회는 남옥이 마련한 것이었다. 남옥은 '이 사람은 默齋 洪君
인데 비록 문관은 아니나 시 짓는 재주가 민첩하니 창화를 한다면
매우 다행이겠습니다'[14]라고 적극적으로 소개하였다. 『桑韓筆語』에
서도 네 문사와 배석해서 山田正珍의 시에 즉석에서 차운해 준다.

　통역 가운데 차상통사 吳大齡과 압물통사 李彦瑱은 일본어를 할
줄 아는 것은 아니었지만 한학통사로서 충분히 필담을 나눌 능력을
가지고 있어 접촉하는 데는 큰 문제가 없었다. 『松庵筆語』에 오대령
과 이언진이 燕行에 관해 질문을 받는 모습이 보이고『兩好餘話』에서
奧田元繼가 이언진에게 중국에 대해 자세히 묻는 필담이 나오는 걸
로 보아, 중국과의 직접 외교가 없었던 일본의 문사들이 이들과의
필담을 시도했을 가능성이 많다. 오대령의『溟槎錄』에 '以酊菴 서기
호 雲窩인 자가 지은 시를 가지고 만나러 왔다. 중국음에 밝아 내가
속어로 오언절구 열 수를 화운했다'[15]라는 기록을 통해 호행원이었
던 惠勇이 오대령을 만나러 온 동기가 역시 중국어 때문이었음을 보
여준다. 특히 이언진은 자주 창수나 필담을 나눌 기회를 갖는데, 문
재가 뛰어나기도 했지만 그가 사행원단 가운데 李攀龍·王世禎을 숭
상하는 유일한 인물로 소문이 나서 徂徠學派의 영향을 받은 일본문

　春相問 仙侶同舟晚更移 誠着題也"(『日觀記』 1월 10일) "有一船板屋内坐五六婦女外坐
　男子 近我舟則女皆隱身只遠遠看望 解紅袱出紙船求書 洪寫官趙生各書以給 其婦女皆
　傳玩 繼以五六扇與紙封爲禮 兩人皆却之"(乘槎錄』 1월 10일)

14) "彼是默齋洪君 雖非文官 詩才翩翩 贈賜唱和 幸甚"(『韓館唱和別集』)

15) "以酊菴書記號雲窩者 持小作詩來見 且曉漢音 余以俚言作五絶十首和之"(『溟槎錄』 3
　월 19일자 일기)

사의 호기심을 자극했기 때문이었다. 井敏卿은 일부러 이언진을 만나기 위해 빈관으로 찾아와 오랜 시간을 기다려 얘기를 나누었고 필담의 내용도 양국 문물의 비교보다 문학에 치중되어 있다.

위와 같이 특정한 임무를 띠고 있던 사람들 외에 나머지 사행원들이 일본문사와의 창화를 하는 경우가 있다. 林信言의 아들 林信愛가 3월 4일 客館에 갔다가 만난 조동관은 여러 차례의 물음에 마지못해 답을 해준다.[16] 牛窓에서 네 문사와 필담창수를 나누었던 井潛이 자리에 들어온 사람에게 이름을 묻자 그는 통성명할 필요가 있냐며 물리쳤고 재차 묻자 간단히 성과 호만 알려준 채 붓을 던지고 자리를 떠버린다. 大阪에서 차운시를 구하는 北山彰에게 柳達源은 '나는 보잘것없는 일개 무관이라 문자를 알지 못하는 까닭에 차운시를 드릴 수 없으니 그대는 노여워하지 마시오'[17]라며 직접적으로 거절하기도 한다. 민혜수는 大阪에서 마침 문사들과 함께 자리하고 있다가 문사들을 만나러 온 木世肅을 만나게 되었다.[18] 이처럼 군관은 문사들의 주변에 있다가 우연히 일본문사와 의도하지 않은 채 마주칠 가능성을 가지고 있고 수창이나 필담을 하는 것은 그들의 자유로운 선택에 달려있었던 것으로 보인다. 공식적으로 접촉할 통로를 가지고 있지

---

16) "龍潭 足下何號何官 敢問 此時花山語他事 敢不告數責問 花山 必欲强問 則亦何必隱也 以正使族姪隨來人 稱花山子者 無名色官號 此實語也"(『韓館唱和』3권)

17) "予瑣瑣一武官 不解文字 以故不呈和章 君勿怒"(『鷄壇嚶鳴』, 10쪽)

18) "昨自河口乘船時 此處人木世肅 字稱世肅 號稱蒹葭堂者 年可三十 眉目淸秀 略有儒雅之氣 爲見製述書記諸文士 替茶僧而代來 懷名帖袖詩軸 來見於國書所奉船 聞是酒爐之子 而家富萬金 起江榭於浪華上流 案積萬卷書 而皆自長碕島貿來唐板云 雖是蠻童 其志可愛 今日爲見文士 又來館中 余適在坐見之 善刻印章且妙畵 誠人才也"(『桴錄』1월 10일)

않더라도 文辭를 갖추고 있는 사람은 사적인 기회를 통해서 얼마든지 일본문사와 접촉할 기회를 가질 수 있었음을 알 수 있다.

현전하는 필담창화집 가운데 시가 한 수라도 남아있는 사람은 三使臣과 四文士를 제외하고 李佐國, 南斗旻, 成瀨, 李彦瑱, 吳大齡, 劉道弘, 洪聖源, 李彦佑, 金有聲, 趙東觀, 金應錫, 洪善輔이다. 그 외에 유묵으로 李海文과 卞璞[19]의 시가 남아 있다.[20]

현전 자료를 통해 보면, 사행인원 가운데 확실하게 일본문사와 교류했던 사람들은 사신·문사 외에 의원, 소통사를 제외한 통역, 반인, 사자관·화원 그룹으로 정리할 수 있고 여기에 문사가 가능한 군관을 추가할 수 있다.

2) 현전 사행록의 작가

계미사행의 사행록 가운데 가장 먼저 알려진 것은 『海行摠載』에 실려 있어 접근이 용이했던 조엄의 『海槎日記』와 국문학사에서 국문 기행가사로 중요하게 다루어진 김인겸의 『일동장유가』이다. 이들 외에도 하우봉은 7종의 사행록을 더 발굴하여 소개하였다.[21] 이원식은 계미사행 때의 訪日紀行錄으로 10종을 소개하였는데,[22] 사행록이라

---

19) 卞璞은 기선장이었으나 그림을 잘 그렸기 때문에 江戶까지 수행하였다.(조엄의 『海槎日記』 1월 24일자 일기) 林信言과도 그림을 그리는 일로 만났으므로 畵員의 임무를 수행했다고 보아도 좋을 것이다.

20) 이해문은 조엄의 「酬唱錄」에 다수의 시가 남아 있다. 또 이해문과 변박의 시가 日本 淸見寺에 소장되어 있다는 이원식의 보고가 있다.(『大系 朝鮮通信使』 7권, 119쪽)

21) 하우봉, 「새로 발견된 日本使行錄들-『海行摠載』 보충과 관련하여」, 『역사학보』 112집, 역사학회, 1986.

22) 『大系朝鮮通信使』 7권, 明石書店, 1994, 118쪽.

할 수 없는 이언진의 遺稿『松穆館爐餘稿』까지 포함시킨 것일 뿐 하우봉의 목록과 동일하다. 여기에 김영한이 소개한『海行日記』[23]를 추가하면 계미사행의 현전하는 사행록은 총 10종으로 정리할 수 있다.

10종의 사행록 중 텍스트 자체에 작자가 밝혀져 있지 않는 것이 2종 있는데, 『癸未隨槎錄』과『海行日記』이다. 『癸未隨槎錄』은 작자 미상으로 취급되어 왔으나 최근 작가가 卞琢임이 밝혀진 바 있다.[24] 반면『海行日記』는 소개 당시부터 작자가 徐有大로 알려졌고 학계에서도 그렇게 다루어왔다.

김영한은『海行日記』는 '著者의 後孫宅에 世藏해온 未公開本으로 230年 동안 묻혀있던 資料가 된다'라고 소개하였다. 그가 저자를 서유대로 추정한 이유가 소장자가 서유대의 후손이기 때문임을 알 수 있다. 그러나 본문의 내용을 보면 의문을 제기하지 않을 수 없다. 『해행일기』는 사실을 기록하는 데 있어 대체로 3인칭의 관점을 유지하지만 간혹 일인칭인 '余'가 주어로 사용되는 경우가 있는데, 이때의 시점은 서유대라기보다는 조엄인 것으로 보이기 때문이다. 이를『海槎日記』와 대조해 보면 더욱 분명하게 드러난다.

---

23)『鄕土硏究』14집, 충남향토연구회, 1993, 17쪽.
24) 구지현, 「『癸未隨槎錄』에 대한 재검토-작가와 사행록으로서의 의미를 중심으로-」, 『동방학지』131집, 연대국학연구원, 2005.

날짜	海行日記	海槎日記
1월 12일	余見之謂曘弟曰 毋論彼我人有相救 事理當然 彼人纔經危境 不欲還其船者 人情固然 格軍輩欲爲拘迫還送者 可謂沒人情 汝今曲諒人情 使之姑留 以安其危急之人 此正人心發見處	余見之謂曘弟曰 毋論彼我人有急相救 事理當然 彼人纔經危境 不欲還其船者 人情固然 格軍輩欲爲拘迫還送者 可謂沒人情 汝今曲諒人情 使之姑留 以安其危急之人 此正人心發見處 余年已過四十尙無子 吾常憐之 今見汝用心處 必當有後 而吾心喜之 不獨一時之事而已
2월 17일	余以謂囊者馬島時 旣有却酒之書 更何待使行之書乎 我國酒禁至嚴 爲朝鮮臣子 何敢以手執酒盃而擧之 此則義理所關 白若以酒勸之 決當不爲領受 如是之際 島主必難克生梗無寧 善爲周旋 俾得以初勿蒐藤矣 吾已有定計 不必更書	余以謂囊者馬島時 旣有却酒之書 更何待使行之書乎 我國酒禁至嚴 爲朝鮮臣子者 非惟不敢近口 亦不敢以手執酒杯而擧之 此則義理所關 白若以酒勸之 決當不爲領受 如是之際 島主必難克生梗無寧 善爲周旋 俾得以初無葛藤矣 吾則已有定計 不必更書
2월 24일	余在萊府時 多見被執人夢 而未有若此蜜漬者 五六年來 人心益巧於射利	余在萊府時 多見被執人夢 而未有若此蜜漬者 五六年來 人心益巧於射利
2월 25일	以藥惠人 不宜受報 而況不爲遍問 只送於余 論以授受之意 正宜却之	以藥惠人 不宜受報 而況不爲遍問 只送於余 論以授受之意 正宜却之
2월 27일	島主目余 余上中層 一人進土盃於余 一人執空罐在左邊一步之許 只作注形 余則以空盃稱之 而亦不作飮形 稱後下坐于座 副使從事以次而進 如禮而行	島主目余 余上中層 一人進土盃於余 一人執空罐在左邊一步之許 只作注形 余則以空盃稱之 而亦不作飮形 稱後下坐于座 副使從事以次而進 如禮而行
3월 1일	余謂首譯曰 此必是彼人操縱之習也 決不可信 如不改撰 非但初五日島主家私宴不又往赴 回答書來之日卽當却而不受 夫如是則使行之留滯 固所甘心 亦豈無生梗於島主也 斯速改納之意 嚴飭于首譯等處	余謂首譯曰 此必是彼人操縱之習也 決不可信 如不改撰 非但初五日島主家私宴不可往赴 回答書來之日卽當却而不受 夫如是則使行之留滯 固所甘心 亦豈無生梗於島主也 斯速改納之意 嚴飭于首譯等處
3월 3일	三使一行 皆以得改碪眼處 謂之大幸 而余則以爲切北矣	三使一行 皆以得改碪眼處 謂之大幸 而余則以爲切悲矣 我聖君鄭重之書而來者 已是悲憤之事 雖得其極尊敬之答書 猶不足爲喜 況此所改之本 亦不過平平句語 反爲多幸者 豈不哀痛切悲處乎 副使從事曰 此言誠然矣
5월 5일	余謂首譯曰 護行差倭 當有代差云爾	余謂首譯曰 護行差倭 當有代差云爾
5월 6일	余曰 人臣之義 不避王事 君等之先去者 王事也 送君而先行者亦王事也 將幕知得此義 則夫何難於區區作別也	余曰 人臣之義 不避王事 君等之先去者 王事也 送君而先行者亦王事也 將幕知得此義 則夫何難於區區作別也

1월 12일 일기에 '余'는 조철을 '敵弟'라고 지칭하고 있다. 서유대의 족보에 조철과 어떤 친인척 관계가 있는지 보이지 않을 뿐더러, 있다 하더라도 당시 32세였던 서유대가 40이 넘은 조철을 '弟'라고 지칭할 수는 없을 것이다. 2월 24일 일기에 '余'는 동래부에 있었던 경력을 밝히고 있는데, 서유대는 중화부사를 거쳤을 뿐 동래부의 관직에 임했던 적은 없다. '余'의 조건을 만족시키는 인물은 사행단에서 정사인 조엄밖에 없다. 그리고 무엇보다도 조엄의 다른 사행록인『海槎日記』와 대조해 보면『海行日記』가『해사일기』를 초록한 듯 내용이 줄었을 뿐, 쓰인 글자까지도 거의 유사함을 볼 수 있다. 이상으로 볼 때,『해행일기』를 초록한 사람이 서유대일 수는 있겠지만, 본문의 내용을 미루어 작가가 서유대일 가능성은 없다.

따라서 현전하는 사행록은 다음 12종으로 정리할 수 있다.

저자	사행시 직책	서명	책수	소장처	비고
趙曮	正使	海槎日記	5책	국립중앙도서관	『海行摠載』所載
作者未詳		海行日記	1책	서상원 소장	『海槎日記』抄錄
南玉	製述官	日觀記	4책	국사편찬위원회	
		日觀詩草	2책	국립중앙도서관	
		日觀唱酬	2책	국립중앙도서관	上冊 缺
成大中	正使書記	日本錄	2책	고려대 도서관	
元重擧	副使書記	乘槎錄	4책	고려대 도서관	
		和國志	3책	御茶の水図書館	
金仁謙	從事官書記	日東壯遊歌	4책	서울대 도서관	
閔惠洙	名武軍官	槎錄	1책	고려대 도서관	未完
吳大齡	漢學上通事	溟槎錄25)	1책	국립중앙도서관	
卞琢	第2騎船將	癸未隨槎錄	1책	국립중앙도서관	

25) 하우봉은 종래에『癸未使行日記』로 잘못 알려져 온 이 기록을『東槎日記』로 정정하

2. 사행록의 서술양상

1) 사행록의 구성

사행록은 사행의 체험을 기록한 것이다. 따라서 창작문학과는 다른 기록문학으로서의 특징을 고스란히 보여준다. 류기용은 기록문학의 특징으로 작품소재의 사실성, 형태의 혼효성, 작품 의도의 공리적 효용성을 들었다.[26) 사행록이 형태의 혼효성, 즉 다양한 장르로 구성되어 있는 것은 일반적으로 지적되는 점이다. 한태문은 이를 '작가자신의 手記이자 回顧錄이며 生活記錄으로, 어떤 樣式의 特別性만을 독자적으로 고집할 수 없는 記錄文學의 한 특성'[27)이라고 지적하였다. 하우봉 역시 사행록의 체재나 형식이 다양함을 언급한 바 있다.[28)

하우봉은 개별적인 사행록을 몇 가지 정형적인 패턴으로 구분하였다. 사행록의 구성요소를 크게 사행일기, 시문, 문견록으로 나누고, 혼합된 형태를 6가지로 구분하였다. ① 使行日記만으로 되어 있는 것, ② 詩文으로만 되어있는 것, ③ 使行日記에 聞見錄이 붙어 있는 것, ④ 使行日記에 詩文이 붙어 있는 것, ⑤ 使行日記에 聞見錄과 詩文이 붙어 있는 것, ⑥ 聞見錄만 있는 것[29)인데, 이중 ⑤를 형식적인 면에서 가장 갖추어진 체재로 보았다.

였으나(「새로 발견된 日本使行錄들 -『海行摠載』의 보충과 관련하여-」, 『역사학보』 112집, 역사학회, 1986, 99쪽), 확인해 본 결과 표제어는 『溟槎錄』으로 되어 있었다.
26) 류기용, 「韓國과 日本의 記錄文學 形成에 관한 比較硏究」, 『어문논총』 19집, 한국문학언어학회, 1985.
27) 한태문, 같은 책, 26쪽.
28) 하우봉, 전게 논문.
29) 하우봉, 전게 논문.

한태문은 텍스트 구성요소를 일기, 시, 잡문으로 구분하였는데, 잡문은 공문과 서간, 견문록, 필담 등을 포괄하는 개념이다. 이 세 가지의 구성방식에 따라 ① 日記만으로 된 것, ② 詩만으로 된 것, ③ 日記+詩, ④ 日記+雜文, ⑤ 詩+雜文, ⑥ 日記+詩+雜文 등의 여섯 가지로 구분하였다.[30]

하우봉은 문견록을 제외한 산문을 구성요소에 넣지 않은 대신 지리지적 성격을 지닌 申叔舟의『海東諸國記』와 원중거의『和國志』를 사행록에 포함시켜 하나의 체재로 세웠다. 한태문은 일기를 제외한 산문을 잡문으로 묶었기 때문에 시문 앞에 산문이 들어있는 趙絅의『東槎錄』을 '詩+雜文'의 범주에 넣었으나 원중거의『和國志』는 갈래에서 제외시켰다.[31] 이러한 약간의 차이를 가지고 있으나, 사행록의 구성을 크게 일기, 시, 일기와 시를 제외한 나머지 산문으로 분류한 데는 큰 차이가 없다. 1763년 계미사행의 사행록 12종도 이상의 분류에서 크게 벗어나지 않는다.

사행록은 다양한 형식의 글이 하나로 묶여 있기 때문에, 혼합형태로 분류하는 것보다는 작가가 자신의 체험을 전달하기 위해 어떤 장르를 대표적으로 선택했는지 살피는 것이 좀 더 효율적일 것이다. 일단 각 사행록의 목차를 살펴보기로 한다.

조엄의『海槎日記』는 1권에서 3권까지 일기가, 4권에는「酬唱錄」·「書契公私禮單」·「回書公私禮單」·「物種分派錄」이, 5권에는「往復

---

30) 한태문, 전게서, 24쪽.

31) 한태문이 원중거의『和國志』를 의도적으로 제외시켰다고 보기는 어렵다. 연구 텍스트가 조선후기 사행록이고『海行摠載』중심으로 이루어졌기 때문에 신숙주의『海東諸國記』와 원중거의『和國志』가 자연스럽게 대상에서 제외된 것으로 보인다.

文字」·「狀啓」·「筵話」·「祭文」·「禁制條」·「日供」·「一行錄」·「路程記」·「軍令船上旗幟擺列圖」·「船上官兵列立圖」가 실려 있다.

남옥의『日觀記』는 1권에서 4권까지 「凡例」, 5권에서 9권까지 일기, 10권에 「總記」가 실려 있다.『日觀唱酬』와『日觀詩草』는 사행 도중 지은 시들이 시간 순서대로 실려 있다.

성대중의『日本錄』은 1권에 「日本錄」·「青泉海游錄抄」, 2권에 「槎上記」·「書日本二才子事」·「書東槎軸後」가 실려 있다.

원중거의『乘槎錄』4권은 앞부분에 사행에 걸린 시간과 거리를 기록한 것을 제외하고 모두 사행 도중의 일기이고『和國志』3권은 일본의 전반적인 문견사항을 정리한 것이다.

김인겸의『日東壯遊歌』은 가사작품이다.

오대령의『溟槎錄』1권은 일기로 이루어져 있고 뒤에 「別錄」·「又別錄」, 日供과 사행명단이 덧붙어있다.

민혜수의 『槎錄』은 결본이라 정확한 목차는 알 수 없으나 남아 있는 1권에는 첫머리에 사행명단이 실려 있고 나머지는 일기이다.

변탁의 『癸未隨槎錄』은 造船 관계 기사, 운문으로 된 「癸未隨槎總錄」, 「日本路程記」·「書契」·「同苦錄」·각처예단이 실려 있다.

이상을 볼 때 작가의 체험을 서술하는데 일기를 대표 형식으로 선택한 경우가 『海槎日記』·『日

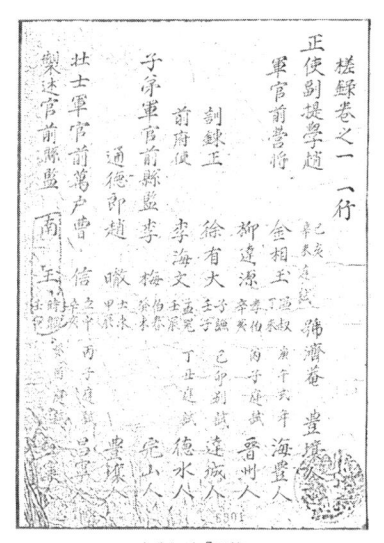

민혜수의 『槎錄』

觀記』·『日本錄』·『乘槎錄』·『溟槎錄』·『槎錄』 등 6종, 시문인 경우가 『日觀詩草』·『日觀唱酬』·『日東壯遊歌』·『癸未隨槎錄』 등 4종, 나머지가 『和國志』 1종이다. 이 가운데 작가가 중복되는 남옥과 원중거는 일기 쪽에 더 비중을 두었으므로 『日觀詩草』·『日觀唱酬』·『和國志』를 제외하면 일기 외에 사행의 체험을 운문으로 읊은 『日東壯遊歌』와 『癸未隨槎錄』가 남는다. 즉 계미사행록의 작가 8명 가운데 사행의 체험을 표현하는 장르로 6명이 일기를, 2명이 운문을 선택했음을 알 수 있다.

사행록은 일기와 운문이라는 각각의 대표 형식에 다른 부수적인 형식들이 혼합된 형태로 나타난다. 다양한 부수 형식의 종류를 최대한 단순화시키면, 수창시나 개인적인 창작시를 포괄하는 시문, 문견록이나 서신·필담 등을 포괄하는 산문, 그리고 대개의 사행록에 의례적으로 기술되는 명단, 노정, 서계 등을 포괄한 범례로 나눌 수 있다. 사행록의 혼합형태를 정리하면 다음과 같다.

| 작가 | 대표 형식 | | 부수 형식 | | |
	일기	운문	시문	산문	범례
조엄	海槎日記		酬唱錄	往復文字·狀啓·筵話·祭文	書契公私禮單·回書公私禮單·物種分派錄·禁制條·日供·一行錄·路程記·軍令·船上旗幟擺列圖·船上官兵列立圖
작자미상	海行日記				명단·書契式·別幅·日供
남옥	辭朝·到岸·行船·江行·陸行·傳命·復路·回船·復命			總記	事例·員役·盤纏·卜定·馬文·賜宴·書契式·傳命式·受回答式·宴享·致祭·問安·輿馬·座目·路程·乘船·下陸·分路·書契·贈酬·供待·唱酬諸人

성대중	槎上記			日本錄・青泉海游錄抄・書日本二才子事・書東槎軸後
원중거	乘槎錄			乘槎月日總目・乘槎道路總目
김인겸		日東壯遊歌		
오대령	溟槎錄			追錄・又別錄
민혜수	槎錄			一行
변탁		癸未隨槎總錄	癸未信行駕海舟壬午冬經紀癸未正初始役後略錄	日本路程記・回答書契・同苦錄・到江戶各處所贈禮物存錄

　사행록의 기본적인 형태는 일기와 운문, 두 종류로 나눌 수 있다. 여기에 부수 형식의 글이 있느냐 없느냐에 따라 여러 가지 혼합형태를 보인다. 가장 체재가 갖추어진 것의 형태는 "일기-시문-산문-범례"와 "운문-산문-범례"로 볼 수 있다.

　조엄의 『해사일기』는 "일기-시문-산문-범례"의 가장 갖추어진 형태를 보여준다. 남옥의 『일관기』는 "일기-산문-범례", 성대중의 『일본록』과 오대령의 『명사록』은 "일기-산문", 원중거의 『승사록』과 민혜수의 『사록』은 "일기-범례"의 체재를 갖추고 있다.

　부수형식의 시문과 산문은 작가에 따라 다양한 모습을 보여준다. 일례로 조엄의 『해사일기』를 살펴보면, 시문인 「酬唱錄」 외에도 일본인과의 필담 및 서신을 기록한 「往復文字」, 조정에서 왕과 나눈 문답을 기록한 「筵話」, 보고서인 「狀啓」 등과 같이 여러 편의 산문이 실려 있으며 형식도 다양하다. 정사로서의 임무를 수행했던 조엄은 이와 같이 공적인 업무와 관련된 문서와 필담까지 빠짐없이 수록했던 것이다. 반면 일본문사들을 상대하는 서기였던 성대중은 공적인 업무에 관련된 기록은 없지만「書日本二才子事」·「書東槎軸後」와 같은 수창의 경험을 기록한 산문을 남겼으며, 사행선 건조에 관여했던 변탁은 造船에 관련된 기록인「癸未信行駕海舟壬午冬經紀癸未正初始役後略錄」을 함께 수록하였다. 사행체험을 기록한 일기와 운문 외에 여타 부수적인 기록은 내용상 작가의 업무와 관련된 것들이고 이를 효과적으로 보여줄 수 있는 형식이 자유롭게 채택된다.

동일한 작가의 다른 사행록인『일관창수』,『일관시초』,『화국지』는 어떻게 볼 것인가? 남옥의『일관창수』와『일관시초』는 시문집이다.『일관창수』는 남옥이 일본문사의 시에 화답하여 쓴 차화운시를,『일관시초』는 개인적인 창작시와 사행원들 사이의 차화운시를 창작의 순서대로 묶은 것이다. 기본적인 성격은『해사일기』의「酬唱錄」과 같다. 또 원중거의『화국지』는 문견록의 성격을 지닌 것으로 성대중의『일본록』의「日本錄」과 같은 형식의 기록이다. 이 3종의 책이 다른 사행록에 들어가 있는 시문이나 문견록과 다른 점은 분량이 많다는 것뿐이다. 반대로 남옥의『일관기』에는 시문이 전혀 등장하지 않고, 원중거의『승사록』[32]에는 문견록에 해당하는 글이 없다. 동일 작가의 사행록을 모두 포괄하면 남옥의 사행록은 "일기–시문–산문–범례"의 형태를, 원중거의 사행록은 "일기–산문–범례"의 형태를 갖추게 된다. 이 점을 미루어볼 때 남옥과 원중거의 기록 가운데 부수기록인 시문과 산문이 독립적인 책으로 묶였다고 추정할 수 있다.

이상을 정리해 보면, 1763년 계미사행의 사행록들은 ① 대표형식

---

32) 고려대소장본『승사록』은 실제로 5권 5책의 분량이지만, 첫 번째 책은『和國志』의 天卷과 동일한 것이다. 여기에서는 하우봉의 의견에 따라『승사록』을 4권 4책으로 취급하였다.

이 일기인 것, ② 대표형식이 운문인 것, ③ 부수 형식이 독립된 것의
세 형태로 나눌 수 있다.

2) 사행록의 계층별 서술태도

사행록의 구성이 작가의 특성을 반영하듯이 사행록의 서술태도도
작가에 따라 차이를 드러낸다. 이것은 작가가 사행에서의 역할에 따
라 경험이 달라지기 때문이다.

이 장에서는 작가에 따라 사행록의 서술태도가 어떻게 다르게 드
러나는지 살펴보도록 하자.[33]

(1) 正使의 외교업무일지 - 조엄의 『海槎日記』

조선정부가 德川家重의 퇴임을 연락받은 것은 1760년 12월이었고
사행단이 구성된 것은 1762년 8월이었다. 이때 정사로 임명된 인물
은 徐命膺(1716~1787)이었다. 이듬해 7월 서명응이 이조참의가 된 후
조명채를 배척한 죄로 유배되자 통신사 사신의 편성도 바뀌어 정사
에 鄭尙淳, 부사에 李仁培, 종사관에 洪樂仁이 임명되었다. 그러나
정상순이 어머니가 늙었다는 것을 핑계로 통신사행을 거부하자 영조
는 명을 받들지 않은 것을 이유로 그를 김해에 정배하였다. 이어 세
번째로 정사에 임명된 사람이 조엄(1719~1777)이었으며, 홍낙인이 조
엄의 처조카였던 관계로 종사관도 金相翊으로 교체되었다.

통신사 출발에 임박해 조엄이 정사에 발탁된 것은 조정관료들 가

---

33) 민혜수의 『槎錄』은 결권이라 분석하기 어려우므로 제외시켰다.

『韓客人相筆話』에 보이는 조엄의 초상

운데 비교적 일본사정에 밝았기 때문인 것으로 보인다. 조엄은 1757년 7월부터 1759년 1월까지 동래부사를, 이어 1760년 12월까지 경상도관찰사를 역임한 전력이 있었다. 4년 가까운 시간을 대외교섭의 창구인 동래를 관할하였고, 漕運의 병폐를 개혁하는 등 치적을 쌓아 동래 백성들의 신망도 깊었다.[34]

조엄은 『해사일기』 기록 경위에 대해 다음과 같이 기술하였다.

전후 통신사 가운데 사신과 원역을 막론하고 일기가 있는 경우가 많았는데 상서 홍계희가 더욱 널리 수집하여 『해행총재』라고 이름지었다. 부제학 서명응이 베껴 써서 『식파록』이라 제목을 붙이니 도합 61편이 되었다. 사행 도중 참고할 자료로 삼으려고 했으나 체임하게 되자 내게 모두 보냈다.····내가 이번 사행에 역시 붓 가는 대로 날마다 기록하는 것밖에 없겠지만 앞 사람들이 이미 기록한 말을 모두 빼버리면 실제를 기록하지 못하기 때문에 오직 눈으로 보고 귀로 들은 것과 내 생각이 미치는 것을 싣는다. 그러나 이미 이런 일에 익숙하지 못하고 또 병들고 게을러서 다 이루어진 후에 볼 게 없을까 걱정이다.[35]

조엄은 사행에 앞서 이미 이전 사행록을 검토한 상황이었다. 그가 일기를 대표형식으로 취하게 된 것은 선행 모델을 답습하는 동시에 자신의 체험을 적기에 가장 적합했기 때문이었다. 또 여러 편의 사행록에 일본에 관한 문견이 자세히 기록되어 있었으므로 『해사일기』에서는 중복되는 내용을 빼고 온전히 자신의 직접체험만을 기록하기로 하였다. 『해사일기』는 이전에 이미 엮여있던 "原本『해행총재』"36)를 보충하는 의미에서 1763년 계미사행의 경험을 충실히 적겠다는 의도하에 씌었다고 볼 수 있다.

『해사일기』는 철저하게 계미사행 관련 기록만으로 구성되어 있다. 일본인들과 주고받은 필담과 서신은 모두 계미사행 당시 실제 조엄이 참가한 것들이다. 제문은 의례상 지내는 해신제뿐 아니라 피살된 최천종을 위한 제문도 포함이 되어 있으며, 군령과 禁制條에 이르기까지 조엄이 정사의 신분으로 원역들에게 선포한 것들이다. 남옥이 범례에 書契式·傳命式 등 일반적으로 사행에 필요했던 의례뿐 아니라 이미 폐지된 日光山 致祭式까지 모두 기록한 것과 비교해 보면 『해사일기』가 계미사행의 실제 기록만으로 이루어져 있다는 점이 더욱 분명해진다.

조엄은 사행에 대한 자신의 뜻을 다음과 같이 노래하였다.

翻謄之 題以息波錄 合爲六十一篇 以爲行中考閱之資 及其遞任也 盡送於余…余於此行亦不免信筆記曰 而前人已錄之言 如欲盡拔 則未爲記實 故只取其目擊耳聞及愚見所到處載之 而旣不閑於此等事又且病懶 旣成之後 恐無足可觀者矣"(『해사일기』 10월 6일)
36) 하우봉은 1914년 조선고서간행회의 『海行摠載』 간행 이전 조엄의 『해사일기』가 추가된 형태의 『해행총재』를 '원본 해행총재'라고 지칭하였다.

男兒有志四方遊　　남아란 뜻을 갖고 사방을 노니는 법
不必離亭作別愁　　이별 정자에서 작별하는 시름은 필요치 않네
三百萹詩曾未誦　　시 삼백수 아직 외지 못하는데
若爲敷德遠夷柔　　어떻게 덕을 펴 먼 오랑캐 회유하랴[37]

　위의 시는 「酬唱錄」에 실린 것으로 출발할 때 지은 것이다. 제목이
「示意」인만큼 차운한 사람들도 각기 일본 사행에 대한 자신의 뜻을
드러내었다. 조엄은 특히 자신의 임무가 '敷德遠夷柔', 즉 일본과의
평화로운 관계 유지임을 보였다. 이런 면에서 『해사일기』는 다른 사
행록과 다른 몇 가지 특징적인 서술태도를 지닌다.

　우선 『해사일기』는 주된 내용이 여행의 흥취나 이국에 대한 감상
보다 주로 외교관으로서 의식과 업무가 어떻게 진행되었는지에 중점
을 두었다. 일례로 對馬島의 下船宴 장면을 보자.

　　(가)굽이굽이 돌아 대청 주변에 도착하니 도주와 以酊菴 승려가
나와 맞이하였다. 서로 읍하고 들어가니 대청 중층에 탁자가 설치되
어 있었다. 주객이 탁자 앞에 서서 각기 재배례를 행하고 나아가 앉
자 원역이 나란히 모두 허공을 보고 재배하였다. 허공에 재배하는
것은 그 뜻이 어디에 근거한 것인지 모르겠다. 저들은 도주에게 절
하는 것이라 하고 우리는 사신 앞에 절하는 것이라 하니 꼭 그래야
하는지 모르겠다. 연회에는 공연과 사연이 있으니 내 생각에는 關白
을 향해 절하는 것 같다. 기해 사행 때 저들의 『設宴儀註』 가운데
'도주는 비스듬히 남면한다'는 말이 있었다. 그래서 그 때 그렇지 않

---

37) 「示意」, 「酬唱錄」, 『海槎日記』.

다고 질책했는데도 연회에 임하여 갑자기 몸을 기울이려는 뜻이 있었다. 이 때문에 무진사행 때도 논쟁이 있었다. 이번 사행에도 이런 뜻이 있었기 때문에 수역을 시켜 사전에 왕복하게 하니 도주가 다시는 그렇게 하지 않겠다고 하였다. 예를 행함에 미쳐, 나와 도주가 마주 서 있었다. 살펴보니 도주가 살펴보려는 뜻이 없는 것은 아니나 몸을 기울이는 것을 꺼림을 드러내며 끝내 눈동자를 굴리지 않았고 마주 서있는 것이 정중하였다. 七味九酌의 예를 행하니 이것이 公宴이다. 연향 때 잔을 바꾸어드는 것은 저들을 접대하는 예이다. 이번에 우리 술잔은 맑은 차로 대신하였지만 저들의 잔은 알 수 없다. 잔을 바꾸어 들면 남에게 술을 권하는 것이 되고 저들이 스스로 마시는 것은 우리가 어쩔 수 없다. 우리 손으로 잔을 드는 것이 도의상 불가하기 때문에 미리 수역을 시켜 이 뜻을 전하여 잔을 바꾸는 예절을 폐하여 행하지 않고 서로 읍하고 나왔다.[38]

(나) 도주가 예를 행할 때 조금도 실례가 없었다. 혹시 남면하여 절을 받는다는 혐의가 있을까 염려한 걸까? 군관 이하가 예를 행할 때 감히 힐끗 보지 않았다. 주인과 빈객이 마주 서면 군관 이하가 허공을 향해 재배하는데 이전에 절을 행할 때면 도주가 비스듬히 남면을 히어 절을 반았기 때문에 아침에 미리 이 뜻을 전한 까닭이

---

38) "到府中入第二門 待三使齊會 下轎而入 裁判二人迎于第三門外 奉行兩人迎于門內 又兩人迎于廳前 彼以兩揖 我以一揖 由重房複壁而入 則廡內羅列鳥銃子砲新造子 是欲誇耀其武備也 回回轉曲到廳邊 則島主及酊菴僧出迎之 相揖而進 則設卓于大廳中層 主客立于卓前 各行再拜禮而就坐 則員役並皆望空再拜 望空再拜未知其義之何居 而彼人則謂拜於島主 我人則謂拜於使前 盖未知其必然也 宴有公私 吾意則似是向關白而納拜也 曾於己亥彼人於設宴儀註中 有島主斜南面之言 故其時責其不然 則臨宴忽有側身之意 以此戊辰亦有爭難 今行又有此意 故使首譯前期往復 則島主謂不復如是矣 及行禮也 我與島主相向而立 目視之則島主不無觀光之意 而顯有側身之嫌 終不轉睛 對立惟謹 行七味九酌之禮 此爲公宴也 宴享之時 換盃相稱 乃接彼人之禮也 今則我酌代以淸茶 彼酌旣未可知 若換盃而稱之 則是以酒勸人也 彼人之自飮我無奈何 而我手之執酒盃於義不可 故預使首譯往復此意 換盃一節廢却不行 相揖而出"(『海槎日記』 11월 6일)

다. 잔을 행하는 것은 맑은 차로 대신하였다. 우리나라가 꿀을 청이
라고 하기 때문에 저들이 억측하여 처음에 서너 잔은 꿀을 썼다가
우리나라 사람 말을 듣고 맑은 차로 바꾸었다고 한다.[39]

　11월 6일 對馬島 府中에서 있었던 下船宴에서 문제가 되었던 것은
원역들이 절을 할 때 도주가 몸을 기울여 받는 듯한 행동을 보이는
것과 조선에 금주령이 내린 상태에서 술잔을 들고 九獻禮를 행하는
것이었다. 다른 사행록에서도 이 문제에 대해 대부분 언급하였다. 남
옥은 전자에 관해 '남쪽을 향해 비스듬히 서는 것의 잘못을 왕복하여
정했다(以斜南立之非 往復而定)'라고 주로 처리하였고, 후자에 관해 '술
대신 꿀물을 썼다(以蜜水代酒)'라고 간단하게 언급하였다. 그 가운데
비교적 상세하게 서술한 것이 (가)의 『해사일기』와 (나)의 『승사록』
이다.

　원역들이 절을 할 때 도주가 몸을 기울이는 것은 조선의 사행단이
도주에게 예를 올린다는 것을 의미한다. 이는 국가적 위신에 관련된
문제였기 때문에 이전부터 논쟁이 되었다. 여기에 대해 조엄은 재배
례 과정, 재배례의 의미, 이전의 선례, 문제해결 과정, 도주의 실제
행동 등 매우 자세하게 기록하였다. 원중거는 도주의 행동에 대한
원인과 결과를 기록하고 있지만, 도주의 남면 문제가 왜 문제가 되는
지에 대해서는 알 수 없다. 또 술 대신 맑은 차를 사용한 일은 대부분

---

39) "島主將禮小無失禮 或慮斜南面受捧之嫌 軍官以下行禮時不敢睨視 盖賓主對立 軍官
　以下向空再拜 而前此輒於行拜時 島主斜南面當拜 故朝者先以此往復故也 行拜則使之
　代以淸茶 我國以蜂蜜爲淸 故渠輩憶料而初用蜜數三四盂後 因我人言而代以淸茶云(『
　乘槎錄』11월 6일)

의 사행록 기사에 나오지만, 술잔을 바꾸는 예에서 일어날 수 있는 문제에 대해 언급한 곳은 없다. 원중거도 일본인들이 '청'의 의미를 잘못 알아들어 생긴 해프닝을 전달하고 있을 뿐이다. 반면 다른 사행 록의 기록들이 연회 중 들어온 음식과 식기의 장식, 일본인들의 복식 과 행동거지, 對馬島 부중의 건물 형태에 대해 길게 묘사한 것에 비해 조엄은 간단히 언급하거나 전혀 기록하지 않았다. 이날 기록의 주된 관심은 하선연이 국가의 위신과 관련되어 제대로 행해졌는지에 집중 되어 있다.

조엄은 스스로도 '내가 일본의 기명과 음식에 대해 동래부에 있을 적에 역시 본 것이 있었으니 하물며 이번 사행에 더욱이 못 보던 것을 봄에랴? 그러나 하나도 눈에 들어와 마음을 동하게 하는 것이 없고 하나도 입에 들어와 위를 깨우치는 것이 없으니 구하는 바가 오직 국사를 마치고 고국으로 돌아가는 것에 있기 때문에 생각이 다른 일 에 미칠 겨를이 없어 그런 것인가?'[40]라고 토로하였다. 『해사일기』 는 전반에 걸쳐 의식의 진행, 예단, 서계에 이르기까지 진행과정이 전례와 비교하는 형태로 기록되어있다. 일본인과의 접촉하는 과정도 말을 전달하는 수역과 호행책임자 對馬島 島主의 말을 그내로 인용 하는 등 계미사행의 실제 진행과정을 그대로 전달하려고 노력하였 다. 외교업무 상황을 그대로 전달하려는 조엄의 작가의식에서 비롯 된 것으로 볼 수 있다.

둘째, 교린국의 정보 수집의 기록이라는 점에서 『해사일기』의 특

---

40) "余則於日本器皿飮食 曾在萊府時 亦有所見 況於此行尤見其所未見者 而無一入眼而 動意者 無一入脣而醒胃者 以其所求惟在於竣王事而返故國 故意念未可及於他事而然 耶"(『해사일기』 11월 29일)

징을 드러낸다.

조엄이 일본영역인 佐須奈浦에 도착해 가장 먼저 한 일은 對馬島와 일본의 지도를 구하여 변박에게 모사하게 한 일이었다. 이를 위해 조엄은 일부러 동래시절 익숙하게 부리던 변박을 선장의 명목으로 사행단에 수행하게 하였다.41) 이후 대판에 도착해서도 일본지도 개정본을 구해 화원 김유성으로 하여금 모사하게 하였으며, 기선장인 변박을 일부러 도훈도의 직책을 띠게 하여 강호까지 데리고 갔다.42) 조엄은 淀浦에 도착해서도 水車의 모양을 허규와 변박을 시켜 그리게 하였다. 그 이유에 대해 '그 제작을 우리나라에 옮겨 이용하면 논에 물대는 방법에 이롭다고 할 만하다'43)라고 설명하였다. 2월 3일에는 州股에서 본 舟橋와 堤堰에 대해 묘사하고 있는데, '이 방법을 만약 우리나라 서남지방의 둑에 실행한다면 도움이 될 만하다'44)라고 하였다.45) 물레방아와 고구마 같이 민생에 도움이 될 만한 이국의 정보는 빼놓지 않고 기록하였다. 이런 면모는 일본의 기명과 음식에 별다른 흥미를 갖지 못하던 모습과 매우 대조적이다. 조엄 스스로가 외교의 업무를 국서 전달에 국한시키지 않고 적극적으로 일본의 지

---

41) "得馬州地圖及日本印本地圖 使卞璞模寫 璞是萊州人 而能文字善寫畫 而三騎船將率來者也"(『海槎日記』 10월 10일)

42) "又得日本地圖改正之本 使畫師金有聲模之 所謂大地圖繁雜故置之 三騎將卞璞 以能畫 與導訓導相換 隨行於江戶"(『海槎日記』 1월 24일)

43) "如能移其制作於我國而用之 則其於灌田之道可謂有利矣"(『海槎日記』 1월 26일)

44) "此法若行於我國西南堤堰之處 則可以有賴矣"(『海槎日記』 2월 3일)

45) 오영교(「영호 조엄의 생애와 사상」, 『조엄연구논총』, 원주시, 2004, 34쪽)는 조엄의 기술문명에 대한 관심을 실학자의 면모로 규정하는 데 주의를 요할 것을 지적하였다. 조엄은 대표적인 노론집권세력 출신이자 실무에 능한 관료였던 점을 미루어 정보수집에 의한 행동으로 보는 것이 타당할 것이다.

리와 문물을 탐지하는 데 두고 있음을 알 수 있다.

셋째, 냉정한 판단력을 견지하고 정세를 분석하는 태도이다. 이것은 외교업무를 책임지고 있는 정사에게 무엇보다도 필요한 태도였을 것이다.

> 우리나라가 이미 부득이하게 교접을 해야 한다면 왜황과 대등한 예를 행하는 것이 가할 것이지만 임금도 신하도 아닌 關白과 대등한 예를 행하는 것은 더욱 수치스럽고 분하다. 들으니 關白이 새로 즉위한 후 반드시 우리나라의 통신사를 청한다 하니 귀중한 것을 빌어 군중의 마음을 진무하려는 것이니 더욱 한심하다. 그리고 들으니 옛날에는 관백이 오히려 왜황에게 朝覲하기도 했다는데 백여 년 이래 이 예 역시 폐지되어 행해지지 않는다고 한다. 그래서 조금 지각이 있는 자 가운데 울분을 가진 자가 없지 않고 혹 비웃는 말이 있다 한다. 만약 진짜 영웅이 그 사이에 나온다면 혹 쟁탈하는 일이 없을 수 없겠지만 배치와 규모가 치밀하여 66주의 과반이 關白의 심복 무리인데다 백성들은 전세 외에 징발하는 것이 없고 사역이 있으면 대가를 지불하기 때문에 원망하거나 괴로워하여 이반하려는 생각이 없다고 한다.[46)]

위의 글은 전명의식이 있었던 2월 27일의 일기이다. 조엄이 倭皇

---

46) "我國旣不得已交接 則與倭皇抗禮可也 與匪君匪臣之關白 抗其禮義者 尤可羞憤 聞關白改立後 必請我國之信使者 盖欲藉重而鎭群心矣 尤可寒心也 且聞在昔則關白猶或朝覲於倭皇 百餘年來 此禮亦廢却不行 故稍有知覺者 不無怫鬱之意 或有非笑之言 若或有眞箇英雄之出於其間者 則或不無爭奪之事 而第聞其排置規模極其緻密 六十六州過半是關白腹心之類 且生民則田稅外無他所徵 如有使役輒給雇價 故民無怨苦離叛之意"(『海槎日記』 2월 27일)

과 關白의 관계에 대해 파악하고 있는 바를 서술한 것이다. 그는 신하도 임금도 아닌 關白과 동등한 예를 취해야 하는 것에 대해 '羞憤'이라고 감정을 표현하고 있으며, 통신사가 關白의 위신을 세우기 위해 이용되는 것에 '寒心'이라고 표현하였다. 그러나 곧 이러한 감정은 접어두고 일본의 정세 파악에 들어간다. 이러한 제도에 불만을 품은 사람이 있다는 것과 앞으로의 변개 가능성에 대해 타진하는 것이다. 그리고 아직까지는 그러한 변화의 조짐이 보이지 않는다는 판단에 이른다. 김인겸이 關白에게 예를 행했다는 문사들의 말을 듣고 '이 말 다 드러ᄒᆞ니 아니 가고 누엇기가 진실로 잘 ᄒᆞ엿ᄂᆞᆫ디라 깃브고 다ᄒᆡᆼᄒᆞ다'라고 감정적인 판단에서 멈추는 것이 아니라 객관적인 정세 분석을 하는 것이다.

이러한 조엄의 태도는 최천종 피살사건과 관련하여 더욱 분명히 드러난다. 최천종은 조엄이 경상도관찰사 시절 신임하던 장교로서 일부러 차출하여 데리고 온 사람이었다.[47] 조엄은 그 심정을 '莫不驚 愕嗟惜'이라고 표현하였다. 친숙한 사람이 죽은 상황 속에서도 조엄은 '변괴를 당하여 혹 분한 생각을 일 처리할 때 개입시키면 오류를 저지르는 탄식이 있을까 걱정스러우니 이 역시 염려하지 않을 수 없는 점이다'[48]라고 하면서 감정을 억제하고 냉정한 태도를 유지한다. 이어 '타국의 사정에 다름이 있고 피아의 형편이 각기 다르니 요는 오래 버티며 동요하지 않는 것을 위주로 해야 하는데 알지 못하는 中下官 무리가 분통한 것만 알아서 對馬島 사람을 꾸짖고 모욕하는

---

47) 『海槎日記』 4월 7일.

48) "凡當變怪 若或以切憤之意 經加處事之際 則恐有誤謬之歎 此亦不可不念處也"(『海槎 日記』 4월 9일)

경우가 많다. 이미 일 처리하는데 이롭지 않고 괜한 일이 생길 염려가
있기 때문에 일체 엄금하였다'49)라고 하면서 신중한 자세를 취한다.
이후 大阪에서의 한 달간 조엄은 호행원인 對馬島측과 以酊菴 장로
사이의 알력, 對馬島와 大阪府 사이의 보이지 않는 공방을 중립적인
위치에서 살피면서 최천종 사건을 해결하기 위해 총력을 기울였다.
이 사이 조엄은 매우 자세하게 사건의 전개를 기록하였는데, 사건을
처리하는 데 관련되었던 사람의 관계와 사건 추이 과정, 鈴木傳藏의
진범 여부에 이르기까지 일일이 분석을 하였다.

조엄은 사행단을 이끌어가는 정사의 위치에 있었다. 사행이 시작
되기 전 이전 사행록을 숙독한 상태였고, 사행록이 이후 사행의 참고
열람자료가 된다는 점에 의의를 두고 있었다. 따라서『해사일기』를
서술하는 태도는 개인적인 술회가 아닌 업무보고 중심으로 이루어졌
다. 외교의례의 내용과 일본에 대한 정보의 수집, 정세의 객관적인
분석이라는 틀 안에서 사행일지가 기록되었다.

(2) 제술관의 창수 일지 – 남옥의『日觀記』·『日觀詩草』·『日觀唱酬』

문사를 담당하는 사행원을 제술관이라는 명칭으로 부르기 시작한
것은 1682년 7차 사행이었다. 이전 4차·5차·6차 사행에서 日光山
致祭의 제문을 읽는 임무를 부여하여 파견하였던 讀祝官이 日光山의
典禮가 폐지되자 제술관의 명칭으로 바뀌었다. 장순순은 독축관의
명칭이 이전의 吏文學官으로 복귀하지 않고 제술관으로 바뀐 이유를

---

49) "他國之事情有異 彼我之形勢各殊 要當以持久勿搖爲主矣 無識中下官輩 徒知憤痛 多
有罵辱馬人者 旣無益於做事 且有慮於生梗 故一切嚴禁之"(『海槎日記』4월 11일)

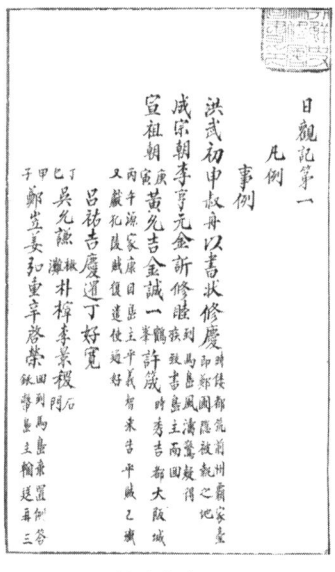

남옥의 『日觀記』

시대적인 변화와 관련지어 설명하였는데, 일본인과의 필담창화가 늘어나면서 통신사행의 문화교류적인 성격이 강화되어 초기 외교문서 작성들의 실무를 담당하는 이문학관보다 문장을 짓는다는 의미의 제술관이 더욱 적당했기 때문이라고 추론하였다. 그리고 제술관이 ① 통신사 일행의 문사를 담당하고 외교문제의 변별자로서의 역할을 수행하였고, ② 일본의 문사들과 필담·수창함으로써 우리나라의 문화를 선양하였으며, ③ 각종 致祭의 주관자로 축문을 찬하고 독축관의 역할을 하였고, ④ 사행 후 조선후기 지식인들의 정확한 일본 이해를 도모하는 데 기여하였다고 정리하였다.[50] 제술관이 양국 문화교류의 중심에 있었던 만큼 조정에서도 문재가 있는 자를 엄선해서 보냈다.

남옥(1722~1770)은 1753년 정시에 급제, 결성현감을 지내다가 1760년 島松에 연루되어 해임되었고, 1762년 6월에는 趙載浩의 옥사에 연루되어 유배되었다가 8월에 풀려났다.[51] 계미사행의 사신단은 1762년 8월에 임명되었는데, 이해 11월 종사관 이득배가 남옥을 서기

---

50) 장순순, 「朝鮮後期 通信使行의 製述官에 對한 一考察」, 『全北史學』 13집, 전북대사학회, 1990.

51) 남옥의 생애에 대해서는 『宜寧南氏家乘』을 바탕으로 한 김성진의 연구가 자세하다. (「南玉의 生涯와 日本에서의 筆談唱和」, 『韓國漢文學研究』 19집, 한국한문학회, 1996)

에 추천하여 두 달간 간청하였다고 한다. 이듬해 5월에 정사 서명응
이 다시 그를 제술관에 추천하여 출발이 임박한 6월에야 비로소 윤허
를 얻어 副司果의 직함을 받게 되었다. 무슨 이유에서인지 남옥의
제술관 임명이 상당히 지체되었는데, 전후사정으로 보아 옥사에 연
루되었기에 거리낌을 받았던 것 같다.

7월 24일 남옥은 입시하여 문재를 시험받았다. 이때 영조는 '제술
관의 설치 시작과 일본 문사의 수응에 관한 일'을 물었다.[52] 사신을
파견하는 영조 자신도 계미사행에서 제술관의 가장 큰 임무를 무엇
보다도 일본문사와 수창하는 일이라고 여기고 있음을 알 수 있다.

남옥의 일본 사행에 관련하여 남긴 기록은 『日觀記』·『日觀詩草』
·『日觀唱酬』 3종이다. 『일관기』는 사행록 가운데 凡例가 가장 자세
할 뿐 아니라 10권에 견문록에 해당하는 「總記」까지 실려 있어서 일
본 사행 제반에 관해 조엄의 『해사일기』보다 훨씬 풍부한 정보를 제
공해준다. 무엇보다 독특한 것은 그가 일본 사행 도중 창수했던 인물
500명의 명단인 「唱酬諸人」이 범례 마지막에 실려 있는 점이다.

『일관시초』는 2권 2책으로 되어있는데, 상권에 636수, 하권에 513
수[53]가 실려 있다. 『일관창수』는 원래 3권3책이나 상권이 결권되어
있는데, 중권에는 416수, 하권에 370수가 실려 있다. 남옥의 기록만
보아도 일본 사행 도중에 지은 시가 2천수 가까이 되는 방대한 양임
을 알 수 있다.

원중거가 '우리 네 사람은 역참 하나도 떨어져 본 적이 없이 제술관

52) "製述設置之事 彼國酬應之事"(『日觀記』 7월 24일)
53) 중간에 缺張이 한 장 있으므로 정확한 수치는 아니다.

의 처소에 함께 들거나 서기의 처소에 함께 들곤 했다[54])라고 했듯이 일본 문사와의 창수를 담당했던 제술관과 서기, 이 네 사람은 항상 행동을 같이 했다. 그렇기 때문에 네 사람의 일본 경험이 거의 유사하게 진행되었고, 사행록에서 다루는 내용도 비슷하다. 그중에서도 『일관기』의 두드러진 특징은 일본의 文詞에 대한 기록이 매우 세밀하다는 점이다. 다음은 對馬島에서 가장 처음 만난 일본문사인 통역 澤田治에 대한 기록이다.

(가) 通詞倭 澤田治左衛門는 문자를 이해한다고 일컬어져 대략 함께 필담을 나누었다. 부중에 몇 호나 있냐고 물으니 거의 오천호라고 하였다. 섬 안이 총 몇 호나 되는 지 물으니 거의 팔천 호라고 하였다. 누가 가장 문장을 잘 하느냐고 물으니 大浦益之進이 첫째가는 학자이고 紀國瑞가 그중 뛰어난 인재라고 하였다. 섬 안의 문헌이 빈곤함을 알만하다.[55]

(나) 倭通事 가운데 29세 되는 자가 왔다. 이름을 물으니 沢田治라고 하니 沢자는 澤자라고 한다. 관백인 家治와 이름이 같은 연유를 물으니 두 글자를 함께 불러서는 안 되지만 家자, 治자 같은 경우는 본래 한 글자씩 휘하는 법이 없다 한다. 이름 두 글자를 치우쳐 휘하지 않는다는 의미건만 우리나라 서계에는 반드시 綱자 吉자 등을 휘하도록 요구하니 對馬島人이 우리나라의 휘법을 듣고 따라하다가 도리어 추함을 드러내었다. 가소롭고 가소롭다. 섬 안에서 문장을

---

54) "吾四人未嘗一站相離 或同入製述所 或同入書記所"(『乘槎錄』 1월 16일)

55) "通詞倭澤田治左衛門稱解文字 略與筆話 問府中幾戶 曰可五千 問島內總當幾戶 曰可八千 問誰㝡能文 曰大浦益之進一學 紀國瑞爲翹楚 可知島中文獻之貧"(『日觀記』 10월 30일)

잘 하는 사람에 대해 물으니 紀國瑞를 일컫고 가장 이름이 난 자를
물으니 大浦益之進을 일컫는다. 두 사람이 모두 그들을 가르치는 임
무를 맡고 있다고 한다.[56]

남옥의 기록인 (가)보다 원중거의 기록인 (나)가 훨씬 자세하다.
두 사람은 동석에서 澤田治와 만나 얘기를 나누었으므로 같은 내용
을 듣고 물었을 것이지만, 기록하기 위해 선택한 내용은 다르다. 원
중거의 기록은 澤田治의 성명을 통해 일본의 諱法과 그에 대한 비판,
對馬島內의 문장가에 대한 물음으로 이어진다. 남옥의 기록은 부중
의 호수와 도내의 호수에 대한 물음과 문장을 잘하는 자에 대한 물음,
그리고 紀國瑞가 문장을 잘한다는 대답을 미루어 對馬島 인재의 수준
이 매우 낮다고 평가하는 것으로 끝을 맺는다. 원중거의 기록은 對馬
島의 실정에 관한 정보를 위한 것이다. 반면 남옥이 인구수를 물은
이유는 5천호, 8천호 되는 인구 가운데 문장을 잘 하는 자가 누구인
지 묻기 위한 것이다.

남옥이 수창한 인물에 대해 얼마나 자세히 기록했는지는 수창이
많았던 大阪에서의 기록을 보면 분명히 드러난다. 수창이 있었던 첫
날인 1월 22일 『일관기』에 등장하는 일본 문사는 19명이다. 비교적
자세히 기록한 원중거의 기록에 특히 뛰어났던 6명의 이름만이 기재
되어 있을 뿐이다. 연일 수창이 계속된 24일 성대중은 '시를 구하는

---

56) "倭通事年二十九者入來 問其名称沢田治 沢郎澤字云 問其關白家治同名之由 答云兩
字不可幷呼 若家字治字 則本無單諱之法 盖二名不偏諱之意 然而我國書契必要諱綱吉
等字 馬倭輩聞我國諱法欲效之 而反露醜也 可笑可笑 問島中能文者 則稱紀國瑞 其最著
名者 則稱大浦益之進 二人皆掌渠輩諱之任云矣"(『乘槎錄』 10월 30일)

자가 어제처럼 모였다'57), 원중거는 '또 외당에 나가 어제처럼 응수했다'58), 김인겸은 '이날도 글짓기를 어제ᄀ치 무수ᄒ다'라고 간단히 적었지만, 『일관기』에는 28명의 이름이 등장한다.

1월 26일은 사행단이 大阪을 떠나 金樓船으로 갈아타고 淀浦를 향한 날이다. 이전의 사행록을 포함한 대부분의 기록이 화려한 누선의 모습과 양쪽 언덕에서 끌고 가는 특이한 방식의 舟行에 관해 길게 묘사한다. 남옥도 마찬가지이다. 그런데 일기 마지막에 '배 가운데 江世恭이라는 사람이 애써 글을 구하였고 富維章도 공무 때문에 배에 있었는데 시를 바치며 화운시를 청해 나란히 응수하였다. 維天長老가 처음 "江行詩" 여러 편을 주었다. 周宏, 承隆, 以酊菴 장로의 문도인 승려 惠勇이 모두 시를 주었다. 紀國瑞, 那波魯堂, 富野義胤, 源文虎가 나란히 시를 부쳐왔다'59)라고 하여 수창에 관련된 기록을 덧붙였다. 서기들의 사행록에 일본문사의 구체적인 이름이 많아야 50여 명 정도 등장하는 것에 비해, 『일관기』에는 명단의 500명 가운데 63명을 제외하고는 모두 필담·창수했다는 기록이 나온다.

『일관기』의 일기는 여행의 경험과 수창의 경험이 날마다 기록되어 있는 형태를 지니고 있다. 사행이라는 특수한 체험을 문자로 표현할 때, 사실을 그대로 보존하려고 해도 여러 경험들 가운데 작가의 관점에 따라 취사선택될 수밖에 없다. 『일관기』 역시 여기에서 예외일

---

57) "求詩者坌集如昨"(『日本錄』 1월 24일)

58) "又出外堂應酬如昨"(『乘槎錄』 1월 24일)

59) "舟中有江世恭者苦乞書 富維章亦以公幹在船呈詩請和 並應之 維天長老初贈江行詩數篇 周宏承隆酊菴徒僧惠勇俱贈詩 紀國瑞那波魯堂富野義胤源文虎 並有寄來詩"(『日觀記』 1월 26일)

수는 없다. 그런데, 여행의 경험과 수창의 경험을 다룰 때 남옥의 태도는 상당히 다르다.

1월 28일 사행단은 淀浦에서 내려 京都로 들어가 묵었는데, 사행단이 최초로 육로 여행을 시작하는 날이었다. 대단위의 인마가 행차하는 모습이 남옥에게 상당히 인상 깊게 다가왔던 것으로 보인다. 사행단이 탔던 말의 장식부터 일본인이 말을 다루는 방식, 사행행렬의 깃발과 복식을 매우 자세하게 묘사하였고, 지나는 거리의 형태와 관광하는 남녀의 모습, 관소의 크기에 이르기까지 보고 들은 것을 매우 생생하게 기록하였다.

> 시를 구하러 온 사람은 荻凱, 源之熙, 池愿, 北春倫. 北春倫의 號는 翠栢, 나이는 여든에 가깝고 신묘·기해·무진사행에 연이어 수창하였는데 순박하고 성실하기가 陶國興 같았다. 그의 아들 克, 둘째아들 宗堅, 柳敬基, 武欽絲. 號는 梅龍, 井潛이 일컬은 사람이며 무진사행에 篠元亮으로 창화한 사람이다. 橘正之·御廚華·御廚泰 형제, 坂元之將, 藤原成章, 森義勝, 關維元, 승려 敬雄, 村井漸, 餘瑟. 餘瑟은 자칭 백제왕의 후예인데, 부여의 餘자를 성으로 삼은 것 같다. 일본의 餘씨는 모두 백제를 조상으로 하는데, 아마도 백제의 왕인이 일본에 들어왔을 때 종자를 남긴 것이리라. 平文韶, 宇重衡, 滕玄芝. 大阪의 宇野成憲이 지금은 高田伊嶠가 되었는데 스스로 膳所侯의 서기로서 관소에 지공하는 일을 주관한다고 말하면서 아울러 화운시를 구하였다.[60]

---

60) "來覓詩者 荻凱 源之熙 池愿 北春倫 號翠栢年近八十 辛卯己亥戊辰連與唱酬 淳慤如陶
   國興 其子克 次子宗堅 柳敬基 武欽絲 號梅龍 卽井潛所稱 戊辰以篠元亮唱和者也 橘正
   之 御廚華御廚泰兄弟 坂元之將 藤原成章 森義勝 關維元 釋敬雄 村井漸 餘瑟 自稱百濟

위의 인용문처럼 창화한 기록은 매우 무미건조하다. 창화한 문사의 이름과 출신을 기록해 놓았을 뿐, 어떤 경로로 만났는지, 무슨 얘기를 나누었는지는 전혀 나와 있지 않다. 창화가 많았던 날의 기록들은 대부분 이런 식으로 성명이 나열된 형태를 가지고 있다. 이는 남옥이 일본문사와의 교류보다는 창수를 한 행위에 중점을 두고 있음을 의미한다. 날마다 어떤 사람들을 만나 성실히 창수했는가가 주된 관심사였던 것이다.

그렇다면 기계적인 창수 활동을 기록하는 것으로 끝나는 것일까? 『일관기』의 무미건조한 창수기록을 보완해 주는 역할을 하는 것이 바로 『일관창수』이다. 『일관창수』는 일본문사와의 창수행위에서 나온 실제 문학적 표현물인 차화운시가 실려 있다.

『일관창수』의 중·하권은 大阪 이후의 창수시가 실려 있다. 「唱酬諸人」의 명단에서 大阪 이후의 인물은 모두 446명이고, 『일관창수』의 차화운시 대상이 되었던 인물은 373명이다. 「唱酬諸人」이 필담만 한 사람이나 시가 아닌 다른 글을 요구했던 인물까지 포함된 점을 감안한다 하더라도 『일관창수』가 모든 차화운시를 싣고 있는 것은 아니다. 현전하는 일본 쪽 자료와 비교하여도 실리지 않은 시가 여러 편 있는 것을 확인할 수 있다. 남옥은 大阪에서 문사들에 대해 '미천하고 어리석은 남만의 사람이 흥미가 없는 작품을 구하는 데다 운자는 대부분 기괴하여 압운할 수 없는 것이다'[61]라고 하면서 이를 간행

王之後 似以夫餘之餘爲姓 日域餘氏 皆祖百濟 豈王仁入倭時留種者歟 平文詔 宇重衡
滕玄芝 大阪之宇野成憲 今爲高田伊嶠 自道膳所侯書記主供館之事 並以詩求和"(『日觀
記』 1월 28일)
61) "素昧雕題之人 求無興無味之作 而又其韻字率多有怪怪不可押者"(『日觀記』 1월 23일)

하는 일본인의 행태에 매우 염려하였는데, 『일관창수』에서는 스스로
도 보이고 싶지 않은 작품은 어느 정도 걸러내었던 것으로 짐작된다.
그러나 『일관기』에 기재된 일본문사와 『일관창수』의 대상이 되었던
인물이 거의 일치한다. 『일관기』에서 창수했다고 기록된 때의 시가
『일관창수』에 실린 것은 거의 틀림없는 사실이다.

　　제술관의 의무 가운데 무엇보다도 중요시되었던 것은 일본문사의
시에 응수하는 것이었다. 사행이 끝난 후 영조는 '남옥은 몇 편을 지
었는가?'라고 물었고 남옥은 '천여 수 지었습니다'라고 대답하였다.
영조는 다시 '너는 저들의 시를 가지고 왔느냐?'라고 물었고, 남옥은
'저들이 먼저 지은 후에 화운하였기 때문에 저들의 작품을 과연 가지
고 왔습니다'라고 대답한다.[62] 사행 도중 지은 시가 2천수가 넘었지
만 남옥은 천여 수라고 대답하였다. 이 천여 수라는 숫자는 『일관창
수』에 기재되어 있는 수와 맞먹는다. 즉, 영조의 물음에 남옥은 개인
적으로 지은 시를 빼고 제술관의 지위에서 일본인과 응수하여 지은
시의 숫자만 가지고 대답한 것이다.

　　『일관기』는 남옥의 개인적인 사행의 체험과 제술관의 의무적인 사
행의 체험이 혼합되어 있는 기록이다. 따라서 『일관기』의 여행 체험
에 대한 기록은 작가의 관심에 따라 자유롭게 기록되는 반면 창수
기록은 매우 공적이고 사무적인 태도를 보인다. 이런 두 가지 태도가
시작품으로 분명하게 표현된 것이 『일관시초』와 『일관창수』이다. 여
행자로서 지은 시가 『일관시초』에, 제술관의 신분으로서 지은 시가

---

62) "上曰 南玉作幾篇乎 玉對曰 作千餘首矣 上曰 壯矣 汝得彼人詩來乎 對曰 彼人先作
　　然後和之 故彼作果爲持來矣"(『海槎日記』·「筵話」)

『일관창수』에 실려 있다. 남옥의 사행록은 개인적인 경험뿐 아니라 제술관의 입장에서 창수라는 공적인 의무를 성실하게 기록하고 있다는 점에서 다른 사행록과 상이한 서술 태도를 보여준다.

(3) 서기의 일본 관찰기 – 성대중의 『日本錄』, 원중거의 『乘槎錄』·『和國志』

계미사행은 12차 사행 가운데 세 서기의 기록이 남아 있는 유일한 사행이다. 조엄은 사행원역에 대해 '군관 가운데 명무는 변방 사정에 익숙하게 하려는 것이고, 자제는 친속이 서로 의지하게 하려는 것이며, 장사는 용력을 남에게 보이려 하는 것이다. 제술관과 서기는 문자로 수응하게 하려는 것이고 왜역과 한역은 언어를 통하게 하려는 것이며 의원은 질병을 구호하게 하려는 것이다. 寫字官, 畵員 및 別破陣, 馬上才, 典樂, 理馬 모두가 기예가 이웃나라에 지지 않게 하지 않으려는 것이 없다'[63]라고 각각의 역할을 설명하면서, 제술관과 서기의 역할을 동일하게 보고 있다. 통칭 四文士로 일컬어지는 제술관과 서기의 가장 중요한 임무는 역시 일본문사에 수응하는 것이다. 그러나 세 서기의 기록은 제술관인 남옥의 기록과 달리 수창에 대한 의무적인 기록이 거의 보이지 않는다. 각자의 개성에 따라 독특한 기록태도를 보여준다.

성대중(1732~1809)은 처음에 서명응에 의해 제술관으로 추천되었으나 蔡希範이 임명되고 그는 정사서기에 발탁되었다. 채희범이 고

---

63) "軍官之名武欲其邊情之慣習也 子弟欲其親屬之相依也 壯士欲其勇力之視人也 製述官書記欲其文字之酬應也 倭譯漢譯欲其言語之相通也 醫員欲其疾病之救護也 寫字官畵員曁夫別破陣馬上才典樂理馬皆莫非技藝之無負於隣國也"(『海槎日記』8월 3일)

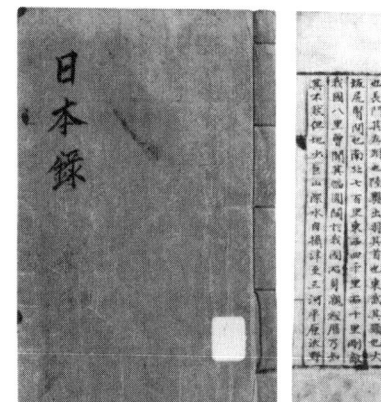
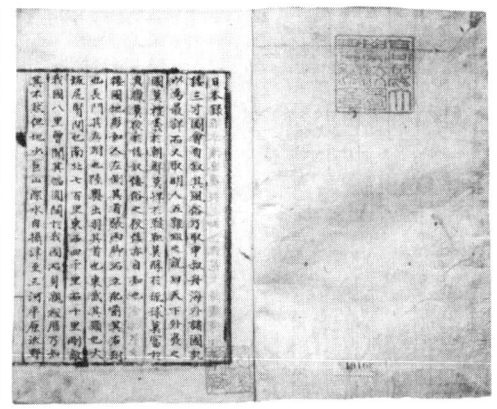

성대중의 『日本錄』

원중거의 『乘槎錄』·『和國志』

사한 후 제술관은 남옥으로 바뀌있다. 은계찰방에서 해임되어 서울
로 올라와 보니 사신단이 교체되어 있었으므로 성대중은 사임하려
하였으나 할 수 없었다고 한다. 정사였던 조엄은 성대중의 시험관이
었기 때문에 이미 그의 재주를 알고 있어 매우 흡족해했다. 성대중은
'일본 사행이 본래 우리집안이 대대로 하던 직임'64)이라고 표현하였

는데, 1682년 최초의 제술관에 成琬이 파견되었고, 1719년 성완의 조카 成夢良이 정사서기로 일본 사행에 참여했으며, 성대중은 성몽량의 아우 成夢奎의 손자이다. 이 때문에 성대중은 사행 도중 이전 사행원들과 창수했던 일본문사의 관심을 받았다.

『일본록』은 크게 사행일기에 해당하는 「槎上記」와 문견록에 해당하는 「日本錄」으로 나눌 수 있다. 「槎上記」는 다른 사행 일기들에 비해 매우 간략하게 기록되어 있다. 일반적으로 사행록에서 길게 다루어지는 부분은 對馬島의 영접, 大阪 도착, 江戶 입성, 傳命儀式 등이다.

> 27일 경술일. 서북풍. 배를 출발하여 곧바로 對馬島 부중에 닿았다. 도주 및 以酊菴 장로가 항구에 나와 영접했다. 배의 장막과 깃털 장식한 의장이 상여 장식처럼 눈부셨으나 우리들은 처음 보고 기색이 동요함이 없었다. 이날 160리를 갔다. 관소는 서산사이다.[65]

> 20일 임술일. 맑음. 서북풍을 타고 배를 띄워 백리를 갔다. 이미 하구에 정박하자 세 사신 및 일행은 금누선으로 갈아타고 大阪에 들어갔다. 타고 온 배를 바라보니 섭섭했다.[66]

> 20일 임신일. 비가 종일 오다. 새벽에 출발해 35리를 갔다. 江戶에 들어가 本誓寺에 머물렀다.[67]

---

64) "東槎固吾世職"(『日本錄』 8월 3일)

65) "二十七日庚戌西北風 發船直抵對馬府中 島主及以酊菴長老出迎港口 船帳羽葆眩若神轝之飾 我人初見無不色動 是日行一百六十里 館西山寺"(『日本錄』 10월 27일)

66) "二十日壬申晴 乘西北風發船行百里 已泊河口 三使臣及一行移乘金樓船入大阪 望之 令人依依"(『日本錄』 1월 20일)

67) "十六日戊戌 雨終日 曉發行三十五里 入江戶 留本誓寺"(『日本錄』 2월 16일)

27일 기유일. 아침에 가랑비가 내리더니 저녁에 여전히 흐렸다. 關白의 처소에서 전명하였다. 일행이 모두 갔으나 퇴석 홀로 가지 않았다.68)

위의 인용문은 각 날짜의 성대중 일기 전문이다. 대부분 사행록은 對馬島 선박과 금누선의 화려함이나 大阪·江戶의 번성함, 전명의식의 진행 과정을 세세히 묘사하기 마련이다. 이에 비하면 성대중의 기록은 마치 중요한 일만 표시해놓은 메모와 비슷하다. 수창에 관한 것도 '문사 14인이 보러 왔는데 木世肅, 福尙修, 合離, 那波魯堂, 富野義胤이 그중 나았다'69)나 '林氏 門徒 아홉명이 보러 왔다'70)처럼 간단히 요약하였다. 반면 사명을 받은 날과 복명한 날, 그리고 최천종 피살사건을 처리하던 기간인 1764년 4월과 5월의 일기는 비교적 자세하다.

문견록에 해당하는 「일본록」은 성대중 자신이 기록한 것이지만, 「靑泉海游錄抄」는 9차 사행에 참여했던 신유한의 『海游錄』 가운데 「聞見雜錄」을 초록한 것이다.

「일본록」은 일본의 진반직인 지형에 대한 설명으로 시작해서, 對馬島-壹岐島-筑前州-長門州-攝津州-山城州-近江州-美濃州-尾張州-三河州-駿河州-相模州-武藏州의 순으로 산천과 풍속, 고사 등을 기록하였으며, 일본문학에 대해서도 자세하게 설명하고 있다. 서술 순서를 볼 때 사행이 움직인 여정과 정확히 일치하며, 일본 열주

---

68) "二十七日己酉 朝細雨夕猶陰 傳命于關白所 一行皆赴 獨退石不往"(『日本錄』 2월 27일)

69) "文詞十四人來見 木世肅福尙修合離那波魯堂富野義胤其選也"(『日本錄』 1월 22일)

70) "林門九人來見"(『日本錄』 2월 24일)

가운데 사행이 거치지 않은 곳은 모두 빠져 있다. 「일본록」의 기록은 모두 성대중이 사행 도중 직접 보고 들은 것을 정리한 것이다. 「일본록」이 객관적인 사항을 서술한 것이 아니라 체험을 서술하고 있다는 증거는 기록 중간 중간 보인다. 淸見寺에서 '주지인 主忍이라는 사람이 만나자 翠屛 趙珩과 壺谷 南龍翼 이후 사신들의 시축을 꺼내 보였다'[71)]라든가 '吉田에서 자고 아침에 일어나 보니 富士山이 홀연 앞에 있었다'[72)]처럼 '나'라는 말은 없어도 작가의 시선이 등장한다. 이러한 것들은 다른 사행록에서 일기 안에 기재되는 것들이다.

「靑泉海游錄抄」는 封域·山水·天文·物産·飮食·衣服·宮室·官制·田制·兵制·風俗·方譯·文學·理學·禪家·醫學·女色·外俗·雜錄라는 소제목을 붙인 19개 항목으로 구성되어 있다. 내용은 일본의 전반을 아우르고 있으나, 「日本錄」과 중복되는 내용은 없다.

매일의 일과를 간단하게 기록한 일기인 「槎上記」와 직접 보고 들은 견문을 정리한 「日本錄」, 그리고 자신이 직접 확인할 수 없는 사항을 『海游錄』에서 抄錄한 「靑泉海游錄抄」가 『일본록』의 구성이다.

조엄이 사행 때 서명응에게서 받은 이전 사행록을 휴대하고 갔다는 것은 이미 앞에서 언급하였다. 사행록의 작가 대부분이 이전 사행록에 대해 언급하고 있는 것으로 보아, 사행에 앞서 혹은 도중에 숙독했을 가능성이 높다. 여기에는 정사 서기였던 성대중 역시 예외가 아니다. 그런 예비지식이 있는 상태에서 성대중이 택한 사행록의 형태가 『일본록』이다.

---

71) "住持主忍者相見 出趙翠屛南壺谷以後諸使臣詩軸以示"(『日本錄』·「日本錄」)
72) "宿吉田朝起見之 山忽在前"(『日本錄』·「日本錄」)

사행일기인「槎上記」는 사행여정에 따라 간단히 일과를 정리한 형태이다. 각종 연회나 전명의식, 각 도성 입성 때의 거리풍경 같은 사항은 이미 이전 사행록에서 자세히 묘사되는 것들인데, 이런 것들은「槎上記」안에서 간단히 언급되었다. 辭命·復命은 매번 있었던 것이지만 사행의 시작과 끝을 나타내는 중요한 의식이고, 최천종 피살사건은 전례에 없던 특이한 사건이었다. 따라서「槎上記」를 보면 사행단이 날마다 어떤 업무를 처리하였는지 일람표처럼 일목요연하게 훑어볼 수 있고, 특별한 사건에 대해서는 진행과정을 자세하게 살펴볼 수 있는 장점이 있다. 여기에 일반적인 기행문의 여정에 따라 서술하는 형식의「일본록」은 업무를 기록하는 일기만으로는 불충분한 자세한 견문을 제공하고,「青泉海游錄抄」는 직접적인 견문의 한계를 보충해주는 역할을 한다.

한태문은 사행록에 있어서 견문록류가 가지는 장점을 일기체 기행이 가지고 있는 집중적인 서술의 어려움과 중복으로 인한 산만함을 극복하고 상세한 견문을 가능하게 한다고 지적한 바 있다.[73] 서술방식을 혼용함으로써 "報告와 述懷의 양면성"을 효과적으로 획득할 수 있다고 하였다. 성대중의 『일본록』은 이전 사행록의 정형화된 패턴을 이용하여 가장 간략한 형식의 사행록을 만들었다고 볼 수 있다.

원중거(1719~1790)의 『승사록』은 『일본록』보다 훨씬 풍부한 내용을 담고 있지만, 기본적인 패턴은 같다. 『승사록』은 4권으로, 1권은 1763년 7월 24일부터 12월까지, 2권은 1764년 1월 1일부터 3월 10일까지, 3권은 5월 9일까지, 4권은 돌아와 복명하기까지의 일기가

---

73) 한태문, 전게서, 32쪽.

실려 있다.

　원중거는 對馬島를 떠난 11월 12일 일기 말미에 한 칸 내려서 對馬島의 지형에 관해 길게 설명해 놓았다. 壹岐島를 떠난 12월 2일 일기 말미에도 정박했던 風本浦 주위 지형에 대한 설명이 들어 있다. 이는 藍島를 떠난 2월 25일의 일기와 赤間關을 출발한 1월 1일의 일기도 마찬가지이다. 그런데 竈關에서의 마지막 날인 1월 4일 일기 말미에 같은 형식으로 '周防州 태수는 누구인지 모르겠다. 혹은 關白의 別藏이라고도 한다. 이하 연로의 주수는 화국지를 보라[74]'라고 기록되어 있다. 이후 일기 말미에 내려쓰는 형식의 글은 3월 10일 江戶를 출발한 날과 4월 29일 쓰常의 최천종 사건에 관련된 글, 5월 7일 大阪河口를 출발한 날, 6월 14일 對馬島에 머물 때 일기에 나오는데 내용이 확연히 달라져 있다. 이 날짜들의 내려쓴 글은 모두 작가가 일본에 대해 얻은 견문을 정리해 놓은 것이고, 쓰常의 글은 최천종 사건 시말의 객관성을 확보하기 위해 일본인에게 부탁하여 정리한 것이다.

　원중거는 일기를 쓰기 시작할 때, 각 지역을 거칠 때마다 그 지역에 대한 자세한 정보를 기록하기로 결심한 것 같다. 그러다가 竈關을 지날 때쯤 『화국지』의 내용과 겹치는 것을 깨닫고 그만둔 것으로 보인다. 하우봉은 『승사록』에 참고하라고 언급된 '和國誌', '別錄', '和記' 등이 『화국지』를 가리키는 것으로 보고 두 책이 유기적인 관계를 가지고 기록되었음을 지적한 바 있다.[75] 즉, 『和國志』와 중복되는 내용은 『승사록』에서 제외시킨 것이다.

---

74) "周防州太守不知是何人 或傳關白別藏云 此下沿路州守見和國誌"(『乘槎錄』1월 4일)
75) 하우봉, 「元重擧의 日本認識」, 『한국사학논총』下, 이기백선생고희기념한국사학논총간행위원회, 1994.

이후 날마다 일과를 기록하는 일기의 형식으로 설명하기 불충분한 견문은 여정이 끝나는 날을 기해 따로 정리한 것으로 보인다. 3월 10일은 江戶에서의 기간 동안 보고 들은 것이고, 5월 7일은 그 이후의 견문이며, 6월 14일은 사행을 거의 마친 즈음 일본 사행 전반의 견문이 들어 있다. 내용은 원중거가 직접 겪은 일본의 풍속과 만난 사람들, 사행의 문제점 등 다양한 소재가 다루어져 있다. 이 부분은 작가의 주관에 기댄 내용이 주류를 이룬다.

『화국지』는 天·地·人 3권에 총 76개의 항목으로 정리되어 있는데, 일본의 지도를 포함하여 지리·역사·제도·경제·풍속·조일관계 등을 포괄하는 매우 방대한 양이다.『화국지』를 처음 소개한 하우봉은 저자의 관심 부분이 일본의 정치적 상황, 경제적 기반, 조선과 일본의 관계사 정리, 일본의 학문과 종교의 소개와 평가, 일본의 산업과 기술의 관심과 관찰이며, 종합적인 日本國志의 성격을 가지고 있다고 지적하였다.『화국지』는 원중거 개인의 경험을 서술한 것이 아니라 일본이라는 나라에 대한 정보를 수록하고 논평한 일종의 지리지이다.

원중거는『승사록』에 매일 일과를 일기 형식으로 기록하였고, 일본 견문은 중간중간 정리해서 삽입해 넣은 형식을 취하고 있으며, 종합적인 정보는 별도로『화국지』에 엮어 넣었다. 성대중이 일기를 「槎上記」에, 견문을 「日本錄」에 기재하고, 일본의 종합적인 정보를 신유한의 기록에서 초록하여 「靑泉海游錄抄」로 엮은 것과 비슷한 형태를 지니는데, 다만 주관적인 견문록을 별도로 독립시키지 않은 점에 차이가 있다.

사행록의 기본적인 형식이 같을지라도 기록문학이 '객관적 소재사

실을 가능한 한 정확하게 파악하여 독자에 전달하고자 하면서 거기
에 부수적으로 작가 자신의 관점이 부과되는'76) 창작기법을 가지고
있는 점에서 볼 때 『승사록』은 여타 사행록 가운데 이 정의에 가장
부합된다고 할 만하다. 『승사록』의 서술적 특징은 사실적인 표현과
현장감 있는 묘사에 있다.

> 이날 사집[성대중]과 앞뒤로 갔다. 사집이 막 졸기 시작하자 가마
> 꾼이 머리를 기울여 손바닥을 올리고 눈을 감아 잠자는 모양을 하더
> 니 곧 손을 휘둘러 안 된다는 모양을 하여 나에게 불러서 깨우게
> 했다. 내가 마침내 사집을 큰소리로 불러 사집이 깨어나 대답하자
> 양쪽 가마꾼이 모두 크게 웃었다. 사집의 가마와 나란히 가려고 했
> 으나 막 뒤에 있었으므로 내가 '사이로오'라고 부르자 사이로오가
> 머리를 숙이고 손을 모아 '하이(대답하는 말이다)'하고 대답했다. 뒤
> 를 가리키며 '저 노리모노(탈것의 일본어이다) 하요하요(재촉하는
> 말이다), 이 노리모노 소로소로(천천히다)'라고 하고 서로 나란하게
> 되어 '요카요카(좋다는 말이다)'라고 하자 양쪽 가마꾼들이 모두 크
> 게 웃었다.77)

위는 육로 여행을 하는 도중에 일어난 일을 기록한 것이다. 성대중
이 가마에서 졸자 말이 통하지 않는 가마꾼이 몸짓으로 원중거에게

---

76) 류기룡, 「韓國과 日本의 記錄文學 形成에 관한 比較研究」, 『어문논총』 19집, 한국문
   학언어학회, 1985.

77) "是日與士執後先行 士執方入睡 其興卒側渠頭加手掌瞑目作就睡狀 旋卽揮手作禁止狀
   要余使喚醒 余遂高喚士執 士執醒而應 兩興諸卒皆大笑 欲與執興幷行 而執興方在後 余
   呼曰沙伊老五 沙伊老五俯首合掌而應曰何應唯也 指後曰彼老里毛老乘物之方言也 何要
   何要促行也 此老里毛老 疎路疎路徐徐也 旣幷行相當曰欲可欲可好好也 兩興卒皆大笑"
   (『乘槎錄』 1월 30일)

깨워달라고 부탁하는 장면과 성대중의 가마와 나란히 가기 위해 원중거가 어설픈 일본어로 의사를 전하는 장면이다. 언어가 통하지 않는 상태에서 뜻을 전달하기 위해 노력하는 양국인의 모습이 재미있게 그려져 있다. 1월 25일 木世肅이 문사들을 만나려다 지나친 일이나 2월 19일 周遠이 방을 잘못 들어갔다가 곤욕을 당한 일처럼 다른 사행록에서는 전혀 다루어지지 않는 사소한 일도 사행 도중 일어날 법한 흥미 있는 일이라면 원중거는 하나하나 언급하면서 이국의 경험에 대한 흥미를 유발시킨다.

또 하나의 특징은 자세한 설명과 함께 논평이 이루어진다는 점이다. 예를 들어 江戶에서 만난 柴邦彥의 시는 내용이 불경해서 문사들에게 차운을 거부당했는데, 이에 대해 남옥이나 김인겸은 재주가 뛰어나나 태도가 교만하였다고 설명하는데 그친다. 그러나 원중거는 '매우 화내는 말이 있었는데 조반 이후 내내 모여 앉아 있었으나 林祭酒가 온 일로 인해 對馬島人이 통해주지 않아 마침내 밤까지 이르렀기 때문이었다'[78]라고 전후 사정의 설명을 첨가한다.

설명과 논평의 자세는 견문을 기록한 부분에 두드러지게 나타난다. 이는 일과의 기록에서 종합적으로 논할 수 없는 부분을 심화시킨 것으로 보인다. 江戶를 떠난 날의 견문을 보면, 호행원이었던 那波魯堂과 富野義胤의 평가에서 시작하여 일본 의술에 대한 설명에 이어 徂徠學派에 언급이 미치면서 전반적인 일본의 학문까지 평가하고 일본 문사들 개개인의 수준과 창수하는 태도에까지 이른다. 이러한 모

---

78) "頗有慍語 盖自朝飯後以來會坐 而因祭酒來 馬人不通 遂致入夜故也"(『乘槎錄』 1월 25일)

든 논의는 원중거가 경험을 통해 보았던 일본인들에 대한 전반적인 논평을 위한 설명이다. 6월 13일 對馬島에서의 견문 역시 마찬가지이다. 여기에는 항해여정, 對馬島人의 태도, 호행원들의 관계에 대한 설명을 시작하여 양국의 경제·정치적 사정과 결부시켜 통신사행의 부담을 줄이기 위한 개혁안과 사행원들의 선발 기준 등을 제안한다. 1년 가까운 사행을 통해 관찰한 내용을 바탕으로 통신사행에 대한 전반적인 논평인 것이다.

성대중과 원중거의 사행록은 기본적으로 같은 구조를 가지고 있다. 여정과 개인적인 견문, 외국 정보라는 세 가지 측면에서 기술을 시도했다. 정사로서의 외교업무 기록에 치중한 조엄과 제술관으로서 필담창수 기록을 세세히 기록한 남옥과 비교하면 상당히 자유롭다.

그러나 개인적인 서술 태도에서는 차이가 난다. 성대중은 묘사를 자제한 견문을 기록함으로써 개인적인 비망록을 기록하는 태도를 보여주는 반면 원중거는 사실적이고 현장감 있는 사건을 자세히 기록하고 일본에 대한 견문을 풍부하게 수록하여 사행을 포함한 양국관계의 전반적인 논평과 개혁안을 제시하는 데 이른다. 이러한 원중거의 기록은 이후 실학자들의 일본관 형성에 중대한 영향을 끼쳤다. 경험을 공유한 상태라도 작가의 서술태도에 따라 사행록의 기록 형태가 어떻게 달라지는지 보여주는 좋은 예이다.

(4) 漢語譯官의 일본여행기 - 오대령의 『溟槎錄』

오대령은 계미사행 당시 漢學上通事로 일본에 다녀왔던 인물이다. 그의 생애에 대해서는 밝혀진 바가 없다. 다만 『명사록』 가운데 다음과 같이 정사 조엄과의 대화가 나온다.

정사께서 갑자기 웃으며 물으셨다.

"일행 모두가 행역에 힘들어하는데 그대만 아무 근심 없이 심상하게 보인다고 하니 그러한가?"

내가 손을 모으고 대답했다.

"어찌 그럴 리가 있겠습니까? 일행 중 소인이 하는 일이 없어 다른 사람보다 조금 한가하기 때문에 이런 말이 있는 것입니다."

정사께서 또 물으셨다.

"지금 그대는 몇 살인가? 연경에는 몇 번이나 다녀왔는가?"

내가 대답했다.

오대령의 『溟槎錄』

"나이는 예순셋이고 연경에 열 번, 심양에 두 번, 봉성에 한 번 갔었습니다."79)

오대령이 이미 13차례 중국사행의 경험이 있으며 일본 사행 당시 예순셋의 고령이었다. 이미 십여 차례의 외국여행을 경험했기 때문에 처음 가는 일본 사행이지만 다른 사람들과 달리 심상하게 대처할 수 있었던 것으로 보인다. 그가 일본 사행에 나서게 된 이유를 부사 이인배와의 대화에서 알 수 있다.

79) "上使道猝然笑問曰 聞一行諸人皆愁苦行役 而君獨無思無慮 視若尋常云 然乎 余拱手對曰 豈有此理哉 一行中惟小人無所幹 比他人稍閑歇故爾有此言矣 使道又問曰 今君年幾何 赴燕幾次乎 余對曰 年則六十三歲 十赴燕京 兩赴瀋陽 一赴鳳城矣"(『溟槎錄』 11월 27일)

"들으니 그대는 집안이 빈곤하지 않고 나이도 많으나 일본을 한 번 보려고 이번 길에 나섰다고 하니, 그대는 뽑힌 것이 아니로군."

내가 공손히 대답하였다.

"진실로 분부하신 대로입니다. 소인이 장년일 때 10여 차례 연경에 갔었습니다만 근래 노모가 계시기 때문에 그만둔 채 가지 않은 지 지금까지 15년입니다. 뜻하지 않게 초상을 당한 끝에 갑자기 이번 일을 맡게 되었으나 대신 하려는 사람이 없으니 형편이 어쩔 수 없었습니다. 그리고 기왕에 나랏일을 맡고서 가기를 꺼린다면 도의상 안 되는 일이고, 부모님이 안 계시고 나이가 60을 넘어 다른 데 구애될 것이 없습니다. 이미 북경을 보았고 지금 일본을 본다면 쾌사가 될 듯합니다. 그래서 여러 사람의 의견을 물리치고 왔습니다."

부사께서 웃으며 경계하였다.

"이는 무모한 계책에서 나온 것이군. 그럴지라도 이번에 돌아온 후에는 연행과 아울러 그만두고 집에서 한가하게 보양하는 것이 좋을 것 같네."

"진실로 하교하신 대로 하겠습니다."[80]

일본 사행에 참가한 이유는 무엇보다도 일본에 대한 호기심이 가장 컸던 것으로 보인다. 이제 사행을 그만두어도 괜찮을 나이인데도 굳이 나섰기 때문에 이인배가 '妄計'라는 말로 경계했다. 사행 경험이 풍부했어도 일본 사행은 그가 짐작했던 대로 '快事'라고 부를 수만은

---

80) "又問曰 聞君家不貧 年且衰老 而爲一見日本作此行云 爲君不取也 余恭進對曰 誠如分付矣 小人年壯時十餘次赴燕 而輓近爲有老母 絶而不行者十五年于玆矣 不意草土之餘 猝當此役 無願代者 勢出無奈 且旣當王事 厭憚不行 義所不出 永滅之下 年踰六十 無他拘碍 旣見北京 今見日本 似爲快事 故排衆議而來耳 副爺笑而戒之曰 此出於妄計矣 雖然 今番回還後 幷與赴燕而絶之 在家閑養似好矣 余對曰 誠如下敎矣"(『溟槎錄』 11월 29일)

없었다. 출발 때부터 지병인 치질 때문에 고생하기 시작해서 對馬島를 향할 때는 쇠약한 몸으로 수질에 시달렸다. 육로에서는 鞍馬에 시달려 행렬에서 며칠씩 뒤처지기도 했고, 결국 말 타는 것을 견디지 못해 특별히 가마를 타고 여행을 했다. 이런 몸 상태였기 때문에 일본 관광이라는 그의 목적을 충분히 실현시킬 수 없었던 것 같다.

『명사록』은 1권 1책 83장으로 되어있는데, 분량이 많은 것도 아니고 관찰이 세밀하게 기록되어 있는 것도 아니어서 독특한 사행록이라고 보기는 어렵다. 그러나 그가 수차례 연행 경험이 있는 역관이라는 점에서 다른 사행록에서 찾아보기 어려운 내용이 보인다.

> 부사와 종사관께서 물으셨다.
> "그대는 연경에 많이 다녀왔고 지금은 여길 왔으니 일의 어려움이 연경 가는 것과 어떠한가?"
> "지금 이번 길을 와 보니 접대에는 흠이 없으나 길 가는 일이 아주 어렵습니다. 어째서인고 하니, 소인이 언어가 통하지 않아 귀머거리, 벙어리가 되었기 때문일 겁니다. 길 갈 때 속도를 마음대로 못하고 말 끄는 사람이 결정합니다. 동쪽 서쪽을 가리키며 빨리 가려해도 저 사람은 쳐다볼 뿐 응답이 없이 점점 더 느릿느릿 가고, 소인이 큰 소리로 야단을 쳐도 나무인형처럼 전혀 거리낌 없이 속도를 제 맘대로 하니 화를 참고 맙니다. 매일매일이 이렇습니다. 그리고 이번 저들의 행동을 보아하니 선에 듣던 바와 사뭇 다릅니다. 접대의 즈음에 조심하는 바가 하나도 없으니 앞으로 점점 더 접대수준이 떨어질 상황이라는 것은 이를 근거로 알 만합니다. 만약 연행이 이 같았다면 한 번이라도 즐겨 가고 싶지 않았을 텐데, 더욱이 소인이 어찌 십여 차례나 연경에 갔겠습니까? 이로 말하면 바다를 건너는

위험은 제쳐두고라도 천하와 고금을 통틀어 제일 가기 어려운 것이 이번 길입니다."

세 사신이 듣고 박장대소했다.[81]

오대령은 중국 사행과 일본 사행의 차이점을 두 가지 들었다. 북경을 향해 갈 때는 탈것에서부터 묵을 처소까지 모두 조선의 사신단이 주선해야 하는 불편이 있었지만, 일본에서는 각 주의 태수들이 차례로 지공했기 때문에 접대에는 흠이 없다고 평가하였다. 그러나 한학 역관인 그가 중국에서는 언어소통에 별 어려움을 느끼지 못했으나 일본 사행에서는 달랐기 때문에 이것을 가장 어려운 점으로 들었다. 그리고 아울러 일본 측의 후대에 대한 기대에 약간의 실망을 느끼고 있음을 알 수 있다.

중국사행을 경험한 작가의 시점에는 평가의 기준이 이미 서 있는 상태였기 때문에 『명사록』 곳곳에는 비교하는 태도를 드러내 보인다. 서울을 떠나 새재를 넘을 때도 오대령은 '전에 십여 차례 연경을 다녀오며 험준함을 두루 겪어본 적이 있지만 이번 새재의 험함은 평생 처음 보는 것이다'[82]라고 조선의 산천을 이미 중국과 비교하기 시작한다. 對馬島 부중으로 행차하는 동안에도 늘어선 건물과 상점

---

81) "副使爺從事爺問曰 君多赴燕京 今則來此行 役之難易與赴燕何如 余對曰 今者來此接對則無欠 然行役則甚難 何也 盖小人不通語音 作一聲啞人 行路之際 遲速不得任意 牽馬人處 雖指東指西欲速行 而彼漢瞪視不應 愈爲遲遲 小人雖高聲責罵 而有若木偶 全不忌憚 遲速任他 忍怒而止 日日如此 且觀今番彼人之擧止 大異於前所聞 接待之際 無一小心處 前頭則漸卑漸下之狀 據此可知 若赴燕如此 雖一番必不樂赴 況小人豈至十餘次赴燕乎 以此言之 則涉海之險姑舍 通天下亘今古 第一難行者此路也 三使爺聞之 拍掌大笑"(『溟槎錄』 2월 3일)

82) "曾前十餘次赴燕 備歷險阻 而今此鳥嶺之險 平生初見也"(『溟槎錄』 8월 9일)

들에 대해서 '燕市에 방불한다'[83]라고 하였다.

> 品川에서 여기까지 30여리에 조금도 틈이 없이 청동기와, 꾸민
> 누각, 회칠한 벽과 붉은 문이 있어 눈을 현란하게 하고 마음을 놀라
> 게 했다. 그리고 바다를 끌어 성으로 들여와 곳곳에 해자를 만들고
> 무지개다리로 넘는데 매우 아득했다. 양쪽 거리와 골목은 모두 정해
> 진 수가 있고 반듯하기가 화살 같았으며 소방도구가 빼곡히 배치되
> 어 있었다. 거리 입구마다 반드시 집이 있어 금도가 줄지어 앉았으
> 며 둥근 몽둥이를 든 자 수십 명이 겹겹이 서있어 법도가 있는 듯
> 했다. 거쳐서 큰 성문으로 들어가 관소의 앞에 이르니 마치 그림 가
> 운데를 걷는 듯 굉장하고 번화했다. 붓으로 묘사하기 어렵고 말로
> 형용하기 어려우니 연경과 필적할 만했으나 물화의 풍부함과 저자
> 의 화려함은 매우 미치지 못한다.[84]

위는 사행단이 江戶에 입성하는 날의 기록이다. 일본의 중심도시
에 들어서는 날이기 때문에 대부분의 사행록은 거리 풍경을 자세히
묘사한다. 그리고 도시의 번성함과 화려함에 대해 찬탄하기 마련이
며, 부정적 시각으로 본다 하더라도 일본인의 사지스러움에 대한 비
판에서 그칠 뿐이다. 외국 경험이 전무한 상태에서 비교의 대상은

---

83) "領往府中 大路左右 皆粉墻高門 連亘七八里 或有廛肆布置 彷彿燕市"(『溟槎錄』10월
28일)

84) "自品川至此三十餘里 不小間斷銅瓦雕樓粉壁朱門 眩眼驚心 且引海入城 處處作濠 虹
橋跨之 分外縹緲 兩邊街巷 皆有限數 井井如矢 禁火之具 密密排置 每街口必有屋 禁徒
列坐 執圓杖者數十名 糾糾羅立 似有法度矣 歷入一大城門至館所門前 如入畵圖中行 宏
壯繁華 筆難描而舌難掉 可與燕京頡頏 而物貨之殷富 廛肆之華麗 不及遠矣"(『溟槎錄』
2월 16일)

內國과 이미 본 일본의 도시들뿐이기 때문에 객관적인 기준을 제시하기 어렵다. 그러나 오대령은 江戶의 화려함에 대해 필설로 다하기 어렵다고 말하면서 물화의 풍부함과 저자의 화려함이 국제도시였던 북경에 미치지 못함을 지적하였다. 당시 동아시아의 국제적 중심지였던 燕京과 비교함으로써 江戶가 어느 정도 수준의 도시인가를 평가할 수 있었던 것이다.

조엄이 對馬州 태수의 연회에 참석해 본 雜戱에 대해 '기기괴괴한 천태만상이 모두 가소로워 기록할 만하지 못하다'[85)]라고 한 것은 조엄 개인의 주관적 기준을 가지고 한 절대적인 평가에 그칠 뿐이다. 그러나 오대령은 '모든 잡희 도구 및 원숭이 놀이와 마술이 대략 燕京과 비슷하여 볼 만하였으나 다만 공작이 없는 것이 불만스러웠다'[86)]라고 제 3의 기준인 연경을 가지고 상대적인 평가를 함으로써 신빙성을 획득한다.

계미사행 당시 燕行의 경험이 있었던 인물은 오대령과 압물통사였던 이언진, 두 사람에 불과하다. 이언진의 기록이 남아있지 않은 상태에서 『명사록』은 연행 경험이 있는 사람이 쓴 계미사행 당시의 유일한 사행록이다. 오대령의 시각은 여러 차례의 燕行 경험으로 인해 조선과 일본 양국이 아닌, 제 3의 일반적인 기준이 형성된 상태이기 때문에 서술 태도에 있어 일본을 과장하거나 비하하는 경향이 거의 나타나지 않는다. 내용이 풍부한 것은 아니지만, 일본에 대한 평가를 객관적으로 신뢰할 수 있다는 점이 『명사록』이 갖는 특징이라 할 수

---

85) "奇奇怪怪 千態萬象 都是可笑 皆不足記"(『海槎日記』 3월 5일)
86) "凡戲具及弄猿幻術 略與燕京彷彿 足堪看翫 而但無孔雀可慊戲"(『溟槎錄』 3월 5일)

있다.

(5) 선장의 항해일지 - 卞琢의 『癸未隨槎錄』

卞琢의 생애는 확실하지 않다. 다만 동래 충렬사에 소장된 『將官廳先生案』과 『別軍官廳外先生案』, 『敎鍊廳先生案』[87]의 명단과 작성 연도를 통해 그가 把摠, 兵房軍官, 旗知穀旗手哨官 등의 직임을 역임했고, 적어도 1778년까지 생존해 있었음[88]을 확인할 수 있다. 그의 친족인 변박이 동래 지역의 최고 무임직인 中軍을 역임하였으며 중군은 대부분이 동래 지역의 향반 가문에서

卞琢의 『癸未隨槎錄』

나왔던 점을 감안하면,[89] 변탁 역시 향반 출신의 무관이었던 것으로 보인다.

사행 중 변탁의 행적을 확인할 수 있는 자료는 『韓客人相筆話』[90]이다. 이 책은 大阪의 新山退甫와 그의 문인들이 사행일원들을 만

---

87) 『東萊史料 1』, 여강출판사 영인, 1989.

88) 1778년 7월 改謄 된 『장관청선생안』은 당시 죽은 사람의 이름 위에는 '仙'를 써 표기해 놓았으나, 변탁의 이름 위에는 표기되어 있지 않다.

89) 민선희, 「朝鮮後期 東萊의 鄕班社會와 武廳」, 『역사학보』 139집, 역사학회, 95~148쪽.

90) 국립중앙도서관 소장.

나 관상을 보면서 주고받은 필담을 기록한 것이다. 新山退甫는 1764년 3월 중순과 하순에 大阪 九條島에 잔류해 있던 조선 선박의 변탁을 만나 관상을 보았다.[91] 변탁에 대해 자는 成之, 호는 荊齋, 당시 나이는 23세라고 하였다. 필담 내용을 통해 변탁이 편부 슬하에 4세된 아우가 있으며 아직 아들이 없었고 평소 지병이 있었음을 알 수 있다.[92] 이때 변탁이 新山退甫에게 그림을 그려 선물로 보내겠다는 말을 한[93] 것으로 보아 그림 실력도 아울러 갖추고 있었음을 알 수 있다.

　조엄은 사행 당시 동래부사였던 시절 가깝게 부리던 사람들을 다수 사행단에 포함시켜 데려갔다. 변탁도 조엄과 연고가 있었기 때문에 사행단에 포함되었다. '동래 장교 변탁은 내가 동래 부사로 있을 때 신임하던 사람인데 위인이 영리하여 이번 사행에 격군의 이름으로 데리고 왔다. 부사가 복선장의 대임을 정하기 어렵다고 고민하여 변

---

91) 『韓客人相筆話』의 변탁에 관한 기록을 변박에 관한 것으로 잘못 보는 일이 선행연구에서 발견된다. 그러나 앞서 말한 바대로 변박은 도훈도에 임명되어 江戶까지 수행하였다는 기록이 『해사일기』에 보인다. 新山退甫가 변탁을 만났을 때는 3월 중순과 하순이었고, 江戶에 갔던 사행단이 大阪에 돌아온 때는 4월 5일이다. 그러므로 『韓客人相筆話』의 변탁과 江戶에 수행했던 변박이 동일인물일 수는 없다.

92) "船將卞琢字成之號荊齋二十三齡 退相之曰 俊雅之骨格 淸秀之眉目 主初運通達 又爲才藝機巧之相 但印堂窄狹 神氣鬱鬱 血色靑滯 恐早年剋父母 晩歲欠子息 身軀抱宿疾 荊齋曰 一時歷路 若是之厚誼多謝多謝 僕素有宿病 且亦命耶 今父存母沒 而有四歲一弟 僕尙無一子 後或有生男耶 退曰 縱有育兒亦難養 荊齋揖吾曰 後日若得更拜 則幸莫大也"(『韓客人相筆話』)

93) "荊齋曰 每逢街頭 不盡敍懷 僕不勝悵抑耳 退曰 如是埠頭 草次遇會 誠爲萬幸 今日相君一面血色開明 祇除病患災厄可賀 荊齋曰 身係重任 且當遠行 回鄉之間 其果無故耶 願詳喩之 退曰 驛馬光潤 而大海鮮明 航海必無弊 出路定無厄矣 莫更慮之 荊齋曰 師之宅 在其里許也耶 退曰 吾家從此 以東距十里許 荊齋曰 僕雖不善寫 後當畫呈于五日所新五朗公前 爲此笑領如何 退曰 誠爲厚誼多謝多謝 永爲家珍"(『韓客人相筆話』)

탁으로 대임하게 했다'94)라는 기록으로 보아 처음에는 격군으로 시
작하여 복선장으로 자리를 옮기게 되었음을 알 수 있다. 이후 변탁은
藍島에 도착한 후 김윤하와 자리를 바꾸어 기선장으로 승진하였다.

실제 항해와 관련 있는 인물이 남긴 것은 전무한 상태에서 『癸未隨
槎錄』은 매우 독특하고 희귀한 자료라 할 수 있다. 더구나 그는 사행
선의 조선작업에 참여했던 인물이다. 그의 신분과 업무의 특이성으
로 인해 『계미수사록』은 다른 사행록에서 찾아볼 수 없는 몇 가지
특성을 보여준다.

우선, 선박 건조 과정과 선박의 구조에 관한 구체적인 기술을 보여
준다.

『계미수사록』 첫머리에 '癸未信行駕海舟 壬午冬經紀 癸未正初始
役'이라는 구절과 중간의 '七月望間 自統營發船'이라는 구절이 있어
우리에게 선박 건조가 1762년 겨울에 계획되어 1763년 정월에 시작
되었고 그해 7월에 끝났다는 사실을 알려준다. 그리고 '격졸은 영문
에서 전례에 따라 각 읍 · 진에 공문을 보내 발선할 임시에 와서 점검
을 하고 사공은 통영에서 뽑아 정해 부산에 이르면 좌수영의 우후가
일일이 취재하여 각 선에 나누어 정한다'95)라고 하여 격졸 선정의
진행과정을 보여준다. 『계미수사록』의 18항에 걸친 조선에 관련된
기록은 통신사선의 원목 채벌과 수송에서부터 船匠의 급료지급과 조
선의 감독, 심지어 風爐 설치에 이르기까지 이전 문헌에서 찾아볼

---

94) "東萊將校卞琢 是余按府時信任者 爲人伶俐 今行以格軍名率來 副使以卜船將之難其
　　代爲悶 以琢代之"(『海槎日記』 11월 1일)

95) "格卒 自營門依例發關各邑鎭 發船臨時來點 而沙工自統營擇定到釜山 左水營虞候逐
　　逐取才 分定於各船"(『癸未隨槎錄』 · 「造船錄」)

수 없는 매우 구체적인 것들이다.

이 18항의 기록은 단지 事目이 아니라 변탁 개인의 기록이기도 하다. 따라서 기록 곳곳에서 진행 과정에 대한 개인적인 경험에서 나오는 비판이 토로된다. '이번에는 피삭[나무못]을 제거하고 온전히 쇠못을 쓰기로 하여 철물이 많이 부족하였다. 차원과 선장이 사적으로 변통하고 일을 끝낸 후 통영에 들어가면 쇠 값을 근근이 내어주어 이로울 게 없으니 정말 놀랄 만하다'[96]라는 구절이나 '신사또 전령에 선장은 즙물을 바치는 등의 일에 절대 간여하지 말라고 한 말씀이 지극히 준엄하였기 때문에 좋든 싫든 남의 일처럼 봐야 했으니 소홀하거나 빠뜨릴 걱정이 없을 수 없었다'[97]라는 구절처럼 행정적인 변통이 원활하지 못했음을 언급하고 있는 것이다. 인근 邑·鎭에 흉년이 들어 부역할 인원의 충당에 따른 어려움과 船匠·軍丁이나 차사원·船將에게 지급되는 초료와 지공에 대한 문제점 등은 실제 겪은 사람이 아니면 쓰기 힘든 것들이다.

둘째, 사언시 「癸未隨槎摠錄」은 실제 항해 담당자로서의 충실한 면모를 보여준다.

『계미수사록』의 「계미수사총록」은 총 672구의 사언시 형식을 취하고 있으나, 운자가 전혀 쓰이지 않았다. 아마도 기록의 한 방편으로 쉽게 古風의 형식을 따라 자유롭게 기록한 것으로 보인다. 「계미수사총록」은 대부분 항해에 관련된 내용으로 채워져 있어 672구 안

---

96) "今番除皮槊 全着鐵釘 則鐵物多有不足 差員船將 私自變通 畢役後 入統營鐵價僅僅出 未免無利 誠甚可駭"(『癸未隨槎錄』·「造船錄」)

97) "信使道傳令曰 船將則楫物捧上等事 切勿看預之意 辭語極其嚴截 故好不好間 視若外人凡事 亦不無疏漏之患耳"(『癸未隨槎錄』·「造船錄」)

에는 지나가는 모든 항구와 지명이 모두 기록되어 있다. 수세가 급한 곳이나 암석이 있는 곳도 빠뜨리지 않고 언급하고 있으며, 鷗尾가 부러진 일이나 다른 항로로 사라진 일 같이 배와 관련된 것은 자기가 탄 배가 아니어도 기록하고, 배를 수리하거나 격군들에게 항해와 관련하여 시상한 내용도 빠뜨리지 않는다.

발선 때 정사인 조엄은 친구 이서표의 '이는 정말 남아의 쾌활한 일이다'라는 말을 빌려 포부를 은연중에 드러내고, 민혜수는 '군대를 내는 기상이 있어 충무공이 바다와 산에 맹서하던 뜻이 더욱 늘어나는 것 같다'[98]라는 장쾌한 뜻을 보이지만 변탁은 '물가에 빽빽이 서서 서로 울부짖으며 이별하니 사람 마음이 여기에 이르면 누군들 눈물 흘리지 않으랴'[99]라고 하여 동래 사람으로 느끼는 이별의 슬픔에 대해 얘기한다. 그리고 '전어관과 선두가 우리 배 여섯 척에 나누어 타 길을 안내하도록 하니 조금은 위안이 된다'[100]라고 하여 김인겸이 '왜샤공 세 놈 ᄒ고 금도 ᄒ나 통ᄉ ᄒ나'라는 식으로 표현한 것에 비해 왜인 통역관인 傳語官과 왜인 길잡이 先頭의 역할에 대해 정확히 이해를 하고 있으며 그들의 존재에 안도를 느낀다.

이러한 변탁의 시각 차이는 항해를 담당한 실제 인원이라는 섬에서 기인한다. 그에게는 출발 준비가 사행 준비이기도 하지만 항해의 준비라는 점에 더 의의가 있다. 그렇기 때문에 출발할 때 바닷길에 대한 근심이 앞서고 항해 중에는 뱃길에 일어난 전반적인 사건의 원인과 처리에 관심을 기울이지 개인적인 감흥이나 기분은 중요하게

---

98) "有出師之像 益增李忠武 誓海盟山之志"(『槎錄』, 10월 6일)

99) "磯頭簇立 相呼哭別 人情到此 孰不濟然"(『癸未隨槎錄』·「癸未隨槎摠錄」)

100) "傳語船頭 分我六船 使之指路 稍可慰也"(『癸未隨槎錄』·「癸未隨槎摠錄」)

다루지 않는다. 반면 항해와 관련된 것은 간략해도 철저히 기록하는 태도를 「계미수사총록」 전반에 드러낸다.

셋째, 일본에 대한 주변부 인물의 인식을 드러낸다는 점이다.

그는 對馬島 부중에 도착하여 일본 측의 영접선을 보면서 '고각소리를 높이 울려 우리의 위엄을 보이나 저들의 사치스럽고 정묘함에 비하니 도리어 부끄러웠다'[101]라고 하였다. 조엄은 '만일 삼강오륜을 가르치고 예의로 인도한다면 역시 풍속을 바꾸어 오랑캐를 중화로 선도하여 천성의 고유한 것을 회복할 수 있을 것이다'[102]라고 하여 일본을 여전히 오랑캐로 보면서 훈도의 대상으로 파악하고 있지만, 변탁은 일본을 동등한 대상으로 바라보고 있었기 때문에 우리가 오히려 초라하게 느껴졌다는 부끄러운 심정을 솔직히 드러낸다.

작가의 일본의 풍속에 대한 기술은 '욕실은 탕을 이루고 이어 수건을 준비해 두었으며 측간에 종이를 쌓아두어 飾木을 대신한다'[103]나 '불상과 승려는 우리 풍속과 다르지 않다'[104]처럼 우리의 풍속과 다른 점·같은 점에 대해 객관적으로 관찰하거나 '생선과 과일을 지초로 쌌으니 삼중이 이것이구나'[105]나 '집집마다 등불을 밝혀 온 거리가 대낮 같으니 나라를 기울여 경비를 들인다는 말을 이로 미루어 알겠구나'[106]처럼 자신이 들었던 일을 실제로 확인하는 것이다. 부산에

---

101) "鼓角掀騰 以示我威 較彼侈精 反以爲愧"(『癸未隨槎錄』·「癸未隨槎摠錄」)

102) "苟能敎之以倫綱 導之以禮義 則亦可以異風易俗 變夷導華 以復天性之固有者"(『海槎日記』10월 10일)

103) "浴室成湯 仍備揮巾 厠屋蓄紙 猶代飾木"(『癸未隨槎錄』·「癸未隨槎摠錄」)

104) "佛像緇徒 無異我俗"(『癸未隨槎錄』·「癸未隨槎摠錄」)

105) "魚果紙草 杉重是也"(『癸未隨槎錄』·「癸未隨槎摠錄」)

106) "家燈戶燭 通衢白晝 傾國經費 推此可悉"(『癸未隨槎錄』·「癸未隨槎摠錄」)

서 항해 준비를 돕는 왜사공의 모습을 '데리고 온 공인이 못을 가지고 우리 배에 와서 박고 쇠닻을 실어 그들의 부지런함을 보인다'107)라며 그들을 부지런하다고 평가하고, 대마도에 도착해서는 '건너온 배와 노가 또한 얼마나 많이 상했던가? 저들의 물력으로 마음대로 수리하는데 그 가격을 막론하고 취하여 쓰는 데 법도가 있었다'108)라고 하여 사신들의 배를 고치는 일본인들의 정제된 모습을 드러내는 등, 일본인이 오랑캐라는 인식 역시 거의 드러나지 않는다. 오히려 일본은 '맑은 경쇠 소리가 구름을 뚫고 석양이 땅에 가득해 경물이 사람을 이끌어 보고 지나자니 아쉬운'109) 마음이 들게 하는 忠海나 '보고 있자니 돌아가길 잊(臨眺忘返)'게 하는 牛窓의 本蓮寺 같은 절경이 사람을 매료시키는 이국으로 그려진다. 「계미수사총록」 뒤에는 가보지 못한 일본의 승경을 일일이 열거하고 '지나가며 보지 못해 안타깝고 안타깝다'110)라고 한 것도 이러한 맥락이다.

다른 사행록에서 종종 보이는 일본의 번화한 모습이나 아름다운 경치에 대해서 경탄하면서도 그들의 풍속에 대해서는 이적시하는 이중적인 잣대가 「계미수사총록」에는 보이지 않는다. 조엄을 위시한 대부분의 사행록 작가는 조선의 지배층에 속한 인물이거나 지배층과 관련을 맺고 있는 인물이기 때문에 그들의 시각에는 어느 정도 정치적인 논리가 개입되지 않을 수 없다. 그러나 변탁은 정치적 상황이나

---

107) "率工持釘 來着我船 且載鐵碇 以示其勤"(『癸未隨槎錄』·「癸未隨槎摠錄」)
108) "渡來船楫 亦何夥傷 以彼物力 任自修葺 莫論其價 取用有規"(『癸未隨槎錄』·「癸未隨槎摠錄」)
109) "淸磬穿雲 夕陽滿地 景物留人 看過自惜"(『癸未隨槎錄』·「癸未隨槎摠錄」)
110) "不得歷覽 可惜可惜"(『癸未隨槎錄』·「癸未隨槎摠錄」)

외교 업무에서 자유로운 실무자로서 일본을 경험했기 때문에 객관적인 시각으로 관찰할 수 있었다. 「계미수사총록」은 지방 출신의 무인이 주변인으로서 사행에 참가하면서 일본을 어떻게 경험했는가를 보여주는 드문 자료인 것이다.

3) 사행록의 서술유형과 기록 의식

앞서 살펴본 바와 같이 사행록은 ① 대표형식이 일기인 것, ② 대표형식이 운문인 것, ③ 부수 형식이 독립된 것의 세 형태로 나눌 수 있으며, 사행록의 가장 종합적인 형태는 "일기-시문-산문-범례"와 "운문-산문-범례"로 볼 수 있다. 현전하는 계미사행은 모두 이 세 가지 유형에 속한다.

계미사행의 현전 사행록은 총 12종이지만, 작가는 9명에 불과하다. 한 작가가 2종 이상의 사행록을 쓴 경우가 있기 때문이다. 이 경우에도 사행록을 모두 묶어본다면 위의 종합적 체재에서 벗어나지 않는다. 예를 들어, 원중거는 ①에 해당하는 『승사록』과 ③에 해당하는 『화국지』를 저술하였는데, 이를 하나로 묶는다면 결국 사행록의 종합적 형식이 된다.

그런데, 어떤 경우에는 한 작가가 쓴 다종의 사행록에 대표형식이 다양하게 존재하거나 동일한 부수형식이 이중으로 존재하는 경우가 있다. 조엄의 『해사일기』와 이의 축약본이라 할 수 있는 작자 미상의 『海行日記』는 모두 ①의 형식에 해당한다. 김인겸의 『일동장유가』와 실전된 『東槎錄』은 운문과 일기라는 대표형식을 각각 사용하였다. 그리고 남옥의 『일관창수』와 『일관시초』는 부수 형식 가운데 시라는 동일한 형식을 취하고 있다.

계미사행은 최다종의 사행록이 남아있기 때문에 그만큼 다양한 체재의 사행록을 볼 수 있다. 여기에서는 작가가 동일하거나 작가의 친연성이 분명한 두 종의 사행록을 각각 묶어 대조함으로써, 계미사행 당시 작가들의 사행기록에 대한 의식을 살펴보기로 하겠다.

(1) 타인 기록의 변형을 통한 개인적 사행록 만들기 : 조엄의 『海槎日記』와 작자미상의 『海行日記』

조엄의 『海槎日記』는 계미사행을 대표하는 중요한 사행록으로서 선행 연구에서 이미 여러 번 다루어졌다. 반면 『海行日記』는 최강현

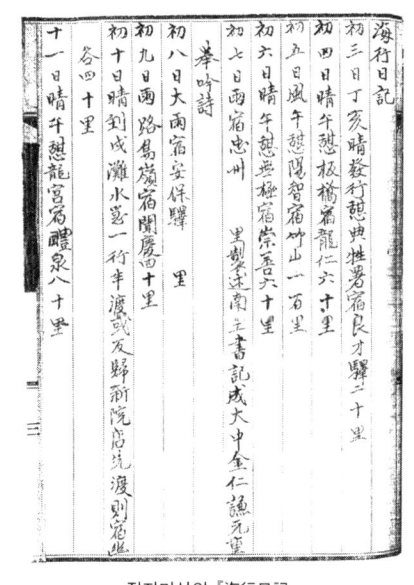

작자미상의 『海行日記』

이 서유대의 사행록으로 잠깐 언급했을 뿐111) 그에 대한 별다른 연구가 이루어진 적이 없다. 최초 소개자인 김영한이 이를 徐有大의 후손인 徐尙源의 집에서 발견하였기 때문에, 저자를 徐有大로 추정했던 것으로 보인다.112)

『海行日記』는 1책 60장 분량으로 『海槎日記』의 5분의 1 분량이며, 작자의 이름은 전혀

---

111) 최강현, 『한국기행가사연구』, 신성출판사, 2000, 219쪽.
112) 『鄕土硏究』 14집(충남향토연구회, 1993)에 『海行日記』의 서지와 영인이 실려 있다.

밝혀져 있지 않다. 일기 형식이라는 것 외에는 형식상이나 목차상의 공통점도 발견할 수 없다. 그렇기 때문에 두 사행록을 연관시키기 어렵지만 실제 일기 내용을 살펴보면 『해행일기』의 저본이 『해사일기』였음을 쉽게 확인할 수 있다.

『해행일기』는 각 날짜 별로 『해사일기』의 내용을 축약해 놓은 형태를 띠는데, 전체적으로 그날의 주요한 사건을 발췌하는 방식이 사용된다. 일례로 2월 27일의 일기 전반부를 비교해 보자.

　　二十七日己酉 朝雨晚陰 留江戶 傳命于關白 ○飯後 島主送使者請行于關白宮 三使着金冠朝服乘我國肩輿 軍官戎服 員役皆着團領 而獨金書記一人不隨焉 奉國書排軍儀 暮雨向南而行 渡一大濠橋 復入前日出來東城之門 此是江戶外城門也 自品川入來之時 路由於中城外城之間 而出此東城門 館所實在外城外也 中城之周圍與否 雖未的知外城則必無四面之周圍也 彼人築城之法 宮城內城及關防處外 如中城外城邑治之城 多於閭里中起層樓建重關 謂之城門 盖其閭里接屋連甍無所間斷 劃井分里 不紊境界 自然如城郭之狀 只建甕城以內 則可定限界 自外則難卜城闉矣 過許多里門 歷數三板橋 而進橋下 小船集如魚鱗 觀光人物屯若蝟毛 又渡濠橋 入中城重關 自此第宅宏傑 粉墻周遭 挾路長廊 築甎含灰 箇箇是朱門甲第也 聞非閭家率 皆關白官府及宗室宰相之家云矣 到宮城外 距館所十餘里矣 至此軍官員役 皆下馬解韂韀環刀 中官以上及下官中樂工吸唱等皆隨入 下官與軍儀並落留只印信日傘隨入焉 渡濠橋入宮城門 羅卒在前 逐門作喝導聲 至下轎處始止 自宮城門至第三門外 又渡濠橋而入 此爲宮城內城也 至第四門外首譯始下乘物 至第五門外 使臣始下轎子 自內言之爲第三門也 下轎入門 首譯先已奉出國書 承之以盤在前 而行使臣隨後 兩館伴島主兩長老及目付源滿英 出迎於門內 相揖前導而進 又入二門 至閣道板階 卽

所謂玄關 又名式臺 自此至關白堂內 皆相連矣 寺社奉行松平 和泉守
源乘佑 土井大炊頭源利里 松平伊賀守源忠順 酒井飛驒守源忠香 大目
付箇井太和守源忠雄 池田築後守源政倫 稻垣出羽守源正武 出迎於板
階 又與之相揖導我 而<u>前行百餘步 入于外歇廳 奉安國書于壁龕上 馬
州守相揖而退</u> 員役下屬皆有處所 而使不得任意出入 以其關白堂內至
近而然也 少頃馬州守 又引導由閣中轉曲 而行過百餘步 <u>至內歇廳 卽</u>
所謂松之間 關白正堂 只隔一障處也 <u>印信則仍留外歇廳 只三首譯通引</u>
<u>各一人隨之 奉國書于堂西 三使列坐於堂中西向 島主及兩館伴坐於廳</u>
<u>邊 各州太守及百官</u> 皆會坐於使臣之左邊及後 坐者殆過數百人 皆戴
一角巾 或着黑袍或着紅袍 官尊者以黑 官卑者以紅云矣 <u>島主請先入見</u>
<u>國書奉安處</u> 及使臣行禮處所 故隨入以見 則關白正堂廳有三層 層不
踰半尺 廣不過三間 竝三層而長可爲七八間矣 <u>上層則關白所坐處 故遮</u>
<u>障之 使臣行禮 則先行於中層後行於下層云矣 暫見而出 則自首譯以</u>
<u>下員役 亦皆先見行禮處所 而首譯則入楹內下層 員役軍官皆於楹外舖</u>
<u>板之上</u> 次官及小童皆於舖板外退廳 而中官羅卒等在於庭下矣 我國贈
物禮幣 列於大床 置於堂內廳上 馬匹立於庭下 目見其羅列之狀 羞憤
一倍矣 移時執政兩人來請行禮 一是源武元前來館所者也 一是秋元但
馬守藤凉朝也[113]

이날은 대부분 사행록에서 가장 중요하게 다루어지는 전명의식이
있었던 날이다. 인용문이 『해사일기』, 밑줄 친 부분이 『해행일기』이
다. 기재된 내용을 살펴보면, "自品川入來之時 … 皆關白官府及宗室
宰相之家云矣"에 이르는 성의 제도나 건물의 모습에 관한 세세한 설
명과 추측이 모두 생략되어 있다. 또 궁성에 들어간 후의 과정인 "渡

---

113) 『海槎日記』 2월 27일.

濠橋入宮城門…自內言之爲第三門也"역시 생략되어 있다. 그 뒤에 맞이했던 일본 쪽 관원의 성명 역시 모두 삭제되어 있으며, 마지막으로 "目見其羅列之狀 羞憤一倍矣"와 같은 개인적인 감상도 『해행일기』에는 보이지 않는다. 이 기록을 통해 우리는 사행단의 하루 일과를 알 수 있을 뿐 일본의 세세한 사정이나 江戶의 생활상 같은 정보는 거의 얻을 수 없다. 『해사일기』의 여러 내용 가운데 간략한 사행단의 일정이 『해행일기』를 구성한 주요한 요소이다.

발췌되는 과정에서 위에 보이듯 "則先行於中層後行於下層云矣"의 "矣"와 같이 큰 역할을 못 하는 허사는 생략되는 일이 빈번한데, 이는 축약의 실효를 높이기 위한 시도로 보인다. "副騎船所載禮單中 生苧布黑麻布 多有浸濕 故洗濯曝晒 則足以贈給"[114]이라는 문장이 『해행일기』에서는 中, 有, 故, 則 등 생략해도 문맥에 상관없는 글자들이 빠진 채 "副騎船所載禮單 生苧布黑麻布 多沾濕 洗濯曝晒 足以贈給"으로 나타나는 식이다.

또한 길게 서술된 부분을 간단하게 줄여버린 형태도 보인다. 『해행일기』는 7월 8일 서울로 돌아와 復命한 날의 기록을 『해사일기』의 일기가 아니라 「筵話」에서 발췌하였다. 「筵話」는 말 그대로 영조와 사신들 사이의 대화를 기록해 놓은 것으로 모두 직접화법으로 전개된다. 그러나 중간 부분의 대화를 "上問關白所居如何 鬚髮有無 諸太守服色 關白兵衛有無 宮室何如 門色何如 關白傍侍有無 服色同異 飮食何如 觀光多少 禮數何如 一一陳對"라고 서술형으로 간단히 설명한다.[115]

---

114) 『海槎日記』 12월 4일.

115) 『海槎日記』에는 "上日 齋戒故一事不爲詳問矣 關白所居如何 對日 居五層廳而遮重屛風 深邃隱蔽 使不得相見 而面則瘦狹而性似輕躁矣 上日 有鬚乎 對日 無矣 所着似長衫

그렇다면 5책 분량의 『해사일기』를 누가 1책 분량의 『해행일기』로 줄여버린 것일까? 적어도 조엄은 아니었을 것이다. 우선 그에게는 동기가 없다. 조엄은 『해행총재』를 집대성하는 처지에서 『해사일기』에 대해서도 "이미 이런 일들에 익숙하지 못한 데다 병들고 게을러 다 이루어진 후 볼만한 게 없을까 걱정이다"[116]라고 하여 이전 사행록들에 걸맞은 분량과 내용을 지닌 일기를 작성하지 못할까 걱정하였다. 그런 그가 이미 5책 분량의 상세한 『해사일기』를 두고 굳이 1책 분량의 간단한 『해행일기』를 따로 만들 필요는 없다. 둘째, 조엄이 혹 『해사일기』의 축약본을 작성할 의도가 있었다 하더라도 자신을 가리키는 호칭을 일관되게 처리하지 못하는 일은 없었을 것이다. 『해행일기』 가운데 앞부분의 일기에서 주관적 서술자인 '余'라는 1인칭 대신 '上使'라는 직위를 가리키는 객관적인 칭호가 사용된 부분이 있다.[117] 그러나 뒷부분에는 이런 변개가 전혀 드러나지 않는다. 이는

所戴如漆 木履 諸太守所着 亦如關白同 而戴則無之矣 上曰 關白接見使臣時 有兵衛乎 對曰 前則有之矣 今關白之祖吉宗以爲兩國交歡 不必設兵衛 其後不爲之矣 上曰 宮室如何 對曰 不甚壯麗而有尤重門矣 上曰 門色如何 對曰 朱門矣 非但關白 執政奉行家 亦皆朱門 而以銅飾之 李仁培曰 與關白相見時 臣等熟視 而目相逢 則渠似有羞澁之意矣 上曰 關白傍有侍者乎 趙曦曰 關白左側有侍者數人 第二層左右各有執事奉行三人矣 上曰 服色同乎 對曰 品高者黑錦袍 秩卑者紅錦袍 而其國大邑六十六州 小州五百餘縣 而宴饗時所會內外官員 不過數百人 則各縣州似未盡會矣 上曰 飲食何如 對曰 專取工巧 塗金彫刻 無一可食矣 關白所居在東 故謂之東武 倭皇所居在西 故謂之西京 所謂西京山川雄麗 閭閻櫛比 實合國都之地 聞倭皇已死 有女皇云矣 上曰 使臣入去時 觀光者多乎 對曰 男女殆塡咽矣 上曰 彼人相見時 禮數何如 對曰 再揖矣"로 되어 있다.

116) "旣不閑於此等事 又且病懶 旣成之後 恐無足可觀者矣"(『海槎日記』 10월 6일)

117) 10월 6일 "終日惶惶者 余與首譯崔鶴齡李神將李醫民壽船將都訓導沙格五六人已"란 구절이 『해행일기』에서는 "終日惶惶 惟上使與首譯李神李醫都訓導沙格五六人已"로 바뀌어 있고 10월 27일 일기 "島主立于船上行再揖禮 余亦以再揖答之"라는 구절이 "島主立于船上行再揖禮 上使亦以再揖答之"로 되어 있다.

발췌자가『해행일기』로 축약하는 과정에서 처음에는 서술자를 드러
내는 '余'라는 칭호를 버리고 객관적인 칭호인 직위를 나타내는 '上
使'로 바꾸려는 의도를 가지고 있었기 때문이다. 축약자가 조엄이라
면 굳이 이런 시도는 필요 없는 것이다. 마지막으로 1월 15일 일기를
보면『해사일기』의 "밤에 궐 안에 가는 꿈을 꾸었다. 깨어나자 곧 망
하례를 행했다"[118]라는 구절이『해행일기』에서는 "밤에 궐에 가서 망
하례를 행했다"[119]라고 하여 엉뚱한 내용으로 서술되어 있다. 이는
글자를 빼는 과정에서 생긴 실수인데, 동일인이 축약했다면 발생하
기 어려운 일이다.

『해행일기』의 작가가『해사일기』를 자신의 기록으로 탈바꿈시키
기 위해 한 일은 매우 간단하다. 정사인 조엄의 개인적 감상과 평가,
사적인 행위의 기록을 대부분 삭제하여 사행의 기본 뼈대만을 남겨
놓는다.

가장 많은 변개가 이루어진 부분은 마지막 날인 7월 8일의 기록이
다. 조엄의 기록은 서울로 돌아와 친척들과 재회하고 복명한 일과
더불어 사행이 마무리되어 느끼는 마지막 감회가 실려 있으나『해행
일기』는「筵話」의 일부분으로 대치되어 있다. 영조와 사신들과의 대
화가 길게 인용되어 있지만 결국 작가가 기록하고 싶었던 내용은 마
지막에 나오는 "상께서 유달원은 호령했을 뿐인 듯하니 서유대가 가
장 공이 있구나라고 하시고 서유대를 방어사에 임명하는 전교를 쓰
게 했다"[120]이다. 다른 부분에 있는 서유대의 일을 채록하여 원래

---

118) "夜夢赴闕中 覺來仍行望賀禮"(『해사일기』1월 15일)
119) "夜赴闕 行望賀禮"(『해행일기』1월 15일)
120) "上曰 柳達源則似號令而已 徐有大最有功矣 命書徐有大防禦使傳教"

정사의 기록에 대치시킴으로써 서유대 중심의 사행록으로 변형시키고 있다.

이러한 점을 보자면, 『해사일기』를 『해행일기』로 축약한 사람은 서유대 혹은 그의 후손일 가능성이 높다. 家傳을 위해 사행의 경험을 적절히 편집하였을 것으로 짐작된다. 그렇기 때문에 『해행일기』가 서유대의 집안에 世藏되어왔을 뿐 아니라 후손들도 서유대의 저작으로 잘못 알고 있는 것이다.

그렇다면, 『해행일기』는 어떤 의미를 가지는가? 실제로 『해행일기』는 『해사일기』의 축약본에 불과할 뿐더러 개인적인 감상이나 풍경의 묘사와 같은 부분은 모두 생략되어 있어 문학적으로 볼 때 거의 가치가 없다. 현대적인 의미에서는 표절일 뿐이다. 하지만 당시 사행에 참여한 인물들의 기록에 관한 태도를 보여준다는 점에 있어 중요한 의미를 지닌다.

계미사행에서는 정사와 네 문사를 비롯해 군관, 역관, 선장에 이르기까지 문자를 할 수 있는 모든 계층에서 사행록을 남긴 인물이 나왔다. 문학적 완성도를 떠나 일본 여행의 경험을 기록하는 일은 당시 사람들에게는 매우 일반적이고 심상한 것이다. 그 가운데에서도 조엄의 기록은 원본 『해행총재』를 집대성한다는 목적에 입각해 쓰인 글이었다. 분량에서는 남옥이나 원중거의 기록과 비슷하지만, 내용으로 볼 때 가장 공식적이면서도 전반적인 사행의 면모를 담고 있다. 따라서 사행에 참여한 인물에게 『해사일기』는 사행이라는 외교 임무를 가장 잘 보여주는 글이 된다. 개인적인 사행록이 없는 경우, 『해사일기』를 적절하게 변형함으로써 곧 사행의 경험을 대신 보여주는 개인적인 기록물로 바꿀 수 있는 것이다. 즉, 적어도 공통의 경험을 기술한 부분에 한해서는 공통의 기록으로 간주되어 비망록 정도의 형태로 충분히 활용될 수 있었다.

『해행일기』는 독자적인 가치가 거의 없긴 하지만, 개별적인 사행록을 작성하지 않은 사람이 어떻게 개인적인 사행록을 가질 수 있었는지 보여주는 동시에 당시 사람들이 문장에 대한 어떠한 공유 의식을 가지고 있었는지 보여주는 자료이다.

(2) 독자층에 따른 내용과 표현의 상이성 : 김인겸의 『일동장유가』와 『동사록』

연행록 가운데에는 번역본이라 볼 수 없는 동일한 내용의 한문본과 국문본이 존재하는 경우가 있지만, 대일사행록에서 이런 경우가 아직 발견된 적은 없다. 그런데 얼마 전 남용익의 국문시가인 「장유가」가 소개되어, 사행의 경험을 한문만이 아닌 국문으로도 형상화한 모습을 보여 주었다. 이러한 예를 볼 때, 연행록과 마찬가지로 한문본과 국문본이 동시에 존재하는 통신사행록이 있을 가능성도 충분하다.

역대 사행 가운데, 국문으로 일본 사행의 경험을 기록한 것은『일동장유가』가 유일하다. 전체 분량이 8243구에 달하여 가사작품으로서는 매우 방대하다.121) 날짜에 따라 그날의 사건을 기록하는 형식으로 되어 있기 때문에 일기체 형식의 한문 사행록들과 큰 차이가 나지 않으며, 분량 역시 비슷하여 단순한 개별 시작품으로만 취급할 수 없는 면이 있다.

김인겸은 종사관 서기 신분으로 사행에 참여했고, 제술관 및 다른

---

121) 최강현, 『한국기행가사연구』, 신성출판사, 2000, 219쪽.

김인겸의 『日東壯遊歌』와 『靑丘稗說』에 실려있는 「金退石仁謙東槎錄抄」

서기들이 모두 사행록을 가지고 있는 점을 미루어 한문으로 사행을 기록했을 가능성이 농후한 데다, 그 편린이라 할 수 있는 『東槎錄』의 일부 기록이 소개된 바 있다.122) 『靑丘稗說』123) 9권에는 일본 사행록의 초록들이 실려 있는데, 그중에 「退石金仁謙所著東槎錄所載崔天宗事」와 「金退石仁謙東槎錄抄」가 포함되어 있다.

11월 4일 對馬島 西山寺에 머물렀다. 정사께서 파적할 만한 것이 없어 촉한의 인물들을 일행들과 비교하셨다. 나는 장완에, 남옥(시온)은 장송에, 자재[원중거]는 비위에, 성대중(사집)은 법정에, 민명

---

122) 최강현, 같은 책, 217쪽.
123) 성균관대학교 존경각 소장.

천(혜수)는 관우에, 김영장(상옥)은 장비에, 서중화(유대)는 조자룡
에, 이강령(해문)은 마초에, 이음죽(매)는 황충에, 유영장(달원)은
향총에, 임도사(흘)은 마대에, 오선전관(재희)는 왕평에, 조도사(학
신)은 위연에, 양선전관(용)은 마량에 비하셨다. 가장 포복절도할
것은 권기는 유기와 이름이 같다고 비하고, 이좌국은 양의라서 음이
비슷하기 때문에 양의에 비한 것이다. 홍선보는 미축에, 이마는 주
창에 비하였다. 한바탕 크게 웃었다.[124]

초ᄉ일 ᄉ방의 가니 ᄉ샹ᄂᆡ 심심ᄒ야 초한적 인물로 일힝을 비교
ᄒ야 댱완으로 날 비ᄒ고 시온은 장송이오 ᄌᄌᄂᆞᆫ 비위라고 ᄉ집은
범증이오 민명천은 관우 ᄀᆞᆺ고 김영쟝은 댱비로다 셔듕화ᄂᆞᆫ ᄌ룡이
오 니강녕은 마쵸라고 니매ᄂᆞᆫ 황튱이요 뉴영쟝은 향춍이오 임도ᄉᄂᆞ
ᄂᆞᆫ 마ᄃᆡ라고 오선전은 왕평이오 조도ᄉᄂᆞᆫ 위연이오 냥션젼은 마량
이오 홍쵸관은 미츅이오 니마ᄂᆞᆫ 쥬창일쇠 니좌국은 냥원고로 양의
라 일흠ᄒ고 견긔ᄂᆞᆫ 동명타고 뉴긔라 ᄒᄂᆞᆫ고나 일쟝을 대쇼ᄒ
고…[125]

위의 기록은 11월 4일의 일기이다. 한문과 국문이라는 차이가 있을
뿐 사건의 전개와 인물의 나열순서가 거의 유사하게 진행된다. 초록
이기는 하지만 본래의 내용이 『일동장유가』와 크게 다르지 않음을

---

124) "十一月初四日 留馬島西山寺 正使相無以破寂 以蜀漢人物比一行諸人 以余比蔣琬 南
玉時韞比張松 子才比費緯 成大中士執比法正 閔明川惠洙比關羽 金營將相玉比張飛 徐
中和有大比趙子龍 李康翎海文比馬超 李陰竹梅比黃忠 柳營將達源比向寵 任都事屹比
馬岱 吳宣傳載熙比王平 曹都事學臣比魏延 梁宣傳瑢比馬良 最絶倒者 權琦與劉琦 同名
故比之 李佐國良醫也 音相似故比楊儀 洪善輔比糜竺 理馬比周倉 一場大笑"
125) 『일동장유가』. 이하 가사 작품은 『일동장유가』에서 인용되었음.

짐작할 수 있다. 남아있는 자료를 가지고 부족한 대로 실전된 김인겸의 한문본『東槎錄』과 국문가사『일동장유가』를 대조해 보도록 하자.

一岐島 風本浦 여인이 우리 쪽 사람을 부르며 "조선사람, 조선사람" 하였다. 격군이 "왜 나를 부르시오?"라고 대답했다. 오랑캐 여인이 자신의 음부를 가리키며 "한 번 하고 가오"라고 하였다. 뱃사람이 "싫소, 싫소."라고 하자 오랑캐 여인이 "澤生이로다"라고 하였다. 이처럼 부끄러움이 없다. 혹은 젖가슴을 내보이고 혹은 엉덩이를 두드리며 혹은 음부를 보이기도 하니 더욱 놀랄 만하였다.[126)]

포변 왜녀들이 우리 비 브라보고 통수의게 말을 비화 됴션 스룸 브르거늘 격군이 마다ᄒ니 왜녀가 웃고 ᄒ되 못삼겻다 못삼겻다 즘싱이라 ᄒ리로다 일션의 사룸들이 일시의 대쇼ᄒ고 이후는 그놈드려 퇴셩이라 일ᄏ르니 열업고 붓그러워 홀 말 업서 ᄒ는고나 날마다 언덕의셔 왜녀들 모다 와셔 젓내야 ᄀ라치며 고개 조아 오라ᄒ며 볼기 니여 두다리며 손 져어 쳥도 ᄒ고 옷 들고 아릭 뵈며 브리고 ᄒ난고나 념치가 바이업고 풍쇽도 음난ᄒ다

위는 일본의 창기와 격군 사이에 있었던 일을 서술한 것이다. 『동사록』쪽을 보면 일본의 창기가 왜 격군을 "澤生"이라고 불렀는지 알 만한 단서가 없다. 그들이 손님을 부르는 음란한 행동에 대한 윤리적 비난이 있을 뿐이다. 그러나『일동장유가』는 표현이 훨씬 해학적이면서 생동감이 있다. 일본여인이 몇 마디 조선어를 배워 뱃사람에게

---

126) "一岐島風本浦女人招我人曰 朝鮮人朝鮮人 格軍答曰 何爲招我 蠻女指示其陰曰 一次爲之而去 船人曰 否否 蠻女曰 澤生也 其無恥如此 或露乳或叩臀或示陰 尤可駭"

수작을 걸고, 거절당하자 도리어 그를 놀리고 이에 사람들이 한바탕 웃어댄다. 손님을 부르는 음란한 행동 묘사도 괴이한 풍속에 대한 호기심을 만족시키는 데 목적이 있는 듯 보인다.

> 도주 平義暢, 以酊庵 승려 龍芳, 西山長老가 만나러 왔다. 도주가 쓴 것은 형태가 우리나라 사모 같으나 뒤에 뿔 하나를 꽂고 가운데가 굽어 한쪽으로 드리웠다. 생김새는 피부가 희고 살집이 있으며 정중하고 헌칠하여 조금도 예를 잃은 일이 없었다. 以酊庵 승려가 쓴 것은 위가 평정관 같고 삼면이 투구처럼 드리웠으며 붉은 비단 가사를 입고 있었다. 萬松院 장로가 쓴 것은 휘항 같은데 석류처럼 뿔 두 개가 있고 귀 앞에 뿔 하나가 있었다.[127]

> 대마도쥬 평의창과 니졍암 농방이와 셔산쟝노 와셔 뵈디 닙고 쓴 것 고이ᄒ다 도쥬의 벗ᄂᆞᆫ 거ᄉᆞᆫ 사모 형상 ᄀᆞᆺ트되ᄂᆞᆫ 모ᄌᆞᄂᆞᆫ 무이 젹고 쓸 ᄒᆞ나 쏘ᄌᆞ시되 언월형 모양으로 국뒤 드리웟고 니졍암 벗던 거ᄉᆞᆫ 파리머리 ᄀᆞᆺ트되ᄂᆞᆫ ᄉᆞ면으로 드림ᄒᆞ야 투고텨로 드리오고 홍금가사 곱게 지어 듐복이 닙어시녀 셔산쟝노 쓰ᄂᆞᆫ 거ᄉᆞᆫ 더고나 고이ᄒᆞ야 모양은 휘항 ᄀᆞᆺ고 뒤쓸이 쏏쏙ᄒᆞ야 괴귀텨로 니러셔고 쓸 ᄒᆞ나흔 알픠 잇다

위는 對馬島 島主 및 두 장로의 복색을 묘사한 부분이다. 우리나라의 유사한 물건에 비유하여 표현하고 있는데, 『동사록』에서는 島主에 대해서 "爲人白折豊厚 凝重俊偉 少無失禮之事"라 하여 사람됨에

---

127) "島主平義暢酊庵僧龍芳西山長老來見 島主所着形如我國紗帽 而後挿一角中屈一垂
　　爲人白折豊厚凝重俊偉 少無失禮之事 酊庵所着 上如平頂冠 三面之垂如兜鍪 着紅錦袈
　　裟 萬松院長老所着 形如揮項 而有二角如榴 耳前有一角矣"

대해서 매우 호의적인 평가를 곁들이고 있다. 반면『일동장유가』는 호의적 평가는 전혀 없이 복색에 대해 '고이ᄒ다', '더고나 고이ᄒ야'처럼 괴상하다는 가치평가를 중간중간 삽입하고 있으며 비유한 물건도 '平頂冠'이 '파리머리'로 대치되어 있다.『동사록』에 비해 약간은 비하적인 표현으로 쏠려있는 듯하다.

김인겸은 종사관 서기로서 사행단을 대표하는 문사의 위치에 있었고,「筵話」에서도 나머지 서기들과 비슷한 편수만큼 시를 지었다고 하였다.「金退石仁謙東槎錄抄」에는 세 사신 및 사행원들과 창수한 시가 모두 실려 있는데,『해사일기』의「수창록」에 기재된 것과 일치한다. 따라서『동사록』에는 시를 창수하는 모습이나 실제 지은 시편이 어느 정도 반영되어 있으리라 짐작할 수 있다. 이를 통해 보면 김인겸의『동사록』은『일동장유가』보다는 성대중의『일본록』이나 원중거의『승사록』같은 진지한 면모를 드러내는 기록이었을 것이다.

김인겸(1707~1772)은 다른 문사들과 달리 사행 전 문과에 급제한 경력이나 별다른 관력이 없다. 그런 그가 改差 전 종사관에 임명되었던 이득배에 의해 서기로 추천된 것은 그의 집안 때문이었던 것으로 보인다. 그는 조선 후기 대표적인 노론 집안인 안동 김씨의 일원으로서 김상헌의 현손이었다. 김상용, 김상헌 형제에서 비롯된 장동 김씨 일문은 당시 청풍계를 중심으로 후손들이 굳건한 학문적 연계 속에 지속적으로 교류하고 있었으므로, 서출이고 지방에 거주하고 있을지라도 청풍계의 중심에 있었던 김창업 형제의 오촌조카인 그가 가문의 일원으로서 학문적 연계 안에 소속되어 있었으리라는 것은 쉽게 유추할 수 있는 사실이다

김인겸이 한문사행록인『동사록』이 있는데도 국문을 표기수단으

로 선택하여 『일동장유가』를 지은 까닭이 무엇일까? 그 이유를 그의
저술 동기에서 찾아야 할 것이다.[128]

> 천신만고ᄒ고 십싱구ᄉ하야 장ᄒ고 이샹ᄒ고 무섭고 놀나오며 붓
> 그럽고 통분ᄒ며 우습고 다힝ᄒ며 믜오며 아쳐롭고 간사ᄒ고 사오
> 납고 참혹ᄒ고 불샹ᄒ며 고이퀴 공교ᄒ며 궤ᄒ고 긔특ᄒ며 위틱ᄒ
> 고 노호오며 쾌ᄒ고 깃븐 일과 지리ᄒ고 난감흔 일 갓가지로 ᄀ초
> 격거 쥬년만의 도라온 일 ᄌ손을 뵈쟈ᄒ고 가ᄉ를 지어내니 만의
> ᄒ나 긔록ᄒ딕 지리ᄒ고 황잡ᄒ니 보시ᄂ니 웃디 말고 파젹이나 ᄒ
> 오쇼셔

『일동장유가』는 '破寂', 즉 소일거리를 위해 지어졌음을 알 수 있
다. 이후 일본 사행의 참고자료로 삼기 위해 지어진 조엄의 사행록이
나 일본에 대한 광범위한 지식을 전달하기 위한 원중거의 사행록과
동기에 있어서 확연히 차이가 난다. 대상도 '자손'이라고 지정하고
있는데, 이는 한문해독이 불가능한 사람을 포함한 집안 식구, 특히
여성 식구로 보아야 할 것이다. 『일동장유가』 본문 중간에 "ᄉ나히
됴흔 줄을 오늘이야 알리로다 부녀쳐로 드러시면 이런 거슬 어이ᄒ
리"처럼 부녀자를 의식한 말이 나오기도 한다. 동기와 대상이 이렇게
한정된 상황에서 『일동장유가』는 사행 중 겪었던 갖가지 이야기를

---

128) 이동찬(「癸未 通信使行 記錄의 장르 選擇-『海槎日記』와 『日東壯遊歌』를 중심으로」,
　　『韓國文學論叢』 18집, 한국한문학회, 1997)은 김인겸이 가사라는 장르를 선택하게
　　된 이유와 기대효과로 ① 열린 구조의 여행 체험담, ② 계열체의 병렬에 의한 시가의
　　장형화를 통해 미적 기능 강화 및 교훈성 확보, ③ 풍부한 묘사와 확장적 진술을 통한
　　사상·감정 표현의 세련된 도구로 이용, ④ 리듬감과 속도감을 제공하여 독서의 즐거움
　　획득 등을 들었다.

서술하려고 하는데, 갖가지 일은 모두 24가지의 감정 상태와 관련된 언어로 표현되어 있다. 즉, 『일동장유가』의 서술 내용이 사실적이고 객관적인 입장에서 서술된 것이 아니라 개인적인 감정에 기초해서 흥미를 유발할 수 있는 내용으로 이루어져 있음을 의미한다. 따라서 지극히 주관적인 판단일 수도 있는 비하나 멸시 등의 감정이 여과 없이 표현될 가능성을 가지게 된다. 이러한 바탕에서 『일동장유가』는 다른 한문본 사행록과 다른 몇 가지 특징적인 서술태도를 지니게 된다.

첫째, 사행의 과정이 공적인 일보다는 가장의 당당한 면모를 드러낼 수 있는 일화들이 주요하게 다루어진다. 예를 들어 부산에서 일어난 동래장교 金貴榮과 元重擧의 갈등이 상당히 자세히 다루어져 있다. 조엄이 동래부사 시절 가까이 지내던 김귀영이 원중거에게 불손하게 대한 일로 갈등이 증폭되어 급기야 원중거가 서울로 돌아가려고 부산을 떠나기까지 했다. 이 일에 대해 조엄은 물론 본인인 원중거도 언급이 없고, 성대중과 남옥은 간단하게 일어난 일에 대해서만 말했을 뿐 일의 시말에 대해서는 별다른 말이 없다. 그런데 김인겸은 이 사건의 전말을 자세히 기록할 뿐만 아니라 조엄을 설득하는 과정을 대화체로 장황하게 기술하기까지 했다. 이 부분이 최천종 피살사건에 비해 더 많은 분량을 차지할 정도이다. 이 일은 실제로 사행이라는 공적인 여행에서는 그다지 말할 만한 가치가 있는 일이 아니지만 김인겸의 주관적인 입장에서 보면 스스로 문제에 개입하여 정사인 조엄을 설득하고 사행을 그만두려한 원중거를 되돌아오게 함으로써 사행을 수행하는 데 매우 능동적인 역할을 한 것이다.

　　내 혼자 싱각ᄒᆞ니 ᄂᆡ 몸이 션ᄇᆡᆫ디라 브졀 업시 드러가셔 관ᄇᆡᆨ의게
ᄉᆡᆸ ᄒᆞ기 욕괴기 ᄀᆞᆺ이 업서 아니 가고 누어시니 ᄉᆞ샹ᄂᆡ ᄒᆞ오시ᄃᆡ
예ᄀᆞ디 와 이시니 ᄒᆞᆫ가지로 드러 가셔 굿보고 오ᄂᆞᆫ 거시 해롭디 아니
ᄒᆞ니 잇디 말고 가쟈커ᄂᆞᆯ 내 웃고 ᄒᆞ온 말이 국셔 뫼신 ᄉᆞ신ᄂᆡᄂᆞᆫ
붓그럽고 통분ᄒᆞ나 왕명을 뎐ᄒᆞ오니 홀 일 업셔 가려니와 글만 짓ᄂᆞᆫ
이 션ᄇᆡᄂᆞᆫ 굿보랴고 드러가셔 개돗 ᄀᆞᆮ튼 예놈의게 빈례ᄒᆞ기 토심ᄒᆞ
되 아모려도 못갈로다 ᄉᆞ신ᄂᆡ 홀 일 업셔 우ᄉᆞ시며 ᄒᆞ오시ᄃᆡ 더리
ᄒᆞ고 도라와셔 됴흔톄 혼자마소 조흐랸 것 아니오라 ᄉᆞ리가 그러ᄒᆞ
고 무ᄉᆞ히 뎐명ᄒᆞ고 황혼ᄢᅢ의 도라왓ᄂᆡ

　　2월 27일 김인겸은 전명의식에 참여하지 않았다. 선비의 몸으로
關白에게 절하는 것이 욕되다는 것이 이유였다. 실제로 사행의 주요
목적은 전명의식에 참가하여 국서를 전달하는 것이므로, 김인겸이
참석하는 것은 당연히 해야 할 일이었고, 이미 앞서 對馬島에서의
하선연에 참석해 절을 했던 일이 있으므로 김인겸의 논리는 모순된
것이었다. 남옥이 '김사안[김인겸]은 관과 도포를 입고 가는 것이 전
례에 없다 하여 가지 않았다'[129]라고 한 것으로 보아, 김인겸이 진사
의 신분이라 관복을 입을 수 없어 평복으로 의식에 참석한 것을 꺼린
것으로 보는 것이 더 타당할 것이다. 그러나 김인겸은 사신들과 있던
대화를 기록하면서 그의 정당한 논리에 사신들이 수긍하고 물러나는
것으로 기술하였다. 자신이 얼마나 고결하게 선비의 몸가짐을 지켰
는지 보여주는 일화로 탈바꿈시키고 있는 것이다.
　　나와 다른 사람들을 대비시키는 방식은 조선과 일본의 대칭으로

---

129) "金士安以冠袍無前例不進"(『日觀記』 2월 27일)

확대된다. 일본은 전체에 걸쳐 '倭'라고 불리고, 일본인은 왜놈으로
지칭된다. 일본의 문형인 태학두 林信言도 국서 때문에 논의하는 과
정에서 '우리 먹는 음식을 싸라 온 두 사람을 은근이 되졉하니 감격하
고 깃거하야 두세번 치샤하고 크게 됴화하는 거동 나치 나타나는고
나'라는 식으로 우리 음식에 반해 태도를 바꾸는 비굴한 모습으로 드
러난다. 창수 중에 만난 노광도 조선의 문물을 흠모해 '싸라 가지라고
날마다 와 보채'는 인물로 그려진다. 이런 면에서 김인겸의 기록은
다른 사행록과 인식에 있어 상당한 차이를 드러내는 것으로 보이기
쉽다.

그러나 이것을 자국우월의식에서 비롯된 것만으로 치부하기는 어
렵다. 전어관 間永承七의 근실한 모습, 生鰒을 먹지 말라는 아비의
유언을 지키는 人心을 가진 왜사공에 대한 기술, 잊지 않고 江戶에서
문안편지를 보내온 平鱗・平英의 懇惻함 등 『일동장유가』에는 일본
의 勝景 못지않게 일본인들에 대한 긍정적인 평가가 나온다. 品川까
지 따라와 눈물을 흘리며 전별하는 일본문사들을 보며 '누고셔 예놈
들이 간샤하고 퍅하다던고 이 거동 보와하니 무음이 연하도다'라고
표현하기까지 한다. 기본적으로 일본을 오랑캐로 보는 의식을 지니
고는 있지만 일본에 대한 비하적인 표현을 드러내는 것은 조선의 사
행을 돋보이기 위해 의도적으로 사용된 것으로 보는 것이 타당할 것
이다.

둘째, 『일동장유가』에는 흥미를 유발할 만한 일본 풍속 중심으로
소개되어 있는 점이다. 이런 기술에는 기본적으로 다름에 대한 인식
이 아니라 괴이함에 대한 호기심이 내재되어 있다.

셔뉴냥인 든 쥬인이 제집 부녀 일싁이니 드려오라 근쳥ᄒᆞ니 ᄒᆞᄂᆞ
양 보려 ᄒᆞ고 드려오라 허락ᄒᆞ니 쥬인이 대락ᄒᆞ야 어드로 나가더니
이윽고 드려오니 비편ᄒᆞ기 가이 업서 급히 도로 나가라 ᄒᆞ니 무류ᄒᆞ
야 가ᄂᆞᆫ 거동 소견이 졀도ᄒᆞ다

부녀자가 외간 남자와 자리를 함께 하지 않는 조선의 관습에 비추
어 볼 때 자기 아내를 외국인에게 소개하려는 일본인의 태도는 이해
하기 어렵다. 일본 풍속에 대한 이해를 돕기 위해서라면 왜 그런지에
대한 의문을 품고 좀 더 세밀한 관찰을 해야 할 것이다. 그러나 김인
겸은 단지 우스꽝스럽고 음란한 이국의 풍경으로 그리고 있을 뿐이
다. '졔 나라 귀가부녀 깃졉의 ᄃᆞᆫ닐 적의 다디 아니 닙어기의 셔셔
오좀누게 되면 제슈죵 긔ᄒᆞ셔 명지슈건 가졋다가 달나 ᄒᆞ면 내여주
니 드르매 히연하다'라는 확실치 않은 말까지 기록하고 있다.

이런 태도는 화려한 모습을 묘사하는 데에도 나타난다. 大阪의 화
려한 거리 풍경을 묘사하면서 '하장ᄒᆞ고 금죽ᄒᆞ니 흔 부싀 못 그칠다'
라고 할 뿐 사치스러움에 대한 비판은 보이지 않는다. 名古屋에 대해
서는 '우리나라 삼경을 갸륵다 ᄒᆞᆫ것만은 예 비ᄒᆞ여 보게 되면 믜몰ᄒᆞ
기 ᄀᆞ이 업ᄂᆡ'라고 하여 조선을 비교대상으로 삼기까지 하였다. 禁法
으로 인해 백 간 미만으로 지어지는 조선의 집과 훨씬 호사스럽게
지어진 일본의 건물을 비교하면서 '더럽고 못쓸 쩌로 구혈을 삼아이
셔'라고 하여 일본을 야만시하는 태도를 드러내고는 있으나 정치·경
제적인 면으로의 통찰에까지 이르지는 않는다. 다만 조선에서 볼 수
없는 신기한 모습을 소개하는 것에 그칠 뿐이다.

江戸에서 만난 劉龍門은 김인겸을 '온화하고 공손하기가 시골사람

같았고 응수에 힘썼으며…완연히 도학선생의 풍모가 있었다'130)라고
하였다. 남옥을 '남을 업신여기고 오만하게 구는 사람 같았다'131)라
고 표현한 것과 비교하면 김인겸이 일본문사와 만날 때 얼마나 정중
했었는지 짐작할 수 있다. 『일동장유가』에 보이는 김인겸의 서술은
과장과 사상적 편향을 드러내는 것이므로 다른 사행록과는 달리 신
중하게 다루어야 한다.

　『일동장유가』는 부녀를 주로 한 가족들의 파적거리로서, 신기한
이국 체험을 전해주기 위해 지어진 것이다. 따라서 표기수단은 국문
을 선택했고, 표현 형식은 읽기 편한 가사를 취했다. 그렇기 때문에
한문본과는 달리 과장된 표현과 감정적인 어휘를 사용하는 데 별로
주저함 없이 일본이라는 이국의 풍속을 그려내며, 오해를 불러일으
킬 만한 단정도 꺼리지 않는다.

　『일동장유가』는 사행에서의 신분에 상관없이 독자로 상정한 계층
과 표기수단에 따라 사행록이 다루는 내용과 형식이 어떻게 달라지
는지 보여주는 자료라 할 수 있다.

(3) 사행시에 대한 두 가지 시각 : 남옥의 『일관창수』와 『일관시초』

　남옥은 일본문사와 이루어진 시문창수의 중심 역할을 했던 제술관
의 임무를 띠고 사행에 참여했다. 제술관은 문사 담당자로서 사행
내내 유관뿐 아니라 온갖 일반 문사와 수창하는 것이 가장 주된 일이
었다. 『일관기』에서 보이듯이 그는 매우 성실한 태도로 서기들과 함

---

130) "恂恂如鄙人 亹勉應酬…宛然有道學先生之風也"(『東槎餘談』)
131) "頗似凌傲人者也"(『東槎餘談』)

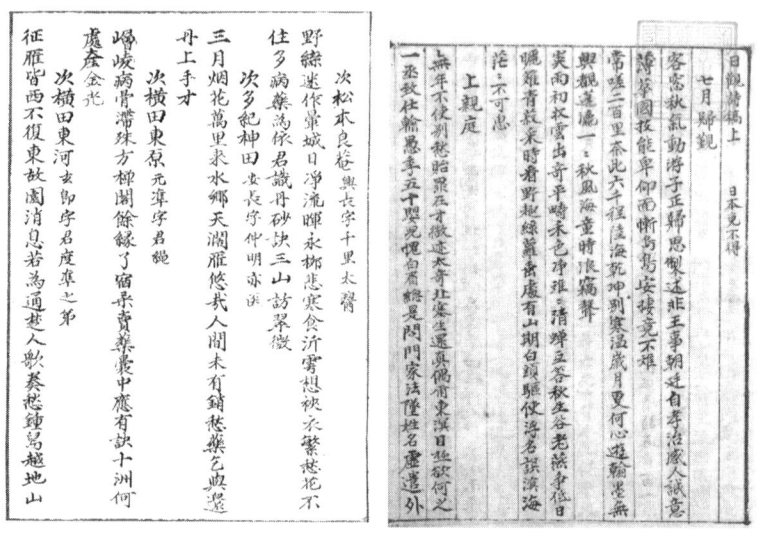

남옥의 『日觀唱酬』와 『日觀詩草』

께 시문으로 일본 문사들을 접대하였을 뿐 아니라, 사행에서 지은 시작품 역시 꼼꼼하게 기록하였다. 그 기록물이 바로 『일관창수』와 『일관시초』이다.

　『일관창수』와 『일관시초』의 관계는 상호보완적이라고 할 수 있다. 『일관시초』에는 남옥이 자발적으로 지은 시, 조선사행단 안에서의 수창시, 일본문사에게 독자적으로 지어준 시 등이 실려 있다. 「圓鑴使相命韻」, 「謹次使相復路志喜韻」와 같이 다른 사람과 수창한 시는 사행원들끼리 모여 여흥삼아 지은 것들이고, 「倭京雜詠用何大復韻」, 「大阪雜詠用謝茂秦韻」과 같이 여행지에 관해 노래한 것도 있다. 陸游, 杜甫, 金昌翕 시를 차운한 것도 상당량에 이르는데, 이는 대부분 개인적인 旅愁를 주제로 한 것들이다. 즉, 창수의 의무에서 벗어난 남옥이 개인적인 창작욕의 발로에서 지은 시라 할 수 있다. 반면 『日

觀唱酬』는 전권이 모두 일본문사의 시에 남옥이 차화운한 시로 이루
어져 있다. 여정에 따라 지은 시의 수를 정리하면 다음과 같다.

여정	國內		海路		大阪		陸路		江戶	합계
	往	復	往	復	往	復	往	復		
日觀詩草	194	82	496	218	0	20	39	84	13	1146
日觀唱酬	缺	0	缺	0	119	48	142	208	263	780

『일관창수』의 시가 적은 것은 최천종 피살사건 이후 수창시가 없
고, 결권인 상권의 시가 파악되지 않기 때문이다. 부족한 대로 살펴
보면 『일관시초』는 해로에서의 작품이 상당히 많음을 알 수 있다.
특히 22일간 배를 수선하느라 정박했던 藍島에서는 100수에 가까운
시가 지어졌다. 그러나 수창이 많았던 大阪 이후에는 시작이 급격
히 감소하여 연일 문사들이 몰려와 창수에 전념해야 했던 大阪에서
는 『일관시초』에 실린 시가 아예 없다. 그러다가 歸路에서 일본인과
의 수창을 전폐한 후 다시 시작 수가 증가한다. 전반적으로 『일관시
초』와 『일관창수』의 시작 수는 반비례 관계에 있어, 장수시가 늘면
자작시가 줄어든다. 이는 남옥이 밀려드는 일본 문사들의 시에 화
운시를 짓는 것이 아니더라도 사행 내내 어느 정도의 시작은 꾸준
히 하고 있었다는 증거이다. 앞서 말한 바와 같이 『일관창수』는 제
술관으로서의 임무를 수행하며 지은 시를, 『일관시초』는 일본을 기
행하는 시인으로서의 남옥이 지은 시를 실은 것으로, 남옥의 공적
인 시작과 사적인 시작을 보여준다.
　여기에서 한 가지 의문이 든다. 왜 남옥은 일본 사행 도중 지은

시를 굳이 이렇게 따로 묶은 것일까? 양쪽의 시가 모두 시간 순서대로 기재되어 있고, 『일관시초』에도 사행단 내에서이기는 하지만 수창시가 실려 있다. 차라리 사행에서 지은 시를 시간 순서대로 기재하여 한 종으로 묶는 것이 더 편하지 않았을까?

천여 수 가량 실렸으리라 짐작되는 『일관창수』를 일본 문사의 창수집과 대조해 보면, 수창한 시가 모두 실려 있는 것은 아니라는 점을 확인할 수 있다. 예를 들어 源君山 삼대와 창수한 기록인 『三世唱和』에 실린 남옥의 시는 총 8수지만 『일관창수』에는 7수만이 실려 있다. 공식적인 수창이라고 할 수 있는 昌平黌 문사들과의 수창시도 사람에 따라 한두 수씩 빠져있다. 일반문사는 〈唱酬諸人〉에 이름이 올라있어도 시가 기록되지 않은 사람이 상당수에 이른다. 그리고 이보다 더 눈길을 끄는 것은 원시가 전혀 실려 있지 않은 점이다. 일본인의 시를 가져왔냐는 영조의 물음에 '그들이 먼저 지은 후에 화운하였기 때문에 그들의 시를 과연 가지고 왔습니다'[132]라는 남옥의 대답에 따르면 원시가 유실된 것은 아니다. 『일관창수』는 '唱酬'라는 표제와는 달리 의도적으로 답시만을 묶은 것으로 보아야 할 것이다. 이에 비해 『일관시초』는 정사의 명을 받아 지은 시뿐 아니라 〈贈彈瑟老妓英梅〉처럼 기생에게 준 시나 〈戲士執〉, 〈戲吟〉처럼 재미삼아 지은 시까지 모두 실려 있다. 그리고 여러 사람들과 지은 聯句는 물론 차화운시의 원시, 그 시에 대한 다른 사람들의 차화운시까지 모두 실어 놓았다. 이런 점을 볼 때, 두 종의 시집은 단지 시작

---

132) "上曰 壯矣 汝得彼人詩來乎 對曰 彼人先作 然後和之 故彼作果爲之來矣"(『海槎日記』「筵話」)

동기 때문에 구분된 것만은 아니다.

　성대중의 문집인『靑城集』을 보더라도 사행 도중 지은 것은 총 22제 46수에 불과하다. 그는 정사 서기로서 사행 내내 남옥과 함께 일본 문사를 상대했던 인물로 남옥과 거의 비슷한 편수의 시작을 했을 것으로 추정된다. 남옥처럼 따로 창수시집을 엮었을 가능성은 있지만, 천여 수가 넘었을 수창시 가운데 정작 성대중 자신의 문집에 실린 시는 한 수도 없다. 「書二才子事」에 쓸 정도로 재주를 높이 샀던 龜井魯나 那波魯堂의 시에 차운한 것조차 찾을 수 없다. 김창흡이나 劉長卿, 陸放翁의 운에 차운하거나 조엄, 남옥의 시에 차운한 것도 있긴 하지만, 대체로 성대중 자신이 자발적으로 지은 것들이다. 즉, 문집을 편찬할 때 일본 문사들과의 수창시는 모두 제외되었으며 국내 문사들과 수창시 가운데에서도 가려서 기재했음을 알 수 있다. 이는 일본 문사들과의 수창시는 가려 뽑힐 수준이 되지 못했거나 문집 편찬자가 별로 내세워 보여주고 싶은 작품이 아니었음을 뜻한다.

　남옥의 능력으로 밀려드는 일본 문사의 시에 기계적으로 화운하는 것이 감당하지 못할 일이 아니라는 것이『일관시초』의 작품 수가『일관창수』와 비슷한 섬에서 확인할 수 있다. 문제는 수창시가 곧 "無興無味之作"[133]을 의미한다는 데 있다. 많은 시를 써야 하는 괴로움보다는 생각할 틈 없이 형편없는 시를 쓴다는 괴로움이 더 컸던 것으로 보인다. 성대중의 경우처럼 이런 시들은 문집에 편찬될 수 없는 무미건조한 시일뿐이다. 사행원들이 일본문사의 시작 수준에 대해 매우 비판적인 입장을 취했던 것은 익히 알려진 태도이지만 그에 못지않

---

133)『日觀記』1월 24일.

게 남옥은 자신의 창수시에 대해서도 비판적이었다.

> 魯堂 : 경술과 역사, 백가는 본디 먼저 힘써야 하는 것이지만 저는 시가를 더 좋아합니다. 그러나 창화시가 오가면 첩첩히 쌓이게 되고, 자세히 찾아보고 퇴고할 겨를이 없으면 비리한 데로 떨어지니 이 역시 싫어할 만합니다. 그렇기 때문에 험운을 다투거나 많은 시를 탐낼 필요가 없습니다. 드린 율시가 지금 객관 안에 있으니 여러 분들의 기이한 여행과 멀리 온 흥취를 생각하시다가 우연히 떠오르는 대로 화운해 주십시오. 江戶까지 왕복하는 데 천리로 멀고 날짜 역시 오래 걸립니다. 뜻이 맞으면 화운하다가 혹시라도 마음으로 사귀는 사이가 되면 어떻겠습니까? 일전에 『황화집』을 한 번 읽어보니 거듭해서 화운하는 것이 시도를 심각하게 해쳐 아울러 미친다는 것을 깊이 깨달았습니다.
>
> 秋月 : 그대가 시를 퇴고하지 않으면 비리한 데 떨어져 싫어할 만하다고 말하는데, 이는 명언입니다. 귀국 사람들이 끊이지 않고 다투어 오니 어쩔 수 없이 행운유수법을 사용했습니다만 한밤중에 생각하면 부끄러워 땀이 등을 적십니다. 그대의 시를 도중에 천천히 화운하고 싶소만 가는 곳마다 시 지어줄 빚이 산처럼 쌓일까 걱정입니다. 그래서 오늘 화운시를 쓰려하니 다시 시가의 금기를 범할 뿐입니다.[134]

---

134) "經術史子固當先務處 僕更好詩歌 然唱和往復多多疊疊 未暇細尋推敲 則落鄙俚 此亦可厭也 是故不用關險貪多 所贈小律 今日在館中 想像賢等奇遊遠來之興 偶爾賦之 東武往還千里而遠 爲日亦多 觸意相和 或爲心交之地如何 嚮一讀皇華集 甚覺疊和深害詩道 所以倂及也 魯堂 君言詩未推敲 則落鄙俚可厭 是名言 貴邦人競進不已 不得不用行雲流水法 中夜思之 愧汗沾背 君詩欲徐和於途中 但恐到處詩債如山 故今日欲草和 復犯詩家之忌耳 秋月"(「明和元年の朝鮮國修好通信使團の渡來と我國の學者文人との翰墨上に於ける應酬唱和の一例に就きる」(那波利貞, 『朝鮮學報』 42집, 1967)에서 재인용)

위는 那波魯堂과 남옥이 나눈 대화이다. 那波魯堂은 연달아 창수하는 방식의 문제점을 이미 알고 있었다. 따라서 퇴고를 하지 않아 생기는 병폐를 지적하면서 시간의 제한을 두지 않고 시흥이 날 때 자신의 시에 화운해줄 것을 요구한다. 그리고 호행하여 江戶에 오가는 동안 흥취가 일면 그에 따라 화운을 하고 더욱 마음이 맞게 되면 벗으로서 친교를 맺게 되길 바란다. 남옥 역시 那波魯堂의 의견에 십분 동의하지만 흥취가 일어나 시를 지을 만한 상황이 아님을 얘기한다. 산더미처럼 쌓이는 시에 일일이 화운하기 위해서는 詩道를 해치더라도 어쩔 수 없이 무미건조한 시를 지을 수밖에 없다. 奧田元繼의 '다 쓸 데 없고 볼만한 것이 없지만 다만 나라와 소리가 달라도 같은 글을 쓰는 묘함 때문에 뜻이 통하지 않는 것이 없음이 기이하다'[135]라는 혹평도 남옥이 말한 行雲流水法의 문제 때문에 일어난 것으로 볼 수 있다. 시간이 쫓겨 써내는 시는 아무리 많이 지어내도 수준에 미치지 못하는 부끄러운 것일 뿐이다.

남옥은 '창수 같은 것은 반쯤만 뜻에 맞아도 전하고, 남쪽 오랑캐 나라에서 간행해 보전하는 데 이르니 또 놀랍고 수치스러울 만하다. 잘못된 풍습이 이어져도 교정할 줄 모르니 이 때문에 매우 개탄스럽다.'[136]라고 『일관기』에 기록하였다. 겨우 형식만 갖춘 시를 가지고 화운시를 청하는 것이 해괴할 뿐 아니라 조선 문사들의 수준 낮은 답시까지 간행되어 일본에 남는 것이 부끄러운 것이다. 이렇게 양국 문사들이 주고받은 수창시는 적어도 조선 쪽 문사들에게는 개탄할

---

135) "共無用亦無足觀者 唯以異國異音而同文之妙 無意不通爲奇"(『兩好餘話』)

136) "若是應酬 其可有半分合意而傳之 蠻夷之邦 至於刊印以壽之 又可駭恥 弊風相襲 不知矯正 深爲之慨歎"(『日觀記』1월 23일)

정도의 수준이라는 평가를 받을 뿐이었다.

> 文辭라는 것은 기예 가운데 도에 가장 가까운 것이다. 지금 오랑캐와 수응하면서 박식과 재주를 자랑하게 하니 그림 그리기나 의술, 활쏘기, 말달리기와 무엇이 다르겠는가? 설사 수응한 것이 모두 전할 만하더라도 오히려 말하기에 부족한데 더욱이 백 가운데 하나도 음미할 말이 없는 것을 가지고서 지극히 조악한 운자에 화운하고 지극히 추악한 오랑캐에 아첨하는 것임에랴? 눈 깜짝할 동안 열 편을 짓기도 하고 하루에 종이 백 장을 넘기기도 하니 비록 조자건이나 왕자안처럼 민첩하더라도 어찌 하나라도 제대로 된 문장을 지을 수 있겠는가? 다른 나라 풍속에 우리의 추함을 드러내어 오랜 세월 비웃음을 전할 터이니, 나라를 빛내려는 것이 바로 나라를 욕되게 하는 것이요, 재주를 자랑하려는 것이 바로 허풍을 떨게 만드는 것이 된다. 이는 조정에 상주하기를 기다리지 말고 먼저 미리 그 나라에 통지하여 직접 사행에서부터 판단하여 그만두어도 충분하다.[137]

남옥은 글 짓는 일이 다른 잡다한 기예와 동격으로 취급받는 데 강한 불만을 드러낼 뿐 아니라 창수 자체를 폐지하라고 건의한다. 형편없는 차화운시를 일본에 남기는 것이 오히려 욕되다는 것이었다. 일본에서의 수창은 자랑스러운 것이 아니라 문사로서 가장 부끄러운 모습을 내보이는 일로 느꼈던 것이다.

---

137) "文辭者技藝中近道者也 今使之酬應蠻夷 誇多鬪長 與夫畫醫射馳者奚異 使其酬應者 皆可傳 猶不足言 況以百無一味之語 和極惡之韻 媚極醜之蠻 或頃刻十篇 或日過百紙 雖子建安之捷 其何能一成章乎 露醜於殊俗 傳笑於久遠 欲以華國者 適所以辱國 欲以夸才者 適所以諭才 此則不待上奏朝廷 先通其國 而直自使行 足可斷而罷之矣"(『日觀記』·「總記」)

　수창시가 수준이 낮은 것은 앞서 지적한 대로 시간의 부족뿐 아니라 시상이 천편일률적이라는 데 있다.

> 第一名都問攝津　제일 이름난 도시를 물으면 攝津이라더니
> 浪華金舶更鮮新　浪華江 금빛 선박이 더욱 신선하구나.
> 人中龍是文中虎　사람 중의 용이 바로 문장 중의 범이니
> 山水東南自有人　동남으로 뻗은 산수에 절로 인재가 있었구려.[138]
>
> 松露初晞宿雨天　솔잎에 맺힌 이슬이 오랜 장마비에 처음 마르고
> 舟橋十里度長川　배다리가 십리에 긴 내를 가로질렀네.
> 江山鍾得英明氣　강산이 영명한 기운을 모아들였는지
> 席上奇珍總少年　자리에 기이한 이들이 모두 소년일세.[139]

　첫 번째 시는 大阪에서 源文虎에게 지어 준 시이고, 둘째는 名古屋에서 源正卿에게 지어준 시이다. 源文虎는 객사에서 실무에 종사하던 관리로 문사들과 만날 기회를 가졌었고, 源正卿은 尾張州를 대표하는 젊은 시인으로서 상당한 명성을 지닌 인물이었다. 지역이나 신분, 그리고 시재에서도 두 사람은 상당히 달랐을 텐데도 남옥의 화운시는 거의 유사한 구조로 되어 있다. 「次源文虎韻」는 1, 2구에서 大阪의 풍경을 언급하고 3, 4구에서는 源文虎의 이름을 이용하여 상대방의 재주를 칭찬한다. 「次源蒼洲」도 1, 2구에서는 주변 풍경을 말하고 3, 4구에서는 자연과 연결하여 젊은데도 뛰어난 재주를 지녔음을 드러낸다. 특정 지명을 뺀다면 두 사람에게 바꾸어준다고 하더라도 별

---

138)「次源文虎韻」(『日觀唱酬』中)
139)「次源蒼洲」(『日觀唱酬』中)

문제가 생기지 않을 것이다. 주변 풍경이나 사물을 노래하고 이어서
상대방의 재주나 인품을 칭찬하는 방식으로 자신의 솔직한 감정과
감회는 모두 배제된다.

酊庵長老是何名	以酊庵 장로는 무슨 명분이길래
猩血幢衫絶可驚	선홍색 깃발과 가사가 깜짝 놀랄 만하도다.
不解呈詩求大雅	이해하지 못하면서 시를 보내 대아편을 구하고
漫將些少送人情	쓸데없이 사소한 것을 뇌물로 보내는구나.[140]

위는 『일관시초』에 실린 시이다. 『일관창수』의 시들과는 다르게
매우 직접적으로 인물에 대한 평가를 드러낸다. 호행을 맡은 장로의
분수에 넘치는 행색과 서툰 문재, 그리고 명분 없는 선물까지, 상대
방을 경멸하는 태도가 전면에 드러나 있다. 『일관창수』에 以酊庵 장
로인 龍芳에게 준 차화운시가 10수 가량 실려 있으나, 단순히 풍경만
읊을 뿐 이렇게 적나라한 면은 전혀 보이지 않는다.

豊筑千峰走似蛇	豊前州, 筑前州 수천 봉우리가 뱀처럼 달리고
湖白沙靑抱山過	하얀 호수 푸른 모래가 산을 안고 지나네.
黿鼉水國天邊闊	자라와 악어가 떠받친 물가 나라에 하늘가 넓고
鷄犬人家畵裡多	닭과 개를 키우는 인가가 그림 같은 풍경에 많구나.
十里松長粧遠浦	十里松은 길게 뻗어 먼 포구를 꾸미고
五龍島細偃晴波	五龍島는 가늘게 맑은 물결에 누워있네.
蠻郞惜別還堪戀	오랑캐 젊은이가 이별이 아쉬워도 그리움 견디

---

140) 「酊庵僧有餽遺」(『日觀詩草』 上)

라고

爲唱陽關第一歌　그를 위해 양관의 제1가를 불러주노라.[141]

위는『일관시초』에 실린 차운시이다.『일관시초』에는 龜井魯의 시에 차운한 것이 3수 실려 있는데, 일본문사 가운데에서는 유일하다. 사행단은 鴞木이 부러지는 고난을 거쳐 藍島에 겨우 도착했고, 일정과는 달리 선편을 보수하느라 한 달 가까이 체류하여야 했다. 이때 筑前州 유관들과 여러 차례 수창을 했고, 여기에 龜井魯가 끼어 있었다. 사행단의 문사들이 龜井魯의 詩才를 높이 평가했을 뿐 아니라 시간상으로도 여유가 있었으므로 다른 문사들에 비해 친밀한 교류가 가능했었다. 위의 시는 이별하기 전 龜井魯의 요청에 따른 것으로, '道哉가 "그대들과 생이별을 하는 것이니 공들께서는 저를 위해 왕유의 양관곡을 불러 주시겠습니까?"라고 하자 추월이 선창하고 용연이 화운하였다'[142]라는 기록이 보인다.

차운시이기는 하지만『일관창수』에 실린 것들과는 상당히 차이가 난다. 우선 두련과 함련에 보이는 풍경에 대한 관찰이 세밀하다. 그리고 十里松과 五龍島 등 매우 지엽적인 지명이 등장한나. 그리고 미련에서는 감정이 우회적으로 표현되었다. 상대방을 위해 노래를 지어주는 것이 이별한 후 슬픔을 위로하기 위한 것이라고 말함으로써 그에 대한 무한한 애정을 드러낸다. 상대방의 재주를 직접적으로 칭찬하거나 존경의 감정을 그대로 노출시키는 여타 창수시와 달리 미사여구가 전혀 없어도 오히려 상대에 대한 친밀감과 이별의 아쉬

---

141)「與龜井魯上島西岡騁眺疊前韻」(『日觀詩草』上)
142) "道哉曰 與君生別離 諸公爲僕唱王維陽關之章乎 秋月先唱 龍淵和之"(『怏怏餘響』)

움이 더욱 강하게 드러난다.

『일관창수』와 『일관시초』는 표면적으로는 사행 도중 지은 시 가운데 타의에 의한 수창시이냐, 자의에 따른 창작시이냐에 따라 나뉜다. 그러나 위의 龜井魯에 대한 화운시처럼 극소수의 수창시편이 『일관시초』에 딸려 있기도 한 것을 보면 이러한 구분이 명확히 맞아떨어진다고 보기 어렵다. 조선 문사들의 수창시를 평가하는 시각이나 두 시집에 드러나는 시작 수준을 미루어볼 때 사행시로서 드러낼 만한 것이냐 아니냐가 가장 큰 관건이었던 것으로 보인다.

계미사행 때 문사들이 『善隣風雅』를 비롯해 여러 권의 수창시권을 일본에서 구해왔다는 기록이 보이지만, 조선에서는 별달리 간행한 흔적이 없다. 일반적으로 조선의 문사들은 일본문사들의 시와 그에 대한 자신들의 수창시에 대해 매우 냉담한 태도를 취한다. 보통 사행록에 포함된 수창시는 사행단 내에서의 수창시를 가리킨다. 문집에 조차 한 수도 실리지 않는 수창시를 따로 묶어 『일관창수』와 같은 시집은 편집하는 것은 희귀한 경우이다.

사행시에 대한 양분법이 남옥에게도 존재했던 것으로 보인다. 따라서 그는 사행의 경험을 읊은 것 가운데 인정할 만한 작품은 『일관시초』에, 별다른 감흥 없이 기계적으로 지은 시는 『일관창수』에 따로 기재했다. 풍요처럼 일본 사정을 살피려는 의도가 있었다면 일본문사들의 시도 함께 엮었겠지만, 남옥에게 중요한 것은 제술관의 역할을 어떻게 수행했나를 보여주는 것이다. 즉, 『일관창수』는 공무일지와 유사한 성격을 가진 것으로 파악해야 할 것이다.

하는 자가 떼 지어 모여 있어서 글 쓰는 것을 직책으로 하는 사람은 손에서 붓을 놓지 못하고 밤에는 잠을 잘 수 없었다. 종이 한 장 글자 한 자를 얻으면 귀중한 보물로 여겨서 머리를 조아리며 감사하고 품에 잘 간직하고 갔다.…어떤 사람은 일본인이 우리나라 사람의 글을 얻어 벽에 붙이면 재앙이 사라지고 복이 온다고 했다'[2]라고 하였다. 비슷한 구절이 다른 사행록에서도 발견된다. 필적만을 열망하는 것은 수창할 만한 실력을 갖추지 못했기 때문이며 글자에 대해 미신적인 성향을 보이는 것 역시 학문적 수준이 낮았음을 드러낸다. 남옥은 播摩州 室津에서 '이 州는 시필이 모두 졸렬하다. 직접 쫓아와 구하려 하지 않고 반드시 소개를 통해 시를 구걸해 오니 왜 그런지 알겠다'[3]라고 비판하기까지 했다.

　반면 大阪에 도착한 이후부터는 가는 곳마다 수창이 이루어지고 수창을 원하는 일본문사의 수가 급격히 증가하였다. 육로를 지나는 경우 대규모의 사행단이 이동하기 위해서는 그만큼 넓은 길과 숙소가 보장되어야 했다. 朝鮮人街道를 이용했던 일부 지역을 제외하고는 江戶時代 일본인들이 여행길로 이용하는 주요도로인 東海道를 따라 움직였고, 묵는 곳은 大阪·西京·江戶·彦根·名古屋 같은 도시들이었다. 따라서 海路와 달리 사람이 많은 곳을 거쳐 갔을 뿐 아니라 예측 가능한 경로를 따라 움직이기 때문에 일본문사들의 접촉이 훨씬 용이했다.

---

2) "所至站乞書者彧集 以書爲名者 手不亭筆 夜不能寐 若得片紙尺字 則是爲珍寶 頂謝懷藏而去…或日日本人得我人書付壁 則災消福來云"(『溟槎錄』 1월 12일자 일기)

3) "此州詩筆皆拙劣 而其不爲踵來求通 必紹介乞詩來 知何故也"(『日觀記』 1월 16일자 일기)

137명의 이름이 나열되어 있는 大阪의 문사 명단에 남옥은 '山城州 및 他州人의 착오가 많다'[4]라고 부기해 놓았는데, 大阪 자체가 큰 도시일 뿐만 아니라 6일간 머물렀기 때문에 타 지역 사람들이 많이 모여들어 있었다. 예를 들어 竺常, 大江玄圃는 西京 사람이었고, 陶國興 무리는 和泉州 소속이었다. 皆川愿이나 左世寬 같은 이름난 문인들도 모두 다른 지역에 거주하는 사람들이다. 山城州 西京으로 만나러 왔던 關世美 일행은 丹波州에서 支供하기 위해 파견된 사람들이었다. 美濃州 今須에서 사행을 만났던 南宮大湫의 제자들은 伊勢州에 거주하는 사람들이었다. 특히 幕府에서 藩主들이 藩과 江戶를 옮겨가며 번갈아 살도록 하는 參勤交代制를 실시하고 있었기 때문에 江戶에서는 사행단이 지나지 않는 지역인 會津州·讚岐州·信農州 소속의 사람들도 만날 수 있었다. '우리를 보랴ᄒᆞ고 이삼쳔 니 밧긔 놈이 냥식 ᄡᅡ고 여긔 와셔 다엿들식 묵어시니 만일 글을 아니 주면 낙막ᄒᆞ기 엇더홀고'[5]라는 김인겸의 표현대로 사람들이 모여드는 중심에 있었던 곳이다.

그러나 무엇보다도 중요한 이유는 수준 높은 문사들이 많았기 때문이었다.

大阪·西京을 포함하는 關西지방은 木下順庵 계열과 山崎闇齋 계열의 주자학파와 伊藤仁齋 계열의 古義學派의 원산이었다. 이후 幽蘭社·混沌社 같은 시사가 조직될 정도로 문사들의 활동이 활발했던 곳이다. 그리고 한편으로 鎌倉時代부터 이어온 五山文學의 전통이 있

---

4) "山城州及他州人多錯"(『日觀記』·「唱酬諸人」)
5) 김인겸, 『일동장유가』

었다. 江戸는 관학을 이끌어가는 昌平黌과 荻生徂徠에서 비롯된 고
문사학파의 蘐園塾을 중심으로 문사들이 포진해 있었다. 육로의 중
간 경로는 關西와 江戸, 이 두 지역의 영향권 내에 있었다.

2) 양국 문사의 수창 상황

양국 문사들의 수창방식은 직접 대면한 상태에서 이루어지는 경우
가 대부분이었다. 그중 일부는 만남이 끝난 후 서신과 함께 시를 보내
면서 일본 여정 동안 연락을 지속하기도 했다. 또 형편이 여의치 않을
경우 인편을 통해 시와 편지를 부치는 경우도 있었는데, 남옥의 명단
에 나온 인물 가운데 20명 가량이 여기에 해당된다.

壹岐島의 吉野連秀政이나 江戸의 柴邦彦처럼 내용이 불경스러운
경우를 제외하고는 모든 수창에 응하는 것이 문사들의 일반적인 태
도였다. 김인겸은 '내 병은 채 낫디 아니코 왜시는 무수ᄒ니 슈응ᄒ기
어려오나 지어줄 밧 홀 일 업다'라고 하여 병중에도 성실하게 수창에
임했다. 그렇기 때문에 남옥이 '연로에서 수창하느라 피곤하고 잠을
못자 지나온 산전과 묵잇딘 마을 관사가 모두 꿈처럼 몽롱하다'[6]라
고 할 정도로 고달픈 수창 일정에 시달려야 했다.

지나친 시문수창이 일으키는 폐해에 대해서는 양국 문사가 다 인
지하고 있었다. 조선쪽에서는 급히 시를 써야 했기 때문에, 일본 쪽
에서는 수준 낮은 문사들의 참여 때문에 좋은 시가 나올 수 없으므로
서로의 수준이 얕보일 가능성이 있었다. 이에 따른 해결책으로 모두
일본 문사들을 각주 태수가 가려 뽑을 것을 주장했다. 원중거는 '시문

---

6) "盖沿途酬詩疲憊失寢 所過山川所次村館 多朦朧如夢"(『日觀記』 3월 12일)

수창 역시 江戶의 예에 따라서 각 주의 태수가 미리 그 지역의 문인을 뽑을 것이며 자리마다 수창하는 이가 5인을 넘지 않도록 해야 한다'[7]고 건의하였다. 일본 쪽 기록인『草茅危言』에도 '연로 제후의 儒臣을 사전에 널리 都下에 불러 시문에 뛰어난 재주를 가진 자를 조사하여 기준에 들지 못한 자는 그만두게 하고, 역참에서 증답을 바라는 사람은 기준에 들어간 자를 유신이 조사하며, 三都[江戶·京都·大阪] 평민의 증답은 금지하고 간혹 재주가 있어 시고를 바치며 스스로 청하는 자는 유신과 그 외 관리 이하 문재가 있는 자에게 명하여 조사하여 눈 앞 자리에서 시작을 시도할 정도에서 관허가 난다면, 조선사신의 빈관 안에서 조용히 증답과 필담도 할 수 있고 조선인도 우리나라에 사람이 있는 것을 알게 될 것이다'[8]라고 하였다.

원중거가 제안한 '江戶例'나『草茅危言』의 제안은 모두 통신사단이 이르기에 앞서 미리 일본 문사들을 가려 뽑는 것이다. 이런 방식은 江戶에서만 부분적으로 행해졌던 것으로 보인다. 남옥이 '모든 站에서는 對馬州 記室을 통하지 않으면 감히 들어올 수 없었으나 여기[江戶]에서는 對馬州에서 감히 사람을 막을 수 없었고 林氏의 문도가 아니면 역시 쉽게 통할 수가 없었다'[9]라고 한 것을 보면 연로에서의

---

7) "其詩文酬唱 亦依江戶例 各州守 預選其地文人 每一席酬唱 無過五人"(원중거,『乘槎錄』5월 7일)

8) "沿道諸侯の儒臣を、前弘に都下に召れ、其詩文達才の人に改させ、格に入さるは停られ、驛次にて贈答を望むものは、其格に入たるを儒臣より改、三都の平人の贈答は禁せられ、たまくに才子ありて、文稿を獻し自分請ものは、儒臣その外官吏以下の文才る人に命して改め、まのあたり席上の作をも試むるほとにて官許あらは、韓館中も靜かにゆるく贈答筆談も出來て、韓人も我邦に人ある事を知り"(『通航一覽』111권)

9) "諸站則由馬州記室不敢進 此則馬州又不敢阻人 而非林氏之徒 亦不得輒通"(『日觀記』2월 26일)

수창 인사는 對馬島 호행원인 서기들이 주관하였고 江戶에서는 太學
頭를 필두로 한 昌平黌에서 주관했음을 알 수 있다.

여기에서는 실제로 계미사행에서 수창이 어느 정도의 빈도로 이루
어졌는지 여정을 따라 살펴보도록 하겠다.

① 海路 중의 수창

사행단은 10월 6일 부산을 출발하여 이듬해 1월 20일 大阪 河口에
도착하였다. 다시 5월 6일 大阪을 출발하여 6월 23일 부산으로 돌아
왔다. 이 기간이 해로 노정에 해당한다.

10월 27일 對馬島 府中에 도착할 때까지 수창은 사행단 안에서 이
루어졌다. 정사인 조엄의 명에 따라 문사들이 시를 짓거나 문사들끼
리 수창하는 경우가 대부분이다.

문사들이 처음 일본문사와 필담을 나눈 것은 10월 30일 對馬島에
머물 때였다. 남옥이 通詞倭 澤田治에게 누가 가장 문장을 잘하느냐
고 묻자 大浦益之進과 서기인 紀國瑞를 거론하였다. 이에 남옥은 對
馬島의 문허이 빈곤한 것을 알 만하다고 기술하였다.[10] 최초 수창
은 11월 3일에 있었다. 네 문사는 以酊菴長老 龍芳이 수역을 통해 보
내온 시에 화답하였다. 對馬島에서는 주로 護行員인 서기들과 以酊
菴의 승려들과 수창을 하였고 江戶까지 왕복하는 동안에도 지속되
었다.

11월 13일 사행선은 壹岐島에 도착하였다. 18일 對馬島 서기의 인

---

10) "問誰最能文 曰大浦益之進一學 紀國瑞爲魁楚 可知島中文獻之貧"(『日觀記』 10월 30
일)

도로 의관 白石榮·泊維章이 문사들을 만나 수창하였다. 이들은 호행원에게 저지당한 吉野連秀政 父子의 名刺와 시도 함께 가져와 차운시를 청했다. 사흘 후인 21일 이들은 다시 사행을 찾아왔다가 저지당했기 때문에 서신으로 시를 전했고 문사들은 화운시를 보냈다.

12월 3일 사행선이 藍島에 도착했다. 이튿날 堀江誠定이 對馬島人을 통해 시를 부쳐왔다. 8일 對馬島 서기인 紀國瑞와 平公謙의 인도로 藩官인 井土周道·櫛田或·嶋村冐·龜井魯가 네 문사와 만나 수창했다. 이들은 사행단이 藍島에 머무는 동안 거의 매일 만나러 오거나 시를 보내왔다. 21일에는 藍島를 산책하던 문사일행이 龜井魯와 우연히 마주치기도 했다. 배의 파손 때문에 예기치 않게 藍島에서 22일간 머물렀기 때문에 별다른 일 없이 보내야 하는 문사들에게 이들과의 수창은 일종의 소일거리가 되었던 것으로 보인다. 특히 문사들이 재능을 높이 샀던 龜井魯는 다른 문사들과 달리 여러 차례 수창할 기회를 가졌다.

12월 27일 赤間關에 도착했고 이튿날 藩儒 瀧鶴臺 일행을 만나 수창했다. 이들과는 赤間關에서 머문 나흘 동안 만나거나 서신을 통해 수창했다.

1월 3일 사행단은 竈關에 도착했고, 이튿날 周防州 儒醫들이 부쳐온 시를 받아 수창했다.

1월 11일 韜浦에 도착해서 支供하러온 柴寬孟과 만나 수창했다.

1월 13일 牛窓에 도착해 藩儒 市浦直春 일행과 만나 수창했다.

1월 14일 室津에 도착했다. 이튿날부터 이곳 문사들이 對馬島 서기를 통해 시를 부쳐와 문사들은 이에 화답하였다.

回航 중에는 수창을 하지 않았다. 大阪에서 崔天宗이 피살된 후

문사들이 수창을 그만두었기 때문이다.

네 문사들이 지역 문사들을 직접 만나 수창한 곳은 壹岐島·藍島·赤間關·韜浦·牛窓이고 나머지는 서신을 통해 주고받았다. 인원이 많지 않고 시간상으로도 여유가 있었기 때문에 네 문사들이 수창에 피곤해 하는 기색은 보이지 않는다. 남옥이 창작한 시가 실린 『日觀詩草』 가운데, 3분의 2가 해로 중에 쓰인 데에서도 보이듯이 창수의 중압감 없이 여행을 즐겼던 기간이라 할 수 있다.

② 關西에서의 수창

사행단이 大阪에 도착한 것은 1월 21일이었다. 26일 누선으로 갈아타고 大阪을 출발하여 이튿날 淀浦에 하선하였고 곧 京都로 들어갔다. 이틀을 머문 후 29일 京都를 출발하여 大津에서 숙박했다. 回程 때인 4월 3일 사행단은 京都로 돌아왔고 5일 大阪에 도착했다. 4월 7일 최천종 피살사건이 발생해 한 달간 大阪에 체류하다가 5월 6일 비로소 다시 출발했다. 사행단이 大阪과 京都에 머문 기간은 1월 21일부터 29일, 4월 3일부터 5월 6일까지이다.

大阪과 京都는 학맥이 서로 이어져 있고 출중한 문사들이 많이 배출된 지역이었으므로, 문사들의 수창이 가장 많았다.

문사들의 본격적인 수창은 1월 22일 시작되었다. 남옥은 '이 성의 인사 가운데 시를 구하는 자가 열씩 백씩 무리를 이루어 반은 당과 방에 있고 반은 문과 담에 있었으니 다 大阪 사람은 아니고 사방에서 모두 모여든 사람들이었다'[11]라고 하면서 19인의 일본 문사 이름을

---

11) "次城人士求詩者 十百爲群 半在堂室 半在門屛 未必皆大阪之人 而四方之所都會"(『日

나열하였다. 성대중은 14명의 문사가 만나러 왔다고 기록하였고, 원
중거는 접객인이 80여인[12]이라고 하였으며, 김인겸은 지은 시가 130
여수에 달한다고 하였다. 이날 문사들은 새벽닭 소리가 들릴 때까지
수창하기에 바빴다. 23일 문사들은 代書할 소동을 데리고 다시 外堂
으로 나가 일본문사들과 수창했다. 이날은 전날보다 더 많은 사람들
을 접대하였는데, 『일관기』에 기록된 성명만 28인이었다. 김인겸은
'겨우 다 츠운ᄒᆞ야 쥬면 품속의셔 고쳐 내야 여러 놈이 흠긔 쥬면 턱
의 다케 빠히ᄂᆞᆫ고 쏘 지어내티면 쏘 그쳐로 내여 놋닉'라고 할 정도로
문사들의 시가 끊임없이 쌓였다. 남옥은 '들어오는 자가 벌과 개미가
모이는 듯하고 시 쓴 종이를 번갈아 들이는 것이 과장에서 시권을
제출하는 것 같았으며 옆에서 필담을 하니, 눈과 마음이 어지러운
데다 누가 어떤 시를 주었는지 기억할 수 없고 따라서 수창할 수도
없어 그 사람에게 가져온 시를 들게 하고 온 차례대로 순서를 정했
다'[13]라고 이날 상황을 묘사했다. 문사들은 25일까지 연달아 수창에
시달려야 했다.

　26일 누선을 타고 夜行을 하였고 이튿날 淀浦에서 하선하여 이동
하였다. 28일 京都에 도착하여 大阪과 마찬가지로 수창하였다.

　京都를 떠난 29일에야 문사들은 수창에서 벗어날 수 있었다. 원중
거는 '문사들을 접대하는 일이 없어 편히 누워 일찍 잠들었다. 大阪
이후 처음으로 편안하고 한가할 수 있었다'[14]라고 하였다.

觀記』1월 22일)

12) 다른 기록과 대조해보면 원중거의 80여인은 18인의 오기로 보는 편이 타당할 것이다.

13) "進者如蜂蟻之集 迭投詩紙如科場投券之爲 旁作筆語 心目焚亂 又不記何人呈何詩 不
　可隨以酬之 酒使其人各執所進 以來之先後爲序"(『日觀記』1월 23일)

이런 상황은 돌아오는 길에서도 마찬가지였다. 4월 3일 京都에 도착해서 호행원들이 창수하려는 사람들을 금하였지만, 전에 만났던 문사들이 紀國瑞를 통해 들어와 20여인이 밤새 수창을 하였다. 4월 5일과 6일 大阪의 수십 문사가 찾아와 계속 수창을 하였다.

4월 7일 최천종 사건 이후 문사들이 수창을 그만두었으므로 더 이상 수창하려는 문사들이 찾아오지는 않았다. 竺常·木世肅 등의 문사들이 使館을 방문하여 간간이 필담을 주고받고 피살사건에 대해 위로하는 정도였다.

문사들이 수창에 응했던 시간은 갈 때의 5일과 올 때의 3일이다. 이 기간 동안 180명이 넘는 문사들의 시에 수창했다. 하루에 20명이 넘는 인물과 수창한 셈이다.

關西에 머물던 기간에 양국 문사들이 공통적으로 지적했던 문제가 가장 심각하게 발생했다. '어지럽게 들어와 시를 구하였기 때문에 간혹 함께 말할 만한 선비가 있거나 변론할 만한 의론이 있더라도 조용히 토론할 틈이 없을'[15) 지경으로 많은 사람들이 한꺼번에 들어왔다. 문사들은 일본인의 시에 기계적인 화답을 할 수밖에 없었다. 이런 면은 양국의 문사들에게 모두 불만스러운 일이었다. 22일 수창했던 奧田元繼는 필담에 대해서는 호의적인 태도를 보였으나 시에 대해서는 '창수한 시 약간을 별집에 모두 다 갖추어 놓았으나 요컨대 모두 쓸데없고 볼만한 것

이 없다'[16)라고 혹평하였다.

---

14) "無文士來接者 穩臥早寢 盖浪華後初得安閒也"(『乘槎錄』1월 29일)

15) "日東人雜進求詩 雖間有可與語之士 可與辨之義 無以從容講討 兩國人均有其失"(『日觀記』1월 23일)

③ 陸路 중의 수창

사행단은 1월 29일 京都를 출발해서 近江州, 美濃州, 尾張州, 三河州, 遠江州, 駿河州, 伊豆州, 相模州를 거쳐 2월 16일 江戶로 들어갔다. 다시 3월 11일 江戶를 출발해 4월 3일 京都로 돌아왔다.

1월 30일 사행단은 彦根에서 묵었다. 이날 세 명의 유자가 찾아와 수창을 하였다.

2월 1일 望湖堂에서 잠시 쉬면서 승려의 요구에 시를 지어주었고, 점심 때 今須에서 南宮大湫의 제자들과 수창하였다. 저녁 때 大垣에 도착해 문사들과 수창하였다. 2월 2일에는 大垣에 머물면서 호행원들의 시에 화답시를 써 보냈다. 2월 3일 점심 때 州股에서 뒤따라온 南宮大湫의 남은 제자들과 수창하고 저녁 때 名古屋에 도착해서 尾張州의 유관인 源君山 일행 및 지역 문사들과 수창했다. 이날이 여정 중 가장 많은 문사들을 만난 날이다. 2월 4일 점심 때 鳴海에서 지역 문사들과 수창을 하였고, 저녁 때 岡碕에 도착해서는 수창이 없었다. 2월 5일 점심 때 赤坂에서 加番長老를 통해 菅時憲과 수창을 하였다. 이날 저녁부터는 주로 호행원들과의 수창과 필담이 이어졌다. 2월 11일 江尻의 淸見寺에서 쉬면서 주지를 비롯한 승려들과 수창이 있었다. 2월 12일 三島에서 梁田邦·秋山章과의 수창이 있었고, 13일 箱根嶺에서 海太玄과, 15일 品川에서 白石鳳과의 수창이 있었다.

돌아갈 때는 이보다 훨씬 많은 문사들을 만났다. 3월 11일과 12일에 걸쳐 品川과 神奈川에서 배웅 온 江戶 문사들과 수창하였고, 이어 지나는 곳마다 전에 만났던 문사들을 포함하여 수창하는 인원이 늘

---

16) "尙唱酬之詩若干首 悉具別集 然要之共無用 亦無足觀者"(『兩好餘話』下卷 18장)

어났다. 關西에 비해 현격히 적어지기는 하였으나 비교적 關西에 가까운 尾張州와 美濃州에서 만난 문사들이 많았고, 江戶에 가까울수록 문사들의 수가 줄어들었다.

남옥은 '江戶에 가까워질수록 시를 구하는 문사들이 드물어진 것은 문풍이 진작되지 않아서가 아니라 林信言 집안의 주장 때문이었으니 文衡이 林氏門徒 전에 먼저 창수하지 못하도록 해서이다'[17]라고 하였다. 이는 陸路 중의 수창이 갈 때보다 올 때 더 많았던 이유를 설명해준다. 그리고 江戶의 영향력이 尾張州 이전까지 미치고 있음을 보여준다.

④ 江戶에서의 수창

사행단은 2월 16일부터 3월 11일까지 江戶의 淺草 本願寺에서 묵었다. 18일 下馬宴이 있었고 그 이튿날부터 江戶의 문사들과 수창을 시작하였다. 전명의식이 있었던 27일을 제외하고 네 문사는 찾아오는 문사들을 거의 매일 접대해야 했다.

江戶에서 만나 수창한 문사들은 크게 두 부류로 나눌 수 있다. 官에 소속된 문사들과 일반 문사이다.

官에 소속된 문사들의 대표적인 경우가 林門의 門徒들이었다. 앞서 밝힌 대로 江戶에서의 酬唱은 太學頭 林信言이 주관하고 있었기 때문에 문사들의 수창은 자연히 林門의 문사들을 중심으로 이루어졌다. 2월 22일 林信言·林信愛 부자와 서기 松本爲美·久保泰亨이 먼저

---

17) "近江戶詩蠻寂寥 苟非文風不振 當因林信言家主張 其衡不使先唱於諸林之前也"(『日觀記』 2월 15일)

문사들을 만나 인사하고 창수했다. 2월 23일 林門의 문사 12인이 찾아와 네 문사 및 홍선보와 수창했고, 24일 9인이 찾아와 수창했다. 2월 25일 林信言 부자가 사신일행을 방문했으므로 네 서기도 함께 참석하여 수창했다. 오후에 林門의 문사 9인이 찾아와 네 문사와 만났으며, 역시 林門인 石宣明과 關白의 서기인 平鱗이 이어서 문사들을 만나 수창했다. 3월 2일 林信言 부자가 만나기를 청해 다시 문사들과 만났다.

林門에 속한 문사 외에 의관들도 정식으로 문사들과 만나 수창했다. 이들의 주된 관심은 의학지식에 관한 것이었으므로 松本興長을 비롯한 太醫 일행과 山田正珍·坂上善之 등과 같은 의관들은 문사와는 별도로 수시로 관사를 찾아와 양의 이좌국과 필담을 주고받았다.

이들 외에 各藩에 속한 태수나 유신으로서 네 문사를 만나 수창하거나 화원·사자원들에게 글씨나 그림을 요청하는 경우가 있었다. 3월 5일 館伴으로 온 藤資哲이나 8일 만나러 온 埜眞清, 越克敏 등이 이런 경우에 해당한다.

일반 문사의 경우 사적으로 관사를 찾아와 수창하였다. 이때는 주로 호행원을 통해 소개를 받아 문사들을 만났다. 林門의 문사들에 앞서 2월 19일 처음 문사를 만났던 승려 因靜은 對馬島 서기 林思可를 통했다. 3월 1일 만나러 온 藤共建 일행이나 3월 4일 만나러 온 郞道는 那波魯堂의 청에 의한 것이었으며, 劉龍門 역시 紀國瑞에게 청하여 만날 수 있었다. 이렇게 해도 안 되는 경우에는 드물지만 26일 시를 가지고 만나러 온 中澤以正처럼 잠입하는 사람도 있었다.

江戶에서의 수창을 살펴보면, 다른 지역과 달리 몇 가지 특징을 보인다. 첫째, 林門 문사들은 太學頭 부자의 서기를 제외하고 거듭 만나는 경우가 없었다. 둘째, 특별한 경우를 제외하고는 林門 문사들의 수창이 끝난 후 다른 문사들과의 수창이 시작되었다. 셋째, 의관들의 필담이 양의·의원들과 이루어졌기 때문에 상대적으로 수창의 분담이 이루어졌다.

江戶에서 머문 20여 일 동안 남옥이 수창한 사람은 113명이었고, 하루에 상대한 문사들도 열명 내외였다. 關西나 육로 중의 수창에 비해 비교적 정제된 상황에서 수창이 이루어졌다.

2. 일본 문사의 계층과 수창 태도

1) 필담창수집의 작가

가장 다종의 필담창화 자료를 소개한 이원식에 따르면 현전하는 일본쪽 자료는 총 38종이다.[18] 그 외에 那波利貞이 소개한 那波魯堂의 『東遊篇』[19], 허경진이 소개한 山岸藏의 『甲申接槎錄』[20], 신기수가 언급한 『河梁雅契』[21] 등 3종이 더 있다. 그 가운데 일방적인 것인

---

18) 이원식은 「朝鮮通信使の訪日と筆談唱和」(『韓』110호, 동경한국연구원, 소화 63년)에서 24종의 필담창화집을 소개하였고, 『조선통신사』(민음사, 1991, 418~420쪽)에서는 36종을, 「寶曆度·筆談唱和および遺墨關係資料」(『大系朝鮮通信使』7권, 明石書店, 1994)에서는 37종을 소개했다. 중복되는 것을 정리하면 총 38종이 된다. 가장 최근 목록은 김성진(「南玉의 生涯와 일본에서의 筆談唱和」, 『한국한문학연구』19집, 한국한문학회, 1996)의 31종인데, 이원식의 목록을 바탕으로 한 것이다.

19) 那波利貞, 「明和元年の朝鮮國修好通信使團の渡來と我國の學者文人との翰墨上に於ける應酬唱和の一例に就きる」, 『朝鮮學報』42집, 1967.

20) 허경진, 『하버드대학의 한국고서들』, 웅진출판, 2004.

21) 辛基秀·仲尾宏 편, 『大系朝鮮通信使』7권, 明石書店, 1994, 71쪽.

지 상호교류가 있었던 것인지 파악하기 어려운 일본문사들의 자필시
고를 모아 놓은 것[22]과 성격상 사행문학의 범주에 넣을 수 없는 것[23]
5종은 연구대상에서 제외시켰다. 그리고 소장처가 불분명한 것[24]과
개인소장이라 접근이 불가한 것[25] 5종은 어쩔 수 없이 연구 대상에
서 제외하기로 한다. 그 외에 아직 소개되지 않은『和韓醫話』와『表海
英華』를 포함한 현전 자료 30종[26]을 정리하여 표로 제시하면 다음과
같다.

---

22)『東槎唱酬集』,『奉呈詩文』,『日本文人上呈詩稿』등.

23)『名賢往來』는 '正德年度, 明和年度 韓使와의 筆談唱酬'라는 설명과는 달리 일본 문사
   들의 편지를 엮은 것으로 간간이 조선문사의 편지가 끼어 있을 뿐이고,『小雲棲稿』는
   쓰네(常)의 개인문집으로 조선문사들에게 준 시와 편지, 문답이 끼어있는데, 조선문사와
   의 필담집인『萍遇錄』과 겹치는 것이다.

24)『問朝鮮國秋月南書記』,『逢萊詩集』,『英軒野稿』등. 이 가운데『問朝鮮國秋月南書
   記』는 瀧鶴臺와의 필담 기록이라고 설명되어 있는데,『長門癸甲問槎』와 겹치는 것으
   로 짐작된다.『英軒夜稿』는 宮下肅이라는 인물이 남옥 등과 창수한 것으로 설명이
   되어 있으나, 창수한 사람들을 꼼꼼히 기록한 남옥의 唱酬諸人 명단에 들어 있지 않
   은 인물로 의심스러운 점이 있다.

25)『傾蓋集』,『鴻臚館和韓詩文稿』등.

26) 이원식은『韓館唱和』·『韓館唱和續集』·『韓館唱和別集』을 3종으로 보았으나 여기에
   서는 한 종으로 취급한다.

번호	서명	일본문사	권수	확인본 소장처	비고
1	泱泱餘響	龜井南溟 城逸	2권		『龜井南溟昭陽全集』所載
2	長門癸甲問槎	瀧鶴臺 瀧鴻	2권	국립중앙도서관	
3	甲申槎客萍水集	市浦直春 和田邵 井潛 近藤篤 龜山德基	5권	日本國立國會圖書館	
4	鷄壇嚶鳴	北山彰 北山晧		日本大阪府立中之島圖書館	
5	朝鮮聘使館浪華記	義端	1권	日本大阪府立中之島圖書館	『奇事風聞』所載
6	問佩集	大江玄圃	1권	日本國立公文書館	
7	兩好餘話	奧田元繼 衢貞謙 勝元綽	2권	日本天理大圖書館	
8	鴻臚摭華	源文虎	1권	日本西尾市立圖書館	
9	韓客人相筆話	新山退甫 林成 湯口爲光	1권	국립중앙도서관	
10	萍遇錄	竺常	2권	국립중앙도서관	
11	南宮先生講餘獨覽	南宮岳	1권	국립중앙도서관	
12	問槎餘響	石川貞 谷偶仲 伊東懋 小屋常齡 大嶋要 田中秋 田立松 伊藤一元 星野貞之 狩野美濟	2권	국립중앙도서관	

13	殊服同調集	千村良重	1권	日本國立國會圖書館	
		千村諸成			
		千村春友			
		土屋元字			
		若山三秀			
		西河英			
		田立松			
		星野貞之			
		岡田國香			
14	三世唱和	松平秀雲	1권		名古屋叢書 15권 所載
		松平武			
		松平彦			
15	河梁雅契	源正卿	1권	日本刈谷市中央圖書館	
		藤原利恭			
16	表海英華	岡田宜生	1권	日本刈谷市中央圖書館	
		岡田惟周			
17	和韓醫話	山口忠居	2권	日本國立公文書館	
18	桑韓筆語	山田正珍	1권	국립중앙도서관	
19	韓館唱和 韓館唱和續集 韓館唱和別集	林信言	7권	日本國立公文書館	
		林信愛			
		林信有			
		德力良弼			
		松田久徽			
		後藤世勻			
		木部敦			
		澁井平			
		河口俊彦			
		片岡有庸			
		松本爲美			
		井上後得			
		靑葉養浩			
		南太元			
		小室當則			
		關脩齡			
		中村弘道			

		久保泰亨			
		飯田良			
		宮武方甄			
		笠井載清			
		山岸藏			
		土田貞儀			
		林信富			
		飯田恬			
		今井兼規			
		原馨			
		木村貞貫			
		岡井鼐			
		糟尾惠迪			
		岡明倫			
20	韓館應酬錄	石宣明	1권	日本福島縣立圖書館	
21	歌芝照乘	澁井平		日本國立公文書館	
22	松庵筆語	井敏卿	1권	日本國立公文書館	
23	賓館唱和集	平俊卿	1권	日本京都大學附屬圖書館	
24	甲申接槎錄	山岸藏	1권	미국하버드옌칭도서관	
25	東槎餘談	劉龍門	2권	日本東北大學附屬圖書館	
26	品川一燈	澁井平	1권	日本國立公文書館	
27	兩東鬪語	松本興長	2권	日本國立公文書館	
		横田準大			
28	倭韓醫談	坂上善之	2권	日本國立公文書館	
29	東渡筆談	因靜	1권	日本國立公文書館	
30	東游篇	那波魯堂	1권	日本國會圖書館	

이상 자료의 작가들은 일본학계에서 상당한 지위를 차지하고 있었던 인물도 있고, 무명이었던 사람도 있다. 각각의 작가가 어떤 신분과 계층에 속해 있었는지 하나하나 살펴보기로 하자.[27]

27) 작가 생애에 관한 설명은 『譯註 先哲叢談』(藤田篤 역, 金港堂書籍株式會社, 1911)과

① 泱泱餘響

2권 1책. 사본. 일본 慶應大學·九州大學 소장.[28]

龜井魯(1743~1814)가 네 문사 및 이좌국
·이언진과 나눈 필담 및 수창시가 실려
있다. 부록에는 네 문사가 龜井魯의 친구
인 城逸과 주고받은 시 및 龜井魯의 아버
지에게 보낸 축수시, 그리고 사행단과의
만남 후 각계 인물이 龜井魯에게 보낸 편
지와 답장이 아울러 실려 있다.

龜井魯

龜井魯의 字는 道哉, 호는 南冥으로 筑
前州에서 태어났다. 그의 아버지 聽因은 일반 백성 출신의 마을 의사
로서 당시 청신한 학풍으로 여겨지던 徂徠學派를 가까이 하였고 의
술에서 미신적 요소를 배척하는 과학적인 기법을 사용하여 신망을
얻었던 인물이었다. 장남이었던 龜井魯는 아버지의 영향 아래, 14세
때 肥前州 學僧 大潮 문하에서 공부하였다. 이후 大阪에 寓居하고
있던 아버지의 친구 永富獨嘯庵의 문하에 들어가 유학과 의술을 배
웠으며, 長門州의 山縣周南을 따라 徂徠學을 받아들였다. 그는 20세
때 福岡로 돌아와 개업을 하였고, 의술뿐 아니라 학문 면에서도 상당
한 명성을 얻어 문하에 제자들이 모여들었다. 1762년 이미 私學을
열어 제자들을 배출하였는데, 통신사원들과 만나 수창했던 때가 바

『國史大辭典』(國史大辭典編集委員會, 吉川弘文館, 1983), 『日本漢文學大事典』(近藤
春雄, 明治書院, 1985)을 기본으로 참조하였다.

28) 여기에서는 『龜井南冥昭陽全集』(龜井南冥昭陽全集全集刊行委員會 편, 葦書房有限
會社 발행, 1978)에 실린 영인본을 사용하였다.

로 그 이듬해이다. 1783년 福岡藩에 藩學인 東西學問所가 설립되었는데, 龜井魯는 徂徠學을 강의하는 西學問所 甘棠館의 관장에 임명되었다. 이때 西學은 朱子學을 강의하는 貝原益軒의 東學 세력을 압도하였다고 한다. 시문으로도 유명하여 鎭西一大文豪로 일컬어진다.[29]

통신사단은 1763년 12월 3일 藍島에 도착해서 배의 수선 문제로 23일간 체류하였다. 8일 筑前州 書記인 井土周道·櫛田彧·嶋村曷와 함께 문사들을 방문했다. 龜井魯는 '사신행렬이 동쪽으로 온다는 얘기를 듣고 관에 나가 맞이하고 싶다고 청했으나 의사는 알현한 예가 없어 나아가 뵙는 것이 불가하였습니다. 엎드려 생각건대 용문에서 한번 너그러이 접대함을 저에게 허락해주셨으니(聞文旆東也 請官出迎 然 醫無執謁之例 不可就見 伏惟龍門之一容接 辱許于僕)'라고 말한 것으로 보아 유관의 신분이 아니었지만 문명이 높았기 때문에 龜井魯가 특별한 대우를 받아 서기들과 함께했던 것으로 보인다. 藍島에서 머무는 기간이 길었기 때문에 이들은 만날 기회도 많았다. 龜井魯는 이삼일에 한 번씩 직접 사행을 찾아오거나 시를 부쳤고 산보를 나섰던 문사들과 마주치기도 했다.

네 문사는 龜井魯에 대해 칭찬을 아끼지 않았다. 남옥은 '龜井魯는 나이가 스물 하나인데 시 짓는 붓이 날래고 재기가 매우 날카로워 紀國瑞·平公謙과 井土 등 세 서기가 겁을 먹을 뿐 아니라 두려워하기까지 했다(龜井魯年甫卄一 詩筆翩翩才氣甚銳 不但恟紀平與井土等三書記而畏

---

29) 龜井魯의 연보는 『儒俠 龜井南冥 南冥先生百回忌紀念出版』(高野江基太郎 저자 겸 발행, 弘文社 인쇄, 1913)에 자세히 정리되어 있다.

之)'라고 하였다. 성대중은 「書日本二才子傳」에서 那波魯堂과 함께 龜井魯를 들었다. 이들은 가는 곳마다 龜井魯에 대해 언급하였다. 이로 인해 龜井魯의 문명은 일본 전역에 알려졌는데, 『泱泱餘響』부록에 실린 각계 인사의 편지를 통해서도 확인할 수 있다.

이듬해 5월 26일 사행은 남도에 다시 돌아왔는데, 이때는 龜井魯는 빠진 채 筑前州의 세 서기만이 만나러 왔다. 성대중과 원중거는 筑前州 서기들의 시기를 받아 오지 못했다고 설명하였다.

② 長門癸甲問槎

2권 2책. 간본. 국립중앙도서관 소장.

瀧鶴臺(1709~1773)와 아들 瀧鴻이 네 문사와 나눈 창수시 및 필담이 기록되어 있는 책이다.

瀧鶴臺는 이름이 長愷, 자는 彌八로 본래 성은 引頭이며 長門州 출신이다. 14세 때 萩藩의 藩校에 들어가 山縣周南을 따라 徂徠學을 배웠다. 후에 江戶로 가 荻生徂徠의 문하에 들어가려 했으나 이미 죽은 지 3년이 지났으므로 徂徠의 제자로서 詩才로 이름을 날리던

長門癸甲問槎

服部南郭 밑에서 공부하였다. 南郭이 그의 재주를 매우 기특하게 여겼을 뿐 아니라 長崎 등에서 유학할 때도 가는 곳마다 재주와 학식을 높게 평가받았다. 다시 江戶로 돌아왔을 때는 이미 명성이 높아져

문하에 많은 제자가 모였다고 한다. 그는 평생 長門州의 유관으로
종사하면서 주로 江戶에 머물러 있었다. 1763년에는 특별히 主君의
명을 받아 귀향하여 통신사행을 접대하였다. 그는 徂徠學派의 명사
로서 이름이 州 밖까지 떨쳐졌던 長門州의 대표적 유학자였다.

1763년 12월 28일인 사행단이 赤間關에 도착한 다음날 瀧鶴臺를
비롯하여 草安世·山根泰德·瀧鴻·秦兼虎·香取文圭와 함께 접대하
기 위해 왔다. 이들은 의관인 香取文圭를 제외하고 모두 瀧鶴臺의
생도로서 藩學에 소속된 학생이었다. 29일, 30일 연속해서 香取文圭
를 제외한 다섯 사람이 다시 문사들과 만나 필담을 나누었다. 1764년
5월 21일 瀧鶴臺가 혼자 回程하는 문사들을 찾아와 시를 전했으나,
문사들이 최천종 피살사건으로 수창을 전폐하였기 때문에 차운시는
없다.

藍島의 龜井魯가 瀧鶴臺를 '박학하고 재주가 출중하며 시문을 매
우 잘 한다(博學豪才 甚善詞藻)'[30]고 일러준 바가 있었으므로 문사들이
그 이름을 기억하고 있었다. 네 문사는 瀧鶴臺를 만난 이후 곳곳의
문사들에게 瀧鶴臺의 이름을 들었는지 물었고 그의 문재가 뛰어남을
칭찬하곤 하였다.

원중거는 필담의 문목이 가장 볼만했던 사람 중에 하나로 瀧鶴臺
를 들었다. 일기에도 瀧鶴臺와의 필담을 적고 있는데, 내용은 정주학
과 徂徠學派에 관한 것이다. 사행단은 이후 종종 徂徠學에 영향을
받은 사람들과 마주치곤 했으나, 瀧鶴臺만큼 뛰어난 사람은 없었고
처음 논쟁한 인물이었기 때문에 그만큼 인상이 강렬했던 것으로 보

---

30) 『泱泱餘響』

인다.

③ 甲申槎客萍水集

5권 1책. 사본. 일본 國立國會圖書館 소장.

市浦直春·和田邵·井潛·近藤篤·
龜山德基와 네 문사 사이의 필담 및
창수시가 실려 있다. 네 문사 외에
이좌국, 남두민, 성호, 오대령, 이언
진, 서유대, 홍성원, 이언우, 김유성
도 등장한다.

1764년 1월 13일 사행은 牛窓에
배를 대고 관소에 들어갔다. 저녁 때
對馬書記 紀國瑞와 平公謙의 인도로
5인이 들어왔다. 이들은 肥前州 소
속의 유관들로 市浦直春은 國史와
國學을 담당하고 있고 나머지는 文
學이라고 소개하였다. 이들 중 近藤

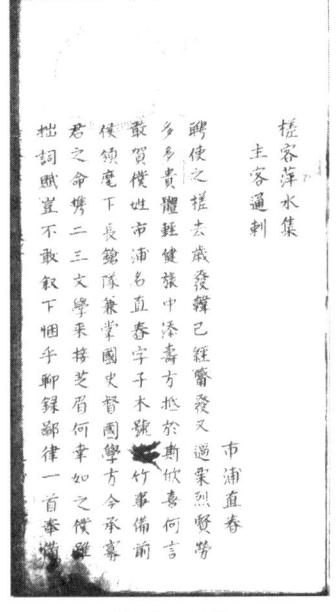

甲申槎客萍水集

篤은 무진사행 때도 주군의 명을 받들어 사행을 접대한 경험이 있었
다. 네 문사와 합석하여 필담창수를 나누었는데, 和田邵는 中三實의
印譜를 가지고 와 서문을 써달라고 부탁하여, 「書中子樸印譜序」가 이
들에게 준 것은 아니지만 책에 실려 있다. 남옥은 이들을 '매우 文雅
한 체모가 있었으며 휴대한 문방구도 다 정교하고 좋았고 종이는 중
국 것이 아니면 쓰지 않았다'[31]라고 묘사하였다.

다섯 명 가운데 井潛과 近藤篤이 재주가 뛰어나다고 평가받았는데, 이들이 각기 내놓은 百韻詩와 七十二韻詩에 대해 남옥은 '문자가 완곡하고 운치가 있으며 전고가 상세히 갖추어져 있고 풍부하여 저절로 쉽게 얻을 수 있는 것이 아니니 賓筵에서 창수하는 것 외에 이 같은 대편을 또 내놓는 것은 전에 없었던 일이다'[32]라고 하며 놀라움을 감추지 않았다. 원중거는 '四明[井潛]는 才氣가 있는 것이 龜井魯와 일반인데 재주는 못 미쳐도 바탕은 더 나았다. 西厓[近藤篤]은 키가 크고 코가 높았으며 침착하고 조용한 것이 재기와 풍기는 모습역시 마찬가지로 있었다'[33]라고 표현하였다. 네 문사는 장편에도 모두 차운시를 지어 6일 후 牛窓으로 부쳐주었다.

네 문사의 눈을 더욱 끈 것은 井潛이었다. 井潛은 간행된 아버지의 무진년 수창집을 가지고 왔는데, 그의 아버지 井通熙는 무진사행 때 수창했던 蘭臺라는 인물이다. 이들 부자는 일본문학사에서 井上蘭臺 (1705~1761), 井上四明(1730~1819)이라고 알려져 있는 인물로 절충학의 대표적인 집안이었다. 井潛은 어려서 아버지를 따라 江戶에서 공부하였기 때문에 江戶의 인물들과도 교유가 넓어 사행을 통해 林門의 澁井平과 연락하기도 하였다.

5월 15일 귀국할 때 元重擧가 井潛을 만나기 위해 통역을 시켜 일부러 찾게 할 정도로 네 문사가 애정을 가지고 지켜본 인물이기도 하였다.

---

31) "頗有文雅體貌 所携文房亦皆精好 紙非中華不用"(『日觀記』1월 13일)

32) "文字紆餘 典故該瞻 自不易得 而賓筵唱酬之外 復出如次大篇 前所未有者"(『日觀記』1월 13일)

33) "四明者翩翩才氣 與龜井魯一般 而才則不及 質則稍勝 西厓長身峻鼻沈靜 而才氣風儀亦如之有矣"(『乘槎錄』1월 13일)

④ 鷄壇嚶鳴

1권 1책. 간본(필담지 합본). 일본 大阪府立中之島圖書館 소장.

北山彰(1731~1791)과 北山晧 (1721~1806)가 네 문사와 나눈 필담과 수창시가 실려있다. 남 두민, 오재희, 유달원도 등장한 다. 北山彰과 北山晧는 종형제 사이이다.

이들은 통신사가 大阪에 도 착한 이틀 후 1월 23일 네 문사 를 찾아와 수창을 나누었다. 다 른 문사들은 이들에 대해 언급 하지 않았으나 김인겸은 이날

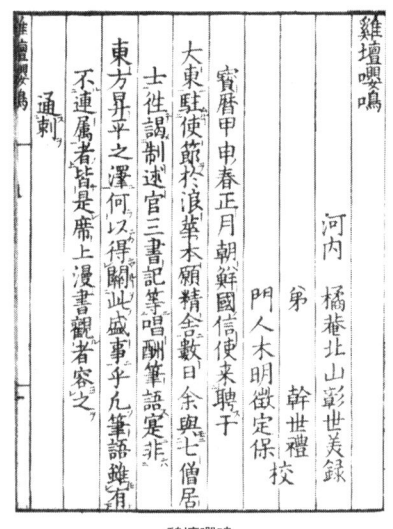

鷄壇嚶鳴

창수한 사람 가운데 北山晧를 으뜸으로 꼽았다.

北山彰은 호가 橘菴으로, 대대로 의업에 종사하는 집안에서 태어 났다. 그는 의술이 뛰어나 藩主들의 병을 고치는데 불려가기도 하였 지만 의관으로 종사하지는 않았다. 화가로도 유명했던 柳澤淇園의 문하에 있으면서 의학뿐 아니라 다방면에 재능을 드러냈다. 片山北 海를 중심으로 한 混沌社 동인으로서 大阪의 문인들과 교유하면서 많은 시문을 창작했다. 자신의 집에 混沌社의 지부를 설치하고, 漢籍 을 쌓아둔 서재를 공개하는 등 동인들과의 교류에 매우 적극적이었 다. 1764년 大阪에 도착한 통신사 접대를 담당했던 岸和田 藩主의 명에 따라 통신사원과 만나 시를 수창하였다.[34) 이때 지은 시와 필담 을 모아 엮은 것이 이『鷄壇嚶鳴』이다. 지역문사로서 상당한 명성을

날렸던 인물이다. 北山晧는 호가 七僧居士로, 처음에 服部南郭을 따라 배우다가 후에 柳澤淇園을 사사했다. 후에 大阪에 가숙을 열어 학생을 가르쳤다.

⑤ 朝鮮聘使館浪華記

1권 1책. 사본. 일본 大阪府立中之島圖書館 소장.35)

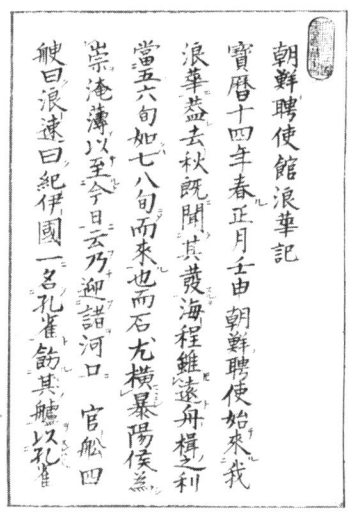

異國에 관한 몇 가지 기록을 묶어 놓은 『奇事風聞』의 일부분으로 들어가 있다. 마지막에 '大日本攝西國墨浦靈松寺沙門義端記'라고 義端(1732~1803)의 기록임을 밝혔다. 내용은 義端(1732~1803)이 大阪에 들어오는 통신사 행렬을 구경하고 그 모습을 기록한 것이다. 부록으로 남옥에게 보낸 시 2수와 浪華館에 입출관하는 통신사 행렬의 모습을 읊은 시 2수가 실려 있다.

朝鮮聘使館浪華記

義端의 시는 1월 22일 木世肅을 통해 남옥에게 전해졌다. 『朝鮮聘使館浪華記』에는 남옥의 수창시가 실려 있지 않지만, 남옥의 『일관창수』 中卷에 실린 「次靈松寺僧義端二首」가 義端의 시와 같은 운자로 씌어진 것으로 보아 그가 화답시를 받은 것이 분명하다.

義端의 속명은 脇坂勇進, 호는 空門子로, 徂徠學派 菅甘谷의 제자이다. 眞宗佛光派 靈松寺의 13대 주지가 된 사람이다.[36]

⑥ 問佩集

1권 1책. 간본. 日本國立公文書館 소장.

大江玄圃(1729~1794)와 사행원들이 주고받은 시를 기록하였다. 大江玄圃의 시에 화운한 사람은 네 문사를 비롯해 이좌국, 이언진, 유도홍이다. 菅原綱忠의 서문과 菅原輝長의 발문이 같이 실려 있다.

大江玄圃는 2월 25일 大阪과 4월 28일 서경에서 문사들과 만나 수창하였다. 남옥은 그를 和泉州屬官이라고 하였으나 『問佩集』

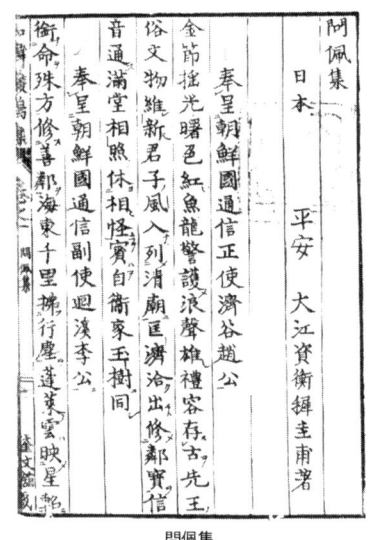

問佩集

서문에 '寺廳官人 大江玄圃의 문패집이 이루어졌다'라는 말이 나오고 「呈書記成龍淵啓」에게 자신을 '관청의 용렬한 부류이자 법가의 말학이라 창을 잡고 있지 양자운의 재주가 아닙니다'라고 소개하였다.[37] 使廳은 檢非違使廳을 가리키는데, 平安時代 西京의 치안을 유지하고 재판권을 가지고 있던 강력한 권한을 지닌 관청이었다. 大江玄圃는

---

36) 『新修大阪市史 本文編』 4권, 大阪市史編纂所, 1996.

37) "使廳官人 大江玄圃 問佩集成矣", "吏門庸流 法家末學 執戟非揚子雲之才"(『問佩集』)

檢非違使廳의 역할을 하던 京都의 奉行所에 소속된 무사였다.

그러나 大江玄圃가 성대중에게 자신을 위와 같이 소개한 것은 일
종의 겸사에 불과하다. 그는 龍草廬에게 시문을 배우고 岡白駒에게
古文을 배웠으며, 宮崎筠圃에 書法을 배워 일가를 형성한 인물이었
다. 그의 스승인 龍草廬는 詩社인 幽蘭社를 조직하여 활발한 활동을
하였다. 문하의 가장 뛰어난 제자를 일컫는 幽蘭社의 十才子라고 칭
하였는데 大江玄圃는 그 가운데 한 사람이었다.

⑦ 兩好餘話

2권 2책. 간본. 일본 天理大圖書館 소장.

奧田元繼(1733~1807)가 네 문
사 및 사행원들과 나눈 필담을
기록한 책이다. 사행원은 이좌
국, 이언진, 조동관이다. 부록
에 제자인 衢貞謙과 勝元綽의
필담도 실려 있다.

奧田元繼는 1월 22일 大阪에
머물던 사행원들을 찾아가 사
흘간 필담·수창을 하였다. 제
자인 衢貞謙과 勝元綽은 다음
날 찾아갔다. 회정하여 大阪에
머물 때인 4월 5일 다시 사행

兩好餘話

원들과 만났고 大阪을 떠나던 날은 那波魯堂와 송별하러 河口에 나왔
다. 奧田元繼는 사행원들과 다양한 주제로 필담을 나누었다.

奧田元繼는 播摩州 출신으로, 字는 志學, 號는 尙齋·仙樓·松齋·拙古 등이다. 大阪에서 江戶까지 사행단을 호행했던 那波魯堂의 아우이나 처가 쪽 姓을 따라 바꾸었다. 冒姓의 풍습에 관해 원중거가 那波魯堂에게 묻는 내용이 『乘槎錄』 6월 14일 일기에 보인다. 형을 따라 京都로 가 岡白駒의 문하에 들어가 공부하다가 大阪으로 나와 학숙을 열고 학생을 가르쳤으며, 사상적으로 정주학을 추숭하였다. 일본의 학풍에 관하여 伊藤仁齋와 荻生徂徠를 맹렬히 비판하는 내용이 필담 첫머리에 나온다.

⑧ 鴻臚撫華

2권 1책. 사본. 일본 西尾市立圖書館 소장.

源文虎가 네 문사 및 사행원들과 나눈 필담 및 시가 실려 있다. 사행원은 이좌국, 유달원, 홍성원, 이언우, 김유성, 홍선보, 장세문과 萊山童[38]이다.

源文虎는 스스로 鴻臚典翰이라고 밝히고 있는데, 생애는 자세하지 않다. 원중거는 '典翰給事'라고 하였다. 그는 원래 越前 출신으로 大阪에 와 있던 사람이었다. 남옥에게 '浪華에 나그네로 떠돈 지 몇 년에 다행히 관부의 명을 받들어 삼가 鴻臚館에서 일하고 있습니다'[39]라고 대답한 것을 보면 원래부터 관원은 아니고 차출된 것으로 보인다. 源文虎가 관소의 문을 닫아두고 中下官의 출입을 제한하는 것에 대해 官長에게 자유롭게 해달라고 청하는 내용이 나오고 관소의 순

---

38) 小童 중 한 명이나 누구인지 정확하지 않다.
39) "僕客遊于浪華有年 幸奉命官府 以祇役鴻臚館中"(『鴻臚撫華』)

찰에 관련된 내용이 나오는 것으
로 보아, 다른 번의 유관처럼 창
수접대를 하는 것이 아닌 일반 잡
역에 종사하는 관원이었던 것으
로 짐작된다. 따라서 문사뿐 아니
라 通事·軍官·畵員·寫字員·小
童 등 다양한 직책의 인물들과 접
촉하였다.

반면 네 문사의 기록에는 源文
虎에 대한 별다른 기록이 없다.
다만 원중거가 源文虎로 인해 일
어났던 해프닝을 기록해 두었다.

鴻臚摭華

그는 수역을 통해 정사에게 아버지의 행장과 비문을 구하였다가 '猥
屑'스럽다 하여 쫓겨났고 남옥, 성대중, 원중거에게 차례차례 애걸하
다가 또 쫓겨났다. 끝내 행장을 옆에 두고 나가 원중거가 글을 써서
행장과 돌려보내자, 나중에 돌아와 눈물을 흘리며 사죄하였는데 이
모습을 본 那波魯堂과 木世肅 무리가 흉을 보았다는 내용이다.40) 이
기록은 『鴻臚摭華』에는 나오지 않는다.

원중거는 그를 '시문을 매우 잘 했고 기억력이 좋았으며 스스로
程朱를 배우며 사모한다고 말했다'41)라고 표현하면서 동정적인 태도
를 취하였다. 源文虎는 부친상을 주문공가례에 따라 치르려 비문을

---

40) 『乘槎錄』 6월 14일자 일기.
41) "頗能詩文善記識 自言學慕程朱"(『乘槎錄』 6월 14일)

요구했던 것이고 문사들 입장에서는 이런 글을 써주는 것이 전례가 되어 다른 사람들도 따라할 것을 염려하여 물리친 것이었다.

⑨ 韓客人相筆話

1권 1책. 간본. 국립중앙도서관 소장.

新山退甫(1723~1775), 林成, 廣元六羽, 湯口爲光이 사행원들의 관상을 보면서 나눈 필담을 기록한 것이다. 岡白駒, 芥煥, 陶山冕이 서문을 썼다. 林成, 廣元六羽, 湯口爲光은 新山退甫의 문인이다.

『韓客人相筆話』에 따르면 林成은 조동관, 김응석, 홍선보와 이언진의 관상을 보았다. 新山退甫는 1월 하순 현태익, 최학령, 이명윤, 이명화,

韓客人相筆話

장세문, 이좌국, 유달원, 서유대, 이해문과 성명 미상의 상관 1인의 관상을 보았다. 3월 상순에는 大阪에 잔류해 있던 선박을 찾아가 변탁, 김윤하[42]의 관상을 보았고 하순에 변탁을 다시 만났다. 4월 사행단이 大阪으로 돌아오자 제자 廣元六羽, 湯口爲光과 빈관으로 찾아

---

42) '卜船將金僉知'라고 되어 있는데, 복선장 직위에 있던 사람 가운데 金씨는 김윤하 밖에 없다.

가 성대중, 김인겸, 현계근, 김상옥, 유달원, 이좌국, 남두민, 서유대, 이해문, 김유성, 조동관, 성호, 변탁, 유달원의 관상을 보았다.

남옥의 명단에는 林成의 이름만이 올라있고 '醫相士'라고 표기되어있다. 문사들이 林成을 만난 것은 1월 23일, 25일, 4월 3일이다. 관상을 보았던 성대중과 김인겸의 기록에 관상에 대한 것은 나오지 않는다. 다만『鷄壇嚶鳴』의 필담 가운데 유달원이 觀相人에 대해 묻자 北山彰이 新山退甫의 이름을 거론하였고 유달원이 만나게 해줄 것을 부탁한 내용이 나온다.

⑩ 萍遇錄

2권 1책. 사본. 국립 중앙도서관 소장.

竺常(1719~1801)이 네 문사 및 사행원을 만나 필담 수창한 기록이다. 사행원에는 이좌국, 이언진, 유달원, 조동관이 포함된다.

竺常이 처음 사행원들을 만난 것은 회정길에 대판에 머물렀던 1764년 4월 5일이다. 그는 서경의 승려로서 평소 친분이 있었던 木世肅를 통해 문사들을 소개받았다. 그리고 이틀 후 최천종 피살사건이 발생했고 이로 인해 문사들이 수창을 거부하여 일본문사의 발길이 뜸해졌다. 竺常은 그 후로 지속적으로 문사들을 찾아와 필담을 나누고 위로하였다. 그는 문사들을 위해 최천종 사건의 전말을 기록한 글을 짓기도 하였다.

남옥은 '사람됨이 우아하고 맑으며 이재에 물들지 않았고 문장 역시 예스러운 뜻이 있어 최천종 사건의 시말을 기록하도록 했다'[43]라

---

43) "爲人雅正 不染於財利 文亦有古意 故使之紀其始末"(『日觀記』 5월 5일)

萍遇錄

고 하였다. 원중거도 '지닌 마음이 지극히 순정하여 본래 명리를 쫓는 세속적인 승려가 아니다'[44]라고 평가했다. 원중거가 필담의 문목이 가장 볼만했던 사람으로 첫머리에 꼽기도 하였다.

그는 近江 출신으로 자는 梅莊, 호는 大典·蕉中이다. 西京 相國寺의 大雅에게서 시문을 배우고 宇野明霞에게서 유학을 배웠는데, 宇野明霞는 荻生徂徠를 학술면에서 비판한 대표적인 책인『論語考』를 쓴 사람이다. 竺常은 慈雲寺 주지로 있으면서 京都에서 가장 시문이 뛰어난 승려로 일컬어졌다. 후에 相國寺 113대 주지가 되었다. 1781년에는 幕府의 명으로 韓日應答文書에 종사하기도 했다. 그의 문집『小雲棲稿』에 사행원들과 나눈 시와 편지, 필담 일부가 실려 있다.

⑪ 南宮先生講餘獨覽

1권 1책. 간본. 국립중앙도서관 소장.

南宮大湫(1728~1778)가 네 문사와 주고받은 시와 편지가 실려 있다. 澁井平이 서문을, 細井平洲가 발문을 썼다.

---

44) "持心極純正 本非名利俗僧"(『乘槎錄』5월 15일)

1764년 2월 1일 사행단은 점심 때 水須에서 휴식을 취하였다. 이때 南宮大湫의 제자들이 찾아와 수창을 하면서 南宮大湫의 시와 편지를 전하였다. 남옥은 '제자를 시켜 시와 서찰을 보내 송나라 유학자의 경전 해석을 논하고 한나라 유학자의 잘못을 열거하고 또 서경의 뜻을 변론하였다'[45)]라고 하였듯이 경전에 관한 내용이었다.

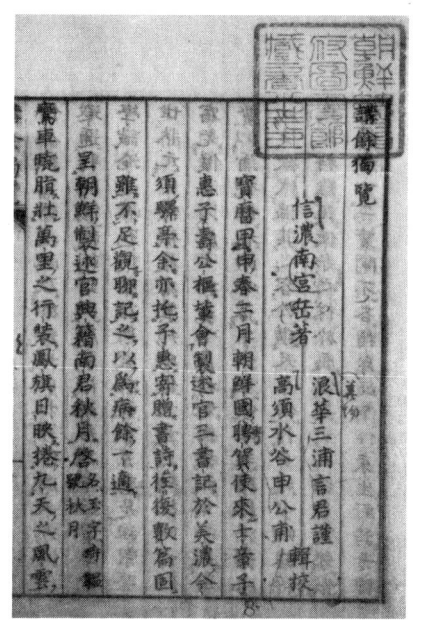
南宮先生講餘獨覽

南宮大湫는 尾張州 사람으로 이름은 岳, 字는 喬卿이다. 부모를 일찍 여의고 13세 때 中西淡淵을 따라 배웠는데 일찍부터 신동이라고 일컬어졌다. 벼슬을 좋아하지 않아 거절하고 伊勢의 桑名에 살면서 제자를 키우는데 전념하였다. 친구인 細井平洲의 권유에 따라 40세에는 江戶로 옮겨 私塾을 열고 강론하자 생도들이 모여들어 일시에 성가가 높아졌다고 한다. 평생을 검소하게 살면서 유자의 삶을 살았던 사람으로 井上蘭臺와 함께 절충학파를 대표하는 인물이다.

---

45) "使弟子致詩與札 論宋儒釋經 拾漢儒之失 又難書經之義"(『日觀記』 2월 1일)

⑫ 問槎餘響

2권 2책. 간본. 국립중앙도서관 소장.

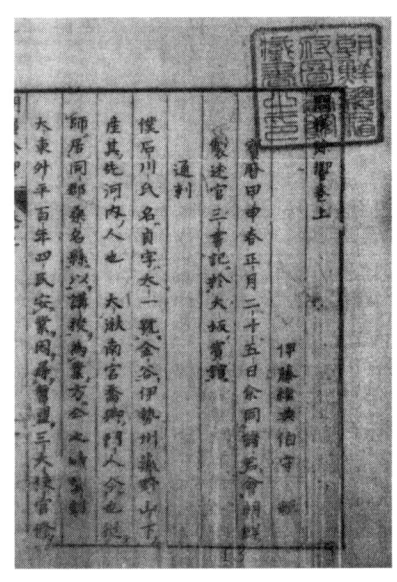

石川貞·谷偶仲·伊東懋·小屋常齡·大嶋要·田中秩·田立松·伊藤一元·星野貞之·狩野美濟·中川鳴鶴이 네 문사 및 이좌국·성호와 만나 나눈 수창시와 필담을 기록하였다. 那波魯堂의 서문이 실려있다.

石川貞은 1월 25일 大阪에서, 伊東懋·小屋常齡·谷偶仲·大嶋要·田立成은 2월 1일 美濃州 今須에서, 伊藤一元·星野貞之는 2월 2일 尾張州 於越에서

問槎餘響

사행단을 만났다. 돌아오는 길에 만난 사람은 田立成과 石川貞이고 나머지 사람들은 모두 시를 부쳤다. 이들은 모두 伊勢州 桑名縣에서 南宮大湫에게 수학하고 있거나 수학한 사람들이다.

이들 가운데 石川貞(1737~1778)은 伊勢 사람으로 자는 太乙, 호는 金谷이며, 南宮大湫의 제자이다. 京都에 私塾을 열었다가 膳所藩·延岡藩 등에 초빙되어 벼슬을 하였다. 그는 다른 사람보다 먼저 大阪에서 사행단과 만났던 인물로, 그의 주활동지가 關西 쪽이었기 때문이다. 伊藤冠峯(?~?)은 이름이 一元, 자가 吉甫이다. 거상의 집안에 태어났으나 가업은 형제에게 맡긴 채 尾張州 中西淡淵의 문하에 들어가 유학하였다. 또 의술에도 조예가 깊었다. 만년에 美濃州 笠松에 은거

하여 講說을 업으로 삼았다. 南宮大湫와의 우정으로 유명하다.

⑬ 殊服同調集

1권 1책. 간본. 일본 國立國會圖書館 소장.

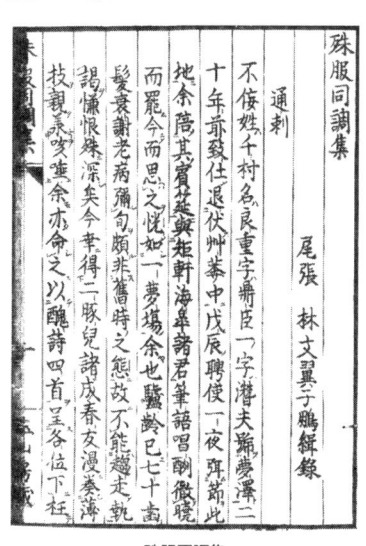

殊服同調集

千村良重·千村諸誠·千村春友·土屋元孚·若山三秀·西河英·今井田立松·星野貞之·岡田蘭夫가 네 문사 및 홍선보와 수창한 시를 林文翼이 엮은 것이다. 百非仁默의 서문과 桃源高景濬의 발문이 들어 있다.

1764년 2월 3일 사행단은 名古屋 性高院에서 묵었는데, 이때 많은 문사들이 찾아와 수창하였다. 千村良重은 무진사행 때에도 수창했었던 사람으로 두 아들 千村諸成·千村春友 편에 자신의 시를 부쳤다. 이날 찾아온 사람 중에 千村良重의 두 아들과 土屋元孚, 星野貞之가 끼어있었다.

2월 4일 鳴海 賓館에서 묵었다. 若山三秀는 이날 찾아와 수창하였다.

江戶에서의 전명을 마치고 돌아오는 길인 3월 29일 사행단은 다시 名古屋에 묵었다. 若山三秀와 西河英, 今井田立松이 수창을 했고 岡田蘭夫가 시를 부쳤다.

今井田立松[田立松]과 星野貞之의 시는 南宮大湫의 제자가 수창한 시를 모아놓은 『問槎餘響』의 기록과 일치한다. 星野貞之는 자신을

'美濃州 北部의 野人으로 醫業에 종사하는 사람(北美野人 業醫者也)'이라고 밝혔다.

千村良重(1694~1773)은 尾張藩의 藩士로, 자는 鼎臣, 호는 夢澤이다. 小出侗齋를 따라 闇齋學을 배워 山崎闇齋의 계파를 나타낸『崎門學脈系譜』에 이름이 나온다. 문학으로도 이름이 높았다. 사행단을 만났을 때는 이미 致仕하고 난 후였다. 그의 아들인 千村諸成(1727~1790)의 자는 伯就·力之, 호는 鵞湖이다. 아버지를 따라 가학을 전수받고, 松平君山에게서 유학을 배웠으며 江戶 徂徠學派의 石島筑波에게서 시를 배웠다. 尾張藩士로서 5년간 8대 藩主의 근신이었으나 1747년 병으로 쓰러져 퇴직하였다가 나중에 先手物頭로 임명되어 江戶에 부임하였다. 통신사행을 만났을 때는 그가 先手物頭로 있을 때이다.

위와 같이 아홉 문사들 안에는 학파가 다른 사람들이 섞여 있다. 이들이 어떤 관계가 있는 지는 확실하지 않다. 다만 이 책을 편집한 사람과 서문·발문을 쓴 사람, 수창한 문사들이 모두 尾張州 사람이고 창수한 지역도 尾張州인 것으로 보아 尾張州의 문사들이 수창한 것 가운데 뽑아서 엮어진 것으로 보인다.

⑭ 三世唱和

1권 1책. 간본. 소장처 불명.46)

源雲·源武·源彦이 네 문사 및 홍선보와 수창한 시와 편지가 실려 있다.

---

46) 여기에서는『名古屋叢書』 15권(名古屋市敎育委員會 편집간행, 1962)에 실린 영인본을 사용했다.

1764년 2월 3일 사행단은 名古屋 性高院에서 묵었다. 이때 源雲 (1697~1783)은 尾張州 藩主의 명을 받들어 문사를 접대하러 왔다. 그는 尾張州 書室監이라고 소개했다. 이때 그를 따라 온 사람은 아들 源武, 손자 源彦을 비롯한 문도 십여인이었다. 회정 때인 3월 29일 다시 같은 사람들을 이끌고 사행단과 만나 창수하였다.

源雲은 松平君山으로 불리는데, 이름은 秀雲, 자는 士龍이다. 尾張州 家臣의 집안에서 태어났고 역시 가신인 松平家에 장가들어 그 집의 양자로서 가계를 이었다.

평생 尾張州의 유관으로 있으면서 각종 관찬지를 편찬하고 藩學에도 관계하였다. 무진사행 때도 아들 源武와 함께 藩主의 명을 받들어 접대한 적이 있다.

남옥은 그를 '사람됨이 매우 고아하고 진실하며 시필 역시 볼만했다(爲人頗古實 詩筆亦可觀)'이라고 표현하였고 원중거는 '年老忠厚'하다고 표현하였다.

⑮ 河梁雅契

1권 1책. 간본. 日本刈谷市中央圖書館 소장.

源正卿(1737~1802)이 네 문사 및 홍선보, 이좌국과 수창한 시가 실려 있다.

源正卿은 일본문학사에서 磯谷滄洲로 알려져 있는 인물이다. 집안은 대대로 尾張藩에 벼슬하였

河梁雅契

고, 國老 竹要氏에 소속되어 있었다. 尾張州의 松平君山[源雲]에게 사사하여 문장으로 이름이 났다. 1764년 松平君山을 따라 통신사행을 접대할 때 龜井魯와 병칭되어 성가를 높였고, 이후 藩主의 귀에까지 들어가 유관으로 발탁되었다.

⑯ 表海英華

1권 1책. 간본. 日本刈谷市中央圖書館 소장.

岡田宜生(1737~1799)이 네 문사 및 홍선보, 이좌국과 수창한 시와 약간의 필담이 실려 있다. 뒤에 아우인 岡田惟周와의 수창시도 첨부되어 있다.

岡田宜生의 자는 挺之, 호는 新川·暢園·朝陽·甘谷이다. 尾張州 世臣 岡田宗愛의 아들로, 松平君山에게 經術을 배웠다. 1783년 藩校인 明倫堂의 교수가 되는 등 藩의 學政을 총괄하는 임무에 종사하였다. 학문은

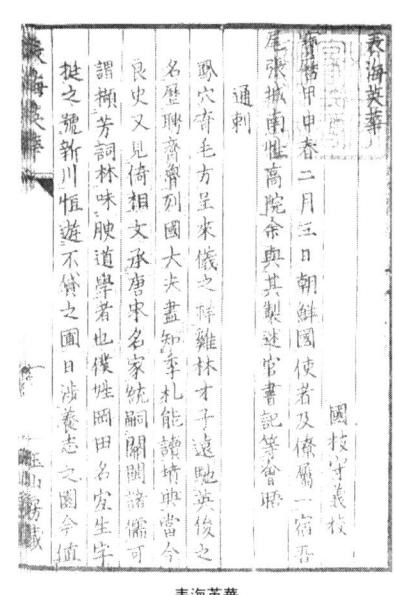

表海英華

하나의 학파를 고집하기보다 중정한 입장을 고수하였고, 특히 시문으로 이름이 났다.

1764년 松平君山을 따라 통신사행을 접대할 때 남옥이 唐詩의 遺風이 있다고 그의 시를 칭찬하였다.

⑰ 和韓醫話

2권 1책. 간본. 日本國立公文書館 소장.

山口忠居와 이좌국이 나눈 필담을 기록한 책이다. 그는 1764년 2월 3일과 回路였던 4월 29일 尾張州 性高院에서 이좌국과 만나 의학에 관한 필담을 나누었다.

山口忠居의 생애는 확실하지 않다. 자신을 '대대로 의업에 종사하며 尾張府에 살고 있다'[47]고 소개하였고, 藩儒인 松平秀雲을 따라 통신사원들을 만난 것으로 보아 번에 소속된 의관으로 보인다. 그

和韓醫話

는 네 문사와는 전혀 접촉하지 않은 채, 다만 양의인 이좌국을 만나 의학에 관한 질문을 하고 대답을 들었다.

⑱ 桑韓筆語

1권 1책. 사본. 국립중앙도서관 소장.

山田正珍(1749~1787)이 네 문사와 이좌국, 홍선보, 이민수,[48] 김용택 등의 사행원들을 만나 나눈 필담과 창수시를 기록한 책이다.

---

47) "世業醫住尾府也"(『和韓醫話』 1권)

48) 李民壽라는 인물은 사행원 명단에 등장하지 않는다. 이원식은 禮單直 李守義로 추정하였다.(『조선통신사』, 민음사, 1991, 211쪽)

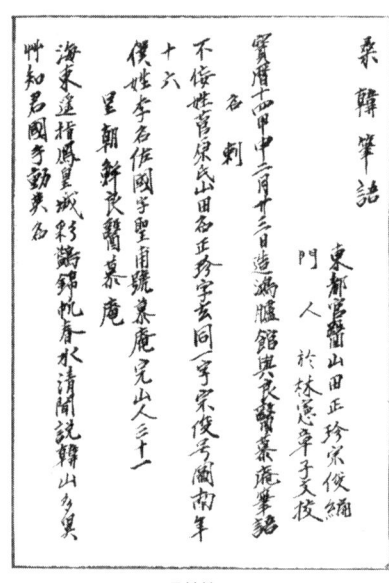

桑韓筆語

山田正珍은 2월 23일 네 문사를 만난 것을 시작으로 10차례 館숨를 찾아가 다양한 계층의 사행인원과 필담을 나누었다. 가장 주된 것은 양의 이좌국을 비롯한 의원들과 나눈 의학에 관한 필담이다.

山田正珍은 대대로 幕府의 의관을 지낸 집안에서 태어났으며 조숙한 인재로 알려져 있었다. 통신사 일행과 만나 필담을 나누었을 때도 열여섯에 불과한 나이였다. 후에 그는 집안을 이어 幕府의 醫學官에서 傷寒論을 강의하며 傷寒論에 매진하였고 여러 의학서를 집필하였다. 그는 평소 永福獨嘯庵을 私淑했다고 생각한 인물로 필담 가운데 徂徠學派의 영향을 드러내는 구절이 많다.

⑲ 韓館唱和, 韓館唱和續集, 韓館唱和別集

7권 7책. 사본. 日本國立公文書館 소장.

『韓館唱和』3책은 太學頭인 林信言과 秘書監 林信愛 부자가 통신사 일행의 필담 및 수창시를 기록한 것이다. 1책은 2월 22일과 25일, 2책은 3월 2일, 3책은 이별 후 써 보낸 시와 서문이다. 일본 쪽에서는 林信言 부자 외에 서기인 松本爲美, 山岸藏와 久保泰亨이 함께 했다. 그들이 네 문사를 만나기 전날인 2월 21일 사자관 홍성원·이언우,

韓館唱和　　　　　韓館唱和續集　　　　　韓館唱和別集

화원 김유성·변박, 양의 이좌국 등과, 네 문사와 이별시를 주고받은 다음날인 3월 3일에는 수역 현태익과 주고받은 간단한 필담과 시도 실려 있다.

『韓館唱和別集』3책은 23일, 24일, 25일의 기록으로, 1책에는 林信有, 德力良弼, 松田久徵, 後藤世鈞, 木部敦, 澁井平, 河口俊彦, 片岡有庸, 松本爲美, 井上厚得, 靑葉養浩, 2책에는 南太元, 小室當則, 關脩齡, 中村弘道, 久保泰亨, 飯田良, 宮武方甄, 笠井載淸, 山岸藏, 3책에는 土田貞儀, 林信富, 飯田恬, 今井兼規, 原馨, 木村貞貫, 岡井鼎, 糟尾惠迪, 岡明倫의 시와 네 문사의 화답시가 실려 있다. 『韓館唱和別集』1책은 같은 날 林家문인 25인이 洪善輔와 창수한 시를 묶은 것이다. 창수에 임한 문사들은 대부분 幕府·藩國의 유관이거나 國學學生이었다.

林家는 江戶관학의 비조로 꼽히는 林羅山(1583~1657)에게서 시작되었다. 그는 일찍이 임진왜란의 포로였던 강항(姜沆, 1567~1618)에게 성리학을 배워 일본 주자학을 열었던 藤原惺窩(1561~1619)의 문인이다. 1630년 3대 將軍 德川家光(1542~1616)로부터 興學을 위한 땅을 하사받아 私塾을 차렸고 幕府의『本朝通監』편찬사업을 맡아 편찬비용을 지급받고 관비학생을 수용하면서 관학의 형태에 점점 가까워졌던 것이다. 3대인 林信篤에 이르러 大學頭에 임명되었으며 이후 대대로 막부의 儒職을 세습하며 학교의 운영과 더불어 외교문서를 쓰는 일을 담당하였다. 보통 國學이라고 하는 것은 林家의 昌平黌을 일컫는 말이다.

林信言은 林信篤의 손자로 太學頭를 세습한 인물이다. 그는 서문에 '寬永 이래로 우리 집안은 나라의 사명을 맡아왔고 세 사신 및 제술관·세 서기를 접대하는 것 역시 전례이다'[49]라고 밝혔듯이 이들의 만남은 사신을 접대하는 차원에서 이루어진 것이었다.

남옥이 '거지가 매우 가지런하여 분잡한 데 이르지 않으니 아마도 林羅山의 유풍이 있어 그런가 보다'[50]라고 찬탄할 정도로 단정한 모습을 보였다. 林信愛가 續集 서문에 '본조의 문학이 다른 나라보다 흥성함을 드러내 보이는 것'[51]이라고 설명하듯이, 江戶에서 林家 문인과 네 문사의 교류는 서로의 문학 수준을 겨루는 장이었다.

⑳ 韓館應酬錄

1권 1책. 사본. 일본 福島縣立圖書館 소장.

石宣明이 네 문사 및 李佐國, 李命尹, 趙東觀, 高亭[52]과 만나 나눈

---

49) "寬永以來 余家典國辭命 且接遇三使及製述官三書記 是亦例也"(『韓館唱和』)
50) "擧止頗濟濟 不至紛雜 豈羅山餘風猶在而然歟"(『日觀記』 2월 23일)
51) "所以開示本朝文學之盛於遠人也"(『韓館唱和續集』)

필담 및 수창시가 실려 있고 각 시에 熊阪邦이 차운한 시와 評이 실려 있다. 熊阪邦의 서문에 따르면 江戶에서 유학하고 있는 친구 石宣明으로부터 『韓館應酬錄』을 받아들고 감탄하면서 매 편마다 화운하여 石宣明의 책에 더 집어넣어 건사한 것이라 한다. 따라서 熊阪邦은 사행원들과 직접 접촉한 적은 없다.

熊阪邦(1739~1803)은 자가 子彦, 호가 台洲로, 陸奧 사람이다. 처음에는 入江南溟 밑에서 수학

韓館應酬錄

하다가 南溟이 죽은 후 松崎觀海를 사사하였으나 만년에는 古文辭派를 비판하였다. 講說을 업으로 삼았으며, 시에 매우 뛰어났다.

石宣明은 누구인지 분명하지 않다. 福島縣立図書館에서는 『韓館應酬錄』을 石金宣明의 저작인 것으로 표기하였으나, 石金宣明(1721~1758)은 계미사행 이전에 사망하였으며 저자가 여러 차례 나이를 33세라고 밝히고 있어 동일인이라고 보기 어렵다. 아마도 이름과 자가 같고 출신 지역과 스승이 같기 때문에 오기한 것으로 보인다.

石宣明은 자신을 여염에 있는 敎授로서 西湖子의 대리로 왔다고 소개하였다. 2월 25일 사행일원을 만나면서 '전에 객당에서 西湖子

---

52) 高亭은 군관이라고 되어 있으나 누구인지 정확하지 않다.

와 직접 아름다운 모습을 뵈었으나 기약한 때에 오히려 통성명을 하지 못하였습니다(嚮於客堂　與西湖子親望眉宇　於期時尙有不通賤姓名)'라고 하였다. 西湖子는 林祭酒 門徒이자 會津侯 儒臣인 松本爲美를 가리킨다. 이좌국은 그에게 '족하의 시를 학사들께서 칭찬하시는데 벼슬하지 않고 여항에 있으니 안타깝습니다(足下詩諸學士稱嘆 不仕在閭巷 可惜)'라고 하였다. 石宣明은 자신의 스승을 唐津侯 文學인 大內熊耳라고 밝히고 있다. 남옥의 기록에 그가 2월 25일 松本爲美의 대리로 만나러 왔다고 되어 있으며, 「唱酬諸人」에서도 林信言의 門徒로 표기해 놓았다.

이상의 사항으로 미루어보면 石宣明은 원래 藩에서 파견된 昌平學生이었던 것으로 짐작된다.

㉑ 歌芝照乘

1권 1책. 사본. 日本國立公文書館 소장.

澁井平(1720~1788)이 네 문사 및 반인 홍선보와 나눈 필담과 수창시가 실려 있다. 澁井平은 자신을 林信言의 문인이자 佐倉侯 侍讀이라고 소개하였다. 그는 2월 23일 林家 文人의 일원으로 네 문사와 창수하였다. 『韓館唱和續集』1卷의 기록과 겹치나 『歌芝照乘』에는 필담이 더

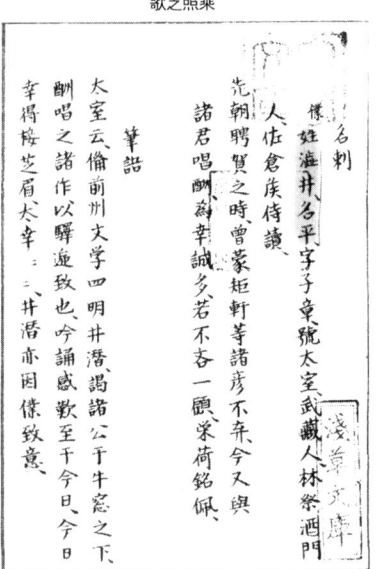

歌芝照乘

들어가 있다.

　문사들은 牛窓에서 이미 澁井平의 이름을 井潛을 통해 들었기 때문에 그들이 친구 사이라는 것을 알고 있었다. 同宗이냐고 묻는 남옥에게 澁井平은 '나와 四明[井潛]은 성은 같지만 族은 다르다. 아버지 때부터 이웃에 살면서 친하게 잘 지냈을 뿐이다'[53]라고 대답하였다.

　澁井平은 이름이 孝德, 자가 子章, 호가 太室로 佐倉에서 살다가 14세 때 아버지를 따라 江戶에 와서 昌平學舍에 나아가 글을 읽었다. 당시 井潛의 아버지인 井上蘭臺의 문하에 노닐면서 친밀하게 지냈으며, 24세 때부터 佐倉侯의 문학으로 벼슬하였다. 당시의 名儒인 瀧鶴臺, 秋山玉山, 細井平洲, 南宮大湫들과 폭넓게 교유하였다. 澁井平이 사행단과 만났을 때는 46세였다.

㉒ **松庵筆語**

　1권 1책. 사본. 日本國立公文書館 소장.

　井敏卿(1740~1823)이 네 문사 및 사행원들과 나눈 필담을 기록한 책이다. 사행원은 남두민, 오대령, 이명화, 이언진, 조철, 조동관, 홍선보, 김용택이다.

　井敏卿은 1764년 2월 29일 館舍를 찾아가 네 문사를 만났다. 이후 3월 2일, 6일, 9일 연이어 방문해서 의원, 역관, 반인들과 필담을 나누었다. 필담 기록 중에 창수를 했다는 내용이 나오지만 책에는 필담만 실려 있다.

---

53) "僕與四明姓同異族　自善人時隣居親善耳"(『歌芝照乘』)

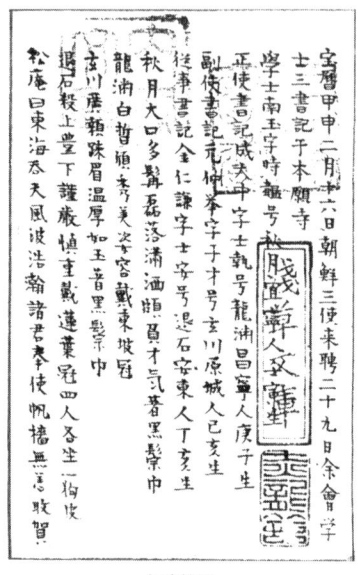

松庵筆語

井敏卿의 자는 子愼, 호는 松庵으로, 일본 蘭學史에서 今井松庵으로 알려져 있는 인물이다. 그의 생애에 대해서 얼마 전 비문이 발견되어 소개된 바 있다.[54] 그의 아버지는 江戶의 內科醫였다. 井敏卿은 어려서 徂徠學派의 入江幸八에게 奇童이라고 칭찬받을 정도로 학문의 성취가 빨랐다. 그는 成島道筑, 內藤湖南 밑에서 의학을 공부했고, 松崎觀海에게 한문을 배웠다. 그가 사사한 인물이나 교유한 인물들은 대체로 徂徠學派와 春臺의 문인들이 주류를 이루었다. 그의 학문이 한학에서 徂徠學으로 이동할 때 즈음 의학 역시 古醫方에서 蘭學으로 바뀌었는데, 그의 蘭學 스승인 前野良澤는 江戶時代 중기의 대표적인 蘭學者이자 蘭方醫이다. 井敏卿은 32세 庄內藩醫가 되었으며 의학을 버리고 유자가 되라는 주변의 권유를 물리치고 50세 이후에는 의학에만 전념하였다.

井敏卿은 25세 劉龍門을 따라 통신사원과 만났다. 이 시기 그는 아직 蘭學을 수용하기 전이나 徂徠學派와 상당한 교유를 가지며 외국 문물에 호기심을 드러내던 때였다. 통신사원과의 필담에서 이러한

---

54) 靑木歲幸, 「在村医小林貞澄と前野良澤門人今井松庵資料」, 『長野縣立歷史館 研究紀要』 7호, 長野縣立歷史館, 2001.

그의 성향을 확인할 수 있다.

㉓ 賓館唱和集

1권 1책. 사본. 일본 京都大學附屬圖書館 소장.

平俊卿과 네 문사의 필담·창수를 기록하였다. 關脩齡과 源有直이 각각 序와 題를 썼다. 3월 7일 여러 사람들과 함께 찾아온 平俊卿은 14세의 국학 학생이라고 밝혔다. 문사들의 일기에는 별다른 평가가 보이지 않는다.

賓館唱和集

㉔ 甲申接槎錄

2권 1책. 사본. 미국 하버드옌칭연구소 소장.

山岸藏이 네 문사 및 반인 홍선보과 나눈 필담과 수창시가 실려 있다. 山岸藏은 자신을 林信言의 문인이자 昌平國學의 生員이라고 소개하였다.

그는 2월 24일 林家 文人의 한 사람으로서 네 문사를 만나 수창

甲申接槎錄

하였다. 3월 2일 林信言의 서기로서 재차 네 문사와 만나 필담·수창하였다. 3월 8일과 9일에도 문사들을 찾아와 필담을 나누었다.

『甲申接槎錄』의 내용은 『韓館唱和』·『韓館唱和續集』의 기록과 거의 일치한다. 다만 『甲申接槎錄』에는 『韓館唱和續集』 2卷에 없는 필담이 실려 있고, 아울러 3월 8일과 9일의 필담과 편지가 下卷에 실려있다.

㉕ 東槎餘談

2권 1책. 사본. 일본 東北大學附屬圖書館 소장.

劉龍門(1719~1771)이 네 문사 및 사행원들과 필담·수창한 것을 기록하였다. 사행원에는 남두민, 이명화, 유도홍, 이언진, 김유성, 조동관, 김응석, 홍선보의 이름이 보인다. 澁井平과 宮田明의 서문이

東槎餘談

品川一燈

실려있다.

1764년 3월 7일 劉龍門과 宮田明은 紀國瑞를 통해 문사들을 만나 수창하고 필담을 나누었다. 劉龍門은 무진사행 때에도 문사들과 창화를 했던 경험이 있었다. 그는 자신을 東漢獻帝의 후손이며 벼슬을 거절하고 가르치는 일을 하면서 살고 있다고 소개하였다. 3월 10일 다시 찾아가 다른 사행원들과 필담·창수하였다.

劉龍門은 보통 宮瀨龍門으로 알려져 있는 古學派의 인물이다. 그의 집안은 증조 때부터 紀伊州에서 ♭宦으로 벼슬을 하였다. 劉龍門 때 와서 削籍 당하여 龍門山에 은거해 학문을 닦다가 荻生徂徠를 흠모하게 되어 江戶로 이주하였다. 生徒를 가르치면서 그의 명성이 점점 높아져 藩에 초빙되기도 하였으나 모두 거절하고 주로 李王의 문사를 닦는 데 전념하였다. 당시 대표적인 문장가로 일컬어졌다.

㉖ 品川一燈

1권 1책. 사본. 日本國立公文書館 소장.

澁井平은 3월 11일 林家文人인 今井兼規, 木貞貫과 힘께 귀로에 오른 사행단을 배웅하러 品川으로 갔다. 『品川一燈』은 이날 저녁 네 문사와 나눈 필담과 시를 기록한 것이다.

㉗ 兩東鬪語

2권 2책. 간본. 日本國立公文書館 소장.

松本興長과 橫田準大가 네 문사 및 이좌국과 나눈 수창시와 필담을 기록한 책이다. 이들 외에 현태익, 유달원, 김유성, 조동관, 홍선

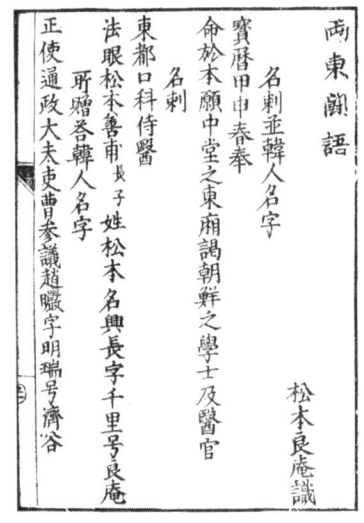

兩東鬪語

보, 이민수, 高亭이 더 등장한다.

1764년 3월 1일 막부 소속의 의관들이 館舍를 찾아와 양의 및 네 문사들과 수창을 하였다. 이때 松本興長은 자신을 '東都口科侍醫'라고 소개하였고, 橫田準大는 醫官 多紀安元의 가숙에서 의술을 배웠다고 소개하였다. 多紀安元은 幕府의 奧醫師로서 개인적으로 가숙을 열었다가 1765년 막부의 지원으로 躋壽官이라는 의학관을 열어 의관을 배출한 인물이다. 多紀 집안은 대대로 의학관 관장을 세습하며 일본의학사상 가장 큰 업적을 남겼다.

松本興長은 3월 6일 양의 이좌국을 찾아가 의학지식에 대해 매우 긴 필담을 나누었고 橫田準大는 총 6차례 이좌국과 만나 의학에 관한 질문을 하였다. 이들의 주된 목적은 문사와의 창수가 아닌 양의와의 필담에 있었다.

원래 양의는 임술사행 이래 왜인들의 요청으로 의술에 정통한 자를 골라 보냈다.[55] 원중거가 일본의 의관에 대해 '그들의 기술은 협소하고 국한되어 있어 깊은 고질병은 고칠 수 없었기 때문에 통신사행이 오면 반드시 양의에게 물으러 오니 어려운 것을 의논하고 모여 얘기하는 예의가 문사와 창수하는 것과 다르지 않다'[56]라고 한 것을

---

55) 『춘관지』하권, 법제처, 1976, 83쪽.

보면, 일본 쪽에서 조선의 의학지식을 습득하는 데 매우 적극적이었음을 알 수 있다.

㉘ 倭韓醫談

2권 1책. 간본. 日本國立公文書館 소장.

坂上善之(1739~1834)가 네 문사 및 양의와 나눈 필담과 시를 기록한 책이다.

坂上善之는 2월 20일 객사인 本願寺를 방문해 네 문사와 양의 이좌국과 인사를 나누었고, 21일과 23일에는 이좌국의 숙소에서 의학지식에 관한 필담을 나누었다. 그는 자신을 '집안이 새로이 尚藥의 말직에 임명되었다'[57]고 소개하였다.

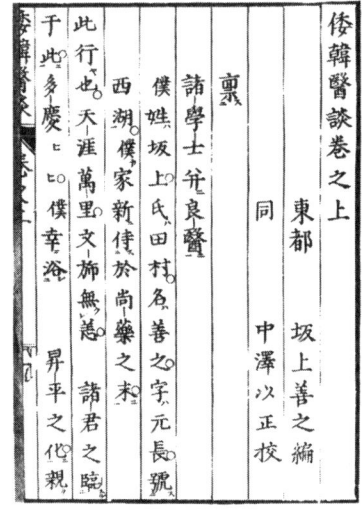

倭韓醫談

坂上善之는 일본의학사에서 田村西湖라고 알려진 인물로, 江戸의 대표적인 본초학자 田村藍水의 아들이다. 田村藍水는 幕府의 의관으로서 인삼 국산화 정책에 따라 여러 차례 인삼재배를 시도하였으며, 통신사가 올 때마다 이에 대한 자문을 구하였다. 계미사행에 맞추어 1763년 幕府는 다시 그를 인삼재배 담당자에 임명하였다. 그리고

---

56) "其術狹其技局 不能治深痼之疾 故如置信行 則來問於良醫 其難議談讌之儀 又與文士唱酬無異"(『乘槎錄』 6월 14일)

57) "僕家新侍於尚藥之末"(『倭韓醫談』 상권)

1765년『朝鮮人蔘耕作記』는 책을 펴냈다. 藍水가 계미사행과 접촉한 흔적은 찾을 수 없다. 하지만 坂上善之가 인삼재배에 대해 매우 상세히 물은 것으로 보아 아버지를 대신해 양의 이좌국을 만나 인삼에 대한 지식을 전수받았던 것으로 보인다.

㉙ 東渡筆談

1권 1책. 간본. 日本國立公文書館 소장.

因靜(1725~1791)이 네 문사 및 조동관과 나눈 필담과 수창시를 기록한 책이다.

因靜은 2월 19일 對馬島書記 林思可를 통해 네 문사를 만났다. 22일, 29일, 3월 6일, 총 네 차례에 걸쳐 館舍를 찾아가 수창하였다. 어느 산 어느 절에 있냐고 묻는 성대중의 물음에 因靜은 '아직 머무는 절이 없습니다. 우리 종은 한 번 작은 절에 들어가면 큰 절

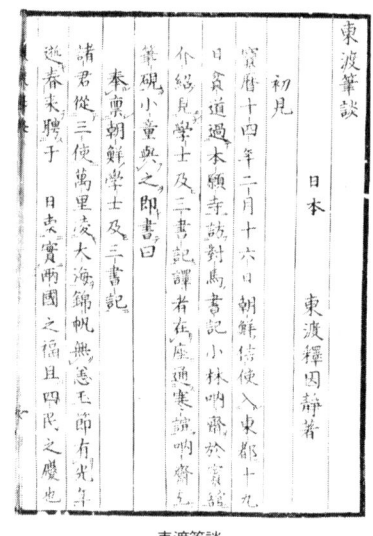

東渡筆談

로 옮길 수 없기 때문에 우리들은 오랫동안 삼연 산중에서 수업을 합니다(未住寺 吾宗禁一入小寺後 不能移擁大刹 是故我輩久在三緣山中修其業耳)'라고 대답하였다.

因靜은 江戸 淺草 사람이라고 전해오는데, 1776년 吉田의 悟眞寺의 35대 주지가 되었다. 사행원이 江戸에 왔던 1764년 당시 그는 江戸 增上寺에서 수행을 할 때였다.

㉚ 東游篇

1권 1책. 간본. 日本國立國會圖書館 소장.

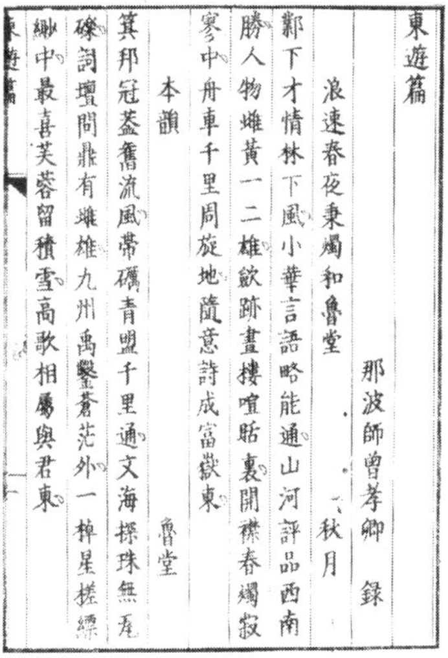
東遊篇
那波師曾孝卿 錄
浪速春夜秉燭和魯堂 秋月
鄴下才情林下風小華言語略能通山河評品西南
勝人物雌黄一二雄欽跡畫樓喧聒裏開襟春燭寂
寥中舟車千里周旋地隨意詩成富嶽東
本韻 魯堂
箕邦冠蓋舊流風帶礪青盟千里通文海探珠無厓
礫詞壇問鼎有雌雄九州禹鑿蒼茫外一棹星槎縹
緲中最喜芙蓉留積雪高歌相屬與君東

東游篇

那波魯堂(1727~1785)가 네 문사 및 여타 사행원들과 주고받은 수창시를 기록해 놓은 책이다.

那波魯堂은 호행원으로서 사행단을 大阪에서부터 江戶까지 수행했다. 여정 도중 네 문사와 줄곧 수창을 했는데, 이때의 작품을 모아놓은 것이 『東游篇』이다. 那波魯堂은 일본 문사 가운데 가장 지속적이고 빈번하게 네 문사와 접촉했던 인물이라 할 수 있다.

그는 江戶 초기의 유학자 那波活所의 현손으로, 어려서부터 학문을 좋아했다고 한다. 姬路 출신으로 17세 때 京都의 岡白駒 문하에 들어가 오로지 古學에만 전념하였으나, 春秋左傳의 註解에 관해 스승과 이견을 보이다가 끝내 사절당하기에 이르렀다. 5년만에 학문을 이루자 聖護院村에 草堂을 짓고 생도들을 가르쳤으며 聖護院의 王府에서 侍讀으로 벼슬하였다. 그는 처음에 漢魏의 古學을 공부하였으나 성리학으로 돌아서서 이단을 배격하는 것을 자신의 임무로 삼았다. 훗날 柴野栗山에게 '이학의 금지'를 단행하도록 권고한 西山拙齋가 바로 那波魯堂의 제자이다. 阿波侯에게 초빙되어 儒官으로 벼슬을 하던 중 1764년 통신사 호행을 자청해 江戶에 갔다 왔다. 만년에는 德島로 이주하여 살았는데, 사람들이 그를 '四國의 正學'이라 불렀다고 한다.

那波魯堂은 徂徠學이 융성하던 시기, 보기 드물게 정주학을 묵수하던 인물로, 통신사원들과 사상적으로 가장 가까운 인물이었다. 또한 문재도 상당하여 네 문사로부터 모두 인정을 받아, 남옥, 원중거, 성대중은 발문을 써주기도 하였다. 특히 성대중은 일본의 二才子로 龜井魯와 함께 그를 거론하였다.

2) 현전 텍스트의 작가 계층

사행단과 접촉했던 문사들이 모두 기록물을 남긴 것이 아니기 때문에 당시의 필담창수 전모를 파악하는 것은 불가능할 것이다. 다만 현전하는 자료를 표본으로 삼아 유추하는 방식을 취할 수밖에 없다. 따라서 현전하는 자료가 표본으로서 유효성을 가지는지 검토해 볼 필요가 있다. 본고에서 제시된 필담창수집은 총 30종이다. 이 텍스트의 작가들이 어느 정도 대표성을 가질 수 있는지 살펴보기로 하자.

앞서 여정을 海路, 關西, 陸路, 江戶로 크게 넷으로 분류하였다. 본고에서 다루는 텍스트를 필담창수가 이루어진 장소에 따라 나누어 보면, 海路에서 3종, 關西 지방에서 7종, 陸路에서 5종, 江戶에서 12종, 사행 전반이 1종이다.

해로에서 있었던 필담창수의 기록으로『泱泱餘響』, 『長門癸甲問槎』, 『甲申槎客萍水集』이 남아 있는데, 각각 藍島, 赤間關, 牛窓에서 이루어진 것들이다. 藍島에서 만난 龜井魯는 儒官은 아니었지만, 그의 文才 때문에 筑前州의 서기들과 함께 통신사를 접대하도록 파견된 인물이었다. 赤間關의 瀧鶴臺는 長門州 유관의 대표로서 통신

사 접대를 위해 藩에서 일부러 소환한 인물이다. 牛窓의 市浦直春,
和田邵, 井潛, 近藤篤, 龜山德基는 모두 備後州의 유관들로서, 역시
통신사 접대를 위해 특별히 藩에서 파견한 인물들이다. 따라서 이들
을 모두 각 藩에 소속된 유관들로 보아야 할 것이다.

그러나 이들을 단지 지방의 문사로 취급할 수는 없다. 龜井魯는
아버지와 스승 永富獨嘯庵의 영향권 아래 이미 大阪에서 여러 徂徠學
派의 인물들과 교유하였다. 문학에 이름이 난 사람을 알려달라는 남
옥의 주문에 龜井魯는 '長門州에 瀧鶴臺가 박학하고 재주가 뛰어나며
시부를 매우 잘 합니다. 瀧鶴臺에 비견할 사람은 大阪에는 岡忠藏
·合麗王·葛子琴이 있고 京都에는 淸君錦·岡白駒·芥元章이 있고 彦
根에는 龍草廬가 있습니다. 江戶는 제가 자세히 모릅니다만 瀧鶴臺
가 아마 거벽일 것입니다.'[58]라고 지역별로 성가가 높은 사람을 꼽았
다. 龜井魯가 徂徠學派 외의 인물까지 거론한 것으로 보아 실제 만나
보지 않았더라도 당시 일본 학계나 문단 사정에 대해 어느 정도의
견문을 갖추고 있음을 알 수 있다. 만 21세의 젊은 나이였지만 福岡
내에서 이미 문명이 높은 상태였고, 통신사 접대를 계기로 전국적으
로 명성을 떨치게 되었으며 후에 九州를 대표하는 유학사가 되어있다.
이 시기의 龜井魯는 의업에 종사하기는 했지만 大阪 徂徠學派의 학맥
에 속해 있는 신진 유학자로 보아야 할 것이다.

赤間關의 瀧鶴臺는 長門州 소속이기는 했지만 주된 활동 무대는
江戶로 잠시 藩主의 명에 따라 통신사 접대를 위해 소환되었다. 龜井

---

58) "長門有瀧弥八博學豪才 甚善詞藻 其比肩弥八者 大阪有岡忠藏合麗王葛子琴 西京有淸
君錦岡白駒芥元章 彦府有龍草廬 東都余未詳之 而弥八恐爲其巨擘"(『泱泱餘響』 상권)

魯가 말한 대로 그는 長門州를 대표하는 학자일 뿐 아니라 江戶에서도 이미 명성이 높은 중견 학자였다. 그의 스승인 服部南郭조차 제자로 대하지 않을 정도로 학문이 높은 수준에 도달해 있었으며, 불교에도 정심하여 藩의 승려를 굴복시켰을 뿐 아니라, 長崎에서 장기간 유학했을 정도로 학문적 편력 또한 다채로웠다. 江戶 徂徠學派의 중심인물로서, 주자학만을 오로지 공부한 3·40대의 조선 문사가 대적하기는 확실히 버거운 상대였다. 네 문사들도 瀧鶴臺에 대해 학문의 이단성에 대해서 지적할 뿐 그의 학식과 문재에 대해서는 인정하였다.

牛窓에서 만난 5명의 문사는 藩學에 소속된 유관들이었다. 5명 문사 가운데, 조선 문사들에게 가장 높은 평가를 받은 인물은 井潛과 近藤篤(1723~1807)이었다. 이들은 牛窓에서 가장 많은 필담을 나누었을 뿐 아니라 사행 도중 여러 차례 서신을 주고받았다. 近藤篤은 宋學을 주창했던 인물로, 大阪의 片山北海가 문재를 인정했던 인물이다. 井潛의 아버지 井上蘭臺는 徂徠學을 받아들여 折衷學을 창도한 인물이기는 하지만, 원래 林鳳岡의 昌平黌 출신으로서 기본적으로는 정주학자였다. 井潛은 井上蘭臺의 제자였다가 양자가 되어 가학을 이은 인물로 아버지를 따라 岡山藩에서 벼슬하였으나, 원래는 江戶 출신으로서 江戶의 林家 문인들과 어려서부터 교유해 온 사이었다.

이상으로 볼 때 海路에서 만난 문사들은 학문의 중심지였던 關西와 江戶에서 떨어진 藩에 속한 유관들이기는 하였지만, 실제로는 두 지역의 학맥에 속해 있었다. 특히 현전하는 필담창수집의 문사들은 일반 문사들보다는 상당히 뛰어난 수준을 가진 인재로 보아야 할 것이다.

통신사행원들이 문사들을 가장 많이 접한 곳은 關西였다. 해로에서는 주로 藩에 소속된 유관들이 대부분이었지만, 이곳에서는 다양한 성향의 일반문사들과 접촉하였다. 國學이었던 昌平黌과 徂徠學의 중심지 蘐園의 영향권 아래 양분되어 있던 江戶와 달리 關西는 학풍이 매우 자유로우면서도 다양하였다. 藤原性窩에서 비롯되어 여러 제자들로 이어진 유학의 전통이 확고하였으므로 徂徠學이 江戶처럼 크게 풍미하는데 이르지 않았고, 오히려 反徂徠學의 세력 거점이 되었다. 大阪과 京都에서 시사를 결성해 활발한 시작활동을 했던 문사들은 대체로 反徂徠派의 선두에 있었던 宇野明霞의 제자들이었다. 그중 대표적인 것이 京都 龍草廬의 幽蘭社와 大阪 片山北海의 混沌社였다.

계미사행 당시는 이러한 시사가 결성되기 바로 전이었다. 일례로 混沌社는 사행단이 大阪을 방문한 이듬해인 1765년에 결성되었다. 그러나 남옥이 접한 일본문사의 명단에는 片山北海를 제외하고도 木世肅, 福原承明, 富山維章, 烏山崧岳 등 상당수의 초기 회원들 이름이 들어 있다. 그리고 이들의 신분은 유학자뿐 아니라 상인, 의원 등 다양한데, 이는 그만큼 시작 활동이 대중화되었음을 보여준다. 이미 大阪에는 다양한 계층의 인물들이 만든 여러 작은 시사들이 성행하고 있는 상태였고, 이후 이 시사들이 混沌社로 묶이게 된 것이다.

關西 지방에서의 필담창수집은 만났던 문사들의 숫자에 비해 소량이 남아있지만 호행원, 일반문사, 접대 관원, 관상가 등 작가가 다양하다. 그러나 대체로 反徂徠派의 關西學風에 속한 인물들이다. 실제로 龜井魯의 스승인 永富獨嘯庵이나 關西의 古學을 대표하는 인물인 岡白駒 등과 같이 徂徠學派에 속한 인물들은 접견을 거절하거나 직접 만나러 오지 않은 경우가 대부분이었다. 남옥은 '이처럼 훌륭한 선비

들은 만날 수 없고 겨우 용렬한 무리들과 수창하니 어찌 피곤하고 답답하지 않겠는가?'59)라고 한탄하기까지 하였다.

이는 關西의 문사들이 수준이 낮았기 때문이 아니라 많은 문사들이 한꺼번에 몰려 온 탓이 컸다. 하루에 20명 정도의 인물들과 수창하다보면 이름도 제대로 알기 어려웠다. 해로의 유관들처럼 수창과 필담을 번갈아 하며 심도 있는 대화를 한다는 것은 처음부터 불가능한 일이었다. 이런 점 때문에 명사 가운데는 빈관 찾기를 거리끼는 경우도 있었다. 그 자리에서 화운시를 받을 수 있는 것이 오히려 다행일 정도였으니, 통신사원이 밀려드는 문사들을 제대로 평가하지 못하는 것도 당연하였다.

『鷄壇嚶鳴』의 작가 北山彰은 1766년 混沌社에 가입한 문사로, 混沌社의 흥성에 주요한 역할을 한 인물이다. 그는 본업이 의원이었지만, 자신의 서재에 混沌社의 지부를 설치하여 교류의 장을 늘 열어놓을 정도로 시작에 몰두하였다. 계미사행 당시 아직 混沌社 회원은 아니었지만, 木世肅의 소개를 통해 사행원을 만날 정도로 片山北海의 인물들과는 어느 정도 친분이 있었던 상태였다. 『問佩集』의 작가 大江玄圃는 후에 京都의 幽蘭社에서 활동한 문사이다. 그는 원래 무사지만, 幽蘭社의 설립자 龍草廬의 제자로서 十才子에 꼽힐 정도로 문명이 높았던 사람이다. 『萍遇錄』의 竺常은 京都 五山의 승려로서 한학 쪽으로는 宇野明霞 학맥에 속한 인물이었다. 그는 釋大典이라는 명칭으로 더 잘 알려져 있는데, 京都 禪僧 가운데 詩名이 가장

---

59) "如此名下士不得見 但但庸庸徒酬唱 豈不困悶"(「明和元年の朝鮮國修好通信使団の渡來と我國の學者文人との翰墨上に於ける応酬唱和の一例に就きて」, 『朝鮮學報』 42집)

높은 사람이었다. 『東游篇』의 那波魯堂은 阿波侯의 유신으로서 일부러 청하여 사행단을 江戶까지 호행하였다. 그는 원래 岡白駒에게 徂徠學을 배웠으나 스스로 주자학으로 전환했던 인물이다. 그의 아우인 『兩好餘話』의 작자 奧田元繼도 형과 함께 岡白駒 문하에 있다가 독립하여 大阪에서 敎授를 하던 인물로 남옥에게 徂徠學을 비판하며 宋儒를 좋아한다고 밝혔다. 이들 형제 역시 宋學을 주로 하면서 反徂徠學의 기풍이 강했던 關西 학풍에서 예외가 아니었던 것으로 보인다. 關西의 필담창수집 작가들은 모두 당시 關西 문단을 이끌어가던 대표적인 문사들이었다.

이들 외에 객사에서의 접대 실무를 맡았던 源文虎의 『鴻臚摭華』와 大阪을 대표하는 관상가 新山退甫의 『韓客人相筆話』가 있다.

육로에서의 필담창수집인 7종을 살펴보면, 육로 중 가장 많은 수창이 많았던 大垣과 名古屋에서 이루어진 것들이다. 이 7종은 작가의 성향에 따라 둘로 나눌 수 있다. 南宮大湫와 그의 문인들이 쓴 『問槎餘響』·『南宮先生講餘獨覽』과 尾張州 문사들의 필담창수 기록인 『三世唱和』·『殊服同調集』·『河梁雅契』·『表海英華』·『和韓醫話』이다.

大垣-名古屋-岡碕를 거치면서 사행단의 네 문사는 다수의 일본문사와 창수를 하였다. 사람 수는 關西보다 줄었으나, 절대적인 시간을 본다면 오히려 더 바쁜 상황이었다. 大阪에서는 객사에 머물러 하루 종일 응대하였지만, 육로에서는 길을 가면서 머문 점심과 저녁 휴식 시간에 문사들을 응대해야 했기 때문이다.

南宮大湫의 친구 및 문인들이 창수한 시를 모아 놓은 『問槎餘響』을 살펴보면, 10명의 문사가 등장한다. 石川貞은 스승 南宮大湫를 따라 伊勢州 桑名縣에 거주하고 있었는데, 통신사행을 만나기 위해 일부

러 大阪에 와서 기다렸다. 그는 1월 25일 객관에서 네 문사와 접견하
면서 마지막에 "앞길에 美濃州 今須驛과 尾張州 於越驛이 있는데, 그
역에서 동쪽으로 오는 여러분들을 기다리는 사람 중에 伊藤冠峯·田
勝山·星野東亭·伊東龍山·小屋天柱·大島星河가 있습니다. 伊藤冠
峯은 南宮大湫의 친구이자 저와 동향인이며, 나머지는 저의 친구들
입니다. 가면 만나실 겁니다"60)라고 하면서 미리 문인들을 소개하였
다. 2월 1일 점심식사를 위해 쉬었던 今須驛에서 만난 문사들 가운
데, 伊東東山·小屋天柱·大島星河이 끼어있었고, 谷孚先은 小屋天柱
편에 시를 부쳤다. 2월 3일61) 尾張州 於越驛에서 점심 휴식시간 동안
伊藤冠峯·星野東亭·田勝山이 문사들을 접견했다. 귀로였던 3월 30
일 伊藤冠峯·田勝山·谷孚先·中川鳴鶴·狩野華陽·石川貞 등이 직접
찾아오거나 시와 편지를 부쳤다. 이들 가운데 伊藤冠峯을 제외하고
는 南宮大湫의 제자로서 모두 伊勢州에 거주하고 있었다. 伊藤冠峯
는 南宮大湫(1717~1787)의 동문이자 절친한 친구 사이였는데, 元淡淵
의 제자 가운데 經義 분야에서는 南宮大湫가, 詩作 분야에서는 伊藤
冠峯가 최고로 꼽혔다. 南宮大湫는 이때 제자들 편에 사행단의 문사
들에게 편지와 시를 보냈다. 네 문사와 南宮大湫 사이에 오간 편지와
시를 묶은 것이 『南宮先生講餘獨覽』이다. 南宮大湫는 1748년에도 사
행단의 문사들과 만나 유학에 관해 질문하고 토론한 적이 있었고,

---

60) "前途有濃州今須驛尾州於越驛 彼驛而有待各位之東遊者 伊藤冠峯田勝山星東亭伊東
龍山小屋天柱大島星河 冠峯大湫友人與僕同鄕人也 餘是僕之友人也 至則見之"(『問槎
餘響』上卷)

61) 『問槎餘響』에는 2월 2일이라고 되어있으나, 여타 사행록을 참조하면 물이 불어 다리
를 건널 수 없었기 때문에 大垣에서 지체했다고 되어 있는 것으로 보아, 『問槎餘響』의
誤記로 보인다.

『尾張名所圖會前編』에 보이는 松平君山 일행과 사행단의 창수 모습

계미사행 때에는 서찰을 통하였지만 내용 자체는 모두 경전에 관련
된 것이었다. 이 당시 南宮大湫는 江戶로 진출하기 전으로 30대의
신진학자였다. 이후 折衷學派의 대표적인 인물로 성장하는데, 사행
단과 직접적인 학문교류가 이루어졌다는 데 큰 의미가 있다.

尾張州에서도 해로에서와 마찬가지로 사행단의 접대를 위해 儒官
을 파견하였는데, 그 중 한 사람이 松平君山이다. 그는 2월 3일 아들
松平霍山, 손자 松平南山 및 尾張州 문사들을 이끌고 사행단을 접견
하였다. 松平君山은 독학을 통해 제자백가에서 패설에 이르기까지
다방면을 섭렵한 博覽强記한 인물로서, 藩主의 명을 받아 여러 분야
의 관찬지를 편찬하였으며 독자적으로 君山學派를 형성, 고증학의
岡田宜生을 비롯한 다수의 제자를 둔 尾張州의 대표적인 학자이기도
했다. 남옥은 이날 만났던 尾張州의 문사 19명의 이름과 함께 '君山은
문단의 우두머리인 듯하여 그의 자손이 아니면 문하의 제자였다'[62]
라고 하였다. 이들 중 松平君山과 그의 아들 및 손자의 시를 실어놓은

---

62) "盖君山爲文壇之長 非其子姓則乃門徒也"(『日觀記』 2월 3일)

것이『三世唱和』이다.

『殊服同調集』은 尾張州 문사인
千村良重, 千村諸成, 千村春友,
土屋元孚, 若山三秀, 西河英, 田
立松, 星野貞之, 岡田國香의 창화
시를 묶어놓은 것이다. 이들 가운
데 千村良重과 그의 두 아들 千村
諸成, 千村春友도 尾張州에 속한
유관들로서 松平君山과 함께 사
행단을 접견하였다. 土屋元孚도
이 자리에 함께 하였으며, 西河英
과 岡田國香은 회로에서 이들과

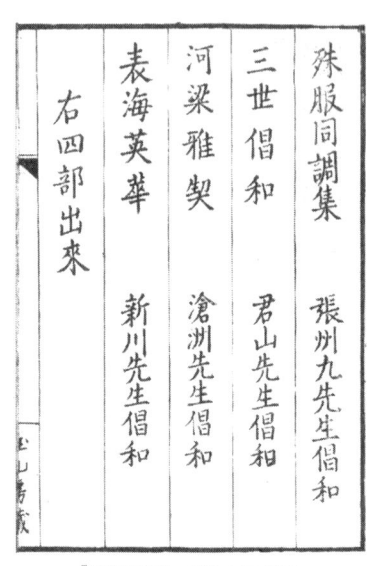

『殊服同調集』 뒤에 실린 광고.
다른 3종의 책에도 같은 광고가 실려 있다.

함께 사행단을 만났다. 그리고 田立松과 星野貞之는 南宮大湫의 문
도들이 접견할 때 함께 했던 인물들이다.

『三世唱和』·『殊服同調集』·『河梁雅契』·『表海英華』는 모두 平安
書林의 八木治兵衛와 尾張書林의 津田久兵衛가 1764년 6월에 나란히
판각하여 낸 것이다. 각 책의 뒷면에는 네 부의 책이 함께 나온다는
광고가 실려 있다. 『河梁雅契』의 磯谷滄洲는 사행록에 源正卿이라고
기재된 인물이다. 『表海英華』의 岡田宜生과 함께 松平君山의 문인으
로서 尾張州에서 첫손가락에 꼽히는 시인이었다. 즉, 尾張州 文壇의
우두머리라 할 수 있는 松平君山의 창화시를 실은 『三世唱和』, 尾張州
를 대표하는 두 시인의 창화시를 실은 『河梁雅契』와 『表海英華』, 그
리고 尾張州를 대표하는 문사 9인의 창화시를 실은 『殊服同調集』,
이 네 부의 책이 같은 출판사에서 동시에 나왔음을 알 수 있다. 결국

이들은 상업적인 출판이 이루어질 정도로 당시 尾張州에서는 가장 이름난 문사들이었음을 의미한다.

이외에 山口忠居의 『和韓醫話』가 있는데, 尾張州의 의원으로서 松平君山이 접견하던 날, 따로 이좌국과 만나 의술에 관해 나눈 필담을 기록한 것이다. 星野貞之나 田立松 역시 의사였지만, 이좌국과 심도 있는 대화를 나누지는 않았다. 이에 비하면 山口忠居는 제술관을 비롯한 문사들과는 만나지 않고 오로지 이좌국과 필담을 나눈 것으로 보아 매우 전문적인 의원이었던 것으로 보인다. 계미사행에서는 江戶를 제외한 지역에 유일하게 남아있는 의술에 관한 필담집이다.

江戶에서의 필담창수집은 문사의 성향에 따라 크게 셋으로 나눌 수 있다. 『韓館唱和』·『韓館唱和續集』·『韓館唱和別集』·『歌芝照乘』·『品川一燈』·『甲申接槎錄』·『韓館應酬錄』·『賓館唱和集』처럼 官儒나 國學生徒가 작가인 경우, 『桑韓筆語』·『兩東鬪語』·『倭韓醫談』처럼 의관인 경우, 그리고 『松庵筆語』·『東槎餘談』·『東渡筆談』처럼 幕府나 官에 소속되어 있지 않은 일반문사인 경우가 있다.

『韓館唱和』·『韓館唱和續集』·『韓館唱和別集』은 太學頭 林信言의 지휘 아래 공식적으로 제술관 및 서기들과 수창했던 일본 문사들의 시를 집대성한 것이다. 林信言·林信愛 부자 및 29인의 문사가 지은 시가 실려 있다. 이들의 신분은 幕府나 國學에 소속되어 있는 유관이었으며, 그 중 14인은 각 藩에 속한 유관들이었다. 이들 대부분이 國學 출신이기는 하였지만, 정주학만을 묵수하는 태도를 보이지는 않았다. 關脩齡(1727~1801)은 國學인 昌平黌에서 공부하였지만, 그 전에 井上蘭臺를 사사하여 절충학을 주장하였을 뿐 아니라 徂徠學 역시 존중하였으며, 『歌芝照乘』과 『品川一燈』의 작가이기도 한 澁井平

(1720~1788)은 전대 太學頭였던 林鳳岡의 문하였어도, 井上蘭臺를 따라 배웠을 뿐 아니라 瀧鶴臺 같은 徂徠學派의 학자나 南宮大湫 같은 절충학파의 학자들과도 교분을 쌓았다. 뿐만 아니라 藩의 유관들 중에는 岡井鼎(?~1803)나 木村貞貫(1716~1766)처럼 徂徠學派에 속해 있는 사람도 있었다. 昌平黌 출신으로서 주자학 중심의 藩校講道館을 창건했던 後藤世鈞(1721~1782)조차도 다른 학파를 배척하는 태도를 보이지 않았다. 이런 현상은 1790년 寬政異學の禁이 내려지기까지 계속되었다. 결국 사행록에 '林氏門徒'라고 표현된 이들은 해로와 육로에서 만났던 藩儒들과 근본적인 차이는 없다. 단지 太學頭에 의해 접견이 허가된 유관들일 뿐이다. 다시 말해 필담이 통제되고 만남의 통로가 제한된 상태에서 林信言의 표현대로 조선의 문사들과 시문을 겨루는 '敏捷之才 刻燭擊鉢'63)을 위해 가려 뽑은 사람들이다. 이들을 당시 일본 유관들 가운데 가장 시문이 뛰어난 사람들로 취급하여도 무방할 것이다. 『韓館應酬錄』의 石宣明은 國學에 소속되어 있었으나 공식적인 수창에 참가할 정도의 수준은 아니었고, 『賓館唱和集』의 童子 平俊卿은 연소한 나이 때문에 그 자리에 끼지 못한 채 林氏門徒의 수창이 끝난 후 따로 문사들을 만났던 것으로 보인다.

　유관들과 마찬가지로 의관들이 문사들 및 양의·의원들을 만나러 왔다. 남옥의 기록에 따르면 2월 20일 太醫인 坂上善之가, 28일에는 醫官인 山田正珍이, 3월 1일 幕府의 醫官 野呂實和, 松本興長, 多紀安長(1731~1801), 橫田準大, 橫田玄節, 村岡彭이 무리를 이루어 문사들을 만나러 왔다. 이들은 의관 중에서 가장 요직에 있던 인물이다. 多

---

63) 『韓館唱和續集』序.

紀安長은 후에 의학의 昌平黌이라 할 수 있는 躋壽官의 長이 되었던 사람으로, 의관들은 대부분 그의 사숙 출신들이었다. 『兩東鬪語』의 松本興長, 橫田準大도 多紀安長의 밑에서 공부한 인물이다. 『倭韓醫談』의 坂上善之는 幕府 소속의 藥園 책임자였으며, 『桑韓筆語』의 山田正珍 역시 의관들에게 傷寒論을 강의하던 인물이었다. 남아있는 의관의 필담창수집은 10대 후반에서 30대의 젊은 의관들의 기록으로서, 조선의 의학지식이 일본을 대표하는 의관들에게 어떻게 직접 전수되었는지 보여주는 중요한 자료이다.[64]

江戶에서 일반문사와 창수한 기록은 『東槎餘談』, 『松庵筆語』, 『東渡筆談』 등이 남아 있다. 이것들은 江戶의 양대 학파 중 하나였던 徂徠學派와 관련이 있는 인물들의 기록이다. 『東槎餘談』의 劉龍門은 服部南郭의 문인으로 徂徠學派의 중견학자였다. 古文辭를 짓는데 명성이 높아 다수의 제자를 거느리고 있었다. 『松庵筆語』의 井敏卿은 劉龍門의 제자는 아니었지만, 徂徠學派의 학자들과 사제관계를 맺고 있었으며 劉龍門과도 교유관계에 있었던 젊은 의원이었다. 또 『東渡筆談』의 因靜은 승려로서 계미사행 당시 학승의 신분이었으나 『東渡筆談』의 두 편의 서문을 각각 劉龍門과 井敏卿의 한학 스승인 松崎觀海이 쓴 것으로 보아 그 역시 교유관계 안에 있었음을 알 수 있다. 이상으로 보자면, 일반문사의 필담창수집은 徂徠學派의 중견학자인

---

64) 8대 將軍인 吉宗은 對馬島를 통해 『東醫寶鑑』를 전해 받은 후 조선 의학의 열렬한 신봉자가 되었고, 이를 해독하는 데 많은 노력을 기울였다. 이후 幕府와 大名의 殿醫들은 조선 의학서를 통해 조선의 선진 의학을 전수받았다. 특히 인삼의학의 인기 때문에 조선 인삼의 품귀 현상을 보여 幕府에서는 여러 차례 인삼 재배를 시도하였다.(다시로 가즈이, 정성일 옮김, 『왜관 조선은 왜 일본사람들을 가두었을까?』, 논형, 2005)

劉龍門, 신진학자인 井敏卿, 그리고 교유권 내에 속한 승려인 因靜이 남긴 것으로 정리할 수 있다.

현전하는 필담창수집을 살펴보면, 작가층을 필담창수의 성격에 따라 크게 세 그룹으로 나눌 수 있다. 가장 다수를 차지하는 사람은 연로에서 접빈의 역할을 했던 藩과 幕府에 속한 유관들이고, 두 번째는 관에 속하지 않은, 승려나 상인을 포함한 다양한 계층의 일반문사들이며, 세 번째는 주로 江戶에서 보인 막부에 속한 의관들이다. 사상적으로 볼 때 林信言과 那波魯堂과 같은 程朱學者, 南宮大湫와 井潛 같은 折衷學者, 瀧鶴臺와 劉龍門 같은 徂徠學者를 포함해 五山文學을 보여주는 竺常, 이후 蘭學으로 옮겨갔던 井敏卿에 이르기까지 당시 일본학계에 보였던 다양한 유파의 인물들이 포함되어 있다. 그리고 무엇보다도 중요한 것은 연로에서 만난 필담창수집의 작가들이 그 지역을 대표할 뿐 아니라 극소수를 제외하고는 일본 학계와 문단을 대표하는 중견 혹은 신진 문사였다는 점이다.

현전 사행록의 작가들이 제술관·서기를 비롯한 군관·통역 등 문사가 가능한 상위 지식인층의 인물이었던 것처럼, 일본문사들 역시 당시 일본 지식인층을 대표한다. 현전하는 계미사행의 사행문학은 일본학계와 문단의 상위에 있는 문사들과 이를 상대하기 위해 선발된 조선 문사들과의 교류 속에 이루어진 결과물이라 할 수 있다.

3) 필담·수창 속에 드러나는 일본 문사의 태도

접촉에 임하는 일본 문사의 외적인 조건에 따라 어느 정도의 특색을 드러낸다. 幕府와 藩의 지원 아래 조선문사를 접대했던 유관이나 의관과 비공식적인 통로를 통해 조선 문사를 만났던 僧侶, 一般文士의 계층은 접촉방식에서부터 차이를 보인다. 여기에서는 공식적인 수창모임을 가졌던 國學 중심의 문사들, 여정 중 藩의 후원으로 만났던 유관, 역시 幕府의 지원 아래 공식적인 모임을 가졌던 의관, 비공식적인 통로로 접촉을 가졌던 승려 및 일반문사의 네 부류로 나누어, 계층에 따른 일반 문사의 접촉 태도를 살펴보도록 하겠다.

(1) 양국을 대표하는 문사들의 공식적인 수창 – 林家 문인들

林家는 江戶官學의 비조로 꼽히는 林羅山(1583~1657)에게서 시작되었다. 林羅山은 일찍이 임진왜란의 포로였던 강항에게 성리학을 배워 일본 주자학을 열었던 藤原惺窩의 문인이다. 1607년 藤原惺窩의 추천으로 德川家光(1542~1616)의 막부에서 문교를 담당하여 벼슬이 民部卿法印에 이르렀다. 家光이 1630년 興學을 위한 땅을 하사하자 林羅山은 이곳에 私塾을 차렸고 1633년부터는 공자묘에서 釋奠을 거행하기 시작했다. 아들 林春齋 때 家綱이 弘文院이라는 호를 내려 사숙을 弘文館이라는 이름으로 불렀다. 林家의 私塾으로 시작되었던 것이 막부의『本朝通監』편찬사업을 맡아 편찬비용을 지급받고 관비학생을 수용하면서 관학의 형태에 점점 가까워졌던 것이다. 3대인 林信篤에 이르러 大學頭에 임명되었으며 이후 대대로 막부의 儒職을 세습하며 林大學頭는 학교의 운영과 더불어 외교문서를 쓰는 일을 담당하였다.

新井白石이 문형을 잡고 있어 여러모로 특이성을 띠었던 1711년 사행을 제외하고 林家의 昌平黌 문사들은 太學頭의 감독 하에서

1682년, 1719년, 1748년의 사행을 통해 조선의 통신사와 지속적인 교류를 가져왔다. 원중거가 건의했던 "江戶例"는 太學頭의 엄격한 관리에 따라 정선된 일본 문사들이 조선 문사들과 접견하는 것을 가리키는데, 이때 만나는 문사들은 곧 양국의 문사를 대표하는 인물이라 할 수 있다.

조엄 일행은 1764년 2월 16일 江戶에 도착했다가 3월 11일 귀로에 올랐다. 江戶에 머무르는 시기 사행 일원들은 林家 문인들과 만나 수창을 주고받았다. 성대중의 『槎上記』를 보면 22일 林太學頭 부자가 만나러 와서 종일 수창했고, 23일 林祭酒 문도 11인이, 24일에는 林門 9인이, 25일에는 林祭酒 부자와 林門 9인이 연달아 방문하였으며 3월 2일, 3일에는 국서 문제로 太學頭 부자와 만났다. 이때 양국 문사가 만나 주고받은 필담과 수창의 기록이 『韓館唱和』·『韓館唱和續集』·『韓館唱和別集』이다.

『韓館唱和』 3책은 林信言 부자가 통신사 일행의 필담 및 수창시를 기록한 것이다. 1책은 2월 22일과 25일, 2책은 3월 2일, 3책은 이별 후 써 보낸 시와 서문이다. 일본 쪽에서는 林信言 부자 외에 서기인 松本爲美, 山岸藏와 久保泰亨이 함께 했다.

『韓館唱和別集』 3책은 23일, 24일, 25일의 기록으로, 1책에는 林信有, 德力良弼, 松田久徵, 後藤世鈞, 木部敦, 澁井平, 河口俊彦, 片岡有庸, 松本爲美, 井上厚得, 靑葉養浩, 2책에는 南太元, 小室當則, 關脩齡, 中村弘道, 久保泰亨, 飯田良, 宮武方甄, 笠井載淸, 山岸藏, 3책에는 土田貞儀, 林信富, 飯田恬, 今井兼規, 原馨, 木村貞貫, 岡井鼎, 糟尾惠迪, 岡明倫의 시와 네 문사의 화답시가 실려 있다. 총 29인의 문인이 10수 내외의 시를 지었고, 이에 대해 네 문사가 서너 수의

시로 돌아가며 화운하였다. 『韓館唱和別集』 1책은 같은 날 林家문인 25인이 홍선보와 창수한 시를 묶은 것이다.

林信言이 서문에 '寬永 이래로 우리 집안은 나라의 사명을 맡아왔고 세 사신 및 제술관·세 서기를 접대하는 것 역시 전례이다'65)라고 밝혔듯이 이들의 만남은 사신을 접대하는 차원에서 이루어진 것이었다. 따라서 국서 찬술을 관장하고 있는 太學頭 부자의 방문도 접대의 일환이었다. 江戶 도착 직후의 방문은 사신 일행에게 인사를 하기 위한 것이었다. 『韓館唱和』에는 22일에는 네 문사와, 25일에는 세 사신과의 필담이 실려 있는데, 모두 명함을 주고받으며 통성명을 하고 먼 길을 온 노고를 위로하는 내용이다. 22일 남옥이 林信言에게 '세 사신과 족하께서 만나는 것이 구례이고 우리들의 오늘 만남은 마땅히 그 후에 있어야 하나 정사께서 병환이 있으셔서 우선 영접할 수가 없으십니다'66)라고 한 것으로 보아 원래 세 사신을 먼저 만나는 것이 전례였음을 알 수 있다.

전후를 통틀어 사신들과 太學頭 부자가 만나는 것은 2월 25일 단 한차례뿐이었다. 필담에서 林信言의 記室인 松本爲美가 네 문사를 만난 것에 대해서만 얘기하고 있는 것으로 보아, 사신과의 만남에서는 서기도 배석하지 않았다.67) 수증시나 서문 같은 글은 모두 서

65) "寬永以來 余家典國辭命 且接遇三使及製述官三書記 是亦例也"(『韓館唱和』 1권)
66) "三大人與足下相接 自是舊例 僕輩今日之會 宜在其後 而正使大人邊有調候 姑未可迎接"(『韓館唱和』 1권)
67) 1748년 조명채(曹命采, 1700~1764)의 『奉使日本時聞見錄』 5월 24일자 기록에 사신들이 태학두 林信充 부자가 藤原明源을 데리고 접견하는 것에 대해 태학두 부자를 만나는 것은 관례이나 다른 사람을 만나는 것은 전례가 없다고 거절하는 기록이 나오는데, 한 차례의 공식적인 만남에서 세 사신과 태학두 부자만이 함께 하는 것이 전례였

신을 통해서 이루어져,『韓館唱和』3책은 그것들을 모아 놓은 것이
다. 조엄은 林信言 부자에게 보내는 화운시를 남옥과 성대중에게 대
작시키기도 하였는데, 사신들은 그만큼 일본인과의 비공식적 접촉
을 엄격히 삼갔다.

그러나 太學頭 부자의 경우 적극적으로 통신사 일원들과 만났다.
세 사신과 네 문사 외에도 여러 신분의 사람들과 접한 기록이『韓館唱
和』에 보인다. 그들은 네 문사를 만나기 전날인 2월 21일 사자관 홍
성원·이언우, 화원 김유성·변박, 양의 이좌국 등과, 네 문사와 이별
시를 주고받은 다음날인 3월 3일에는 수역 현태익과 간단한 필담과
시를 주고받았다. 3월 4일에는 일이 끝난 후 공무상 아무 관련도 없
는 명무군관 조철·유달원과도 필담을 주고받았는데, 이때 林信言이
다른 일을 하고 있는 조철에게 여러 차례 호와 관직을 물어 조철이
마지못해 '억지로 물으신다면 하필 숨기겠습니까?'[68]라고 하며 자신
을 소개하기까지 하였다.

한편 네 문사는 林家의 방문을 연이어 받았다. 23, 24, 25일 林家
의 문인 29명과 만나 수창하였다. 정사 신분의 조엄이 25일 太學頭
부자와 필담을 나누었는데 몇 마디 말에 불과했다고 한 것과 달리
성대중은 22일 終日酬唱했다고 적었고, 김인겸도 24일 '어제텨로 필
담챵화 어듭도록 ᄒ온 후의'라고 한 것으로 보아 문사들의 만남이 연
일 밤늦도록 계속되었음을 알 수 있다.

연로의 객관에서 '官禁이 없으니 부화한 무리가 앞 다투어 들어가

던 것으로 짐작된다.
68) "必欲强問則亦何必隱也"(『韓館唱和』)

객관 안이 혼잡한 시장과 같고 엉성한 시문을 韓客에게 들이대는'69) 일은 江戶에서 애초에 일어날 수가 없을 정도로 수창 일정은 매우 조직화되어 있었다. 만났을 때도 남옥이 '거지가 매우 가지런하여 분잡한 데 이르지 않으니 아마도 林羅山의 유풍이 있어 그런가 보다'70)라고 찬탄할 정도로 단정한 모습을 보였다. 林信愛가 續集 서문에 '본조의 문학이 다른 나라보다 흥성함을 드러내 보이는 것'71)이라고 설명하듯이, 江戶에서 林家 문인과 네 문사의 교류는 서로의 문학 수준을 겨루는 장이었기 때문이었다.

　林信言의 '서로의 정을 펼치는 가운데 국가의 성대함을 울렸다'72)는 말대로 양국 문사의 수창 모임은 외교의 연장선상에서 있었기 때문에 우호적이고 정중한 분위기를 유지하였다.『韓館唱和』속집·별집에 필담의 기록이 없으나, 양국 문사 사이에 필담이 없었던 것은 아니었고 약간의 충돌이 있기도73) 하였다. 문사들의 사행 기록을 보면 연일 오는 林家의 문인들과 필담을 나누었다는 기록이 여러 차례 나오는데, 그 사이사이 지어진 시를 통해 당시 양국의 인물들이 가진

---

69) 『通航一覽』권110, 318쪽.

70) "擧止頗齊齊 不至紛雜 豈羅山餘風猶在而然歟"(『日觀記』2월 23일)

71) "所以開示本朝文學之盛於遠人也"(『韓館唱和續集』序文)

72) "於陳彼我之情 頗鳴國家之盛"(『韓館唱和續集』序文)

73) 사행 기록에 柴邦彦이라고 나오는 柴野邦彦은 훗날 '異學の禁'을 막부에 건의하였던 인물인데, 29세의 昌平黌의 유생으로서 25일 네 문사와 만났다. 남옥, 원중거, 김인겸의 기록에 따르면 재주가 매우 출중하였으나 그의 오언고시에 나오는 양국의 일에 관하여 읊은 부분이 매우 해괴하고 불경하였기 때문에 화답시를 쓰지 않고 도로 돌려보냈으며, 이튿날 정사에게 고하여 조처를 취하도록 하였다. 김인겸이 25일 찾아온 10인 가운데 하나로 그의 이름을 들고 있긴 하여도, 창평학생인 柴野邦彦의 이름은 『韓館唱和』에 등장하지 않는다. 그의 경우가 '자신의 학식을 자랑하기 위해 상대방 국가를 폄하하는 일'을 금지시켰던 막부의 명에 해당되는 경우라 하겠다.

인식과 태도를 엿볼 수 있다.

우선 주자학을 추숭하는 양국 문사들 사이에는 기본적인 연대감이 형성되어 있었던 것으로 보인다. 林信愛는 남옥에게 '그대와 나는 비록 이역의 사람이지만 業과 道가 같으니 동포 가운데 오랜 친구와 마찬가지이다'[74]라고 하였다. 이런 태도는 시 곳곳에서 보인다. 中村弘道는 '원래 善隣은 國寶로 일컬으니 국경을 나와 詩盟을 맺는 것도 괜찮으리'[75]라고 하여 시로써 교린에 이바지한다는 점에 대해서도 잘 이해하고 있었다. 일본에 대해 가장 보수적인 태도를 가지고 있던 김인겸조차도 '시 짓는 손님들의 의관이 남북으로 다르지만 손님 접대하는 자리의 文墨은 예나 지금이나 같구나'[76]라고 읊어 일본의 문사와의 동질감을 내보이고 있다.

小室當則의 '小東의 동해와 大東의 동쪽은 만 리에 조석으로 조수가 통한다'[77]라는 구절은 중국을 중심에 두고 조선과 일본의 관계를 교린국으로 보고 있는 인식을 잘 드러내준다. 이런 점은 林信愛가 정사에게 보낸 '긴 구름 막막해도 해문이 통해 箕子의 풍속이 예나 제나 같다'[78]이라는 구절에서도 확인할 수 있다. 일본을 蠻으로 이적시하는 조선의 태도나 통신사행을 조공으로 해석하려는 일본의 태도는 어디까지나 내부적인 것일 뿐, 문학 작품 안에서는 교린국으로 대등한 입장을 견지하고 있었음을 알 수 있다.

---

74) "君與余雖異域之人 同業而同道 則同胞之一故舊耳"(『韓館唱和』1권)
75) "元是善隣稱國寶 不妨出境結詩盟"(『韓館唱和續集』2권)
76) "詞客衣冠南北異 賓筵文墨古今同"(『韓館唱和續集』2권)
77) "小東東海大東東 萬里朝潮夕汐通"(『韓館唱和續集』2권)
78) "長雲漠漠海門通 箕子流風今古同"(『韓館唱和』3권)

두 번째로 볼 수 있는 태도는 대등한 교류 속에서도 각자의 나라에 대한 자부심이 드러나는 점이다. 예를 들어 宮武方甄의 '장대한 유람 만 리를 왔으니 얼마나 호기로운가? 산천을 넘고 건너는 수고 꺼리지 마오'[79]라고 하자 성대중이 '진량은 초나라 남쪽에서 가장 호걸이었으니 북쪽으로 中夏를 배우는 데 수고롭다 말하지 마오'[80]라고 응수한 것을 들 수 있다. 青葉養浩는 '예교가 상나라 때 풍속이라고 들은 적 있더니 또 위의에 漢代의 풍모가 있음을 보네'[81]라고 하면서도 '이 땅의 장대한 유람을 누가 얻을 수 있겠는가'[82]라고 하여 일본의 승경에 대한 자부심을 드러낸다. 井上後得도 '하늘가 富士山 빛을 틀림없이 알았을 테니 응당 새로 지은 시가 비단주머니 안으로 들어갔겠지'[83]라고 하여 같은 자부심을 보인다. 조선을 箕封·箕京으로 지칭하여 기자와 연관시키고 일본을 "蓬萊"·"瀛洲"로 지칭하여 "徐福" 혹은 "徐市"과 연관시키는 것은 양국 문사가 공통적으로 상용하는 비유이다. 그런데도 조선쪽에서는 중국의 문물을 직접적으로 받아들였다는 점에서, 일본 쪽에서는 서불이 찾아올 정도로 아름다운 산천을 가졌다는 점에서 자국의 이미지를 적극적으로 수용하여 미화하는데 사용하였다.

세 번째 지적할 수 있는 것은 우호적인 분위기 속에도 긴장관계가 형성된다는 점이다. 23일 네 문사와 처음 수창한 인물인 林信有와

---

79) "壯遊萬里興何豪 不憚山川跋涉勞"(『韓館唱和續集』 2권)

80) "陳良最是楚南豪 北學中洲不道勞"(『韓館唱和續集』 2권)

81) "曾聞禮教商時俗 又見威儀漢代風"(『韓館唱和續集』 1권)

82) "此地壯遊誰得似"(『韓館唱和續集』 1권)

83) "定識天邊富嶽色 新題應入錦囊中"(『韓館唱和續集』 1권)

김인겸 사이에 오간 시구를 보면 확연하게 드러난다. 林信有가 '고향으로 돌아가고 싶은 마음은 길 떠난 사람의 생각이지만 이국땅 계절은 옛사람의 즐거움이었네'[84]라고 하여 객수를 읊는 문사들의 시구를 넌지시 꼬집자, 김인겸은 '바다 끝 바람과 서리에 늙음만을 깨달으니 이국땅 노래와 피리소리 즐거움이 되지 않네'[85]라고 맞받는다. 林信有가 '맑은 바람과 밝은 달빛이 좋아 읊조리며 난간에 기대니 밤이 끝나려 하네'[86]라고 하자 김인겸이 '다시 시율 부치려 하지 마오. 화려한 당의 남은 촛불 이미 다시 꺼졌다오'[87]라고 한다. 林信有가 다시 '읊조리는 데는 타향의 달이 최고이니 새로운 시가 붓끝에서 나오는 걸 이미 보았다오'[88]라고 하자 김인겸은 '그대의 재주 민첩하고 시에 무적인 것을 이미 보았구려'[89]라고 읊을 수밖에 없었다. 片岡有庸이 蓬瀛·大瀛·滄瀛·神洲 등으로 일본을 비유하자 남옥이 '徐福의 사당은 진나라 세상을 미혹하였지만 임씨의 문하에는 노나라 유생이 모였네'[90]라고 비꼬는 것도 같은 선상에서 볼 수 있다. 林信言 부자가 정사 조엄에게 보낸 시에 '조선은 문화로 천년을 번성해 왔고 일본은 군비로 10대를 밝혀왔네', '나란히 조선의 문물이 훌륭하다 우러르면서 지금 일본의 무위가 융성하다고 일컫네'[91]라는 구절이 들어있

---

84) "故國歸心遊子意 異鄉節序故人歡"(『韓館唱和續集』 1권)
85) "絕海風箱惟覺老 異邦歌笛不成歡"(『韓館唱和續集』 1권)
86) "恰好淸風明月色 嘯吟憑檻夜將闌"(『韓館唱和續集』 1권)
87) "且莫更將詩律寄 華堂殘燭已更闌"(『韓館唱和續集』 1권)
88) "嘯吟最是他鄉月 已見新詩弄彩毫"(『韓館唱和續集』 1권)
89) "見君才捷詩無敵"(『韓館唱和續集』 1권)
90) "徐君祠廟迷秦世 林氏門庭集魯生"(『韓館唱和續集』 1권)
91) "韓國文華千載盛 日東武備十朝明", "齊仰韓邦文物美 今稱日域武威隆"(『韓館唱和』 1권)

어 상대국인 조선이 문화국임을 칭송하면서 은근히 자국의 위의를 과시한다. 외교상의 만남은 우호를 닦는 동시에 상대방을 경계해야 하는 것이기 때문에 적당한 힘의 균형을 유지해야 한다. 시를 주고받는 사이에도 우호와 경계라는 두 가지 조건을 충족시켜야 했기 때문에 양국 문사들 사이에는 단순한 경쟁심이 아닌 미묘한 긴장관계가 형성될 수밖에 없었다.

江戶의 수창에 참여했던 林家 문인은 29명 정도로 대부분 藩國에서 벼슬을 하는 사람들로 7, 80명 가운데 태학두가 차출한 인물들이었다. 조선쪽에서 문사를 담당했던 네 문사 역시 가려 뽑은 인사였다. 몇 차례의 통신사행의 경험을 통해 정례화된 형식을 따라 선발된 문사들인 것이다. 이들에게는 기본적인 우호 의식을 바탕으로 자국의 우위를 확보해야 하는 목표가 있다.

이러한 태도가 개인적으로 표현될 때는 미묘한 차이를 드러낸다. 우호적인 면에서 접근하는 기록은 山岸藏의『甲申接槎錄』과 澁井平의『歌芝照乘』,『品川一燈』이 있으며, 공식적인 참여자는 아니었지만 國學에 소속된 石宣明의『韓館應酬錄』도 같은 선상에 있다. 반면 자국의 문화적 우월성을 드러내기 위한 기록으로 14세 國學學生 平俊卿의『賓館唱和集』이 있다.

(2) 공손한 접대의 태도 – 藩의 儒官들

사행단이 지나는 藩마다 일본 쪽에서는 藩에 소속된 유관에게 명해 문사들을 접대하도록 하였다. 이러한 접대는 한태문의 지적대로 학문적 성과를 검증받고 새로운 학문을 받아들일 수 있는 기회였으

며 지역문화 전체를 성장시키는 결과를 가져왔다.[92]

　현전 자료 가운데 유관들과 藩主의 명을 받아 통신사단과 창수한 기록은 『泱泱餘響』·『長門癸甲問槎』·『甲申槎客萍水集』·『三世唱和』이다.

　『長門癸甲問槎』의 瀧鶴臺는 長門州의 侍讀으로 다른 유관들과 함께 赤間關에서 사행단을 접대하였다. 『甲申槎客萍水集』은 備前州 소속의 유관 5명이 역시 藩主의 명을 받들어 사행단을 접대한 기록이다. 『三世唱和』의 松平君山도 尾張州 소속의 유관이다.

　『泱泱餘響』의 작가 龜井魯는 筑前州의 서기들과 藍島에서 사행단을 접대하였다. 그는 본래 의업에 종사하는 사람이었으나, 평소 의학과 유학의 일치를 주장하였고 1778년 福崗藩主에게 발탁되어 儒官의 임무를 맡게 되었으며 1784년에는 藩校인 甘棠館의 總裁가 된 사람이다. 의사가 筑前州의 서기들 틈에 끼어 사행단을 만나러 온 것은 매우 이례적인 일인데, 그의 문재를 인정한 藩 쪽에서 일부러 유관의 역할을 맡도록 보내온 것으로 보인다. 비록 정식 유관은 아니었지만, 위의 창수집과 같은 부류로 넣는 것이 타당할 것이다.

　이들의 공통적인 특징은 藩을 대표하여 사행단을 접대하는 만큼 매우 정중하고 공손한 태도를 보이는 점이다. 林家의 문인들이 기본적인 연대감을 바탕으로 문화의 우수성을 다투는 사이 보이는 미묘한 긴장감은 전혀 나타나지 않는다.

---

92) 한태문, 「조선통신사의 노정에 반영된 한일 문화교류」, 『조선통신사 이야기』, 한울, 2005, 257쪽.

　　추월[남옥]이 이미 내가 근래 지은 졸고를 다 읽자 내가 곧 말했다.

　　"졸고가 이미 살펴보심을 입었으니 한두 마디 평어를 엎드려 구합니다."

　　"보여준 배율을 말하시는 겁니까? 세 벗과 충분히 보고 평가를 해야 할 것 같습니다. 틈이 나면 역시 수창을 해야겠지요. 우선 기다리십시오."

　　"배율을 이르는 것이 아니라 근래 지은 졸고를 말하는 것입니다."

　　"밤이 이미 다했고 천천히 벗들과 함께 평가해야 하니 내일 배가 출발하면 인편에 부치도록 하겠습니다. 인편이 없으면 돌아올 때를 기다리십시오."

　　창화가 끝나자 추월과 세 서기가 평점을 더하여 돌려주었다.

　　"여행한 지 해를 넘겼으니 얼마나 피곤하시겠습니까? 이미 삼경이 넘어 여러분들은 취침하실 테니 저희들은 자리를 물러나겠습니다."

　　"촛불을 들고 밤새 노니는 것은 옛사람이 즐기던 일입니다. 저희들은 피곤하지 않습니다. 여러 현인들과 한 번 이별하면 아득해질 테니 지금 사람은 즐거우면서도 즐겁지 않고 슬프면서도 슬프지 않은 마음입니다."[93]

　　위의 인용문은 牛窓에서 창화도중 近藤篤과 남옥의 대화이다. 近藤篤은 이미 1748년 무진사행 때 문사들을 접대했던 경험이 있는 사

람으로, 藩에서는 원로에 속한다. 그런데도 그는 시종일관 자신을 낮추는 공손한 태도로 남옥에게 평어를 구한다. 또 문사들에게 폐를 끼칠 것을 염려해 먼저 물러나겠다고 말을 한다. 같은 자리에 있던 龜山德基는 원중거에게 '봄옷이 처음 지어지자 고운 경치에 발걸음 더뎌지네(春服初成麗景遲)'라는 주자의 시구를 써달라고 부탁했다가, 자리를 파할 기미가 보이자 감히 다시 청하지 못하는 모습을 보여준다. 접대하는 입장에서 빈객의 상황을 먼저 살피는 것이다.

공손한 태도는 학파가 다른 이들도 마찬가지이다. 龜井魯와 瀧鶴臺는 정주의 학설을 비판하는 徂徠學派에 속한 사람이었다. 특히 龜井魯는 젊은 나이에 뛰어난 문재를 갖추어 문사들에게 많은 사랑을 받았던 인물이다. 그는 이언진에게 '옛사람이 그대와 하룻밤 얘기하는 것이 십년 동안 책을 읽는 것보다 낫다고 하였으니 관에서 막지 않는다면 조석으로 천고의 일을 상하좌우 누비며 자유자재로 깊은 곳까지 얘기를 다 하는 것이 바람입니다'[94]라고 하며 열렬한 반응을 보인다. 이언진이 王世禎을 숭상한다고 말하여 徂徠學派였던 龜井魯의 입장에서 상당히 친근감을 느꼈기 때문이었다. 그러나 정주를 숭상하는 네 문사 앞에서는 자기의 의견을 피력하는 태도는 전혀 보이지 않는다. 남옥이 '그대가 獨嘯庵과 비견한다 하였으니 그렇다면 살아있는 獨嘯庵을 만나 볼 수 있을 텐데 죽은 蘐園[荻生徂徠]을 구할 필요가 있겠는가?'[95]라고 하면서 의학 스승인 獨嘯庵을 들어 荻生徂徠의 문집이 최고라는 龜井魯의 대답을 비꼬자, '죽은 蘐園은 즉시

---

94) "古人云 與君一夜話 勝讀十年書 官署不限閥 則朝夕左右揚搉千古 頣分頣分 以談盡奧底是希"(『泱泱餘響』)

95) "君曾爲與獨嘯比肩 然則生獨嘯可求見 死蘐園何必求見"(『泱泱餘響』)

만나볼 수 있지만 살아있는 獨嘯庵은 즉시 만나기가 어려우니 두 사
람이 각기 일장일단이 있어 양쪽 다 보는 것만 못합니다'96)라는 재치
있는 말로 얼버무릴 뿐 더 이상 사상의 논쟁으로 진전되지 않는다.

현천 : 이곳도 성리학이 있겠지요? 과연 程朱를 종주로 합니까?

鶴臺 : 이쪽에도 성리학이 있습니다. 藤原性窩, 林羅山이 창도한
이래 그 계통을 받아 전한 자가 적지 않습니다. 근세에는 江戶에 徂
徠선생이라는 사람이 크게 복고학을 창도하여 나라 안에 풍미하고
있습니다. 저술한 것에 『辨道』, 『辨名』, 『論語徵』 등이 있는데 그 자
세한 것은 한 자리에서 다 말할 수 있는 것이 아닙니다.

현천 : 이 모두가 程朱를 종주로 하고 있습니까?

鶴臺 : 程朱가 아니지만 불가의 유학을 취하지는 않습니다. 그 학
문은 고경을 근본으로 하되 주해에 근거하지 않습니다. 옛 말을 가
지고 고경을 증명하니 믿을 만한 것 같습니다.

현천 : 주해를 버리고 경서를 읽는 것은 끌어주는 사람이 없는
소경과 같습니다. 程朱學은 하늘의 해와 같으니 程朱를 독실하게 믿
으려 하지 않는 것은 모두 이단입니다. 고명하신 의견은 어떤지 모
르겠군요.

鶴臺 : 筑前州의 貝原선생이라는 사람이 程朱를 존숭하고 믿기를
공자·맹자처럼 했습니다만 만년에 『大疑錄』을 저술하였으니 程朱
의 말이 경서의 취지와 다름을 드러낸 것입니다. 저 역시 의심이 들
지 않을 수 없습니다.

현천 : 程朱의 가르침에 어찌 의심할 만한 것이 있겠습니까? 대체
로 독서법이라는 것은 정밀하고 상세히 하는 것이 가장 어려우니

---

96) "死蘐園可輒求見 生獨嘯難卽相見 二人各一長一短 不如兩見之也"(『泱泱餘響』)

정밀하게 생각하고 힘써 실천하지 않으면서 불현듯 의심하고 어려
워하는 데 이르기 마련이라 병자의 본래 몸이 건강하지 못하면 밖에
있는 부정한 기운이 비집고 들어오는 것과 꼭 같습니다. 명나라 유
자 가운데 陸九淵을 따르는 자들이 바로 이러한 폐습에 걸려 있었습
니다. 지금 귀국을 보니 인재가 배출되어 크게 전기를 맞이하였습니
다만 근원이 부정하면 실제로 흐지부지될 우려가 있습니다. 만일 고
명하신 선생에게 깊은 덕과 정통한 학문이 있어 큰 근원을 통찰하여
후학을 이끄신다면 구구한 의견은 감히 버려두고 논하지 않는 일은
저절로 없어질 것입니다. 고명하신 의견은 어떠하신지요?

鶴臺 : 삼가 밝은 깨우침을 받아들이겠습니다.

현천 : 깊은 뜻에 매우 감사드립니다. 귀국의 사람들은 과장하는
것이 많다고 들었는데 이제 고명하신 분을 뵈니 도타운 인정이 얼굴
에 흐르고 여러 젊은이들이 재주가 뛰어나고 근실한 기풍이 있어
기쁜 마음에 잊지 못하겠습니다. 세도에 더욱 노력하시면 다행이겠
습니다.

鶴臺 : 갑자기 지나친 칭찬을 받으니 어찌 감당하겠습니까? 충고
를 들으니 군자가 남을 사랑하는 성의를 볼 수 있습니다. 감히 감복
하지 않겠습니까? 공들께서 피곤하실까 걱정이니 작별을 고해야 할
것 같습니다. 내일 만나뵐 수 있다면 매우 다행이겠습니다.[97]

---

97) "玄川 此處亦宜有性理之學 果宗主程朱否 鶴臺 此方亦有性理之學 藤惺窩林羅山唱首
爾來傳其統者不少 近世東都有徂徠先生者大唱復古之學 風靡海內 所著有辨道辨名論語
徵等 其詳非一席話所能盡也 玄川 此皆宗主程朱否 鶴臺 非程朱而爲禪儒不取 其學宗古
經 而不據註解 以古言證古經 似可信據 玄川 捨註解而讀經 猶無相之羿 程朱之學 如日
中天 不欲篤信程朱者 皆異端也 高明意見 未知如何 鶴臺 筑前有貝原先生者 尊信程朱
如信孔孟 而晚年著大疑錄 標擧程朱之言背馳經旨者 僕亦不免有疑耳 玄川 程朱之訓 豈
有可疑者耶 大凡讀書之法 最難精詳 旣未能精思力踐而遽致疑難 則正猶病者眞元不健
客邪闖入 明儒祖陸者 正坐在此習 今見貴邦人材輩出 大有轉移之機 而源頭之不正 實有
漫漫之憂 如高明之有德竆學正 須洞見大源 引進後學 區區之意 自不敢置而不論 未知高

위의 인용문은 瀧鶴臺와 元重擧 사이에 있었던 徂徠學에 관한 대화이다. 일본의 성리학에 대해 묻는 원중거에게 瀧鶴臺는 徂徠學을 소개하는데, 程朱를 주종으로 하지 않는다는 이유로 처음부터 공격을 받는다. 그러자 곧 徂徠學을 근거로 반론을 제기하지 않고, 정주학자 木下順庵의 제자였던 貝原益軒의 예를 들어 程朱의 학설에도 의심스러운 점이 있음을 지적한다. 瀧鶴臺는 '似可信據', '僕亦不免有疑耳' 등의 어투에서 드러나듯이 조심스러운 태도로 일관한다. 원중거는 정주학의 정통을 역설하며 계속해서 瀧鶴臺의 의견을 묻지만, 瀧鶴臺는 논의가 깊이 진전되기 전에 '謹領明諭'라는 공손한 대답으로 마무리 짓는다. 다시 한 번 당부하는 원중거의 말에 수긍하는 태도를 보이고는 곧 자리를 물러난다.

이 당시 瀧鶴臺는 江戶에서 오랫동안 徂徠學派의 수업을 받은 후 명성이 이미 높아져 많은 제자를 거느리고 있었다. 藩主의 명을 받아 잠시 赤間關에 돌아와 사행단을 접대한 것이었다. 나이도 원중거보다 10세 정도 많았으니, 학식이나 연령 면에서 볼 때 원중거에게 가르침을 받을 수준은 아니었으며 받는다고 해도 그의 사상이 변할 수 있는 상태도 아니었다. 그러나 끝내 자신이 徂徠學派의 한 사람임을 밝히지 않은 채 어디까지나 정중한 태도로 원중거의 질문에 대답한다. 사행단이 竈關을 떠날 때 瀧鶴臺가 보내온 글에도 徂徠學派의 언급은 없고 중화주의의 비판에 대해서만 말하고 있을 뿐이다. 瀧鶴

明以爲如何 鶴臺 謹領明諭 玄川 深謝盛意 曾聞貴邦之人 大抵多誇張 今見高明 篤厚有睟面者 諸少年濟濟有謹愨之風 中心悅之 不可忘也 幸爲世道益努力也 鶴臺 忽蒙過奬 何敢當之 深辱忠告 可見君子愛人之誠也 敢不佩服 恐諸公勞倦 請且告別 明日得相會幸甚"(『長門癸甲問槎』 상권)

臺와 문사들 사이의 徂徠學에 관한 논쟁은 이미 문사들이 徂徠學에 대해 어느 정도 숙지한 상태에서 그에게 徂徠學을 배웠냐는 물음에 답을 하면서야 시작된다.

藩의 유관들에게는 사행단을 접대해야 하는 의무가 있었다. 이들 사이의 수창시도 접대의 차원에서 이루어진 것이기 때문에 유관들 쪽에서는 대부분 사행단의 노고를 위로하고, 사행단 쪽에서는 접대에 감사하며 만남의 기쁨을 노래하는 것들이다. 두 차례 사행접대의 경험이 있었던 松平君山이 '사행의 깃발이 바다를 건너는 수고를 사양하지 않았으니 충심과 신실함으로 파도를 겁주신 것입니까'[98]라고 노래하자 원중거는 '구장을 짚고 당에 오르는 수고를 사양하지 않으시니 이 때문에 저희가 바다를 건너온 것이랍니다'[99]라고 대답하는 등 전반적으로 매우 우호적인 수창시가 오간다.

幕府는 통신사가 도착하기 전 각 藩에 엄한 지시를 내리곤 했다. 식탁의 차림부터 도로 청소에 이르기까지 제반 사항이 모두 포괄된 것이었다. 諸藩의 향응은 藩의 체모와 幕府에 대한 충성을 걸고 전력을 기울이지 않을 수 없는 것이었고, 통신사로부터 접대가 충분치 않다는 비판이 老中에게 들어가게 되면 심한 경우 藩이 폐기되는 일도 일어날 수 있었다.[100] 藩의 유관들과 조선 문사들 사이의 수창은 幕府의 명에 따른 것은 아니었지만, 幕府와 藩의 역학관계상 사행단의 기분을 거스를 수는 없는 일이었다. 따라서 유관들은 접대하는 입장에서 공손함과 정중함으로 일관되는 것이었고, 교린이라는 목적

---

98) "旌節不辭跋涉勞 肯將忠信怯風濤"(『三世唱和』)
99) "不辭鳩杖上堂勞 爲是吾行涉海渡"(『三世唱和』)
100) 三宅英利, 『근세일본과 조선통신사』, 조학윤 역, 경인문화사, 1994, 115쪽.

을 실현시키기 위한 창수행위가 이어졌으므로, 양쪽 사이의 심각한 갈등은 존재할 수 없었다.

(3) 지식 전수를 위한 자유로운 질문과 응대- 江戶의 醫官들

幕府에 속한 의관들은 國學生徒가 문사들을 만나 수창하는 것처럼 사행단의 良醫를 만나 의학지식에 관한 필담을 나누는 것이 관례였다. 醫官은 幕府의 若年寄에 소속되어 典藥頭, 奧醫師를 비롯하여 각과 醫職을 맡고 있었다. 이들은 將軍을 비롯한 大奧의 의료를 담당하고 있었을 뿐 아니라, 의학용어를 정리하고 인삼실험재배를 하는 등 日本 의학 발전의 선두에 있었다.

현전하는 자료 가운데『兩東鬪語』, 『桑韓筆語』, 『倭韓醫談』은 江戶의 의관들이 쓴 필담창수집이다.

의관들은 직분의 특성상 사행원을 만나는 태도가 儒官들과는 다른 면모를 보이는데, 가장 큰 특성은 무엇보다도 사행단과의 접촉이 매우 자유로웠던 점이다.

이들의 주된 목적은 의학지식의 습득에 있었다. 이를 위해 몇 번씩 관사를 방문하여 필담을 나누는 모습을 보여준다. 林家 문인들은 太學頭의 관리를 받으며 특별한 경우가 아니라면 두 번씩 만나는 것이 허용되지 않았던 것과는 사뭇 다르다. 『兩東鬪語』의 橫田準大는 여섯 차례 사행원들을 만나 필담을 나누었고, 『桑韓筆語』의 山田正珍은 아홉 차례나 관사를 방문하였다. 또한 필담의 과정은 이들의 질문에 사행원이 대답하는 형식으로 진행되었다. 주로 사행원의 질문에 공손히 대답하는 연로의 유관들 모습과 상당한 차이를 보인다.

松本興長은 3월 1일 다른 의관들과 함께 관사를 찾아갔다. 최초로 만난 사람은 양의 이좌국이었다. 그는 자기소개와 함께 '의서에서 간간이 건너 뛴 의문 하나하나가 적지 않으니 이에 질문 여러 조항을 올려 좌우에 계신 분께 질정합니다. 바라건대 고명하신 분께서 큰 의견을 드리워주시어 가지고 계신 지식을 아끼지 않고 상세히 가르쳐 주신다면 제게 사적으로 베풀어주는 것일 뿐만 아니라 실로 백성들의 삶을 윤택하게 해주는 것이 될 것입니다'[101]라며 질문이 적힌 글을 이좌국에게 전하였다. 이좌국이 문목에 자세한 답을 써서 전한 후인 3월 6일 松本興長은 '전에 여쭈었던 일이 비록 세세히 글로 다 말하고 남을지라도 대면하여 그 병을 진찰하고 증상을 논하는 것만 못할 것입니다'[102]라며 실제 환자를 데리고 와서 이해하지 못한 부분을 다시 질문하였다. 의학지식의 습득을 위해서 출입이 제한된 관사에 환자를 대동하는 일도 의관에게는 허용되는 일이었다.

의관들은 의술에 관하여 매우 자세하게 질문하는 태도를 보인다. 그렇다고 해서 계속 공손한 태도를 유지했던 것은 아니다. 의견이 다를 때는 논쟁하는 일도 개의치 않는다.

　　　圖南 : 이것은 귀국에서 무엇이라고 합니까?
　　　三桂 : 이는 채약꾼의 일이니 어찌 알겠소?
　　　圖南 : 옛날 의원은 모두 스스로 약을 캤습니다. 지금 따로 채약가가 있으니 옛 가르침을 쓰지 않는 것 같군요.

---

101) "方籍之中 間涉疑問者 枚枚不尠 爰奉所問數條 以質諸左右 祈高明幸垂鴻意 無惜底蘊 詳賜示教 非啻惠僕之私昵 實民人滋生之賜也"(『兩東鬪語』乾卷)
102) "嚮所問之事 雖細盡之書言之餘 而不如面胗其病論其證矣"(『兩東鬪語』乾卷)

三桂 : 의원이 어찌 약초 캐는 일을 하겠소?

圖南 : 『千金方』에 의원은 스스로 약을 캔다고 하였고 옛날 신농씨는 치료를 위해 약초를 캤으니 어찌 따로 약초 캐는 사람이 있겠습니까?

三桂 : 신농씨는 약초를 맛보느라 손수 날마다 약초를 캤던 것이오.

圖南 : 그렇다면 의원이 되어 신농씨의 방도를 배우지 말아야 합니까?

三桂 : 장수된 자가 병졸의 얼굴을 모두 알아야 하는 일이겠소?

圖南 : 제가 말하는 것은 병졸의 일이 아닙니다. 지금 천하가 화평합니다. 의원은 스스로 약초를 캐어 하나하나 모두 본초경과 비교해서 병을 치료할 도구로 삼는 것이 옛 가르침이 아닙니까? 따로 채약꾼을 두는 일은 제 생각에 옛 가르침에 위배되는 것 같은데 어떠하신지요?

三桂 : 옛말에 약을 쓰는 것은 병사를 쓰는 것과 같다고 하였소.

圖南 : 귀국의 의원은 약초 캐는 일이 없으니 神農, 軒岐 및 思邈제가의 본초학을 쓰지 않는 것 같습니다. 우리 일본의 의원은 본초학을 배워 약물에 상세하고 저희들도 그렇습니다. 귀국의 설과 같지 않으니 고명하신 생각에 제 의견이 어떠하신지요?[103]

---

103) "槀 圖南 此物貴國之名如何 復 三桂 此乃採藥軍事 何以知之 槀 圖南 古之醫皆自採藥 今別有採藥家 則似不用古之教 復 三桂 醫何以採藥之事乎 槀 圖南 千金方曰 醫自採藥 昔在神農爲醫而採藥 何別有採藥人耶 復 三桂 神農嘗藥 故親日採藥了 槀 圖南 然則醫而不學神農之道乎 復 三桂 爲將者軍兵之面目皆知之事乎 槀 圖南 余不言軍兵之事 今也天下和平 醫自採藥 一本一艸皆挍諸本草 而爲治病之具 則非古之教乎 別有採藥軍事 余以爲背古如何如何 復 三桂 古云用藥用兵同云 槀 圖南 貴邦之醫人無採藥之事 則似不用神農軒岐及思邈諸家本艸之學 我日本醫家學本草詳藥物 僕輩亦然 不同貴邦之說 高意以我爲如何"(『桑韓筆語』)

山田正珍은 양의방을 찾아가 이좌국에게 약초에 대해 물었으나 잘 모르겠다는 대답을 듣자 같은 자리에 있던 이수의에게 같은 질문을 하였다. 이수의는 조엄이 예단직의 명목으로 일부러 서울에서 데려온 의원이었다. 이수의가 약초 캐는 사람의 일이라 모르겠다고 대답하자 山田正珍은 의원이 채약을 하지 않는 일에 의문을 제기한다. 이수의는 이 질문에 대해 별로 중요하게 여기지 않는 듯 짧게 대답하고 있으나 山田正珍은 집요하게 질문을 계속하며 자기주장을 한다. 이후 山田正珍은 이좌국과 이수의가 대답하지 않고 자리를 피할 때까지 채약의 중요성에 대해 길게 역설한다. 山田正珍은 이좌국에게 자기가 쓴 의학서를 검증받는 등 의술을 배우는 데 적극적인 태도를 보이지만, 미진한 부분에 대해 공격적으로 나서는 데에도 주저하지 않는다.

의관들은 자유롭게 관사를 드나들었기 때문에 접촉했던 사행원들도 다양하였다. 이들은 양의뿐 아니라 문사들과도 창수하는 경우가 자주 있었다. 자신의 의견을 내보이는 데 주저하지 않는 태도는 문사들과의 모임에서도 마찬가지였다.

横田準大는 남옥에게 '원컨대 말씀을 아끼지 않고 금 같은 말씀을 상세히 보이시어 널리 배워 사물에 막힘이 없게 해주신다면 통렬히 채찍질을 가하시더라도 감히 사양하지 않겠습니다'[104]라고 하면서, 스스로 먼저 徂徠學을 옹호하는 논리를 편다. 이에 대해 남옥이 정주학을 옹호하는 답변을 하자, '孔孟의 도가 程朱를 따라야만 밝아진다는 것을 저는 감히 믿을 수 없습니다'[105]라는 말로 시작하여 다시

---

104) "願不吝齒牙 詳示金言 將其盡博洽 則痛加筆楚 所敢不辭也"(『兩東鬪語』坤卷)

길게 정주학을 비판한다. 이러한 논쟁 끝에 남옥은 끝내 '감히 의론하지 말아야 하니 논하는 것이 반드시 우의를 깨뜨릴 것입니다. 다만 창화로써 아회를 펼 수 있습니다'106)라고 하면서 더 이상의 논쟁을 피한다. 瀧鶴臺조차 먼저 논쟁을 시작하는 일이 없었던 것에 비하면 의관들은 사행단과의 논쟁을 벌이는 데 별 거리낌이 없다.

江戶의 의관들은 빈번하게 사행단과 접촉하면서 다양한 계층의 인물들과 접촉하였다. 이들은 이국의 문물을 습득하는 데 매우 적극적인 자세를 보인다. 그리고 습득하는 과정에서 자신의 의견을 개진하는 데도 자유로운 태도를 보인다. 幕府와 藩의 명에 따라 사행단을 접대해야 하는 의무를 지닌 유관들과는 달리 비록 관에 소속되어 있기는 하였어도 정치에서는 자유로웠으므로 개방적인 자세를 취할 수 있었던 것으로 보인다.

(4) 이국·이국인에 대한 호기심 – 일반문사

여정은 접촉문사의 숫자뿐 아니라 접촉 양상에도 상당한 영향을 끼쳤다. 앞서 살펴본 바와 같이 사행단은 해로에서는 주로 관에 소속된 문사들과 만났고 숫자가 많지 않았기 때문에 여유롭게 필담과 수창을 진행할 수 있었다. 반면 육로에 들어서면 문사들의 숫자가 증가하여 많은 날은 누구를 만났는지 분별할 수 없을 정도였다.

육로에서 양국 문사가 만나는 자리는 대체로 번잡스러웠던 것으로 보인다. 비교적 여유가 있었던 江戶에서조차 劉龍門이 인주가 마르

---

105) "孔孟之道 從程朱而明者 僕不敢信焉"(『兩東鬪語』 坤卷)
106) "勿敢議論 論者必破交誼 惟能唱和以述雅懷"(『兩東鬪語』 坤卷)

는 동안 바로 옆에 놓아두었던 제시 받은 부채를 도난당하는 사건이 일어날 정도였다. '귀국 사람들이 다투어 들어오기를 그치지 않아 부득불 행운유수법을 썼으나 밤중에 생각하면 부끄러워 땀이 등을 적신다'라는 남옥의 말과 '별안간 글을 지으면 李白과 杜甫를 시키더라도「清平三疊」이나「秋興八首」를 다 지을 수는 없을 것이다'[107]라는 성대중의 말을 미루어보더라도 육로 중에 좋은 작품이 나오길 기대하는 것이 무리인데다 시를 지을 시간도 모자란 상황에서 초면인 사람들이 깊이 있는 대화를 주고받기란 더욱 불가능한 일일 것이다.

현전 자료 가운데 승려를 포함한 일반문사의 텍스트는 13종인데, 해로에서의 기록은 없고 모두 육로에서 이루어진 것들이다. 가장 많은 문사를 만났던 大阪에서의 기록이『鷄壇嚶鳴』・『問佩集』・『兩好餘話』・『韓客人相筆話』・『萍遇錄』・『朝鮮聘使館浪華記』의 6종으로 가장 많고 江戶에서는『松庵筆語』・『東槎餘談』・『東渡筆談』의 3종이, 中路에서는『殊服同調集』・『問槎餘響』・『南宮先生講餘獨覽』・『河梁雅契』・『表海英華』의 5종이 남아 있다.

시간적 여유는 대화와 수창의 심도에 영향을 미친다. 주로 만남이 최천종 피살사건을 전후해서 이루어졌던 丝常은 수창은 없었어도 한산한 관사에서 천천히 필담을 나눌 수 있었다. 점심과 저녁 때 잠깐 휴식을 취하는 사이에 만나야 했던 南宮大湫의 문인들은 인사를 나누는 정도에 그치는 필담을 진행시킬 수밖에 없었다. 서신으로 왕래했던 南宮大湫가 오히려 학문 면에서는 깊은 의견을 교환했다. 변수

---

107) "時韞嘗謂余曰 貴邦人競進不已 不得不用行雲流水法 中夜思之 愧汗沾背 士執亦曰 草卒屬篇 雖使李杜當此 未必能盡作清平三疊秋興八首"(『問槎餘響』序)

가 다양한 조건에서 만나야 했던 일반문사들의 기록들을 살펴보면
몇 가지 공통점을 찾을 수 있다.

우선 이들은 대체로 조선에 대한 강한 호기심을 가지고 있다는 점
이다.

> (가) 내가 젊을 때 五山에 살아서 귀에는 조선이 익숙하나 그 나라
> 사람을 본 적이 없었는데 지금 운산에 둘러 살면서 병을 치료하며
> 혼자 있음에랴. 근래 통신사가 왔으나 길에서 볼 생각은 없었다. 하
> 루는 子玄이 와서 내게 말했다.
>
> "들으니 조선의 제술관과 서기들이 군자답고 재주가 있어 關西과
> 關東 사이에 예물을 가지고 수창하러 가는 사람이 천여 명이라고
> 하더이다. 지금 국사를 이미 마치고 사절단이 서쪽으로 돌아가려 하
> 니 어찌 大阪에 가서 한 번 만나보지 않는 것입니까?"
>
> 내가 이에 벌떡 일어나 강을 내려가 마침내 관사에서 만나보게
> 되었다[108]
>
> (나) 올봄 저는 자주 鴻臚館에 나아가 조선 사행원의 관상을 두루
> 보고 이어서 이를 저술하여 엮었습니다. 위로 세 사신부터 아래로
> 수십 명에 이르기까지 책머리에 그들의 초상을 그리고 중간에 맞는지
> 확인하는 문답을 기록하고 마지막에 일본과 조선의 관상이 다른 점과
> 같은 점을 분변하여 『韓客神相編』이라 이름을 붙였습니다. 장래 전
> 해지기를 바라니 현안께서 한 번 보아주시기를 감히 청합니다.[109]

---

108) "吾少居五山 耳熟朝鮮而未嘗見其人也 況今屛屁雲山養痾獨處 屬者信使之來 猶無意
於途觀也 一日子玄來謂曰 聞朝鮮製述書記輩彬彬有才 西東間執贄唱酬者千有餘人 今王
事旣竣 使節將西歸 何不之浪華與之一周旋乎 余乃翩然下江 遂得遇諸館中"(『萍遇錄』)
109) "今春余屢詣鴻臚 遍相韓客 因著此編 上自三大使 以降十數人 卷首圖其肯貌 中錄其
符驗問答 終辨和韓神相異同 名以韓客神相編 冀傳之將來 敢請玄晏一顧"(『韓客人相筆
話』)

(가)는 쓰常이 사행원들을 만나게 된 경위에 대해 기록한 것이다. 五山은 室町幕府 때 한반도와의 외교문서를 전담하였고, 조선시대에는 以酊菴에 장로를 파견하였다. 그곳에서 공부를 한 승려인 쓰常은 조선에 관하여 어느 정도 지식을 가지고 있었기 때문에 길거리에서 행차를 구경하는 것에는 별로 관심이 없었던 듯하다. 그러나 직접 조선인을 만날 기회가 있다는 말을 듣자 그대로 길을 나서 大阪까지 간다. (나)는 관상가 新山退甫가 『韓客人相筆話』을 저술한 동기이다. 그가 관상을 보게 된 것은 사행단 쪽의 요청에 따른 것이었으나, 그 요구를 받아들인 일면에는 외국인인 조선인과 일본인의 관상이 어떻게 다른지 실제로 확인해 보고 싶은 욕구가 강하게 작용하였다.

이들의 호기심은 상대에 대한 관찰로 표현된다. 필담에는 상대가 쓴 관이나 의복의 명칭을 묻는 질문이 거의 빠짐없이 등장하는데, 관찰은 상대방의 사소한 말이나 행동에까지 미친다. 井敏卿은 소동이 음식상을 가지고 들어오자 남옥에게 '소인은 오직 소인의 음식만 맛보았을 뿐 귀객의 진미를 맛본 적이 없으니 국 한 그릇을 나누어주시면 다행이겠습니다'라고 한다. 남옥이 돼지고기를 한 그릇 덜어주자 '맛있습니다. 맛있습니다. 식지가 동하는 일을 과연 경험했습니다'라고 찬탄한다.[110] 먼저 음식 맛보기를 청한다거나 고기 먹는 습관이 없는 일본인이 고기를 맛보는 데 주저하지 않는 것은 호기심에서 비롯된 행동들이다.

---

110) "小童食案來 松庵曰 小人唯嘗小人之食 未嘗貴客之珍 幸分一盃之羹 秋月分余猪肉一小盞 松庵曰 甘美甘美 食指之動果驗"(『松庵筆語』)

추월은 키가 작고 가무잡잡하며 입이 크다. 수염이 많고 눈빛이 혁혁하여 주변이 빛나며 풍채가 뛰어나다. 남을 깔보는 오만한 사람 같았다. 용연은 검은 귀밑털이 반짝이고 어여쁘면서도 사랑스러우며 수염이 없다. 용모가 출중하고 재주가 뛰어나며 말을 잘하고 잘 웃어 衛玠를 떠올리게 하였다. 현천은 옥을 깎아놓은 듯 준수하고 적은 수염에 얼굴이 갸름하다. 맑고 고상하여 공경할 만하다. 퇴석은 하관이 풍만하고 얼굴이 검으며 동그란 눈에 수염이 많다. 시골 사람처럼 온화하고 공손하며 응수하는데 힘썼다. 요컨대 추월과 용연은 풍류가 있으면서 우아하고 현천과 퇴석은 종종 두건의 기상을 내보여 완연히 도학선생의 풍모가 있었다.[111]

위는 劉龍門이 네 문사를 묘사한 것이다. 이외에도 조동관, 홍선보, 이언진 등 만나본 사람들에 대해서도 묘사하였다. 유관이나 의관의 기록에서는 좀처럼 볼 수 없는 것이다. 이들은 사행원을 그 신분과 직분에 맞추어 조선에서 온 외교사절로 인식하고 있기 때문이다. 반면 일반문사들은 사행원들을 조선이라는 외국에서 온 개인으로 바라보고 외국인 하나하나를 관찰하고 평가한다. 이런 태도는 사행원들이 여러 일본인들을 만나보며 그들을 관찰하고 평가하는 것과 마찬가지이다. 따라서 사행원과 일본문사는 나라의 대표가 아니라 개인과 개인으로 접촉한다.

이러한 관계는 대화의 방식에도 영향을 미친다.

---

111) "秋月短小 黔而侈口 多髭髯 目光奕奕傍射 風神豪俊 頗似凌傲人者也 龍淵綠鬢白晳 佼而婉 無鬚髯 形神俊邁 善言笑 令人想衛洗馬矣 玄川玉立秀雅 少髯鋭面 瀟灑可敬 退石豊下黑面圓眼 多髯 恂恂如鄙人 黽勉應酬 要之則秋月龍淵風流而雅 玄川退石往往露頭巾氣象 宛然有道學先生之風也"(『東槎餘談』)

仙樓 : 폐방은 닭, 돼지, 사슴 등을 키우는 집이 없으나 스스로 먹을거리를 마련합니다. 그리고 사방이 바다에 접해 있기 때문에 많이들 물고기와 채소로 국을 만듭니다. 훌륭한 손님과 상객에게 성찬을 대접하더라도 역시 다른 것은 없으며 쇠고기·양고기를 가장 잘 먹지 않습니다. 귀방은 지방에 따라 대부와 사서인에게 금하는 음식이 있습니까?

秋月 : 폐방은 고기를 먹고 여섯 가지 가축을 기릅니다. 물은 담수와 해수가 섞여있으며 쇠고기·양고기를 가장 좋아합니다. 귀방이 쇠고기·양고기 먹는 것을 좋아하지 않으니 저희들은 비장이 상해 불고기 생각이 간절합니다. 폐방은 여섯 가지 가축을 금하지 않습니다만 소는 밭갈이 때문에 도살을 금지하고 있습니다.

仙樓 : 술 마시는 예는 예부터 있었는데 귀방은 어째서 한결같이 금하는 것입니까?

龍淵 : 취하여 예의를 잃고 싸워서 다치는 자가 많기 때문에 금합니다. 범하는 사람은 사형입니다.

仙樓 : 종일 있어도 여러분들이 차 마시는 것을 보지 못했습니다. 폐방은 차를 아주 좋아해서 손님 접대에 이르면 따로 예법을 세우고 그 그릇과 도구는 모두 옛것을 가지기 좋아합니다. 감상하고 지키는 법이 매우 엄격해서 하나라도 어긋나면 크게 예의를 잃는 것이 됩니다. 그 무리들이 쓰는 찻잔 가운데 熊川이라는 것이 있는데, 모두 세상에 드문 진기한 것이라 이르며 금을 아끼지 않고 사들입니다. 옛날 조선의 웅천에서 만들어졌기 때문에 이름이 지어진 것이라 전해집니다. 어떤가요?

龍淵 : 폐방에서는 생산되는 차가 매우 적고 좋아하는 사람들이 많지 않습니다. 웅천은 지금 찻잔 만드는 곳이 없으며 그 예법 역시 듣지 못했습니다.[112]

네 문사와 奧田元繼의 대화 방법을 살펴보면, 교환 방식으로 이루어지고 있음을 알 수 있다. 奧田元繼가 먼저 일본의 습관을 소개하고 조선의 습관을 물으면 문사들이 대답을 한다. 奧田元繼는 화제를 바꾸면서 다시 일본의 습관을 설명한 후 조선의 습관을 물으면 이에 대한 문사들의 대답이 이어진다. 위의 예는 매우 극명하게 드러난 경우이지만, 대체로 일반문사와 사행원 사이의 대화는 질문과 대답이 쌍방향으로 오가며 정보의 교환이 이루어진다.

일반 문사의 경우, 유관이나 의관과 달리 사행원을 만나는 데 특별한 목적이나 임무가 있었던 것은 아니다. 이들은 조선인이나 조선 문물에 호기심을 가지고 사행원들에게 접근하였고, 사행원들을 관찰자의 입장에서 바라본다. 필담·창수에 임하는 자세는 유관들에 비해 매우 개방적이고, 필담 내용에 있어서 상호교환이 이루어지는 면을 확인할 수 있다. 이런 이국인에 대한 경험 후 이들의 시각이 조선에 대한 선망으로 발전할 것인지, 실망에 따른 비하로 이어질 것인지는 각 문사마다의 개인차가 존재한다.

---

112) "弊邦無戶飼鷄豚猪鹿等 而自備食料 且四方瀕海 故多用魚蔬爲羹 雖有嘉賓上客 而供盛饡 亦無他品 牛羊最不噉 貴邦隨鄕太夫士庶有食禁邪 仙樓 弊邦肉食六畜 水唊海錯 而牛羊最嗜 貴邦不喜食牛羊 鄙等脾敗 甚思牛炙 弊邦六畜無禁 惟牛以耕有屠禁 秋月飲酒之禮 自古有之 貴邦一何禁諸 仙樓 以醉亂失禮義 且多鬪鬩傷害者 故禁之 犯之者死 龍淵 竟日夕未見尊等喫茶 弊邦多嗜茶 乃至其待賓 則別立禮法 其器用皆喜有古 賞守法甚嚴 有一乖違 輒爲大失敬 其徒所用茶盌名熊川者 皆謂希世珍玩 不愛數金購給焉 傳道古制於朝鮮熊川 故得名耳 如何 仙樓 弊邦産茶甚少 且人不多嗜也 熊川今無制茶盌之所耳 其禮亦未聞 龍淵"(『兩好餘話』)

3. 필담창수집의 서술양상

1) 필담·창수집의 형식

계미사행은 거의 1년에 가까운 시간이 걸렸다. 사행단의 일본 경험은 일본에 있는 시간 전부가 해당한다고 보아야 할 것이다. 따라서 이러한 경험을 기록하는 효율적인 방식으로서의 사행록은 일기형식이나 운문 형식을 취할 수밖에 없다.

사행원의 이국 경험이 지속적이고 종합적인 데 비해, 일본 문사의 이국인 경험은 순간적이면서 일면적인 데 그친다. 의사소통의 방식은 대화와 시라는 매우 한정된 방식으로 이루어졌다. 이러한 접촉을 자세히 기록하기 위해서 필담과 시를 그대로 기록하는 형식을 선호하게 되었던 것으로 보인다.

일본 쪽 텍스트를 구성하는 요소는 대체적으로 필담, 시, 서신으로 나눌 수 있는데, 대부분의 텍스트는 혼용되는 형태로 나타난다. 구성요소의 결합방식에 따라 기계적으로 나누게 되면, 텍스트의 면모를 파악하기 어렵다. 필담 끝에 한 편의 서간문이 첨가되어 있는 경우도 있고, 창수시의 기록 중에 필담 한 마디가 삽입되어 있는 경우도 있기 때문이다. 따라서 작가가 엮을 때 어떤 면에 중점을 두느냐에 따라 나누는 것이 좀 더 실용적일 것이다. 여기에서는 필담이 주가 되는 경우, 시가 주가 되는 경우, 필담과 시가 비슷하게 다루어진 경우, 서신이 주가 되는 경우, 기타로 나누어 보도록 하겠다.

주된 요소	텍스트
필담	兩好餘話 韓客人相筆話 松庵筆語 兩東鬪語 倭韓醫談
시	問佩集 殊服同調集 韓館唱和續集・別集 三世唱和 河梁雅契 表海英華 東游篇
필담+시	泱泱餘響 長門癸甲問槎 甲申槎客萍水集 鷄壇嚶鳴 萍遇錄 桑韓筆語 韓館唱和 韓館應酬錄 歌芝照乘 品川一燈 賓館唱和集 甲申接槎錄 東槎餘談 鴻臚撫華 問槎餘響 東渡筆談
서신	南宮先生講餘獨覽
기타	朝鮮聘使館浪華記

양쪽 문사가 만날 때는 일본문사가 名刺와 자기의 시작 수준을 보여줄 수 있는 작품을 먼저 보이는 것이 보편적이다. 여기에 조선 문사가 즉석에서 차화운시를 써주게 되고, 이어서 필담이 이루어진다. 일본문사가 즉석에서 화답할 수 있는 실력을 갖추고 있으면 필담과 수창이 번갈아 행해진다. 따라서 필담과 시를 함께 기재하는 것이 텍스트의 기본적인 형식이 된다.

텍스트의 구성을 보면 대체로 필담과 시가 분리되는 방식을 취한다. 『東槎餘談』은 上・下卷에 劉龍門과 통신사행원이 나눈 필담이 시간 순으로 기재되어 있고, 수창시는 부록에 따로 모아져 있다. 『賓館唱和集』은 내용상 필담과 창수가 번갈아 이루어진 것이 분명하지만 앞부분에 필담을, 뒷부분에 시를 모아서 기재하고 있다. 이런 경우는 의도적으로 필담과 시를 분리했다고 볼 수 있다.

그러나 대부분의 경우는 의도적으로 분리한 것인지 아닌지 분명하지 않다. 『甲申槎客萍水集』은 창화시와 필담을 소제목으로 나누어 기재하고 있는데, 필담 중간에 시의 창수에 대한 얘기가 전혀 나오지 않는다. 2권 和田邵와의 문답 중에 부채에 글을 써줄 것을 청하고 응하는 행위까지 나오지만 시에 관한 이야기가 없다. 먼저 만나 몇

차례 수창을 한 후 그대로 필담을 나누었기 때문에 자연스럽게 분리
된 것이 아닌가 짐작될 뿐이다.

龜井魯의 시와 필담을 기재한『泱泱餘響』의 배열을 보면, 상권에
는 1763년 12월 8일부터 藍島를 떠날 때까지의 수창시와 필담이 번갈
아 기재되어 있고, 하권에는 22일 우연히 만나 나눈 필담과 시가 기
재되어 있다. 시간 구분이 정확하지는 않으나 필담내용의 전개를 보
면 직접 만나 수창한 시와 필담, 부친 시와 받은 시를 순서대로 나열
하고 있음을 알 수 있다. 瀧鶴臺의『長門癸甲問槎』를 보면, 상권은
12월 28일의 시와 필담, 29일의 시와 필담, 30일의 시와 필담, 1월
4일 기증한 시의 순서로 되어 있고, 하권은 5월 22일의 시와 필담의
순으로 이루어져 있으며, 아들 瀧鴻과의 시와 필담도 같은 순서로
되어 있다. 이런 것을 보면 필담과 시의 분리가 의도적이든 아니든
텍스트의 구성은 모두 시간순서로 배열되어 있음을 알 수 있다.

필담이 주가 되는 경우는『兩好餘話』,『韓客人相筆話』,『松庵筆語』,
『兩東鬪語』,『倭韓醫談』를 들 수 있다. 奧田元繼의『兩好餘話』는 양국
의 제도와 풍습, 학문 등 다양한 주제를 가지고 필담을 나눈 기록인데,
'창수한 시 약간은 다 별집에 구비해 놓았다(尚唱酬之詩若干首 悉具別集)'
라고 한 것으로 보아 수창시만을 실은 별집이 따로 존재함을 알 수
있다. 따라서『兩好餘話』는 별집와 아우른다면 시와 필담이 분리된
일반적인 텍스트 형태에 해당된다. 井敏卿의『松庵筆語』도 사행원들
과 여러 주제에 대해 나눈 필담을 기록한 것인데, 의업에 종사함에도
의술에 관한 이야기가 나오지 않고 창수실력을 갖추고 있으나 창수한
기록이 실리지 않았다. 관사에서 우연히 마주친 인물과 나눈 한마디
대화라도 모두 기록하였다.『兩好餘話』와 마찬가지로 창수시를 모은

별도의 책이 있거나 작가가 시는 별로 중요하지 않다고 생각하여 의도적으로 배제한 것일 수 있다.

『韓客人相筆話』는 조선인의 관상에 관한 기록이다. 관상가 중에 林成이라는 인물은 『일관기』에 남옥과 수창했다는 기록이 나오기도 하지만, 『韓客人相筆話』에는 시가 전혀 등장하지 않는다. 관상가 新山退甫가 일본의 관상법으로 조선인의 관상을 보고 이것이 얼마나 들어맞는지 문답으로 확인하는 내용이기 때문에 대상이 된 사행원도 다양할뿐더러 수창시를 통한 교류는 필요하지 않은 것이다. 『兩東鬪語』乾卷은 松本興長이 사행원들과 나눈 필담과 시가 병행하여 기재되어 있고, 坤卷에도 橫田元準이 사행원들과 나눈 창수시가 약간 수 실려 있긴 하지만, 주된 내용은 太醫로서 양의를 만나 나눈 의술에 관한 필담이다. 즉, 『韓客人相筆話』와 『兩東鬪語』는 관상가와 의관이라는 특정한 신분의 사람이 관상과 의술이라는 특정한 주제를 가지고 만난 것이기 때문에 텍스트에서 필담 자체가 중요한 요소로 다루어진 것이다.

필담이 주가 되는 경우는 위와 같이 특정한 주제를 다루기 때문에 창수시가 중요한 역할을 하시 못하는 경우 작가가 의도적으로 배제하고 편집한 것이다.

세 번째, 수창시가 주가 되는 경우는 『問佩集』, 『殊服同調集』, 『韓館唱和續集』, 『韓館唱和別集』, 『三世唱和』, 『河梁雅契』, 『表海英華』가 있다.

『問佩集』은 大江玄圃의 시 58제 75수가 먼저 실려 있고 뒤에 大江玄圃의 시에 화운한 남옥의 시 4제 6수, 성대중의 시 4제 4수, 원중거의 시 2제 5수, 김인겸의 시 3제 5수, 이좌국의 시 2수, 이언진의 시 1수, 유도홍의 시 1수가 실려 있으며, 부록으로 일본문사 公西維恭의 시 1수와 이에 차운한 유도홍의 시 1수가 실려 있다. 서문에도 나와 있듯이 『問佩集』은 大江玄圃의 시를 엮은 것이고 권말에 조선 문사의 차화운시를 실은 것으로 일종의 문집과 같은 형식이다. 일본문사의 시와 차화운한 조선 문사의 시를 번갈아 기재하는 일반적인 수창집과 다르다. 大江玄圃는 幽蘭社의 일원으로 관서를 대표하는 시인이었고, 조선 문사와의 만남도 시적 교류를 위한 것이었다. 따라서 『問佩集』은 필담은 제외된 채 철저히 시만을 가려 뽑은 것이다.

『問佩集』은 작가 스스로가 시를 중시한 것이지만, 『殊服同調集』과 『韓館唱和續集』, 『韓館唱和別集』은 편자에 의해 필담이 제외되었다. 『殊服同調集』의 일본문사 9인은 서로 관련이 없지만, 편자 林文翼의 판단 하에 尾張州에서 수창한 문사들 중 가장 뛰어난 시인의 시만 수습하여 묶인 것이다. 『韓館唱和續集』, 『韓館唱和別集』은 필담을 금지한 幕府의 정책에 따라 太學頭인 林信言이 필담을 제외한 林門 文士과 조선 문사들의 시를 모아 편집한 것이다. 『殊服同調集』의 田立松과 星野貞之의 시는 『問槎餘響』에도 등장하는데 필담과 함께 실려 있다. 南宮大湫의 문도들로 이루어진 『問槎餘響』의 작가들은 시와 필담을 병렬하여 싣는 형식을 취한 것이다. 『韓館唱和續集』의 澁井平과 山岸藏 역시 자기의 시를 별도로 『歌芝照乘』과 『甲申接槎錄』에 싣고 있는데, 여기에도 필담이 아울러 실려 있다.

시를 중심으로 엮은 사람이 작가이든 편자이든 위의 창수집의 시인들이 모두 뛰어난 문재를 지니고 있다는 공통점이 있다. 이들이 조선 문사를 만난 목적은 순수하게 문학적 교류에 있다.

네 번째로 서신만으로 엮어진 경우는 『南宮先生講餘獨覽』이 있다.

텍스트에는 보통 부수적으로 서신이 한두 편씩 들어가 있는데, 만난 후 안부를 전하기 위한 것들이고 시와 함께 보내진 것들이다. 그러나 『南宮先生講餘獨覽』은 시가 실려 있기는 하지만 학문토론을 위한 서신으로 채워져 있다. 계미사행 당시 南宮大湫는 伊勢州의 재야학자로서 학문에 전념하며 제자를 키우고 있었다. 조선의 학자들과 학문적인 토의를 하려 했으나 사정상 직접 대면이 어려웠기 때문에, 서신으로 質正을 했던 것이다. 양국의 학문적 교류를 보여주는 독특한 텍스트이다.

마지막으로 義端의 『朝鮮聘使館浪華記』가 있다. 이 텍스트는 일반적인 필담창수집과는 상당히 다르다. 義端이 1월 20일 大阪에 입성하는 사신행렬의 모습을 묘사한 기록과 부록에 남옥에게 보낸 시 2수와 사신행렬의 입관과 출관을 노래한 2수의 시가 실려 있다. 大阪은 사신행렬이 처음으로 들어가는 대도시이기 때문에 사행록에는 이 때의 기록이 길게 실려 있으나, 일본인의 입장에서 관찰한 기록은 찾을 수 없다. 사행 대상국의 기록이라는 점에서 매우 특이한 텍스트이다. 창수시가 들어 있기 때문에 넓은 의미에서 필담창수집에 포함시킬 수 있으나 주된 요소는 관찰기이므로 기타로 분류하였다.

이상으로 살펴 볼 때 『朝鮮聘使館浪華記』를 제외한 일본쪽 텍스트의 기본적 형식은 필담과 창수시, 서신이 시간 순으로 배열되는 것이라고 할 수 있다. 이 가운데 조선인에 대한 체험이나 학술적인 정보를 중시하는 경우 필담만으로 구성되고, 문사 교류에 중심을 두는 경우 수창시만으로 편집이 된다. 직접 대면이 어려워 서신이라는 매개체를 통해 교류하는 독특한 경우도 있다. 일회적이고 순간적인 이국인의 체험을 기록하기 위해 일본 쪽에서는 조선인과의 교류 중에 일어난 문자 형태를 모두 기록하는 형식을 택했다고 볼 수 있다.

2) 필담창수집의 서술태도

제술관과 네 문사를 중심으로 한 사행단과 일본문사들 사이의 문화교류는 무엇보다도 수창에 있었다는 것은 이미 널리 알려진 사실이다. 계미사행에서 돌아온 조엄은 '저들의 시는 대체로 원숙하게 이루어진 작품이 없어 볼만한 게 없었습니다'[113]라고 일본문사의 수준을 한 마디로 평가하였다. 일본에서 국가의 위의를 드날리고 왔음을 영조에게 알리기 위한 과장이 섞여있기는 하겠지만, 이러한 평가는 계미사행단의 전반적인 생각이라고 보아도 좋을 것이다.

이혜순은 계미사행에서 사상적 성과를 바탕으로 한 자부심을 가진 일본문사의 사상적 도전과 시문 비판에 대해 지적한 바 있다.[114] 이것은 조선문사가 일본문사보다 문화적으로 우월하다는 기본적인 인식이 전제되어야 한다. 실제로 이런 인식은 전 사행을 통틀어 조선문사의 의식 속에 깔려있는 것이었다.

보통 양국 문사의 수창은 일본문사가 먼저 찾아와 名刺와 시를 주면서 시작된다. 大阪에서 만난 石川貞은 필담의 시작을 '제가 본디 바닷가에서 고기잡이에 부쳐 살다보니 군자의 고론을 듣지 못해 들은 것이 적고 의견이 얕아 감히 부끄러움을 면할 수 없습니다. 의심나는 것 한두 가지 일이 있었으니 국금을 범하는 것이 아니라면 남은 가르침을 내려주십시오'[115]라고 하여 배우는 자세를 보인다. '거친

---

113) "彼人之詩 大抵無圓成之篇 無足可觀也"(『海槎日記』·「筵話」)
114) 이혜순, 전게서, 286~288쪽.

작품을 예물로써 드리니 고명하신 분의 가르침이 있을 것을 엎드려 생각합니다'[116)라는 龜山德基의 말이나 '이번에 저의 시 한 편을 드리니 엎드려 빌건대 화운시를 주시면 대단히 감사하겠습니다'[117)라는 平俊卿의 말처럼 명함과 필담에는 화운시를 청하는 내용의 말이 들어 있다.

이렇게 찾아오는 일본의 수많은 문사들을 만날 것인지, 만나면 어느 정도의 시간을 함께 할 것인지에 대한 선택권은 조선 문사에게 있었다. 개중에 수준이 떨어지거나 내용상 문제가 있다고 여겨지는 시에 대해서는 거부하는 경우도 있었다. 龜井魯처럼 네 문사의 찬탄을 받은 사람을 조선 문사 쪽에서 일부러 찾기도 했었지만 조선 문사 쪽에서 먼저 시를 청하는 일은 없었다.

> 이번 행차에 문사들에 대해 보고 들은 것을 말하면 별달리 칭할 만한 학술이 없으나 대략 문자가 조금 나은 자는 있었다. 江戶에는 太宰純으로 號가 春臺인데 物雙柏의 뛰어난 제자이다. 저술한 것에 『詩論』·『文論』이 있다. 기세의 대단함은 스승에 미치지 못하나 논의는 훨씬 낫다. 岡孝先도 物雙柏 사이고 木貞貫·澁井平은 林氏의 문도이나 아주 볼만한 것은 없다. 柴邦彦이란 자는 연소하나 문기가 매우 강건하지만 사람됨이 아주 편벽하다. 岡明倫 역시 연소하나 숙성하였다.[118)

---

115) "僕固海濱之寄漁 未聞君子之高論 寡聞淺見不堪歎愧 有嘗畜疑者一二事 非犯國禁 請賜餘敎"(『問槎餘響』)

116) "因奉呈蕪章以供贄 伏惟高明以敎之"(『甲申槎客萍水集』)

117) "此呈鄙詩一篇 伏乞賜高和幸甚"(『賓館唱和集』)

118) "今行所見聞於文士者言之 則別無學術之可稱 略有文字之稍勝者 江戶則太宰純號春臺者 卽物雙柏之高弟 有所著詩論文論 光焰則不及其師 而論議則頗勝之 岡孝先亦物雙

조엄은 위와 같이 일본의 뛰어난 문사들에 대해 평가를 하였다. 이미 죽은 太宰春臺까지 잘못 언급하고 있는데, 조엄이 직접 만난 것이 아니기 때문이다. 위의 평가는 모두 이들을 직접 만났던 다른 사행원들의 견문에 의거한 것이다. 일본문사와 가장 잦은 접촉을 했던 네 문사의 사행록에는 위와 비슷한 평가가 수록되어 있다. 성대중이 따로 龜井魯와 那波魯堂에 관한 산문을 쓴 것이나 그날 만난 문사들에 대해 간략한 언급을 한 남옥과 원중거의 기록을 통틀어 볼 때 조선 문사는 언제나 평가하는 위치에 서있다. 일방적으로 가져온 시에 화운하는 수창의 형식과 문학 수준의 우위를 점하고 있다는 인식이 아마도 상대국의 문사를 평가하는 입장에 서도록 한 것으로 보인다.

조선 문사의 평가가 어느 정도 신빙성을 얻고 있었는지는 龜井魯의 예에서 잘 볼 수 있다. 남옥을 비롯한 문사들이 가는 곳마다 龜井魯의 문재에 대해 언급한 후 龜井魯의 명성이 일본 전국에 퍼졌다. 『泱泱餘響』의 부록에는 다른 문사들에게 받은 편지가 수록되어 있는데, '사행이 돌아간 지 수개월 후 사방에서 동조자들의 문안으로 편지가 운집하였다. 이에 여러 편을 답장과 아울러 엮어서 여기에 붙인다'[119]라는 龜井魯의 설명이 있다. 조선 문사들에게 인정받았던 合離조차도 '어떻게 조선에 이렇게까지 칭찬을 받을 수 있었습니까? 저 같은 사람은 나무 찍는 소리로 응할 뿐이었습니다'[120]라며 부러움 섞인 찬탄을 편지로 적어 보냈다. 개중에는 '회음후와 항왕이 각기

柏之派 木貞貫溢井平 乃林氏之徒 而無甚可觀 柴邦彦者 年少而文氣頗健 但其爲人頗僻 岡明倫亦年少夙成"(『海槎日記』6월 18일)

119) "使歸數月 四方同調之問 簡牘雲集 爰輒數編幷復書 附于此云"(『泱泱餘響』)

120) "何獲於韓之至於斯也 如不佞則應伐木之響耳"(『泱泱餘響』「奉道哉龜君詞案」)

십만으로 웅위를 다투는 것이 무엇이 그리 장대하겠습니까? 옛날 豊
王과 지금의 족하를 저는 실로 위대하다고 생각합니다.'121)라고 하면
서 龜井魯를 조선을 침략한 豊臣秀吉에 빗대는 내용도 있다.

劉龍門은 자국 문사의 태도에 대해 '여러 문사들이 대개 오랫동안
자기의 시고를 만들어서 우리나라에 인재가 있음을 자랑하네. 그리
고 미리 대답하기 어려운 것을 가지고 시험하여 저들이 대답을 하지
못하면 거만하게 조선인이 대단히 부끄러워했다고 말하지. 또 자기
가 쌓은 바를 한 번 시험하여 칭찬하는 한 마디 말을 얻으면 평생
영광으로 여기며 왁자지껄하게 화내고 떠들던 많은 것이 곧 그쳐버
리네'122)라고 비판하였다. 그의 말은 일본문사들이 조선 문사에게
어떤 태도를 가지고 있었는지 단적으로 드러낸다. 자부심을 가지고
조선 문사를 대한다 하더라도 그 이면에는 인정받고 싶어하는 욕구
가 드리워져 있었다.

어찌 홍려관을 왕래하며 서로 어울려 수창하는 전아함을 다 하길
바라지 않겠는가? 근년에 글 생각이 날마다 줄어 시 한 수를 지으려
하면 며칠을 신음하니 가령 휴가를 얻어도 어떻게 멀리에서 온 사람
들과 경각에 민첩함을 다툴 수 있으랴? 東渡上人[因靜]은 나이가 나
와 비슷하나 공부에 정진하고 배운 바를 저버리지 않았다. 또 그 남
은 힘으로 예문을 넉넉히 키워 번객들과 수창하는데 옥가루처럼 말
을 토해내며 영기가 흥성하게 일어나 그치지 않았으니 얼마나 장한

---

121) "淮陰與項王 各十萬雄鬪 何其壯哉 昔者豊王 今則足下 不佞實爲偉之"(『泱泱餘響』「呈
道哉龜君」)
122) "諸子大抵宿搆其藁 以誇國有人矣 且預持難答者試之 至彼不置對 則傲然謂韓人大慙
矣 又有一試其所畜得片語襃賞 則以爲終身之榮者 多恣呶爭訟乃止"(『東槎餘談』)

가? 나는 이 때문에 상인께 부끄럽다.[123]

위의 글은 松崎觀海가 因靜에게 써 준 서문이다. 당시 문사들의
일반적인 생각을 보여준다. 江戶에 들어온 조선인에 대한 호기심은
만나고 싶은 욕구로 이어진다. 사람들 틈에 끼어 바쁘게 필담을 나누
고 수창하는 문사들과 만나려면 그에 맞는 실력이 있어야 했다. 문사
들과 수창했다는 것 자체가 어느 정도의 학식과 문사 능력을 갖추고
있는 것으로 일본문사들 사이에 평가되고 있음을 볼 수 있다.

옛날에 神功王后는 한 번 뽕나무 활을 펼쳐 삼한을 복속시키고서
무덕을 길이 떨쳐 삼한을 개처럼 대우하였다. 근세에 豊臣왕이 삼척
짜리 검을 지니고 스스로 나아가 조선을 정벌하니 팔도가 바람에
쓰러지듯 복종하였고 남아도는 용기로 호랑이를 잡았다. 이 두 차례
전쟁을 국가의 명예로 성대히 여긴다. 지금 平俊卿의 시는 神功王后
의 활이다. 문장으로써 닦고 도로써 베풀며 漢魏를 자기의 군대로
떨쳐 일으키고 李白과 杜甫를 그 장수에 임명한 것이다. 風雅를 현으
로 삼고 比興을 화살로 삼아 원숙함과 고상함으로써 활시위를 힘껏
당기고 수려함과 화려함으로써 활을 쏘아, 맞추지 못하는 것이 없는
것 같다. 平俊卿의 글은 豊臣왕의 검이다. 쇠의 정화로써 붓을 삼고
철의 정화로써 먹을 삼았다. 해서를 쓰면 옥을 자른 듯하고 행서와
초서를 쓰면 호미로 풀을 뽑는 듯하다. 한 번 점을 찍으면 星文을
침범하고 두 번 획을 그으면 쌍룡이 날아간다. 글 쓰는 여덟 가지
법을 펼치면 문사의 붓끝, 무사의 칼끝, 변사의 혀끝의 三端이 일할

---

123) "何望往來鴻臚館以盡塡篾之雅乎 近年文思日減 欲作一詩 呻吟數日 藉令有宦暇 惡能
與遠人爭捷於頃刻哉 上人年與余相若 精進其業 不負所學 又以其餘力 優息秫文 酬唱蕃
客 吐言如屑 英氣勃勃不已 何壯也 余以是愧上人"(『東渡筆談』序)

씩 **뺏**기니 역시 성대하다고 말할 만하다. 寶曆 14년 갑신년 봄 2월 조선이 사람을 보내 내빙하였다. 平俊卿이 동자의 몸으로 빈관에서 창화하는데, 하늘이 풀어 내어준 뛰어난 재능이 詩韻과 필력 양쪽 모두에서 아름다움과 훌륭함을 다하였다. 그리고 조선 사신이 돌아갈 기일이 이미 촉박해지자 자리에 있는 손님을 다 물리쳤으나 유독 平俊卿만은 남게 하였다. 남추월은 우리 애라도 나란히 할 수 있으려나 하면서 감탄하고 눈물을 흘렸다. 성용연은 또 기특해하고 사랑스러워하며 특별히 지필묵과 호두를 주어 자기 마음을 표시하였다. 사양하려 하자 손을 잡으며 '일본에 이 같은 동자가 다시 있으려나' 라고 하였다. 이에 명성이 더욱 일어났다.[124]

　　14세 동자의 수창집인『賓館唱和集』서문의 일부분이다. 平俊卿을 神功王后와 豊臣秀吉에 비하였다. 神功王后는 일본의 신화에 삼한을 정복했다고 일컬어지는 인물이고, 豊臣秀吉은 임진왜란을 일으킨 인물이다. 平俊卿의 시와 문장을 전쟁 용어와 무기에 비유하여, 이들이 무력으로 조선을 굴복시키는 것처럼 文力으로 굴복시켰다고 말하고 있다.

　　그런데, 사행록 작가 가운데에는 남옥만이 平俊卿의 이름을 간단

---

124) "昔者神皇后 一張桑弓 制服三韓 武德永威 待之以狗 近世豊臣王 提三尺劒 自將伐韓 八道風靡 餘勇獵虎 吾日本之於朝鮮 盖以此二役 盛爲國譽矣 今俊卿之詩 神后之弓也 修之以文 施之以道 漢魏振其旅 李杜拜其將 風雅爲絃 比興爲矢 圓朗以引滿 秀華以射 發 而無不中也 俊卿之書 豊王之劍也 金英爲筆 鐵精爲墨 作楷如切玉 行艸如鋤草 一點 侵星文 二畫飛雙龍 八法布陳 而三端取一割 亦可謂盛矣 寶曆十四年甲申春二月 朝鮮使 人來聘 平俊卿以童子唱和于賓館 天縱之英妙 詩韻筆力 美善兩盡 且朝鮮使歸期已促 都 使坐客 獨要俊卿而留之 南秋月適以吾兒比能否 感歎而泣下 成龍淵又奇愛之 特贈筆墨 紙及胡桃 以表其意 將辭 乃握其手而謂曰 日本復有如此之童子哉 於是乎名益起"(『賓館 唱和集』)

히 언급하고 있을 뿐이다. 아마도 그에 대한 특별한 인상은 없었던 듯하다. 반면『賓館唱和集』은 본문의 필담에서뿐 아니라 이 서문에서도 남옥이 눈물을 흘리며 감탄했다고 하거나 손님들 대부분에게 선물로 주던 지필묵이나 호두를 성대중이 특별히 주었다고 자세히 서술하였다. 서문을 쓴 사람이 그만큼 문사들의 반응을 중요시하고 있음을 알 수 있다. 결국, 昌平黌의 문도들이 平俊卿을 이끌고 문사들을 만난 주된 목적은 일본의 신동을 자랑하기 위함이다. 서두 부분에서 한반도 침략에 平俊卿의 재주를 비겼던 호전적인 태도와 비교하면, 이러한 문사들의 칭찬 때문에 명성이 더욱 일었다는 서술은 모순된다. 인재가 있음을 자랑하고 한 마디 칭찬을 얻으면 영광으로 안다고 비판한 劉龍門의 말과 부합되는 경우라 할 수 있다.

> 조선인의 시는 시골의 속요 같아서 모두 민첩한 것을 재주로 여기지만 우리의 시는「陽春白雪」의 고아한 노래 같아서 각자 정교함을 지극한 것으로 여기니 우열을 논하면 저절로 분변이 된다. 시가 만일 정교하지 못하면 하루에 천 수를 짓더라도 어쩌겠는가? 어렵지 않다. 그러므로 측천무후가 없더라도 송지문이 비단옷을 뺏을 일이 될 뿐 아니라 떨어지는 깃털이 어지럽고 흐르는 피에 붓대롱이 떠다닐 것이다. … 이에 元章[北山彰]이 함께 노래하도록 허락받았기 때문에 창화와 필담의 수가 전보다 배가 되었다.[125]

실제『鷄壇嚶鳴』을 살펴보면 北山彰은 첫 번째 수창에서 김인겸을

---

125) "韓人下里巴曲 共以敏捷爲才 我士陽春白雪 各以精工爲之 其優劣不論而自分焉 凡詩章苟不精工 則雖一日千首奚以爲 不爲難耳 故雖無武后 不啻爲宋延淸奪錦袍 落羽繽紛 流血漂管 … 於是元章爲許以相嚶鳴 故其唱和筆語 其數倍乎前"(『鷄壇嚶鳴』序)

제외한 세 문사와 만났다. 大阪에서 연일 수창에 시달리고 있었기 때문에 문사들은 변변히 필담을 나눌 처지가 아니었다. 그리고 이날은 木世肅·福尙修·合離처럼 문사들이 뛰어나다고 평가했던 인물들과 함께 하였기 때문에 北山彰은 그다지 흥미를 끌만한 사람도 아니었다. 두 번째 필담은 처음에 자리에 없었던 김인겸이 성실한 자세로 임했고 서유대, 오재희 같은 창수의 의무가 없는 사행원들이 다수 참여하였다. 김인겸이 北山彰을 뛰어나다고 인정한 것은 사실이지만 위의 글과 실제상황은 다소 차이가 있다.

위의 서문을 쓴 林義卿은 조선 문사의 민첩한 응수를 '下里巴曲'으로, 일본문사의 시를 정교한 '陽春白雪'로 표현하였다. 조선 문사는 수준 낮은 시를 짓기 때문에 수창에 응해 재빨리 시를 지어낼 수 있는 반면 일본문사는 정교한 시를 추구하기 때문에 속도는 느리지만, 결과적으로 일본 문사의 시가 뛰어나다는 얘기이다. 처음에는 이를 못 알아보던 조선 문사들이 마지막에는 北山彰의 실력을 인정하여 창수 자리에 함께 했다는 말로 끝을 맺는다. 일본 시의 우수성에 대한 말을 앞에 길게 하였지만 결국 北山彰을 평가한 것은 "下里巴曲"이나 짓는 조선 문사들이다. 앞에서 일본 시의 우월성을 강조하고 있으면서도 수준 낮은 조선 문사의 인정을 바라는 모순된 감정이 깔려있다.

> 필담 같은 것은 응수가 민첩해서 사뭇 종횡으로 자유로운 듯하다. 이는 평생 공부한 것이 타고난 듯 습관이 된 것이라 응수하는 데 힘쓸 뿐, 어찌 문장에 볼만한 것이 있겠는가? … 우리 아이들 역시 따라갔으니 깃발과 북을 들고 주선하게 한다면 淝水의 민첩함으로 대답할 터, 역시 무슨 어려움이 있겠는가? 그러나 내빙한 조선사신

은 본디 큰 손님이라 바닷가 제후들이 삼가 부역을 지공하여 배의 살림과 음식·땔감을 구비하지 않는 게 없으니 오직 국가가 멀리에서 온 사람을 회유하는 데 위배될까 걱정하기 때문이다.126)

山根清은 『長門癸甲問槎』의 서문에서 조선 문사의 시와 문장에 대해 강한 비판을 하였다. 문제는 그 비판 중간에 왜 위와 같은 글이 들어가 있는가 하는 점이다. 필담을 재빠르게 해내는 것을 답습에 따른 기계적인 응수로 비하하고 있는데, 객관적인 파악이 결여되어 있다. 奧田元繼도 조선문사의 필담 내용이 고루함을 비판하고는 있지만 '다소의 못난 서생 가운데 시를 바치며 화운시를 구걸하는 자가 재촉하며 선두를 다투는 것이 파리가 맛있는 음식에 모이는 것 같은데도 그대들은 학술이 넓어 대중을 포용하고 시편을 따라 화운할 수 있습니다. 가령 우리나라 儒者의 宗師라 일컬어지는 사람들을 두 분의 직임에 바꾸어 놓는다면 어지럽고 두려워 한 자리에 앉을 수 없을 겁니다'127)라고 하여 문사들의 필담 능력에 대해서만은 인정하는 태도를 보인다. 그런데도 山根清은 자기 제자들이 민첩하게 응수하지 못한 것에 대해 조선 문사의 기분을 상하지 않게 조심한 것이라고 이유를 댄다. 그의 해석이 다분히 자의적인 데다, 그러한 해석 안에서도 수준을 가늠하는 기준은 역시 비교대상인 조선 문사이다.

---

126) "如夫筆語者 應酬敏捷 頗似得縱橫自由也 是其生平之所業 習慣如天性 而有是應務而已 何有文章之可觀 … 吾小兒輩亦從行 如執旗鼓而周旋 則報沘水之捷 亦何難焉 然韓使修聘固大賓也 瀕海諸侯謹供是役 舟楫之戒 饔餼薪芻 無不具備 唯恐違國家柔遠人之意也"(『長門癸甲問槎』序)

127) "多少鰍生奉詩乞和章者 迫促爭先如蒼蠅群美味 君等學術廣涵 能容衆逐篇和附 設以弊邦稱儒宗者 變置二君之任 則眩惑畏怖 不能一席坐耳"(『兩好餘話』)

사행록은 주로 일본을 관찰하고 평가하는 내용이 있을 뿐 일본이 조선을 어떻게 보는지 언급한 부분이 거의 없다. 또한 일본문사들을 대할 때도 성실한 태도로 창수에 임할 뿐 그들이 자신을 어떻게 평가하는지 그다지 관심이 없다. 반면 일본문사는 조선을 선망하든 비하하든 조선 문사와 비교하고 평가를 받으려 한다. 조선 문사의 눈에 자신이 어떻게 비치는지 끊임없이 의식한다. 劉龍門이 詩稿를 들고 조선 문사를 찾아가는 일본문사들의 태도를 비판하면서도 결국 조선에 전해지길 바라며 자신의 문집을 들고 찾아가는 것은 스스로를 평가받는 대상으로 자리매김하는 일본문사의 의식에서 비롯된 것이라 볼 수 있다.

3) 필담창수집에 드러나는 이국인 체험의 향유방식

앞서 살펴본 바와 같이 필담창수집은 대체로 창화시와 필담, 서간 등이 혼재된 형태로 나타나며 작자의 의도에 따라 시, 필담, 서간을 따로 편집하는 경우가 있다. 시문창화를 통해 양국 문사가 만나는 계기를 만들고, 필담을 동해 서로에 대한 이해를 증진시킨다. 이때 한문이라는 문어를 사용함으로써 양국 문사는 대등한 조건에서 교류를 하게 된다.

이원식은 양국 문사가 나눈 필담의 내용을 ① 科擧制度, ② 諺文, ③ 冠婚喪祭, ④ 醫事問答, ⑤ 花鳥, ⑥ 筆墨의 制度, ⑦ 富士山과 金剛山, ⑧ 衣冠, ⑨ 觀相, ⑩ 釋奠, ⑪ 退溪朱子學, ⑫ 中國事情, ⑬ 女人染齒, ⑭ 生活習俗, ⑮ 徐市東渡說, ⑯ 煙草와 煙管으로 분류하였다.[128] 이상의 여러 가지 주제는 크게 보면 유학이나 의학 등의 학문

적인 분야와 양국의 제도풍습을 비교하는 것으로 아우를 수 있다.
학문적인 분야에 관한 것을 제외하면 낯선 이국인끼리 만났을 때 나
눌 수 있는 일반적인 대화 주제에서 그다지 벗어나지 않는다.

가장 일반적으로 보이는 필담창수집의 형태는 사행원과 주고받은
모든 형식의 글을 빠짐없이 기록하는 것이다. 여기에는 필담, 시, 서
신 등이 모두 포함된다. 이를 통해 우리는 일본 문사가 사행원을 접했
을 때 어떤 식으로 개인적인 이국체험을 가지게 되는지 이해할 수
있다.

그런데, 계미사행은 필담창수집이 가장 풍부하게 남아 있는 만큼
이러한 기본적인 유형 외에도 특이한 형태의 필담창수집을 볼 수 있
다. 창화시를 간접적으로 주고받은 경험을 가진 작가가 조선 사행을
멀리서 관찰한 기록인『朝鮮聘使館浪華記』129)와, 조선 문사와 직접
적으로 만나지 않았지만 개인의 필담창수집을 2차적으로 향유한 기록
물인『韓館應酬錄』이 그것이다. 이러한 유형은 이전 사행에서는 볼
수 없는 독특한 기록이지만, 시간이 지남에 따라 사행 경험의 대중화
가 어떻게 이루어졌는지 보여주는 중요한 자료이다. 통신사행이 매우
대중적인 문화적 볼거리로서 뿌리내려 가고 있음을 확인시켜준다.

여기에서는 가장 일반적인 유형의 필담창수집이 어떻게 이국인 경
험을 기록하고 있는지, 그리고『朝鮮聘使館浪華記』와『韓館應酬錄』
의 두 가지 특수한 유형의 필담창수집이 어떻게 간접적인 이국인의
경험을 그리고 있는지 차례로 살펴보도록 하겠다.

---

128) 이원식,『조선통신사』, 민음사, 1991, 64쪽.
129)『朝鮮聘使館浪華記』는 주된 내용은 관찰기이지만, 남옥에게 보낸 시가 같이 엮여있
   으므로 편의상 넓은 의미의 필담창수집에 포함시켰다.

(1) 異國人 直接 體驗의 記念物 – 筆談唱酬集의 個別 編輯과 記錄

일반적인 필담창수집의 장점은 주고받은 필담이 그대로 기록된다는 점이다. 사행록이 그날 사건 가운데 중요한 것으로 여겨지는 것만이 취사선택되어 기재되기 때문에 빠질 수 있는 사소한 대화내용을 그대로 볼 수 있다.

예를 들어 江戶에서 만난 승려 因靜에 관한 기록을 보자. 남옥은 '승려가 백운시를 바쳤으나 거칠고 경솔하여 시편을 이루지 못했으며 짧은 시편으로 수창받기를 애걸하여 10편을 화운하였다. 종이가 잘고 필법이 어지러워 전체적으로 공경과 존중이 부족하여 수창하고 나서 질책하였다'[130]라고 하였고, 원중거는 '승려 因靜이라는 사람이 紀國瑞를 통해 와서 거듭 수창하여 6편에 이르렀으나 조그만 종이와 어지러운 글자 때문에 질책하였다'[131]라고 하였다. 지필묵을 제대로 갖추지 않은 채 사행단을 찾아온 그의 태도가 네 문사들에게는 매우 무례하게 여겨졌던 모양이다. 아마도 다른 일본문사들에게는 볼 수 없었던 일이기 때문인지 이 일만이 실려 있고, 사행록을 통틀어 그에 대한 별다른 기록이 없다.

> 추월 : 하루 종일 창수하여 시가 한 묶음 찼습니다만 그대들이 시를 기록하는 종이는 작은 비단종이처럼 얇고 약하고 자획도 거칠고 조잡하니 손님을 공경하는 예의가 너무 없습니다. 우리들이 창화하지 않아야 마땅하겠으나 짓는 대로 창수를 했으니 이 뜻을 잘 간직

---

130) "僧呈百韻 荒率不成篇 乞以短篇見酬 和贈十篇 紙碎筆亂 全欠敬重 酬而責之"(『일관기』 2월 19일)
131) "僧因靜者 因紀國瑞而至 疊酬至六 而以寸紙胡書 故責之"(『승사록』 2월 19일)

하십시오.

因靜 : 직접 가르침을 받들어 손님을 공경하는 예의가 없다는 말씀에 이르렀으니 두렵고도 부끄럽습니다. 또 화답하지 않음이 마땅하나 화운시를 내려주신 것은 이미 그 자애로움을 입은 것이니 복숭아를 보내 옥으로 보답 받는 일이 어찌 쉽게 얻을 수 있겠습니까? 얇고 약한 종이나 거칠고 조잡한 자획 같은 것은 힘이 부족해서이니 감히 질책을 사양하지 못할 뿐입니다.[132]

위는 因靜이 이 일에 대해 기록한 것이다. 공손한 대화로 일관하는 양국 문사의 말로써는 상당히 직접적으로 불쾌함을 드러내었다. 이러한 남옥의 질책이 작자 입장에서는 부끄러울 수도 있으나 『東渡筆談』에는 위와 같이 그대로 들어가 있다. 그리고 이것은 사행단과 나눈 필담 가운데 일부분일 뿐, 어떤 작가의 의도를 드러내기 위해 선택된 대화가 아니다.

『松庵筆語』를 보면 井敏卿은 만나는 사람과의 모든 대화를 기록해 놓았다. 네 문사를 기다리는 동안 잠시 나눈 소동과의 대화나 이름을 밝히지 않은 지나치는 사람과의 짧은 대화까지도 포함된다. 井敏卿은 무슨 대화를 나누었는가보다는 조선인과 대화를 나누었다는 것에 더 흥미를 느끼는 것처럼 보인다. 因靜이 무례함을 질책 받은 사실을 걸러내기보다 조선 문사와 대화를 한 줄 더 기록하는 것을 선택하는 것과 같은 맥락이라고 볼 수 있다.

---

132) "終日唱酬 詩盈一束 而君輩錄詩之紙 短劣如小赫蹏 字畫又荒涼 殊無敬客之儀 僕輩宜不和贈 而有作輒酬 能含此意否 秋月 親蒙示教 至無敬客之儀語 則且懼且愧 又其宜不和贈 而賜高和者 已辱其慈 投桃報瑤 豈易得乎 如楮枝短劣 字畫荒涼 則力所不足 不敢辭其責耳"(『東渡筆談』)

일본의 필담창수집이 사소한 말 한마디 한마디를 모두 기록하는
것은 객관적인 태도 때문이라기보다 이국인 체험을 빠짐없이 보여주
려는 의도에서 기인한다. 일본 문사의 대체적인 경향은 조선 문사를
만났다는 사실 자체를 중요하게 여겼고, 사행단의 문사들을 만나 시
를 한 편 더 받고 필담을 한 줄 더 나누는 것에 더 의미를 두었다.
원중거가 井潛의 百韻詩에 화운해 준 이후 장편시를 들고 화운을 청
하는 사람이 늘었다고 개탄한 것에도 보이듯이 시적 수준에 상관없
이 율시보다 장편시를 받는 것이 일본문사들에게는 더 자랑스러운
일이었다.

조선 문사들과의 접견은 대부분 단체로 이루어지기 마련이었으나,
대부분의 필담창수집은 한 개인의 기록만을 보여준다. 林氏 門徒의
접견 기록인『韓館唱和』에 실려 있는 동일한 시문이 山岸藏과 澁井平
의 개인 필담창수집에도 실려 있는 것에서 확인할 수 있다. 조선 문사
와 주고받은 필담, 수창시, 서신 등이 개별적으로 엮인 것을 필담창
수집의 기본적인 유형으로 보아야 할 것이다.

시행단은 지나는 藩마다 藩에 소속된 유관 및 의관의 접대를 받았
고, 육로에서는 승려를 포함한 일반문사들의 창수 요청에 응하였다.
일반문사라도 소개자를 포함한 서너 명이 함께 만나러 오는 경우가
대부분이었으나, 남아있는 필담창수집은 개인별로 편집되어 있다.
牛窓의 유관들이 만난 기록인『甲申槎客萍水集』이나 南宮大湫 제자
들의 기록인『問槎餘響』처럼 한 그룹으로 묶일 수 있는 경우에도 한
책 안에 필담과 창화가 개인별로 정리되어 있는 예를 볼 수 있다.
이처럼 일본 문사가 이국인 체험의 기록을 개인적으로 남기려는 것
은 필담창수집의 뚜렷한 경향으로 보인다.

계미사행의 필담창수집 가운데『韓館唱和』·『續集』·『別集』은 太學頭 이하 국학 소속 문사들이 사행단과 접촉한 내용을 기록한 것이다. 林氏 門徒에 속한 인물 가운데 개인적인 창수기록이 남아있는 사람은 山岸藏과 澁井平이다. 이들의『甲申接槎錄』,『歌芝照乘』에 나오는 내용은『韓館唱和』·『續集』·『別集』과 같은 것이다.

그런데 이 두 종의 기록 사이에는 차이가 있다. 林信言이 엮은『韓館唱和續集』과『韓館唱和別集』에는 名刺와 시 외에 필담이 전혀 나오지 않는다. 2월 23일, 24일, 25일 사흘간 사행단의 문사들은 매일 10명 내외의 林氏 門徒들과 수창하였다. 시간상 여유가 있는 것은 아니었지만, 필담이 한 마디도 오가지 않을 수는 없다.『甲申接槎錄』,『歌芝照乘』에는 간단하나마 양국 문사들 사이에 오간 필담이 기재되어 있다.

계미사행에 앞서 幕府는 나라의 체면을 분변하지 못하는 무용한 필담을 금하는 명을 내린 바 있다. 이 명을 주관하는 사람이 太學頭인 林信言이었다. 그가 편집하는 과정에서 幕府의 명에 부응하여 무용한 필담으로 취급되었거나 국가의 체면에 관련된다는 판단 하에 삭제되었을 가능성이 크다.『韓館唱和』·『續集』·『別集』은 太學頭를 비롯해 國學이라고 일컬어지는 昌平黌 출신 문사들이 사행단의 문사들을 공식적으로 접견한 것이기 때문에 澁井平이 개인적으로 만나 창수한 기록인『品川一燈』은 아예 제외되어 있다.

공식적인 기록과 개별적인 기록 사이에 이미 이러한 차이가 존재한다. 기록문학이 사실을 기록했다 하더라도 가치판단이 개입된 작가나 편자의 손에 의해 다양한 각도로 조명될 수 있는 것이다. 실제 사건이 작가의 주관적인 입장에 맞게 재구성되는 정도는 작가의 개인성이 두드러질수록 심화된다.

일례로 사행단과 林信言 부자의 기록을 대조해 보면 쉽게 드러난다. 조엄은 규례에 따라 太學頭 부자를 2월 25일 접견하였다. 이날의 필담 기록이 「往復文字」에 실려 있다. 이를 『韓館唱和』에 실려 있는 필담과 대조해 보면, 조엄의 기록은 부사와 종사관의 말이 없고 양쪽 대화의 구분이 약간 불분명하게 되어있을 뿐이다. 몇 개의 글자가 다르기는 하지만 의미가 같은 한자가 쓰였다. 공무상으로 만난 양쪽의 기록이 일치하는 양상을 보인다.

반면 사신에 비해 예를 덜 갖추어 만난 문사들과의 기록은 어떨까? 3월 2일 林信言 부자는 다시 네 문사를 만났다.

> 식사 후 태학두가 제술관을 보러 왔다. 수역을 시켜 필담으로 묻기를 '우리들의 이번 사행은 오로지 국서를 전하고 회답서를 받기 위해서입니다만 회답서 중에 있는 자구가 혹 무진사행과 현저히 차이가 난다고 들었습니다. 서로 공경하는 도리에 과연 어떠합니까? 정사의 의견으로는 절대 받기 어렵다고 하십니다'라고 하니 林信言이 '이미 지시하신 것을 잘 알고 있는지라 전례와 별로 다른 것이 없습니다'라고 하였다. 수역이 다시 자구 사이에 차이나는 곳을 써서 보이며 개찬하도록 하니 林信言이 사사로이 대답하기 어려우니 뒷날 다시 알리겠다는 뜻으로 대답하였다 한다. 그의 생각에 바꿀 뜻이 있는 듯하나 역시 믿을 수가 없다.[133]

---

133) 飯後太學頭爲見製述官而來 使首譯以筆談問之日 僕等今行 專爲傳國書受返翰 而竊聞回答書中句字 或與戊辰顯有差殊 其於相敬之道 果如何也 使相之意以爲決難領受云爾 則信言以旣悉所示 與前例別無所異云云 首譯更以字句間差異處書示 使之改撰 則信言以難私答 後日更報之意答之云云 其意似有所變改 而亦未可信也(『海槎日記』3월 2일)

위는 조엄의 이날 기록이다. 자리에는 없지만 업무를 총괄하는 정
사의 지위에 있던 조엄에게 무엇보다도 중요한 것은 국서에 관련된
일이었으므로 회답서의 문제에 관해서 자세히 언급하고 있다. 제술
관 등이 林信言 부자와 필담을 나누는 것에는 그다지 관심을 보이지
않고, 맡은 임무의 처리를 어떻게 할 것인지에 대한 기록뿐이다. 같
은 날 남옥의 기록은 다음과 같다.

> 林信言 부자가 또 만나길 청하여 대청에 나가 맞이하였다. 山岸藏
> 과 久保泰亨이 따라왔기에 아울러 시를 주고 필담을 하며 석별의
> 뜻을 전했다. 약과와 건과를 대접하니 먹을거리를 싸가지고 돌아가
> 며 매우 감사해했다. 林信言이 富士山을 소재로 한 시를 구하며 사사
> 로운 청이 아니라 關白에게 헌정하는 것이니 이미 기해·무진사행에
> 있었던 전례라고 하였다. 촛불이 다하자 곧 인사하고 갔다. 수역에
> 게 다른 곳에서 만나 회답서 중의 글자를 고치도록 요구하게 하니
> 이어서 의당 답변이 있을 것이라고 대답하였다 한다.[134]

남옥의 기록에는 林信言 부자와 필담한 일, 음식을 대접한 일, 시
를 요구한 일, 회답서 개서에 관한 일의 네 가지가 차례로 나온다.
남옥은 제술관의 입장에서 수창에 관련된 일은 반드시 언급하곤 하
는데 이날도 수창·필담에 참여한 사람을 일일이 거론하였고, 시를
지어준 경위에 대해서도 기록하였다. 남옥은 일본문사와의 수창문제
를 주요하게, 국서 문제에 대해서는 부수적으로 다루고 있다.

---

134) "林信言父子又請見 出迎於廳 山岸藏久保泰亨從焉 並贈詩筆話 致惜別意 以蜜果乾實
　　餉之 小啖裹歸 甚致感謝 大林乞贈富士山作 非私請乃獻之關白已有己戊前例云 燭至乃
　　辭去 使首譯見於別處 要改回書中句語 答以續當有答云"(『日觀記』 3월 2일)

林좨주 부자가 이르자 함께 필담했다. 몇 시각 지나 우리 쪽에서
반상을 차려 대접했다. 세 수역이 반상을 따라 나와 회답서를 고쳐
야 한다는 뜻을 얘기하자 林信言 부자 두 사람이 일어나 병풍 밖으로
나갔다. 함께 오랫동안 얘기를 주고받더니 다시 들어와 앉았다. 우
리들도 속히 윤색해야 한다는 뜻을 말하니 '삼가 알겠습니다. 삼가
알겠습니다'라고 대답했다.[135]

원중거의 기록은 林信言 부자와 필담한 일, 음식을 대접한 일, 국
서 개서에 관한 일이 언급되어 있다. 남옥의 기록에 비하면 회답서
개서에 훨씬 무게를 두고 있다. 조엄의 기록에서 보이듯이 회답서에
관련된 필담은 수역이 정사의 명을 받아 林信言 부자와 진행한 것이
다. 원중거의 기록은 보면 음식을 대접한 일이 수역을 자연스럽게
등장시키기 위해 마련한 장치처럼 보이고, 또 문사들의 설득에 의해
林信言이 제의를 받아들이는 것으로 되어 있다. 남옥의 기록과 비교
해 문사들의 태도가 훨씬 능동적으로 그려지고 있음을 알 수 있다.

태흑두 부ㅈ놈이 오늘 우리 보랴ᄒ고 식후의 온다 듯고 ᄉ신ᄂ
ᄒ오시ᄃᆡ 글 짓고 필담홀 제 곳칠 쯧 죠금 뵈소 이윽고 임신언이
제 아ᄃᆞᆯ 신이ᄒ고 ᄒᆞᆫ가지로 왓다커늘 네히 홈긔 나와보니 셰셰히
ᄎ운ᄒᆞ야 보내마 니ᄅᆞ고져 회답셔 곳칠 말을 근근이 뼈셔 뵈니 태흑
두 슉시ᄒ고 대답 아니 ᄒᆞᆫ니라 민망기 ᄀᆞ이 업서 답언을 ᄯᅩ 쳥ᄒᆞ니
그제야 뼈셔 뵈지 근낙이라 ᄒᆞ여시ᄃᆡ 그거시 우리ᄡᆞᆫ 것 모ᄅᆞ난ᄃᆞ시

---

135) "林祭酒父子至 與之筆談 數時頃自我設盤床以饋之 三首譯隨盤而出 與言返翰草當改
之意. 林之父子兩人起出至屛外 與之良久酌酬 更入坐 吾輩亦言速加潤色之意 答以謹悉
謹悉"(『乘槎錄』 3월 2일)

본디라 민망ᄒ고 념녀로와 다과로 딕졉ᄒ고 두세 번 치샤하고 크게
됴화ᄒᄂ 거동 나치 나타나ᄂ고나 곳텨 줄 뜻이 잇도다[136]

김인겸의 기록은 완전히 재구성되어 있다. 우선 회답서에 관한 임
무를 맡은 수역이 아예 등장하지 않고 전적으로 네 문사의 책임 하에
논의가 진행된다. 또 음식 대접과 회답서 논의의 시간적 순서가 바뀌
어 있어, 마치 林信言 부자의 마음을 돌리기 위해 향응을 베푼 것으로
되어있다. 회답서 개찬에 대해 문사들이 능동적인 역할을 하는 것을
넘어 주동적인 역할을 한 것으로 그려진다.

林信言 부자와의 수창과 회답서 개서라는 두 가지 문제가 조선쪽
에서는 3월 2일의 가장 중요한 사건이었다. 회답서 쪽에 무게를 둔
조엄과 수창 쪽에 중점을 둔 남옥은 두 가지를 별개의 사건으로 파악
하고 있고 원중거와 김인겸은 유기적 관계를 가진 것으로 그리고 있
다. 조엄과 남옥은 자신이 맡은 공적인 입장에서 사행록을 기록하고
있기 때문에 사실을 전달하는 것에서 끝나지만, 원중거와 김인겸은
개인적인 기록 행위에서 비롯된 사실의 재구성과 변개가 일어난다.

일본 쪽의 기록을 살펴보기로 하자. 『韓館唱和』에는 3월 2일 네
문사와 주고받은 필담이 자세히 수록되어 있다. 이날 林信言의 목적
은 전명의식이 무사히 끝난 것을 축하하고 작별인사를 하면서, 아울
러 시와 문장을 받는 것이었다. 필담 내용은 대부분 위와 관련된 내용
으로 채워져 있다. 회답서에 관련된 부분은 다음과 같다.

---

136) 김인겸, 『日東壯遊歌』

　　남옥들 : 사행이 이미 국경을 나온 지 해를 지났습니다. 지금 빙
례가 이미 이루어졌고 복명이 급합니다. 사신과 저희들은 임금과
부모를 그리워하여 하루를 일 년 같이 지냅니다. 출행 날짜의 빠르
기가 오직 회답서에 달려있고 이 일은 오로지 그대에 달려있습니
다. 행여 빨리 윤색하면 족하의 베풂을 공적으로 사적으로 다 입는
것이고 저희들은 누차 은혜를 입어 밝은 눈을 하고 바라볼 것이니
또한 어찌 함께 광영이 있는 것이 아니겠습니까? 깊이 바라는 바입
니다.

　　祭酒 : 이미 깊은 뜻을 입었으니 삼가 마음을 다해 가르침을 따르
겠습니다.

　　祭酒 : 베푸신 진귀한 과자는 마땅히 가지고 돌아가 가속에게 자
랑하겠습니다. 감사합니다.(내가 과자를 먹지 않자 남옥이 통역을
시켜 보잘것없음을 사죄하였기 때문에 써서 보여준 것이다.)[137]

　　林信言에 따르면 회답서 개서에 관련된 것은 위에 보이는 한 번
뿐이다. 원중거의 기록처럼 중간에 수역을 따라 나갔다 들어오는 일
이나 김인겸의 기록처럼 간간히 개서에 관련된 필담을 써서 내보이
는 일이 보이지 않는다. 사행단의 부탁에 林信言이 간단히 승낙하는
것으로 되어 있을 뿐이다. 그리고 다과 접대에 감사하는 내용은 왜
이러한 말이 나오게 되었는지 따로 주석이 달려 있다. 즉, 사행단과
필요했던 최소한의 필담만을 기록한 것이다.

---

137) 南玉等 使行出彊已經年矣 今則聘儀已成 復命爲急 使相與僕輩 君親之戀 度日如歲
　　行期遲速 惟在返翰 此事專係於座下 幸速潤色 俾得巡歸 則足下之賜 公私俱賴 而僕輩屢
　　荷淸眄 亦豈不與有光榮 深所企祝 祭酒 旣辱盛意 謹當盡心以副敎 祭酒 所惠珍果 當携
　　歸以誇家眷 感感 我不食果 南玉使譯人謝菲薄 故書示云(『韓館唱和』 2권)

『韓館唱和』에는 수역과 나눈 필담도 실려 있다. 앞머리에 '3월 3일 객관에 가서 上上官과 공사를 마치고 필담을 하였다'[138]라는 설명이 붙어있는데, 首譯과의 필담으로서는 유일하다. 수역들은 사행원들 중 林信言과 가장 자주 만난 사람들로서, 사신들을 대신해서 공적인 사항을 전달하고 대답을 받아오는 역할을 했다. 원중거가 '역관이 비록 명목은 왜역이어도 사실 왜어를 이해하지 못한다. 그래도 큰일은 문자가 있고 작은 일은 초량의 통사가 있어 언어가 통하니 역관 때문에 걱정할 필요는 없다'[139]라고 한 것으로 미루어보아 역관과 필담을 나누는 것은 드물지 않은 일이다. 그러나 공사에 관한 것은 없고 공사를 마친 후 필담만이 실려 있다. 또 『乘槎錄』에는 원중거가 林信言에게 이단을 금지하고 程朱學의 서적을 간행할 것을 건의하는 내용[140]이 상세히 서술되어 있지만, 『韓館唱和』는 전혀 보이지 않는다. 이렇듯 계미사행 필담창수집 중 유일한 집단적 기록이자 공식적 기록이라 할 수 있는 『韓館唱和』에는 편집자에 의해 상당히 내용이 선별되고 규격화된 모습이 보인다.

이에 비해 개인적인 기록인 『甲申接槎錄』을 보면 山岸藏은 외교적인 업무에는 관심이 없는 것 같다. 3월 2일 山岸藏은 林信言의 서기로서 같은 자리에 배석해 있었다. 『韓館唱和』에는 山岸藏과 林信愛의 서기인 久保泰亨의 남옥 등과 주고받은 인사만이 실려 있지만, 『甲申接槎錄』에는 인사 후에 다음과 같은 필담이 이어진다.

---

138) "三月三日赴客館 與上上官 談公事畢而筆話"(『韓館唱和』 3권)
139) "譯官名雖倭譯 實不解倭語 且大事則有文字 小事則有草梁通事 言語相通 不必爲譯官 憂也"(『乘槎錄』 6월 14일)
140) 『乘槎錄』 3월 10일.

文淵[山岸藏]이 말했다.

"퇴석 족하께서 와카를 하신다고 들었습니다. 한 수 받길 바랍니다."

退石이 말했다.

"제 재주가 서툴고 연로하여 본국의 노래도 이해하지 못하는데 귀국의 노래를 어찌 알겠습니까? 족하께서 잘못 들으신 듯합니다."

文淵이 말했다.

"실로 일러주신 대로라면 분명 알려준 사람의 잘못입니다. 죄송합니다."

앉은 지 오래되어 제술관의 소동이 과자를 드리자 두 공이 허가하였다. 이때 소동이 소반 둘을 두 공 앞에 둔 것은 감, 호도, 밤, 떡, 달걀 등이었다. 또 소반 하나를 네 문사 앞에 두었다. 추월이 소동에게 명해 절반을 나누어 우리들에게 주었다. 이에 감사하며 말했다.

"이 기이한 물건을 나누어주시니 엎드려 깊은 뜻을 받겠습니다. 감사합니다. 이것들은 모두 귀국에서 난 것입니까? 떡은 이름이 무엇입니까? 저희들이 아직 본 적이 없는 물건입니다. 가지고 가 어머니께 부치면 기뻐하지 않겠습니까?"

추월이 말했다.

"달고 부드러운 것은 약과라고 합니다. 다른 과일 모두 폐방에서 난 것입니다. 천리 풍파를 거쳐 와 본래 맛이 남아있지 않습니다."

용연이 말했다.

"어머님께서는 어디에 계십니까? 거리는 얼마며 춘추는 어떻게 되십니까?"

文淵이 말했다.

"지금 집에 계십니다."…141)

---

141) "文淵曰 聞退石足下能和歌 願見惠一首 退石曰 僕才拙年老 不解本國之歌 貴邦之歌

다과상 받기를 허가한 두 공은 林信言, 林信愛 부자이다. 『韓館唱和』의 기록과 함께 보면 다과상이 나온 것은 林信言 부자와 네 문사와 회답서 문제로 얘기하는 도중이었다. 그러니까 일본 쪽에서는 林信言 부자와 두 서기, 네 사람이 있었던 것이다. 그러나 위의 필담 내용을 보면 일본 쪽 문사의 말은 전혀 기록되어 있지 않다. 조선 문사와의 필담 주체였을 太學頭 林信言의 말조차 한 마디도 나오지 않는다. ‘余等’이라는 말을 보면 서기인 久保泰亨도 아울러 가리키는 것이 분명하지만, 『韓館唱和』에 나오는 久保泰亨의 인사말도 나오지 않는다. 전부 山岸藏이 나눈 필담이다.

또 조선 쪽 사행록에서 이날의 주된 화두로 다루어졌던 회답서에 관련된 얘기가 『甲申接槎錄』는 전혀 보이지 않는다. 대신 山岸藏은 접대받은 조선 다과의 이름을 묻고 싸가지고 갈 것을 청한다. 이어서 화제는 자신의 집과 가족으로 이어진다. 거기다 김인겸에게 와카를 청했다가 거절당하는 등의 사소한 대화까지 자세히 기록되어져 있다. 외교업무나 공무에 관련된 필담이 전혀 나오지 않는 대신 조선 문사와 나눈 사사로운 대화는 매우 상세하게 기술된다.

사행록은 일기 형식으로 쓰인 것이 많다. 이는 장기간의 경험을 기술하기 위해서는 일기 형식이 적당하기 때문이다. 그리고 자신의 경험을 잘 전달하고 상황을 잘 이해시킬 수 있도록 하루에 일어난

何以知之 恐足下之爽聞也 文淵曰 實如示則必告者之誤也 得罪得罪 坐久之 製述官侍供菓子 二公可之 時小童持二盤居二君之前 柹胡桃子栗子餻子鷄子等也 又持一小盤處四客之前 秋月命小童剖分其半饋余等 仍謝曰 見頒此奇品 伏荷盛意 多謝多謝 是諸品皆貴土之所産邪 餻子何名 僕等所未曾見物 持去寄母 則不說乎 秋月曰 甘脆者爲藥果 他果皆弊邦之産也 經千里風波 無存本味 龍淵曰 尊堂安在 相去幾程 春秋幾高 文淵曰 今在家…"(『甲申接槎錄』)

여러 사건들 가운데 중요한 사건을 선별하고 선별된 사건을 재구성
한다. 반면 필담창수집은 한정된 짧은 시간 동안 사행원을 만난 기록
이다. 이때 나눈 창화시와 아울러 필담을 함께 기록하는 방식이 선호
된다. 양국 문사가 만난 자리의 분위기를 잘 묘사한다거나 그날 나눈
중요한 주제를 중심으로 정리하는 방식이 아니라, 양국 문사가 나눈
대화를 그대로 기술하는 차원에서 그치는 것이다.

그런데, 일본 쪽 필담창수집의 두드러지는 특징은 필담창수집의
작자 외에 함께 자리한 다른 일본 문사들은 모두 빠져있는 것이다.
대화가 중간에 끊기거나 어색하게 이어지더라도 다른 일본인의 필담
이나 일본인끼리 나누었을 대화가 모두 삭제되어 있다. 친분이 있는
사람이 무리를 지어 만나도 역시 마찬가지이다. 자신이 관여하지 않
은 모든 필담이 제외되어 있는 것이다. 그러면서 아주 사소한 내용의
필담을 매우 상세히 싣는다. 학문적인 토론은 오히려『南宮先生講餘
獨覽』이나『長門癸甲問槎』처럼 서신을 통하여 더 활발히 이루어진
듯하다.

일본문사에게 사행단의 문사들을 만나 창수하고 필담을 나누는 것
은 어떤 의미였을까? 다음은 井敏卿의 스승인 松崎觀海가 因靜에게
써준 서문에 나오는 글이다.

> 조선의 사신이 江戶에 들어오고 조정에 알현하는 것을 모두 보러
> 가지 못했다. 그들이 말타기와 활쏘기에 뛰어나다는 말을 듣고 輪苑
> 에서 무술을 펼치는 것을 보고 싶었지만 또 연일 숙직을 만나 가지
> 못했다. 그들이 출발할 때가 되어서야 저녁에 겨우 돌아가는 모습을
> 한 번 볼 수 있었으니 객관을 왕래하며 서로 수창하는 고상함을 다하

기를 어찌 바랐겠는가?[142]

이를 통해 江戶에 사는 일본 문사가 사행을 어떻게 바라보는지 짐작할 수 있다. 일단 사행단이 江戶에 들어오는 행차부터가 일본인에게는 큰 구경거리이다. 그리고 연회 때 베풀어지는 馬上才와 활쏘기 시범도 역시 빼놓을 수 없는 것들이다. 그중에서도 좀 더 우아하게 사행을 즐기는 방법이 바로 객관에 찾아가 조선 문사들과 필담수창을 나누는 것이다. 藩의 유관이었던 松崎觀海에게도 사행은 색다른 구경과 경험을 제공해주는 이벤트와 같은 것이다. 문인으로서 이 이벤트에 가장 확실히 참여하는 것은 단순히 필적을 얻는 데 그치는 것이 아니라 상호교류를 하는 조선 문사와 필담창수를 하는 것이다.

필담창수집은 조선문사와 직접적으로 만났다는 개인적인 증거물이다. 현대의 일본인이 명승고적의 입장권에 도장을 찍어오거나 이를 배경으로 자신이 서있는 기념사진을 찍는 것과 비슷하다. 조선 문사가 자신에게 써준 필담 한 마디 한 마디가 바로 이국인 체험을 증명해주는 것이 된다. 그러므로 다른 일본 문사가 나눈 필담은 필요 없지만 자신이 나눈 사소한 말 한마디는 상세히 밝혀야 하는 것이다.

오랜 쇄국정책으로 인해 일본인은 외국인을 만날 기회가 매우 드물었다. '唐人'이라는 말이 좁은 의미로 조선인을 지칭하게 된 것도 사행단이 일본에 들어오는 유일한 대규모의 외국인 행렬이었던데 기인한다. 瀧鶴臺가『慵齋叢話』에 대해 묻거나 奧田元繼가 과거제도에

---

142) "韓使入都朝謁 皆不能出觀 聞其巧騎射 欲觀演武於輪苑 又値僚直不果 及其發 夕綻
能一覩歸裝 何望往來鴻臚館以盡壎箎之雅乎"(『東渡筆談』)

대해 먼저 말을 꺼내는 것으로 보아 일본의 식자층에게 조선의 풍속이나 제도는 서적을 통해 이미 익숙해져 있는 것들이다. 부족한 것은 실제 조선인을 관찰하고 만나 대화로써 확인하는 것이었다. 이렇게 드문 이국인에 대한 자신의 경험을 드러내는 것이 개별적인 필담창수집이다. 따라서 필담창수집은 창수시의 수준이나 필담 내용의 깊이와 상관없이 개인이 조선문사와 직접적인 접촉이 있었음을 알릴 수 있는 모든 창화시와 필담이 실리게 되었던 것이다.

(2) 對象化된 異國人, 朝鮮의 通信使 -『朝鮮聘使館浪華記』의 觀察

일본 쪽 필담창수집은 조선 문사와 나눈 창수시나 필담을 기록한 것들이다. 앞서 본 바와 같이 주고받은 시와 대화를 그대로 채록한 것이기 때문에 사실을 전달하는 데는 효과적이지만 필담 주체의 감상이나 비평을 살피기에는 부족한 면이 있다. 외국 사절을 만나는 것이기 때문에 양국 문사는 예의바른 태도로 일관할 수밖에 없다. 그러나 드물게 사행단에 대해 '記'의 형태로 저술된 것이 있는데,『朝鮮聘使館浪華記』도 그런 류에 속한다.

『朝鮮聘使館浪華記』의 작자 義端은 關西에서 활동하던 詩僧이다. 그가 사행 당시 문사들을 직접 만났던 것 같지는 않다.『일관기』1월 22일 시를 구한 사람 가운데 義端의 이름이 보이고『일관창수』에 「次靈松寺僧義端 二首」가 실려 있는데,『朝鮮聘使館浪華記』에 실린 「託浪華木世肅寄呈朝鮮南時韞學士二律」과 운자가 동일하다. 義端은 남옥과 직접 만나지는 않았지만 木世肅을 통해 시를 부치고 화운시를 받았던 것으로 짐작된다.

그는 조선 문사와 수창을 통한 간적접인 교류는 있었지만, 직접 만날 기회를 갖지는 못했다. 사행단이 大阪 河口에 도착해 하선하고 객사로 이동하는 동안 길가에 몰려들어 구경하던 일본 사람들 중에 한 사람일 뿐이다. 따라서 사행단을 바라보는 위치가 일반적인 일본인에 가장 가까울 뿐 아니라 사행단에 대한 자신의 의견을 직접적으로 노출시킨다.

大阪은 사행단이 육로를 시작하는 곳이자 처음으로 접하는 대도시이기 때문에 대부분의 사행록이 大阪의 모습에 대해 상세히 묘사한다. 사행선을 마중 온 金鏤船의 묘사에서 시작해서 객관까지 이르는 동안 보게 되는 도시의 번성함, 이어 도착한 객관의 웅장함과 접대의 기이함을 차례로 서술하는 것이 전형적인 서술 패턴이다.

그런데, 구경하는 위치에 있는 일본인 義端의 서술도 여기에서 크게 벗어나지 않는다. 금루선의 화려한 장식과 사행선을 인도해 들어오는 모양을 묘사하고 나서 객관인 本願寺의 거대한 규모와 거리의 화려한 모습, 구경하는 남녀의 의복 묘사까지 조선인의 눈으로 본 것과 차이가 없다. 金鏤船에 대해서는 '날아가는 구름 모양의 장식을 세워 아름다움을 과장하고 금빛 문고리와 구슬장식의 표식, 끈 달린 휘장과 오색 술이 광채를 다투었다'[143]라고 하였고, 객관의 치레에 대해서도 '究妙極麗'라고 하였다. 사행단이 본 大阪의 모습은 일상적인 것이 아니었다. 義端이 '다리에서 객관까지 그들이 지나는 거리와 동네는 장려함이 더하였으니 관에서 명을 내려 미리 준비하여 꾸몄기 때문이다. 기와를 푸르게 하고 벽을 희게 칠하여 높은 건물들이

---

143) "各架飛雲以夸麗 金鋪珠題 組幨流蘇 競彩爭光"

일시에 새로워졌다. 이날 집집마다 등을 달고 장막을 쳤으며 금빛 가리개와 화려한 병풍으로 장식했다.'[144]라고 한 것처럼 사행단이 들어오는 것에 맞추어 준비를 해둔 것이다. 사람들도 '나들이옷에 화장을 하고, 노인은 부축하고 아기는 안고서 어깨는 부딪치고 무릎은 닿은 채 나란히 줄지어서 구경'[145]하였다. 사행단에 대해서는 다음과 같이 서술하였다.

> 이른바 삼사 및 학사, 서기, 상관은 의관이 의젓하였다. 아랫사람은 흰옷에 검은 갓을 썼고 조금 나은 사람은 오색 깃을 꽂아 갓을 장식했다. 검은 머리숱이 많은 아름다운 동자와 붉은 수염이 난 못생긴 종이 절월을 들기도 하고 쇠뇌와 포를 싣고 가기도 하는데 깃발이 어지럽게 나부끼고 북과 피리소리가 떠들썩하였다. 사백여 명 모두가 항오가 엄숙하고 위의가 단정하여 질서가 있었다. 마침내 객관에 들어가자 팔진미를 산처럼 쌓아놓고 사신의 노래를 부르며 연향을 베풀어 수고한 사람을 편안하게 했다.[146]

앞서 金鏤船의 모습이나 거리와 객관을 묘사한 데 비하면 묘사가 단순하게 느껴진다. 義端이 보았던 것은 사행단의 이국적인 행렬만이 아니라 통신사행 때문에 변모된 화려하고 시끌벅적한 大阪의 전체적인 모습이다. 義端에게도 사행단이 도착했을 때의 大阪은 조선

---

144) "自橋至館 其所歷街坊莊麗加 以官命預備飾之 碧瓦塗壁輪奐一新 是日也 家家挿槩 戶戶張幕 飾以金障畵屛"

145) "士女則 袨服靚粧 扶老提孺 摩肩接膝 鱗次翼列以觀"

146) "所謂三使及學士書記其上官者 衣冠儼然 其下者白衣緇笠 其稍優者挿綷羽爲笠耗 鬢髮變童赤鬚 醜奴 或執節鉞 或載弩炮 旌旗緒紛 鼓吹誼譁 凡其人四百有餘 行伍嚴肅 整儀爲序 遂入館 乃峙八珍 乃歌四牡 饗賜勞逸"

사행원들이 보는 것만큼 낯설고 흥미로운 곳이다. 그렇기 때문에 사행단에 관한 서술을 제외하면 사행록의 기록과 유사한 패턴으로 서술이 진행된다.

그러나 사건을 바라보고 해석하는 시각은 상당한 차이가 있다. 객관의 모습을 '인도 身毒國의 祇園이나 중국의 영은사라도 역시 더할 수 없을 것이다'[147]라고 하거나 통신사행의 방문에 대해 '升平之一大盛事'라고 하여 자국에 대한 자부심을 드러낸다. 金鏤船에 대해 '사신의 배가 빛을 잃었으니 정사 및 부사, 종사관과 따라온 모든 사람들도 모두 부끄러워했다'[148]라는 義端의 판단을 조엄의 '이 배는 각 주 태수들이 타는 채선이라고 들었으나 애들이 가지고 노는 장난감 같아 곧바로 그들의 무식함을 보여 준다'[149]라는 말과 비교하면 義端의 생각이 얼마나 자의적인지 잘 드러난다. 義端은 교묘하게 꾸미고 치장하는 것이 일본의 물력을 드러내어 조선 사신을 압도할 것이라고 생각하고 조엄은 쓸데없는 데 공을 들이는 무지함을 드러내는 것으로 본 것이다.

이러한 자부심이 있는 반면 남옥에게 보내는 시에서는 '소인에게 비록 釀然明의 추함이 있을지라도 대국에 어찌 羊舌大夫의 현명함이 없으랴? 어떻게 하면 한 마디 말을 얻어 직접 손을 잡고 홍려관 안에서 함께 만나보려나?'[150]라고 하여, 조선을 별 거리낌 없이 '大國'이

---

147) "雖身毒之祇園支那之靈隱 亦莫以加焉"

148) "聘使船爲之失色 正使及副從二使諸從者之屬 亦皆怊悵"

149) "日西後 先奉國書於金鏤船 三使臣各乘鏤船 三首譯兩判事 亦有鏤船 鏤船之制 大如我國水上船 內外着漆 左右設欄 黃金粧飾 以形龍鳳 層閣彫刻 以象禽獸 眩人耳目 動水波瀾 奇巧之制 不勝彈記 前聞一船之作 財過累萬金 可謂無益之費矣 此船聞是各州太守所乘彩船 而便同小兒輩戲玩之物 適見其無識也"(『海槎日記』 1월 20일)

라고 부르고 한 번 만나줄 것을 직접적으로 청한다. 이러한 모순된
태도는 어디에서 기인하는 것일까?

 義端과 같이 실제 외교에 관련이 없는 일반인에게 통신사행을 둘
러싸고 일어나는 모든 일은 축제와 비슷한 것이다. 통신사행으로 인
해 大阪은 일종의 축제의 장으로 바뀌고 일본인들은 축제를 즐기기
위해 거리로 나선다. 이 축제가 다른 점은 조선적인 색채를 띠고 있다
는 점이다. 따라서 양국의 정치적인 관계에 상관없이 신기한 경험을
즐기는 측면이 강한 것이다. 그리고 조선에 대한 진지한 관심이나
이해보다는 통신사행을 맞이하여 붐처럼 조선적인 것에 대해 열망할
뿐이다.

 『朝鮮聘使館浪華記』는 조선사행에 대한 기록이라기보다 일본인이
사행을 어떻게 즐겼나에 관한 기록이라 할 수 있다. 직접 조선 문사를
만날 수 없었던 일본인들이 사행을 향유하는 방법을 보여준다. 이와
같이 대다수의 일본인들은 조선의 사행을 신기하고 특이한 구경거리
로 받아들여졌다. 조선에 대한 진지한 이해를 도모하는 태도는 호행
원으로 왕복했던 那波魯堂 정도에서 가능한 일일뿐 가볍고 순간적으
로 조선을 접하는 일본인들에게 사행록에 보이는 聞見錄 류의 글이
나오기 힘들다. 이글이 실린 『奇事風聞』이라는 제목에 걸맞게 『朝鮮
聘使館浪華記』도 외국인 체험의 신기한 일을 실었을 뿐이다.

 이러한 관찰기가 계미사행에 등장했다는 것은 그만큼 통신사행이
대중화되어 일본 내에서 일종의 축제 같은 역할을 했음을 의미한다.

---

150) "小人縱有燬明醜 大國何無叔向賢 安得一言親執手 鴻臚館裡共周旋"(「託浪華木世肅
　　寄呈朝鮮南時韞學士二律」)

국서전달이라는 외교적 임무가 목적이기는 했지만, 대규모 외국인이 이동하는 사신 행차가 일본 대중에게는 이미 흥미로운 이국인 체험의 장으로 변해있었다. 통신사행은 곧 쇄국시대의 일본인에게 이국인에 대한 환상과 호기심을 채워주는 대체물[151]이었다. 통신사행이 거듭될수록 조선인은 이국인으로서 대상화되어 이렇듯 이전에 볼 수 없었던 사행 체험기까지 등장하게 되었던 것이다.

(3) 지식인층의 이국취미, 조선 즐기기-『韓舘應酬錄』의 주해

필담창수집은 간행본인 것과 필사본으로 남은 것이 있다. 간행본의 연도는 모두 사행단이 떠난 해인 1764년이다. 『殊服同調集』의 刻記에도 1764년 6월로 되어 있는데, 이때 尾張州 문사의 수창집 네 종이 함께 간행되었다. 이를 보면 필담창수집이 개인의 기록으로 그치는 것이 아니라 상업적인 효용성도 가지고 있었음을 짐작할 수 있다.

이러한 개별적인 필담창수집이 일본인들에게 어떤 의미를 지니며 어떤 방식으로 향유되었는지 보여주는 것이 바로 『韓舘應酬錄』이다. 『韓舘應酬錄』은 石宣明의 필담창화 기록에 熊阪邦이 차운시와 비평을 덧붙인 것으로서 일반적인 필담창수집과는 성격이 다르다. 熊阪邦의 기록은 네 문사와의 대면이나 서신 왕래 없이 독자적으로 이루어진 것이기 때문이다. 熊阪邦은 왜 이러한 책자를 만들게 되었는지 서문에서 밝혔다.

---

151) 일본 대중의 의식 속에 조선인이 이국인의 대체물로 자리잡고 있었던 사실은 최천종 사건을 각색한 가부키나 조루리 작품에 여러 가지로 변형되어 나타나는 최천종의 모습에서도 확인할 수 있다. 이러한 작품에 관해서는 박찬기의 연구(『조선통신사와 일본문학』, 보고사, 2001)가 있다.

　　대체로 향리 사람들이 우리 몇몇 형제를 탓하기를 "동쪽 오랑캐 자손이 무엇을 할 수 있겠는가? 할 일은 하지 않고 필묵만 낭비할 따름이다"라고 하고, 간혹 江戶에 유학을 가는 사람이 있으면 "그는 요동의 돼지로다. 스스로 부끄러운 줄 알아야지. 특별히 문장의 도를 모르면 아비가 자식에게 전할 수 없고 임금이 신하를 등용할 수 없지만 깊은 산이나 궁벽한 골짜기의 선비라도 간혹 홀로 터득하는 경우가 있다"라고 한다. 내 친구 石子誼[石宣明]는 江戶에 유학한 지 몇 년 되었다. 올 갑신년 조선인이 내빙하자 子誼는 곧 명함을 들이고 세 서기 학사와 良醫 등과 만났다. 마침내 그의 『韓館應酬錄』이라는 것을 우리 몇몇 형제들에게 보라고 부쳐왔다. 내가 여러 번 읽어보고 한숨을 쉬며 "아아! 이는 子誼의 찌꺼기일 뿐이다. 어찌 子誼의 재주를 다했다고 하겠는가?"라고 탄식했다가 곧 기뻐하며 "오라! 내몇몇 형제들이 향리 사람들에게 얻은 죄를 속죄할 수 있겠구나."라고 하였다. 드디어 그 운을 사용하여 시편마다 화운하고 子誼의 기록 중에 더해 건사하여 보관하였다. 비록 모모가 서시를 대적한다는 비웃음을 면치 못할 지라도 역시 음악을 들으면 슬며시 손뼉을 치게 되는 것과 같은 것이리라.152)

　　위의 인용문을 보면 石宣明은 자신의 필담창수 기록인 『韓館應酬錄』을 이미 엮은 상태에서 그 책을 고향의 熊阪邦에게 보냈음을 알

---

152) "大凡鄕人之罪吾二三兄弟也 曰東夷之子何能爲也 惟不事事而費筆墨耳 或有客遊于東都者 則曰彼則遼東之豕哉 自知其可愧也 殊不知文章之道 有父不能傳子 君不能取臣者 而雖深山窮谷之士乎 或有獨得之者也 吾友石子誼客遊于東都者有有年矣 今玆甲申 韓人來聘 子誼乃投刺 與其三書記學士良醫輩接焉 遂以其韓館應酬錄者 寄示吾二三兄弟 余讀之數四 喟然歎曰 噫 是子誼之土苴耳 奚足以盡子誼哉 俄而喜曰 吁 是可以贖吾二三兄弟之獲鄕人之罪矣 遂用其韻 每篇和之 增入子誼錄中以藏巾笥 雖不免嫫母對西施之誚乎 蓋亦聞樂而竊抃者之屬也"(『韓館應酬錄』)

수 있다. 熊阪邦이 그 책을 읽다가 자신의 화운시를 덧붙여 필사한 것이다. 위의 글이 서문이기는 하지만 본래『韓館應酬錄』의 서문이 아니라 熊阪邦이 필사한『韓館應酬錄』의 서문이다.

熊阪邦은 매 편마다 화운하여 엮은 까닭을 '내 몇몇 형제들이 향리 사람들에게 얻은 죄를 속죄하기' 위해서라고 하였다. 고향 사람들이 熊阪邦을 탓하는 이유는 하는 일 없이 필묵만 일삼기 때문이다. 또 江戸에 가는 사람을 욕하는 이유는 대단치 않은 재주를 뽐내려 한다는 점에 있다. '東夷之子'로 지칭된 향리의 熊阪邦의 무리나 '遼東之豕'라고 조롱받는 江戸로 나간 石宣明의 무리는 아무리 문사를 닦는다 하더라도 결국은 일본 안에서나 통하는 별 볼일 없는 재주라는 것이다. 이에 대한 변명이『韓館應酬錄』이다. 조선 사행단의 문사들과 수창을 하고 필담을 나누었다는 것은 곧 石宣明의 능력이 객관적으로 검증되었음을 의미한다. 여기에 독자적으로 화운하고 비평할 수 있는 熊阪邦 역시 石宣明에 준하는 능력을 가진다. 즉, '東夷之子'지만 中華와 교통할 수 있는 보편적인 능력이 있음을 과시할 수 있는 것이다.

『韓館應酬錄』에는 총 20수의 시가 실려 있다. 石宣明의「奉贈秋月南學士」,「奉贈成書記龍淵」,「奉贈元書記玄川」,「奉贈金書記退石」과 이에 네 문사가 한 수씩 차화운한 시, 그리고 熊阪邦이 각 시마다 차운한 8수이다. 그리고 필담 중간에 사행원에게 지어준 石宣明의 시 2수에 이에 대한 熊阪邦의 차운시 2수가 더 실려 있다.『韓館應酬錄』에 실린 조선 문사의 시는 4수에 불과하다. 네 문사와 石宣明 사이에 창수는 한 수씩으로 끝났을 뿐, 즉석에서 첩화를 하거나 운을 바꾸어 다시 창수하지 않았다. 일반적인 일본 문사와의 창수 방식이다.

그런데 熊阪邦은 자신의 시를 제외한 나머지 시에 각기 짧은 비평을 실어놓았다. 남옥의 시에 대해서 '이 시는 취할 게 없으나 제2련이 읊을 만할 뿐이다'[153], 성대중의 시에 대해서는 '이 시는 비록 느슨할지라도 남옥에 비하면 낫다'[154]라고 하여 상당히 비판적이다. 김인겸의 시에 대해서는 '전체적으로 유약하나 경련은 사랑스럽고 함련은 안타까우니 시골 선비가 분변할 수 있는 것이 아니다'[155]라고 하여 시에 대한

『韓館應酬錄』에는 본문과 함께
熊阪邦의 주해가 실려있다.

평보다는 자신의 감식안을 드러내려는 듯하다. 원중거의 시에 대해서 '숲의 정취를 잘 말하였고 시구의 분위기가 울창하니 크게 읊을 만하다'[156]라고 하여 그나마 네 문사 가운데 가장 긍정적으로 평가했다. 반면 石宣明의 시에 대해서는 '기상이 웅혼하다'든가 '성당의 기격'이라든가 '李攀龍과 아주 흡사하다'라는 식[157]의 호의적인 평가로

---

153) "邦評此詩無可取 但第二聯可誦耳"

154) "邦評此詩 雖緩弱 比秋月作宜兄"

155) "邦評此詩 渾是緩弱 而頸聯可愛 頷聯可惜 俱是非村學究之所辨也"

156) "邦評此詩 善言山林之趣 句氣蕭森 大可訊詠"

157) "邦評此詩 對甚闊而氣象雄渾 未易議也", "邦評此詩 渾成可稱 但第七句未無可議者",
   "邦評此詩 頷聯以下 直是盛唐氣格 可惜前四句 未免識者議論也", "邦評此詩 聲律穩順
   對偶森嚴 酷似于鱗詩"

일관되어 있다. 시에 대한 비평은 石宣明의 시재를 드러내는데 초점이 맞춰진 듯하다.

우리의 주목을 끄는 것은 양국 문사들이 주고받은 시의 수준이 아니라 시를 평가하려는 熊阪邦의 태도이다. 남옥을 비롯한 조선의 문사들은 일본문사들의 시 수준을 매우 낮게 볼 뿐만 아니라 자신들의 창수시에 대해서도 냉소적이다. 네 문사에게 창수는 사행에 따르는 임무일 뿐이다. 앞서 본 바와 같이 남옥의 『일관창수』를 제외하고는 사행을 통틀어 조선쪽에서 창수시를 기록한 경우는 거의 없다. 더구나 일본문사의 시를 채록하는 일은 거의 없다고 보아야 할 것이다. 문집에도 싣지 않는 창수시에 대해 성률을 따지거나 풍격을 평하는 일은 있을 수 없다. 그러한 시를 비평하는 熊阪邦의 태도는 무엇일까? 서문에 보이는 것과 마찬가지로 조선 문사의 시를 해독하고 비평할 감식안이 있음을 드러내기 위한 의도로밖에 해석할 수 없다.

熊阪邦은 더 나아가 필담에까지 주해를 달아 놓았다. 주해는 내용상 세 가지 정도로 구분할 수 있다. 우선은 기본적인 어구의 잘못을 지적하는 것들이다.[158] '貴邦 위에 聞 자 하나가 있어야 한다'나 '造次猶는 거꾸로 되어 있으니 猶造次로 고쳐야 한다', '이 말이 뜻은 통하지만 만든 말이 온당치 못하니 서쪽의 노을빛[西方霞色]으로 고쳐야 한다'처럼 한문 문장 쓰기의 기초적인 것들이다. 두 번째는 '이 두세 마디 말은 매우 좋아 『世說新語』 같다'라든가 '이 말은 안타깝다'처럼[159] 간단한 인상비평을 하는 경우다. 그리고 마지막으로 이보다

---

158) "邦曰 貴邦上 當有一聞字", "邦曰 造次猶顚倒 當改猶造次", "邦曰 韓魏叢書 是漢魏叢書之誤 下同", "邦曰 以此不答顚倒 當改不以此答", "邦曰 其際二字 當改而字", "邦曰 此語意則可 但造語不穩當 改西方霞色" 등이 있다.

좀 더 적극적으로 당시 상황을 해석하거나 다른 상황을 가정해서 추측하는 경우가 있다. '이 질문은 운치를 잘 이해하지 못하는 사람은 불손하다고 여길 것이다. 역시 화산[趙東觀]이 불손하게 여겨 나갔다는 생각이 드니 말을 허물해서인가 보다'[160)와 같은 것들이다.

> 성대중 : 그대가 사는 곳은 여기에서 거리가 얼마입니까?
> 石宣明 : 가깝습니다. 축융의 재앙에 걸려 거처를 아직 정하지 못하였으니 부평초 같습니다.
> 성대중 : 과연 東園公이시군요. 그러나 족하를 위해 위로할 만합니다. 문집과 사서는 별일 없습니까?
> 石宣明 : 타버린 나머지 거의 없어졌습니다. 변변찮은 이 몸만이 남았으니 역시 하늘의 뜻이겠지요. 어쩌겠습니까?
> 성대중 : 아아! 족하께서는 진짜 도가 있는 선비십니다. 제가 들으니 도가 있는 선비는 우환에 마음을 굽히지 않는다고 하더군요. 감탄스럽습니다.
> 石宣明 : 부득이해서일 뿐이니 본디 도가 있다고 논할 만한 것이 아닙니다.…[161)

위의 인용문은 성대중과 石宣明이 인사를 마치고 처음 나누는 대화이다. 이 대화에 대해 熊阪邦은 '성대중은 호인이다. 물을 만한

---

159) "邦曰 此二三語言大好 似世說", "邦曰 此語可惜"

160) "邦曰 當是之時 使子誼失辭 大取笑於異邦也 余讀至此 不得不爲子誼擊節也", "邦曰 此間甚有風韻 不解者以爲不遜 意亦華山以爲不遜而出 尤語乎"

161) "稟 龍淵 君居在此地相距幾何 復 近 離祝融之災 居未定 萍梗耳 稟 龍淵 果東園公也 然爲足下可弔 文史無恙否 復 焚毁之餘亡幾 唯眇焉此身存矣 亦天哉 如之何 稟 龍淵 嗟乎 足下眞有道之士也 吾聞有道之士者 不屈心於憂患 可歎可歎 復 是不得已耳 固非以有道可論…"

것을 잘 묻고 말할 만한 것을 잘 말한다. 그래서 응대하는 것이 들을 만하고 붓을 대면 문장이 이루어진다. 만일 조선인이 모두 화암처럼 비루하고 인색했다면 子誼 역시 이렇게 하지 못하고 눈썹을 찌푸린 채 피했을 것이다'162)라고 평가하였다. 성대중의 질문이란 어디 사는지 물은 것과 화재를 당했다는 石宣明의 대답에 서적의 피해가 없었는지 물은 것뿐이다. 성대중이 재치 있는 말을 했다면, 石宣明의 호가 東園인 것을 가지고 商山四皓의 한 사람인 東園公에 빗대어 일정한 거처를 정하지 못한 그의 상황을 미화시킨 것, 그리고 자신의 불운을 담담히 받아들이는 石宣明을 다시 한 번 '有道之士'로 미화시킨 것 정도이다.

> 화암 : 이것은 西湖의 패도입니까? 기이한 물건 같군요. 값이 비싸니까?
> 石宣明 : 그렇습니다. 西湖의 패도입니다. 물건 역시 상품이고 가격은 지극히 비쌉니다.
> 화암 : 값이 몇 냥입니까? 내가 사려하니 듣고 싶습니다.
> 石宣明 : 폐방의 근량 수가 귀국과 다르니 설령 알려준다 해도 그대가 어찌 분변할 수 있겠습니까?
> 화암이 매우 성을 내며 붓을 들어 썼다.
> 화암 : 어찌 분변을 못하겠습니까?
> 石宣明 : 생각해 보니 분명하지 않군요. 공께서는 용서하십시오. 만일 그 값을 알아 산다 할지라도 西湖께서 역시 허락하지 않을 겁니다. 그대가 쉽게 남의 패도에 가격을 매기는 것은 예의에 맞지 않습

---

162) "邦曰 龍淵好人 善問可問 善言可言 是以應對可聽 下筆成文 使韓人皆如華岩之鄙吝 則子誼亦不得如此 固將攢眉而避走矣"

니다.

그러자 화암이 크게 부끄러운 얼굴을 하고 일어나서 갔다.[163]

위는 熊阪邦이 '鄙吝'이라고 평한 華岩[164]의 필담이다. 華岩은 石宣明에게 시를 요구받았으나 대강 대답하고 곧 상대방의 패도에 관심을 보인다. 직접적으로 가격을 묻고 흥정하려 하자 石宣明이 거절의 뜻을 전한다. 그러자 곧 화암이 화난 기색을 내보이고, 石宣明은 좀 더 직접적으로 그의 태도가 예의에 어긋났음을 지적한다. 이러한 대화는 文詞에 대한 필담이 오갈 것을 기대했던 石宣明에게 큰 실망이 아닐 수 없다. 熊阪邦이 보기에 화암의 말은 선비의 말이라 할 수 없다. 문사들의 대화는 성대중의 경우처럼 자신을 낮추고 상대방을 높이면서 간간이 전고를 섞고 노골적으로 뜻을 드러내지 않아야 하는 것이다.

그러나 이와 같이 熊阪邦이 붙인 주해의 의미를 분석해 보더라도 실제 나눈 말에 비해 과장이 심하다는 느낌을 지울 수 없다. 예를 들어 다음과 같은 경우가 있다.

石宣明 : 거문고를 연주하는 사람은 누구입니까? 보고 싶은데 어떨까요?

---

163) "槖 華岩 此刀西湖之佩刀乎 似奇物 價貴乎否 復 然 西湖之佩刀也 物亦上品 價極貴 槖 華岩 其價丁幾兩 吾將購 要聞之 復 弊邦斤兩之數 與貴國異之 設令告之 君奚能辨之哉 再復 華岩大志援筆云云 華岩 焉得不辨之 重再復 想不明 公置之 縱能知其價購之 西湖亦不許之 君容易價乎他人佩刀 於禮不可矣 於是乎華岩大有懟色乃起去"

164) 화암은 『韓館應酬錄』에 성이 劉, 이름이 瑩이고 정사의 伴人이라고 되어 있다. 사행 명단에 劉瑩이라는 이름이 없어 화암이 누구인지 확실치 않다. 정사의 반인이고 성이 劉라는 점으로 미루어 정사의 廳直인 劉聖弼인 것으로 추정된다.

　이좌국 : 전 염령 태수 이공입니다. 보기는 어렵지만 그 곡조를
듣는 것은 좋습니다.
　石宣明 : 귀국의 거문고는 형상이 조금 다르다고 들었습니다만
제가 아직 보지 못했습니다. 잠깐 빌릴 수 있을지 모르겠습니다.
　이좌국 : 그렇더라도 그 사람을 살펴볼 필요는 없습니다. 그만두
지 않으시려거든 그대가 문틈으로 엿보십시오.
　나는 이어서 천천히 문을 밀치고 들어갔다. 그 사람이 탓하지 않
고 거문고를 건네 보여주었다.[165]

　위는 양의 이좌국과의 필담으로, 石宣明이 거문고 소리를 듣고 강
한 호기심을 드러내었다. 거문고 타는 사람을 만나 직접 빌릴 수 있는
지 묻자, 이좌국이 거절의 뜻을 전한다. 그렇게 보고 싶다면 차라리
문틈으로 엿보라고 한 것이다. 그러나 石宣明은 뜻을 굽히지 않고
허락받지 않은 상태에서 문을 열고 들어갔다. 상대방도 다행히 그의
무례를 탓하지 않고 거문고를 보여주었다. 이에 대한 熊阪邦의 평은
'문을 열고 들어간 것이 아주 좋다. 이것이 진나라 사람의 기상이
다'[166]라는 것이다.
　실제 일어난 사건은 石宣明이 호기심을 느껴 사행원의 완곡한 제
지를 물리치고 억지로 방에 들어가 거문고 타는 사람을 만난 것뿐이
다. 그러나 熊阪邦은 石宣明의 무례를 법규에 얽매이지 않고 교유했
던 竹林七賢의 기상이라고까지 해석한다. 熊阪邦의 주해는 실제 일

---

165) "槖慕菴 彈琴人爲誰 僕欲觀之 若何 復 前廉翎太守李公 而觀之難矣 但聽其曲則好
　　 槖慕菴 聞貴邦琴形狀粗異 僕未晫之 不知可得少借也否 僕 雖然其人不必詳之 無已 君自
　　 戶隙窺之 吾因徐徐排戶而入 其人不尤 則傳示之"
166) "邦曰 排戶而入 大好 此是晉人氣象"

어난 사건에 비하면 지나치게 고상한 해석이라 할 수 있다.

실제와 주해 사이의 괴리감은 어디에서 기인하는 것일까? 熊阪邦을 비롯한 일본 지식인층이 가진 일종의 조선 취미에서 비롯된다 할 수 있다. 인용문의 대화는 사는 곳이 다르다면 일본인들 사이에서도 나눌 법한 지극히 평범한 것들이지만 이것이 조선 문사를 상대로 한문을 사용하여 이루어졌다는 데 열광하는 것이다. 古文을 이해하는 이국의 사람들이 만나 고상하게 시를 화운하고 고아한 말을 사용하여 필담을 주고받는 것이 熊阪邦의 주해에 드러나는 양국 문사의 만남이다. 실제가 어떠했든 조선의 사행단과 이루어졌기에 우아한 품격이 생겨나는 것이다.

필담창수집은 조선이라는 테마를 다루고 있기 때문에 일본문사들에게 효용성이 있다. 의학지식에 관한 필담이나 유학에 관련된 질의응답을 다룬 몇몇을 제외한 일반적인 필담창수집은 자질구레한 필담과 수준 낮은 창수시까지 모두 기록한 것들이다. 이국인에 대한 직접 체험을 하지 못하는 熊阪邦 같은 일본 문사에게 이러한 필담창수집은 조선적인 것에 대한 환상과 흥미를 채워주는 대체물이라 할 수 있다. 조선 사신의 행차를 구경하고 조선의 무술 공연의 관람하고 조선인의 필적을 얻어 기념품으로 삼는, 사행을 향유하는 일본인의 방식과 같은 맥락에서 필담창수집을 읽는 것은 사행을 간접 체험하는 식자층의 고상한 향유 방식이라 할 수 있다.

Ⅳ. 양국 문학적 교류의 구체적 양상

　조선 문사들이 접대했던 500명 가량의 일본 문사들은 어느 정도 한문 능력을 갖추었다고 자부하는 인물들로 일본의 지식인층이라 볼 수 있다. 이들 대부분은 이국인에 대한 호기심과 사행이라는 특이함에 끌린 데다 한정된 시간 속에서 집단적으로 만나야 했으므로, 필담의 깊이나 수창시의 수준을 기대하기는 어려웠다. 우리가 양국의 문학적 교류를 살피고자 한다면 교류에 임하는 문사들이 양측을 대표할 수 있는 핵심 인물에 초점을 맞추어야 할 것이다.

　조선 쪽 사행단 인원이 500명에 가까웠으나, 결국 일본 문사 접대를 전담하다시피 한 것은 제술관을 비롯한 삼사신의 서기인 네 문사였다. 이들이 곧 조선 쪽 핵심인물이라 할 수 있다. 반면 일본 문사들 가운데 문단의 핵심에 있었던 인물을 가려내기는 쉽지 않다. 계층과 사상면에서 대표성을 띠어야 할 뿐 아니라 조선 문사와 나눈 필담과 수창도 어느 정도의 수준을 유지해야 하기 때문이다.

　이 장에서는 당시 일본 지식층의 상황을 살펴 대체적인 경향을 추출하고, 비슷한 경향의 그룹을 대표할 수 있는 인물들과 구체적인 교류가 어떻게 이루어졌는지 고찰해 보도록 하겠다.

1. 계미사행 당시 일본 지식층의 상황

일본의 근세 유학은 藤原惺窩와 그의 제자 林羅山이 五山의 禪僧들 중심으로 이루어졌던 宋學을 불교의 의존성을 배척하고 程朱學으로 독립시킨 데에서부터 시작되었다. 1666년 山鹿素行의 『聖敎要錄』에서 주자학에 대한 최초의 비판이 있었고, 비슷한 시기 伊藤仁齋는 철학적 입장에서 주자학을 비판하며 원시유교로 돌아갈 것을 주장하는 古學을 창도하였다. 반세기가 지난 후 옛날의 말로써 옛날의 경전을 해석하기를 주장하는 荻生徂徠의 古文辭學이 등장하여 일세를 풍미하였다. 그러나 徂徠學도 세력이 융성해진 반면 사상적인 진화가 멈추자 공격을 받기 시작하였고, 徂徠學의 영향 아래 하나로 묶기 어려울 정도로 잡다한 反徂徠學派, 折衷考證學派 등이 등장하였다. 사행단이 일본을 방문한 시기는 徂徠學이 외면적으로 융성하였으나 이미 反徂徠學의 경향이 두드러지기 시작한 때였다.

그들의 국경에 들어서자 筑前州의 龜井魯 이후부터 조금 재변이 있는 자들은 모두 荻生徂徠를 높여 섬겼다. 나는 필담이나 시문에서 반드시 程朱를 일컫고 소학을 거론했다. 그들 중 유학하는 선비는 처음에 항변하며 굽히지 않다가 마지막에는 입을 다물고 말하지 않기도 했다. 瀧鶴臺 같은 사람은 우선 놔두고 다음에 다시 얘기하자고 말했다. 大阪에 도착한 이후 들어오는 선비들은 '선생들의 학문이 程朱學을 주로 하니 존경하고 탄복할 만하다'라고 먼저 말하기도

하였으니 이밖에 다시 荻生徂徠를 말하는 자가 전혀 없었다. 那波魯
堂을 만난 이후로 그가 가는 곳마다 '감히 荻生徂徠를 칭하며 程朱를
헐뜯는 자가 있으면 손님을 맞는 자리에 용납할 수 없다'라고 선언하
였다. 그래서 그들 가운데 비록 徂徠를 높여 섬기는 사람이 있더라
도 자기의 행적을 꺼려 감히 徂徠에 대해 말하지 못했다. 那波魯堂은
스스로 공을 세웠다고 여겼으며 때때로 '밝은 태양 빛을 얻어 교화시
켜 도깨비를 다 없앴으니 아주 통쾌한 일이다'라고 자언했다.[1]

위는 원중거가 江戶를 나오며 쓴 글의 일부이다. 당시 徂徠學의
세력이 전국에 뻗어 있었고 蘐園七子 중 한 사람인 山縣周南의 연고
지가 長門州였기 때문에 사행단의 문사들은 해로에 나서자 곧 徂徠學
派에 속한 인물들과 마주쳤다. 특히 龜井魯와 瀧鶴臺의 문재가 뛰어
났으므로 이들이 徂徠를 숭상하는 것에 더 강렬한 인상을 받았던 것
으로 보인다. 그러나 大阪에 도착하자 徂徠를 일컫는 인물들이 일시
에 줄었다. 京都를 중심으로 한 關西 지방은 藤原惺窩에서 시작된
宋學의 중심지였으며 反徂徠學派의 태반이 이곳에서 일어났다. 자연
히 찾아온 문사들 가운데에는 徂徠를 일컫는 사람이 적어질 수밖에
없었고, 오히려 徂徠에 반대하는 증거를 조선의 문사들에게서 구하
려 하였다. 那波魯堂 역시 원래는 徂徠學을 공부하였으나 스스로 벗
어나 정주학으로 돌아선 인물이었다.

---

1) "及入彼境 自筑前龜井魯以後 稍有才辯者 皆尊事物氏 余則於筆談於詩文 必稱程朱必擧
小學 彼中儒士 初頗抗言不屈 未或噤口不言 若瀧鶴臺 則言姑舍此後當更論云矣 其到大
阪以後 則入來人士 或有先言 諸先生學主程朱 可敬可服 自餘絶無更言物徂徠者 其遇師
曾以後 則曾到輒宣言 敢有稱物氏訛程朱者 不能容於賓席云云 故彼雖有尊事物氏者 亦
諱其迹 不敢道茂卿語 曾自以爲功 時或自言 得白日之光化盡魍魅 甚快事云"(『乘槎錄』
3월 10일)

조선쪽에서 일본문사들과 학문적인 필담을 나눌 수 있는 사람은 여남은 명에 불과했다. 사상과 학문도 주자학으로 일원화되어 있었고 여기에서 벗어나는 어떠한 견해도 용납하지 않으려는 태도를 보였다. 이에 비해 일본 문사들은 사상적으로 개방적인 경향을 보여준다.

원중거 : 이곳 역시 마땅히 성리학이 있겠지요. 과연 程朱學을 종주로 합니까?

瀧鶴臺 : 이 나라 역시 성리학이 있습니다. 藤原惺窩와 林羅山이 창도한 이래 그 계통을 잇는 자가 적지 않습니다. 근래 江戶의 徂徠先生이라는 사람이 크게 복고의 학문을 창도하여 나라 안에 풍미하고 있습니다. 저술에는 『辨道』, 『辨名』, 『論語徵』 등이 있습니다만 상세한 것은 한 자리에서 말로 다 할 수 있는 것이 아닙니다.

원중거 : 이들 모두 程朱를 종주로 하는 것입니까?

瀧鶴臺 : 程朱를 배척하지만 불가의 유학을 취하지 않습니다. 그 학문은 고경을 근본으로 하고 주해에 근거하지 않습니다. 옛 말로써 고경을 증명하니 믿을 만한 것 같습니다.

원중거 : 주해를 버리고 경서를 읽는 것은 인도하는 사람이 없는 소경과 같습니다. 정주학은 하늘의 해와 같으니 정주를 돈독하게 믿지 않으려 하는 것은 모두 이단입니다. 고명하신 의견은 어떤지 모르겠습니다.

瀧鶴臺 : 筑前州의 貝原선생이라는 사람은 정주를 공맹 믿듯이 높여 믿었으나 만년에 『大疑錄』을 저술하여 정주의 말 가운데 경서의 취지에 위배되는 것을 드러내 거론하였습니다. 저 역시 어쩔 수 없이 의혹이 있을 뿐입니다.[2]

---

2) "玄川 此處亦宜有性理之學 果宗主程朱否 鶴臺 此方亦有性理之學 藤原惺窩林羅山唱首

赤間關의 徂徠學者 瀧鶴臺는 사행단의 문사들에게 徂徠學에 대해 학문적인 설명을 해준 인물이었다. 瀧鶴臺는 程朱學을 유학의 한 종류로 취급할 뿐 교조적인 태도는 보이지 않는다. 여러 가지 학문적 경향 가운데 徂徠學이 타당성이 있다고 말할 뿐이다. 瀧鶴臺가 예로 든 貝原益軒처럼 일본의 유학자들은 평생 程朱學에 종사하더라도 의심이 드는 부분에 대해서는 솔직히 드러낼 수 있는 자유로운 경향이 있었다.

오륙십 년 전 京都의 유자인 伊藤維楨의 자는 原佐, 號는 仁齋이고 그의 아들 長胤의 자는 原藏, 호는 東崖인데, 모두 뛰어난 재주를 가지고 있어 문장의 의미를 연구하여 『四書周易解』를 다시 지었다. 기타 『童子問』, 『語孟字義』, 『經學文衡』 등은 모두 송학 배척을 의무로 삼아 풍미하였다. 당시의 후진들에게 기이한 것을 좋아하고 쫓아다니는 유폐가 있었다. 그 후 江戶의 儒者 荻生茂卿은 호가 徂徠인데 비로소 李夢陽, 李攀龍, 王世貞, 何景明의 글을 읽었다. 난삽하고 어려운 글을 억지로 해석하고 뒷사람들이 터득하기 어려운 구에 부호 붙이는 것을 높이더니 스스로 깃발을 세워 학숙을 열고는 고문사라 일컫는다. 학문을 저술한 것이 『辨道』, 『辨名』, 『論語徵』 등의 책이니 세상의 눈을 현혹하였다.[3]

爾來 傳其統者不少 近歲東都有徂徠先生者 大唱復古之學 風靡海內 所著有辨道辨名論語徵等 其詳非一席話所能盡也 玄川 此皆宗主程朱否 鶴臺 排程朱而爲禪儒不取 其學宗古經而不據註解 以古言證古經 似可信據 玄川 捨註解而讀經 猶無相之瞽 程朱之學 如日中天 不欲篤信程朱者 皆異端也 高明意見 未知如何 鶴臺 筑前有貝原先生者 尊信程朱如信孔孟 而晚年著大疑錄 標擧程朱之言 背馳經旨者 僕亦不免有疑耳"(『長門癸甲問槎』 상권)

3) "五六十年前 京師之儒伊藤維楨字原佐號仁齋 其子長胤字原藏號東崖 相俱懷俊發之才 研究文義 更作四書周易解 其他童子問語孟字義經學文衡等 皆以排宋學爲務而風靡 當

奧田元繼가 자국의 학문에 대해 평가한 것이다. 송학파로서 古學을 매우 비판하는 입장에 있었다. 원시 유교로 돌아갈 것을 주장했던 仁齋學에 대해서는 기이한 것을 좇는 폐단이 있었다고 비판하였고, 徂徠學에 대해서는 글자에 천착하고 문장을 조탁하는 태도에 대해 비판하였다. 奧田元繼는 참신한 기운은 사라지고 부박한 문인취미만이 남게 된 徂徠學에 부정적인 태도를 취한 것이다. 위의 인용문에서 보듯 那波魯堂 형제가 程朱學을 주장하고 徂徠學을 배척하는 태도는 조선의 문사들과 같지만 고학을 체험하고 폐단을 터득한 후 비판한다는 점에서 다르다.

사행 도중 사행단과 접촉한 일본문사들 가운데 일본 유학을 대표하는 우수한 학자들도 다수 포함되어 있었지만, 일본은 이미 유학의 시대가 쇠퇴하기 시작한 상태였다. 마루야마 마사오의 "켄엔의 몰락은 거의 동시에 유학 그 자체가 사상계의 제 1선으로부터 뒤떨어지는 것을 의미했다. 그리고 마치 그런 틈을 비집고 들어서기나 하듯이 사상계에 있어서의 헤게모니를 요구하면서 유교 배격의 깃발을 높이 든 것은 바로 코쿠가쿠(國學, the National Learning)였다"4)라는 지적처럼 일본의 유학은 쉽게 대체될 수 있는 하나의 학문적 경향일 뿐이었다. 강항에게서 전래된 주자학이 古學으로, 徂徠學으로 다시 折衷學으로 끊임없이 변모하는 것은 학문적 깊이를 떠나 일본 학계가 얼마나 융통성이 있는지 보여준다. 실제로 사행단이 만나 徂徠學을 역설

時晩進是好奇馳異之流弊也 厥後東都之儒荻生茂卿號徂徠者 始讀二李王何四子之文 佶屈强穿 後人難得 而句乙者高 自竪標幟開塾社 稱古文辭 著學則辨道辨名論語徵等書 炫耀世眼"(『兩好餘話』)

4) 마루야마 마사오 지음, 김석근 옮김, 『일본정치사상사연구』, 통나무, 1998, 269쪽.

했던 井敏卿 같은 인물은 장년에 徂徠學을 버리고 蘭學으로 옮겨가기
도 했다. 그리고 이러한 일본문사의 태도는 조선 문사에게 浮誇한
모습으로 비칠 수 있는 것이었다.5)

하우봉의 지적대로 사행단의 문사들은 '단지 고학파의 경전해석이
주자를 비판하고 성리설을 부정한다는 점에 주목하여 이단으로 규정
할 뿐'6) 徂徠學에 대해 학문적인 관심을 기울이지는 않았다. 伴人이
었던 조동관은 徂徠學을 양명학과 혼동하여 劉龍門에게 지적당할7)
정도였다. 이러한 경직된 태도 때문에 조선 문사들은 경전 해석을
둘러싸고 이견을 보인 徂徠學의 이단성에만 집중했을 뿐 일본 학계
의 본질적인 분위기를 파악할 수 없었다. 사행의 노정 중 井潛이나
南宮大湫 문인 같은 절충학파의 인물을 만났어도 본래의 정주학과
어떤 이질성이 있는지 파악할 정도까지 필담을 이어가지 못했다.

2. 일본 朱學과의 만남 : 수구적인 태도 속에 간과된 뒤틀림

1) 관례적인 문답방식 속에 숨은 이질성 : 南宮大湫의 절충방식

계미사행은 徂徠學이 학계의 정점에 있었던 시기에 이루어졌다.
대부분의 일반 문사들은 이미 徂徠學의 영향권 아래 놓여있었기 때
문에, 이전 사행에서 보듯 정주학적인 입장에서 조선 문사들에게 학

---

5) 이혜순, 『조선통신사의 문학』, 이대출판부, 1995, 281쪽.

6) 하우봉, 「朝鮮後期 實學과 日本近世 古學의 比較硏究 試論」, 『한일관계사연구』 8집,
  한일관계사학회, 현암사, 1998.

7) "華山曰 弊邦無傳來之事 今番渡海始聞貴國崇奉爲賢人 而但其學術非正路 攻斥程朱
  而左祖於王陽明陸象山之論云"(『東槎餘談』)

문적 질의를 하는 모습은 찾아보기 힘들었다. 그러나 徂徠學의 지나친 만연 속에서 이미 反徂徠的인 경향이 싹트고 있었다. 사행단의 문사들이 접촉한 井潛, 皆川淇園, 南宮大湫 등은 이후 反徂徠派의 선두에 서게 된 인물들이다. 이런 일본 유학계의 변화를 읽기에 사행단의 문사들은 역부족이었다. 원중거의 말대로 사행 도중 필담보다는 창수에 집중하였고[8] 학문적으로 번화한 곳일수록 밀려드는 문사들이 많았으므로 시간 부족에 시달릴 수밖에 없었다. 그나마 당시 伊勢州에서 학문을 닦던 南宮大湫의 서신이 남아있어 양국 문사들의 학문적 토론이 어떻게 이루어졌는지 살펴볼 수 있다.

南宮大湫는 친구인 伊藤冠峰을 통해 名古屋에 머물던 사행단에게 시와 서신을 전하면서 질의조항을 첨부하였고, 남옥은 江戸에서 답안을 보냈으며, 南宮大湫가 다시 답을 구하는 서신을 보냈다. 비록 서신이기는 하지만 대화처럼 논의가 진행되었다.

> 제가 예전에 귀방의 제군들을 尾張州 性高院에서 만났을 때, 海皐 이군께서 우연히 쓰기를 "당신도 주자를 반대하는 무리입니까?"라고 하였습니다. 제가 처음에는 그 뜻을 잘 이해하지 못하고 문득 써서 "堯舜을 근본으로 삼아 서술하고 문왕과 무왕을 모범으로 삼아 따르며 공자를 스승으로 삼아 본받는 것이 배우는 사람이 받드는 바입니다."라고 대답하자 이군께서 더 이상 대꾸가 없었습니다. 우리나라를 돌아보면 한두 선현이 소견이 있어 각자 기치를 세우고 후생을 인도하고, 후생 역시 반드시 선현을 기다린 후에 배우니 주자를 배척하는 자를 여러분들이 취하지 않으시지만 역시 어찌 다

---

8) "盖筆談爲重 詩文次之 吾輩之忽於筆談 甚是失着"(『乘槎錄』 6월 14일)

그르다고 하겠습니까? 그러나 지금 이를 가지고 옳지 않다 하여 대개 주자를 반대한다는 이유로 물리치십니다. 제가 들으니 주자께서 보통사람들의 배움은 한 가지 이론에 치우치고 한 가지 학설을 주로 하기 때문에 사방의 주위를 보지 못하여 쟁변이 일어난다고 하였습니다. 여러분께서는 분명 이렇게 하지 않으실 것입니다. 더구나 우리나라 역시 이미 주자의 학문을 국학으로 삼았으니 주자학을 배척하는 말이 필요가 없다고 함이겠습니까? 단지 자기가 믿는 것을 말하여 어지럽게 논쟁하다가 끝내 한바탕 쟁변할 뿐입니다. 그렇더라도 똑같이 선왕의 도를 배우는 자입니다. 비록 소견에 차이가 있을지라도 누군들 효제충신으로 가르치지 않겠습니까? 제 소견이 지극히 얕고 비루하여 선생과 어른의 말씀을 들은 적이 없었으나 어려서 책읽기를 좋아하여 매번 송나라 여러 선생들의 의론에 이르면 무릎을 치며 감탄하지 않은 적이 없습니다. 그러나 漢儒를 심하게 논박한 데 이르면 제 마음에 불안한 점이 있었습니다. 앞사람이 창도하면 뒷사람이 화답하는 법이니 한대에는 진대의 화로를 거두었고 唐代에는 따라 윤색하였습니다. 송대의 전적 중 훈고니 주석이니 전하는 것의 반은 한때 현혹시켜 다른 점이 있다고 여기게 되나 역시 한나라 나귀가 오랑캐 땅에서 걷고 오랑캐 나귀가 한나라 땅에서 걷는 것처럼 거기에서 거기였습니다. 오직 의론의 차이에 대해서는 이미 宋儒가 먼저 漢儒에게 논박하자 明儒 역시 宋儒를 논박하였습니다. 이런 식으로 한다면 논박하고 배척하느라 쉴 틈이 없을 것이니 후생 중에 누가 제대로 따르겠습니까? 저처럼 견식이 얕고 비루한 사람은 삼가 이견을 세우지 않고 좋아하는 바에 아첨하지도 않으며 오직 선현의 말씀을 따를 뿐이니 더구나 한·당·송·명에 대해서이겠습니까? 유독 불안한 점을 가지고 한두 가지 질문하겠습니다.[9]

---

9) "僕往歲會貴邦諸君 於尾張性高院時 海皋李君偶書曰 君亦畔朱之徒與 僕始不解其意也

南宮大湫는 1748년 무진사행 때 제술관인 이봉환의 물음에 적극적으로 주자학을 표방하지 않아 주자를 반대하는 무리로 몰려 필담을 거절당한 경험이 있었다. 그렇기 때문에 경전 해석에 의문을 제기하기 전 일부러 주자의 말을 인용하여 의문을 제기하는 자신이 畔朱의 무리로 몰리지 않도록 미리 대처하였다. 南宮大湫는 다른 학설에 대해 매우 유연한 태도를 지니고 있었기 때문에 徂徠學이라도 역시 선왕의 도를 배우는 것에는 차이가 없다고 보았다. 위 서신은 시작부터 당파적 편견을 버리고 여러 학설 가운데 장점을 취합하려는 절충학파적 단초를 보인다. 절충학파는 反徂徠的인 성향이 강하기는 했지만, 많건 적건 徂徠學의 영향을 받지 않을 수 없어 순수한 정주학자와는 달랐다.

南宮大湫은 朱彛尊의 『經義考』와 顧炎武의 『日知錄』 중에서 자신과 의견이 다른 구절을 발췌하여 각각 자신의 의견을 달아서 서신으로 보냈다. 그 가운데 첫 번째는 다음과 같다.

> 명대 정효가 말하였다. "宋儒는 우리 도에 공이 매우 많지만 입만

遽書對之曰 夫祖述堯舜 憲章文武 宗師仲尼 學生所奉是已 李君無對焉 顧我邦一二先賢 有所見 各自建職以誘後生 後生亦必待先賢而學 則排朱考亭者 君輩無所取 亦豈悉非之 乎 然今以此爲不是 槩以畔朱見黜焉 僕聞朱文公之言 曰常人之學 偏於一理 主於一說 故不見四旁 以起爭辨 諸君必不如此 況我邦亦旣以朱文公之學以爲國學 則不必排紫陽 家之言乎 但其自信者而言之 紛紛聚訟 竟爲一場之爭辨耳 雖然同是學先王之道者 雖所 見有異同而執不以孝悌忠信爲教乎 僕極淺陋 未嘗聞先生長者之言 而幼好讀書 每至宋 諸先生之議論 未嘗不擊節歎之 然至其駁漢儒之甚 則私心有不安焉 夫前者倡之 後者和 之 漢收秦爐 唐從而潤色之 宋籍之若訓詁若註釋傳之者半 一時眩曜以爲如有所異者 亦 所謂漢驢胡步胡驪漢步無以異者 唯議論之異 已宋儒先旣駁漢儒 則明儒亦駁宋儒 如此則 駁斥之不暇 後誰之適從 如僕淺陋 謹不立異見 不復阿所好 唯先賢之言之從 況於漢唐 宋明乎 獨以有所不安者 一二謹奉問(『南宮先生講餘獨覽』)

열면 漢儒가 뒤죽박죽 잡스럽다고 말하고 또 그들의 훈고를 비판하니 아마도 漢儒에 승복하는 마음이 부족한 것 같다. 宋儒가 漢儒에 도움을 받은 것이 열 가운에 일고여덟이다. 지금 모든 경서와 전주가 모두 漢儒에 미치지 못함이 있다. 宋儒는 漢儒를 너무 지나치게 비판했고 근세에는 또 宋儒를 너무 지나치게 믿는다. 지금 학문을 하는 자는 또 宋儒를 지나치게 비판한다."

南宮岳은 말한다. "학문은 넓은 것을 귀하게 여기니 하나를 잡고 옮기지 않는 것은 본디 군자가 할 바가 아니다. 병을 고치는 것에 비유하면, 부정한 기운이 맺혀 있어 내리지 않으면 안 되지만 만약 원기가 부족하면 다른 증상이 따라 나온다. 맺힌 것을 쏟아 내리는 겁약이 도리어 뒷날 병의 근원이 되는 것이다. 한 사람의 손으로 한 사람의 병을 다스리는 일이 오히려 이와 같으니 하물며 학문에서이겠는가?"10)

위는 鄭曉의 말을 인용한 것인데, 정주학을 맹신하여 漢儒의 공을 평가절하하는 세태에 대해 비판한 것이다. 古文辭를 통해 경전 해석을 하려는 徂徠學派가 정주의 해설을 보지 않는 것은 하나만 고집하는 편협한 태도이다. 이를 병 치료에 비유하여, 한 가지 증상을 치료하느라 하나의 약만 쓰면 또 다른 병을 불러일으키니 원기를 쌓듯 경전을 읽는 데에도 두루 읽어서 漢儒든 宋儒든 필요한 대로 끌어와야 한다는 것이다. 마지막 "지금 학문을 하는 자는 또 宋儒를 지나치

---

10) "明鄭公曉曰 宋儒有功於吾道甚多 但開口便說漢儒駁雜 又譏其訓詁 恐未足以服漢儒之心 宋儒所資於漢儒者十七八 只今諸經書傳注 儘有不及漢儒者 宋儒譏漢儒太過 近世又信宋儒太過 今之講學者又譏宋儒太過 岳云 凡學貴乎博 執一不移者 固君子所不爲也 譬諸治病 邪氣結轖 不得不下之 若元氣虛損 則別證從而生 乃其瀉下之劫藥 却爲後之病根已 夫以一人之手治一人之病 尚且如此而況於學乎"(『南宮先生講餘獨覽』)

게 비판한다"는 구절은 본 서적에 없고 전체 취지에서 어긋나는 것으로 보아 정주학을 비판하는 徂徠學에 대해 말하기 위해 南宮大湫가 삽입해 넣은 듯하다. 즉, 南宮大湫의 본래 뜻은 程朱學을 배척하는 徂徠學을 비판하는 데 있었다.

　　말씀하신 바가 漢儒에 대한 비판이 너무 지나치고 宋儒를 믿음이 너무 지나치다는 정효의 논의를 인용하고 원기가 부족한 데 맺힌 기를 내리는 겁약을 쓰는 것에 비유하여 고명하신 의견을 맺으셨습니다. 漢儒를 지나치게 비판한 것은 진실로 宋儒의 잘못입니다. 그러나 漢儒가 性命窮格을 얻어 程朱의 여덟 글자가 타개한 것처럼 말한 적이 어찌 있었겠습니까? 그 뜻과 음을 해석한 것에 漢儒는 近古에 가려 뽑을 만한 것이 많아 하수가 애쓴 데까지 이르렀으니 漢儒가 도리어 모호합니다. 漢儒가 원기를 내리는 약이라 비판해서는 안 될 것 같습니다.[11]

　　남옥은 南宮大湫의 비유법이 잘못되었음을 지적한다. 宋儒가 지나치게 비판한 것은 잘못이지만, 性命窮格의 논의로 경전을 다 해석할 수 있으므로 자잘한 漢儒의 해석이 필요하지 않다는 것이다. 즉, 漢儒의 경전 해석이 한 가지 증상은 치료할 수 있는 겁약조차 될 수 없으므로 漢儒의 해석 자체를 볼 필요가 없다는 뜻이다. 南宮大湫의 본래 의도와는 달리 漢儒의 필요성에 대한 논쟁으로 옮아갔다.

---

11) "所論引鄭曉氏論 譏漢儒太過信宋儒太過 而結之以高意以比元氣虛損用瀉下之劫藥 夫譏漢儒太過誠宋儒之過處 然漢儒何嘗說得性命窮格 如程朱之八字打開 其訓義釋音處 漢儒近古多可采 至於下手用工處 漢儒却是含糊 恐不可以譏漢儒爲瀉元氣之藥"(『南宮先生講餘獨覽』)

漢儒를 너무 비판한 것이 진실로 宋儒의 잘못한 점이지만 漢儒가
원기를 내리는 약이라고 비판해서는 안 될 것 같다는 가르침을 받았
습니다만 족하께서 漢儒를 비판한 것이 宋儒의 잘못된 점이라고 이
미 말씀하신다면 어찌 그렇게 말씀하십니까? 그리고 漢儒가 근고에
가려 뽑을 만한 것이 많다고 하면서 또 어찌 비판하십니까? 宋儒의
한 번 잘못이 만 가지 누를 끼쳤으니, 후세 학자들이 눈이 있어도
漢儒의 책을 보지 않게 한 데 이르렀습니다. 이것이 제가 말한 기를
쏟아내는 겁약의 비유입니다. 틀렸습니까? 만일 뜻과 음을 해석한
것이 취할 만하다면 곧 漢儒의 장점입니다. 性命窮格에 이르면 漢儒
가 말하지 않은 것을 宋儒가 잘 말하였습니다. 지금 足下께서 宋儒가
잘 말한 것을 가지고 漢儒가 말하지 않음을 비판하여 따지면 곧 다시
원기를 쏟아내리게 하는 약이 될 것입니다. 족하께서는 분명히 판별
하고 다시 살펴보십시오.[12]

南宮大湫는 다시 한 번 위와 같은 서신을 보냈다. 그는 지나치게
비판하여 후세 학자들이 漢儒의 책을 보지 못하도록 만든 宋儒의 폐
해를 지적하여 편협한 학문 태도를 다시 한 번 비판한다. 여기에 이르
면 비판의 대상은 程朱學에까지 미치게 된다. 결국 性命窮格의 해석
만을 가지고 경전을 본다면, 이것 역시 한 가지 증상밖에 치료할 수
없는 劫藥이 된다는 것이다.

이후 大阪에서의 최천종 피살사건 때문에 더 이상 학문적인 논의

---

12) "承諭譏漢儒太過誠宋儒之過處恐不可以譏漢儒爲瀉元氣之藥 足下旣以譏漢儒誠爲宋
儒之過處 則何以云然乎 且謂漢儒近古多可采 又何譏之爲 夫宋儒一過遺萬累 至令後世
學者有目 未覩漢儒之書 是余所言瀉下劫藥者 非邪 苟訓義釋音可取 卽漢儒之所長 至其
性命窮格 漢儒所不言宋儒好言之 今足下以宋儒所好言 譏漢儒所不言 均之 乃復爲瀉元
氣之藥 足下明識再察諸"(『南宮先生講餘獨覽』)

는 진행되지 않았다. 그러나 이상의 문답을 살펴보면 논쟁이 점점 격화되는 것을 볼 수 있다. 南宮大湫는 정주학만을 묵수해야 한다고 주장하지는 않았다. 실제 서면에서 주자의 해석만을 고집하는 조선 문사들의 편협한 학문태도를 비판하는 정도는 오히려 徂徠學派에 버금간다고 할 수 있다.

　정주학 외에는 이단으로 규정하는 조선 문사들의 입장에서 南宮大湫 역시 배척해야 할 대상이다. 그런데도 실제로는 별다른 마찰이 없다. 그 이유는 양쪽이 모두 徂徠學을 반대하는 反徂徠의 입장에 서 있었기 때문이었다. 원중거는 마지막 답장에 '도를 위해 스스로 힘써 강직함으로써 지키면 이단사설로 하여금 돌아볼 바가 있을 것이니 두렵도다, 우리 도를 맡길 곳이 여기에 있지 않은가?'[13)]라고 하며 동질감을 드러내기까지 하였다.

　사행 도중 마주쳤던 徂徠學派의 문사들은 처음부터 古文辭를 언급하며 정주학을 배척하는 태도를 보였다. 南宮大湫는 절충할 것을 주장했지만, 기본적으로는 宋學에 대한 반대가 없었고 무엇보다도 徂徠를 반대했다. 그렇기 때문에 실제 논의 속에 드러나는 절충적 단서와는 별개로 조선 문사들은 南宮大湫에게 상대적으로 이단이라는 느낌을 덜 받았던 것으로 보인다. 사행 초기 일본 儒者들의 학문 질의에 대답해주던 관행에 따라 南宮大湫는 '제자를 시켜 시와 편지를 전해 송나라 유학의 경전해석을 논하고 한나라 유학의 잘못을 수습하고 또 서경의 뜻 가운에 어려운 점을 변론하는'[14)]일반적인 유학자로서

---

13) "爲道自免 脊梗以握 使異端邪說 在有所顧 畏哉 吾道之托 其不在玆乎"(『南宮先生講餘獨覽』)
14) "使弟子致詩與札 論宋儒釋經 拾漢儒之失 又難書經之義"(『日觀記』2월 1일)

조선 문사들에게 심상하게 받아들여졌다. 조선 쪽에서는 徂徠學의 강성함에 반발하느라 상대적으로 순수 정주학에서 이미 멀어진 일본 유학의 기미를 감지하지 못했던 것이다.

2) 시에 드러난 일본적 역사의식의 노출 : 柴邦彦의 등장

사행단은 藍島의 龜井魯를 시작으로 하여 도중 徂徠學의 영향을 받은 다수의 문사들을 만났다. 徂徠學은 文辭를 중요시했기 때문에 경학을 중시하는 송학에 비해 시문을 즐기는 문사들은 다소간 영향을 받지 않을 수 없었다. 『乘槎錄』에 따르면 원중거는 太學頭 林信言에게 경서의 보급과 이단의 금지를 권했다.

『隣交詩史』

江戶에 이르자 나는 太學頭에게 말했다.

"귀국 경계에 들어와 다행히 한결같이 훌륭한 선비들을 만날 수 있었습니다. 대부분 총명하고 준수하여 융성하게 일어난 문풍을 알 만했습니다만 불행히 이단사설이 있어 일월 같은 정주학을 헐뜯는 흐름이 가득 차 기세가 앞으로 하늘에 닿겠더군요. 귀국을 위해 깊이 탄식하고 안타까웠습니다. 공 같은 분께서 바야흐로 문형의 지위에 계시니 들어가 대군께 고하여 당판 경서대전 및 정주의 서적을 번각하여 열주에 간포하도록 급히 명을 내리면 다행이겠습니다. 이

단을 통렬히 금하고 좋아하고 싫어해야 하는 것을 분명히 보여 악습
이 후학에게까지 이르지 않게 하는 것이 실로 세도를 바로잡는 급선
무입니다."

林信言이 대답했다.

"이런 폐단이 없는 것은 아니나 이렇게 심한 줄 몰랐습니다. 경서
대전은 이미 간본이 있고 정주의 서적들도 많이 있으니 삼가 가르침
을 받들어 들어가 고하여 호오를 명시해야 겠습니다."[15]

각 주를 거치는 동안 실제 겪었던 원중거에 비해 林信言은 그다지
자각하지 못했던 것 같다. 國學 쪽 인물인 澁井平조차 護園이나 折衷
學派의 인물들과 두루 교유하고 있었던 것을 보면 이단을 구분하는
것이 조선처럼 엄격하지 않았음을 알 수 있다. 원중거의 이런 제의가
영향을 미쳤는지 확실하지 않지만, 25년이 지난 1790년 幕府는 "寬政
異學の禁"을 발포한다.

寬政異學の禁은 원래 국학인 昌平黌을 대상으로 한 것이었다. 國
學조차 徂徠學의 영향에서 자유로울 수 없었다는 것을 의미하는 일
면 사상적 통제가 필요할 정도까지 幕府의 권위가 실추되었음을 보
여준다. 幕府가 주자학 이외의 학문을 한 사람을 등용하지 않는 정책
을 썼으므로, 異學禁止는 藩學으로까지 빠르게 파급되었다. 결국은
원중거이 바람이 실현되었디고도 볼 수 있다.

---

15) "及至江戸 余對太學頭言 入貴境幸得一接賢士 大抵多聰明秀俊 可知文風蔚興 而不幸有
異端邪說 託斥日月之程朱 流波滿滿 勢將滔天 爲貴國深用歎惜 如公方處文衡之地 幸入
告大君 急命翻刻唐板經書大全及程朱諸書 刊布列州 痛禁異端 明示好惡 使不至播惡於
後學 實正世道之先務 林答曰 不无此弊 而不知此甚 經書大全已有刊本 程朱書亦多有之
謹當依敎入告 而明示好惡云矣"(『乘槎錄』 3월 10일)

異學禁止를 주도한 중심인물 중에 柴野栗山(1734~1807)이 있었다. 柴野栗山은 사행록에 柴邦彦이라고 기록되어 있는 인물이다. 그는 18세 때 昌平黌의 林復軒 밑에서 수학하다가, 1765년 京都의 高橋宗直 문하로 들어갔다. 이후 藩의 유관에 종사하다가 1788년 幕府의 초빙으로 昌平黌의 교관이 되었다. 太學頭를 보좌하여 국학 부흥에 앞장섰으며, 누구보다도 古學을 배척하고 주자학을 옹호했던 인물이다.

柴邦彦의 이후 행적을 보면 일본문사 가운데 사행단의 문사들과 사상적으로 가장 의기투합할만한 인물이다. 그런 柴邦彦이 國學生徒 시절 사행단의 문사들과의 창수모임에 끼인 적이 있다. 그러나 柴邦彦에 대한 문사들의 평가는 매우 좋지 않았다.

> 昌平學生 중에 柴邦彦이라는 자가 있는데 연소하고 호는 栗山이었다. 붓을 잡은 것이 물 흐르듯 하여 백팔십운을 내고 다시 칠언율시 한 수를 내었는데, 고시가 좀 더 나았다. 여러 시들과 아울러 나중에 화운하면서 柴邦彦의 작품을 자세히 보니 먼저 병려체로 된 서문이 있는데 비록 문선체이나 역시 절로 아름다웠다. 배율의 용시가 넉넉하였으며 모두 주석이 있었으니 풍부하면서도 아름다웠고 조사가 화려한 것이 동쪽으로 온 후 처음 본다 할 만하였다. 다만 辰巳年의 일을 서술하는 데 경의를 많이 잃어 더불어 화운할 수가 없었다. 마침내 시를 쓴 종이와 명함을 아울러 돌려주었다. 젊은 나이에 문장에 널리 통달했고 재기와 생각이 무리 중에 뛰어났으나 몸가짐이 비록 촛불 아래 잠깐 사이였지만 역시 교만하고 제멋대로여서 덕을 넘는 재기가 보였다. 문장과 견식이 한결같이 荻生徂徠를 스승으로 삼은 것이었다.16)

柴邦彦, 호는 栗山인 자가 있는데 나이는 29세로 자리에 나왔다. 재기가 매우 뛰어났으나 늦게 만나러 나왔기 때문에 성난 말이 매우 많았다. 조반 후부터 이미 와 앉아 있었으나 쾌주가 왔으므로 對馬 사람이 통해 주지 않다가 마침내 들어오니 밤이었기 때문이었다. 일백팔십구의 오언고시를 바치고 또 각각에게 율시와 절구를 바쳤다. 오언고시를 열어보니 나라를 세운 것부터 시작해 양국의 고사를 인용하였는데 말이 해괴하고 망령되었다. 끝내 다른 시와 아울러 화운하지 않고 필담과 함께 봉해서 돌려보냈다.17)

柴邦彦이 國學의 문사들과 객관을 찾은 것은 2월 25일로, 林氏 門徒가 공식적으로 접견한 마지막 날이었다. 이날 太學頭 부자가 규례에 따라 사신과 만나는 날이었으므로 안팎으로 경계가 심했던 것으로 보인다. 밤이 되어서야 문사들과 만났으므로 필담창수를 나눌 여유가 없었다. 그래서 문사들은 시를 받아가지고 와 나중에 차운시를 썼던 것이다.

위의 기록에서 보이듯 남옥과 원중거는 柴邦彦의 재주에 대해 찬탄을 아끼지 않았다. 남옥은 '東來後初見'이라고 하여 일본 제일로까지 평가하였다. 그런데도 문사들은 柴邦彦을 용납할 수 없었다. 같은

---

16) "昌平學生有柴邦彦者 年少號栗山 操筆如流 出百八十韻 更出七律一首 詞筆稍優 諸詩並追和 詳見邦彦之作 則先有儷序 雖是選體 亦自綺麗 排律用事該瞻 皆有註說 旣富且妍藻致爛燁 可謂東來後初見 但叙龍蛇事多失敬義 不可與之酬和 遂與詩紙名刺並還投 盖其妙歲博文 才思超群 其學止燭下卒午之間 亦見驕妄勝德之氣 文與識一惟物雙栢是師者也"(『日觀記』 2월 25일)

17) "有柴邦彦號栗山者 年二十九 當筵才氣極翩翩 以晚出見之 故頗有慍語 自朝飯後已來會坐 而因祭酒來馬人不通 遂致入夜故也 呈一百八十句五古 又各呈律絶 而開見五古 則始自立國引用兩國事 語極駁妄 遂不和並其他作 與筆談而封還之"(『乘槎錄』 2월 25일)

주자학을 신봉하는 사람끼리 만났는데도, 남옥은 그를 徂徠學派로 잘못 파악할 정도였다. 그 이유는 고시의 내용에 있었다.

남옥은 '龍蛇事'를 서술하는데 경의를 잃었다고 했고, 원중거는 나라를 세운 일부터 인용한 양국의 고사가 '駁妄'하다고 비판하였다. 김인겸도 柴邦彦의 시가 불경하기 심하다고 언급하였다. 즉, 양국의 역사를 서술하는 관점이 문제였던 것이다.

柴邦彦의 고시는 「隣交詩史」[18]를 가리키는 것으로, 백팔십운으로 된 천팔백 자의 장편시이다. 일본과 주변 국가의 외교사를 시 한편에 읊은 것이다. 그 일부분을 보도록 하자.

百王惟一姓	백대에 걸친 왕은 오직 한 가지 성씨이나
雜種幾多隅	잡종은 수많은 변방에 있으니
苟得威懷道	위협과 회유의 도를 얻는다면
何妨嗜欲殊	기호와 욕망이 다른 것이 무슨 문제랴?
伽羅思服舊	가야는 복종을 생각한 것이 옛날이요
任那欸誠輸	임나는 응답하여 성심을 다하였으니
率土元臣妾	온 나라가 원래부터 신하인데
遐荒入版圖	먼 변방 땅이 판도에 들어왔네.
偉哉神后烈	위대하다, 신공황후의 공훈이여!
遠與女媧符	먼 옛날 여와와 꼭 같구나.
文軌遙通魏	문궤가 아득히 위나라까지 통하고
廟廊坐屈吳	조정에서는 오나라를 굴복시켰도다.
昊天饗豊祀	하늘이 풍성한 제사를 받고

---

18) 日本國會圖書館 소장.

皇祖降靈巫　　황조께서 신령한 무당에 강림하여
河瑞年魚躍　　강물의 상서로운 은어가 뛰어올랐고
雲鬟總角梳　　구름 같은 머리가 양 갈래로 빗겨졌네.

　위의 구절만 보더라도 「隣交詩史」의 내용이 얼마나 자국중심주의
에 입각했는지 알 수 있다. 주변 국가를 雜種으로 비하하였는데, 여
기에 속하는 것이 伽羅와 任那이다. 주석에는 '숭신제 조정에 오호
가라국 사람 쯔노카아시가 내조했다가 마침내 머물러 떠나가지 않
고 나중에 관직을 받았으니 서쪽 사람의 귀화는 이것이 시작이다.
오호가라국은 저들의 이른바 대가락국이다', '숭신제 65년 임나국의
오랑캐 사람이 조공을 시작했다'19)라고 하여 『日本書紀』의 임나일
본부설을 그대로 보여준다. 그 다음 구는 이를 더욱 과장하여 일본
의 세력이 중국의 위나라와 오나라에까지 미친 것처럼 표현하였다.
이어서 나오는 구절은 神功王后의 삼한정벌설을 노래한 것이다. 仲
哀帝가 점을 치자 황조가 강림해 삼한을 정벌할 것을 명했으나 믿지
않자 곧 죽었다. 神功王后가 다시 신을 불러 점을 치자 똑같은 말이
나와 삼한 정벌을 결심했다는 것이다. 출정하면서 강가에 이르러 전
쟁에 이길 것이라면 물고기가 낚이게 해달라고 빌자 은어가 낚싯밥
을 물어 잡혔고, 바닷가에 이르러 전쟁에서 아무것도 잃지 않을 것
이라면 머리가 양쪽으로 갈라지게 해달라고 빌며 해수에 머리를 감
자 저절로 양 갈래가 되어, 총각머리에 남장을 하고 싸울 것을 맹세
했다고 한다.20) 柴邦彦은 神功王后의 삼한정벌이 신의 계시로 이루

---

19) "崇神帝朝 意富伽羅國人都怒我阿斯等來朝 逐留不去 後授官 西人歸化 此爲始 意富伽
羅國 卽彼所謂大伽洛國是也", "崇神帝六十五年 任那國夷人始朝貢"(『隣交詩史』)

어진 신이한 일로 서술하였다. 뒤쪽에는 壬辰倭亂의 사실을 왜곡하는 부분까지 나온다.

어쨌든 神功王后의 삼한정벌과 豊臣秀吉의 조선 침략 미화는 일본의 내부적 시각일 뿐, 조선 사행단에 노출시킨 적은 없었다. 『賓館唱和集』처럼 서문에 神功王后의 삼한정벌과 豊臣秀吉의 조선 침략을 쾌사라고 일컫는 구절이 나오는 경우가 있지만, 직접 문사들을 대면하여 말하거나 시에 드러낸 적은 없었다.

우리가 주목해야 할 것은 昌平黌의 문사이자 철저한 주자학자인 柴邦彦이 위와 같은 내용을 서술했다는 점이다. 전통적인 주자학자라면 가지고 있어야 할 華夷의 구분이 위의 시에서는 전도되어 나타난다. 일본이 華이고, 중국을 포함한 주변 국가들이 雜種이자 夷인 것이다. 더구나 신화에 근거해 역사를 자국중심으로 재편하는 일은 怪力亂神을 말하지 않는 유학 본연의 자세에도 매우 벗어나는 태도이다.

이것을 어떻게 해석해야 할까? 아마도 일본 유학의 독특성에서 찾아야 할 것이다. 일본의 유학자들은 초기부터 유교와 神道를 연결시키려는 노력이 있었다. 일본 유학의 비조인 藤原惺窩부터 '중국에서는 儒道라 하고 일본에서는 神道라 한다. 이름은 다르지만 그 마음은 하나다'라고 하였고, 그의 제자이자 초대 太學頭였던 林羅山은 '어떤 사람이 神道와 유교의 도를 어떻게 구별합니까'라고 물었다. 대답하

---

20) "仲哀帝末年 天祖降巫誨帝征三韓 帝不信 俄而崩 后大懼俾巫更請神 神復誨如初 乃大征三韓", "后親征至肥前松浦縣 投釣河水 祝曰此擧可捷則河魚受餌 乃獲年魚", "駕至檀一浦 后解髮臨海 祝曰朕爲奉神祇命 將西征事 若無失則髮分爲兩 乃沐海水 髮自岐爲兩 於是總角男裝 擐甲杖鉞 以誓于師"(『隣交詩史』)

기를, 내가 보기에는 그 이치는 하나지만, 그 구체적인 행위가 다를
뿐이다.'라고 하였다.[21] 山崎闇齋처럼 말년에 神道로 돌아선 유학자
도 있다. 일본의 정주학은 태생부터 蘭學의 상대적 개념으로서의 國
學으로 나아갈 바탕을 가지고 있었던 것이다.

柴邦彦의 「隣交詩史」는 일본식 주자학의 세계관을 보여준다. 주자
학을 추숭한다는 점에서 柴邦彦과 조선의 문사들은 표면적으로 '同
道'라 말할 수 있을지 몰라도 본질적인 면으로 들어간다면 임진왜란
을 바라보는 관점만큼 큰 차이가 존재한다. 원중거의 구상과 마찬가
지로 柴邦彦이 이학의 금지를 주도했지만, 생각하는 '선왕의 도'는
완전히 다른 것이라 할 수 있다. 그러나 이질성은 끝내 표면으로 드러
날 수 없었다. 사행은 선린우호를 목적으로 하는 것이기 때문에 사행
대상국의 정세를 파악해야 하지만, 국가의 체면을 손상시키는 일을
해서도 안 된다. 따라서 민감한 사안들은 양국이 타협하는 적당한
수준에서 마무리되었다. 결국 일본의 자국관을 보여준 柴邦彦의 「隣
交詩史」는 양국의 이질성을 파악하는 단초로 사용되지 못하고 불경
하다는 이유로 내쳐지는 수준에서 그치게 된 것이다.

3. 徂徠學派와의 만남 : 일본 시론의 등장과 대립

1) 조선적 감식안의 일본 내 통용 : 龜井魯의 발견

山田正珍은 荻生徂徠와 太宰春臺의 문집을 읽고 있는 성대중에게

---

21) 마루야마 마사오, 같은 책, 278쪽.

어떠냐고 묻자 성대중은 '徂徠의 문사는 일본의 거장이라 이를 만하
나 학술을 크게 그르쳤다. 春臺集 및 서문 역시 일본의 거벽이라 이를
만하다.'22)라고 대답한다. 이는 徂徠學派의 중심인물에 대한 조선
문사들의 평가를 보여준다. 사상적인 면에서 徂徠學을 비판하고 있
으나 이들의 시와 문장에 대해서는 인정한다. 즉, 학술적인 면에서
이단이라는 것과 문학적 능력과는 분리시켜 평가했던 것이다.

원중거는 荻生徂徠에 대해 '대략 시문의 명성을 얻었고 후에 王世
貞, 李攀龍의 문집을 長碕의 중국선박에서 얻어 그들의 시문을 사모
할 뿐 아니라 정학이라 이르며 배웠고 마침내 스스로 王李의 학문이
라고 명명하였다'23)라고 하여 徂徠學派가 시문에서 王世貞, 李攀龍
을 추숭하고 있음을 밝혔다. 徂徠가 明代의 前後七子를 모방하여 擬
古文을 지으면서 기이함을 과시하고 견강부회했던 면은 일본의 문사
들에게도 비판을 받은 바였다. 실제 徂徠學派의 인물이 시법에 대해
어떤 의견을 가지고 있는지 『松庵筆語』에서 엿볼 수 있다.

> 松庵 : … 귀국의 시를 배우는 법은 어떻습니까?
>
> 성대중 : 내가 시를 말하기에 부족합니다. 시를 배우는 법은 시경
> 삼백편을 근본으로 하고 한당을 배우며 당시에서 시체를 본받아야
> 합니다. 두보가 마땅히 종맥이 됩니다.
>
> 松庵 : 근체시는 당시만한 것이 없고 당 이후는 명시만한 것이
> 없으니 이반룡의 고상하고 화려함, 왕세정의 박식하고 웅대함은 개

---

22) "徂徠文辭 可謂日東巨匠 而學術大誤 春臺集及序 亦可謂日東之巨擘矣"(『桑韓筆語』)

23) "略有詩文之名 後得王世貞李于鱗文集於長碕唐船 不但慕其詩文 謂之正學而學之 遂
   自名王李之學"(『和國志』)

천 연간의 시인들과 나란히 달릴 만합니다. 나머지 가운데 뛰어난 것은 한때 지은 글들입니다.

　성대중 : 왕세정과 이반룡은 화려하나 내실이 없으니 어찌 당시와 비견할 수 있겠습니까? 그대는 徂徠가 그르친 바를 하고 있군요.

　松庵 : 시는 어려운 것인데 선생께서는 어찌 쉽게 말하십니까? 제가 한 번 논해 보기를 청합니다. …그러므로 시를 배우는 법은 명시를 말미암아 당시로 가고 한위에 노닐어 시경으로 거슬러 올라가서 처음에는 구애되어 얽매이다가 중간에 편안해지고 끝내는 만족스럽게 됩니다. 한위당명의 시를 하지 않는 것이 없으나 한위도 아니고 당명도 아닌 스스로 일가가 되면 옛 시 보는 것이 지금의 시 같을 터이니 국풍과 아송을 어찌 하지 않겠습니까? 이를 미리 헤아려 의논하여 변화를 이루는 것이라 이르며 만상을 모두 갖춰 날마다 새로워지는 것이라 이릅니다. 우리 무리의 지론은 이와 같습니다. 고명하신 의견은 어떠하신지요?

　성대중 : 지론이 좋습니다만 명시에 물든 습관은 흰 옥에 티가 아니겠습니까?[24]

　　학시법에 대해 성대중은『詩經』과 두보시를 근본으로 할 것을 권하였다. 그런데 井敏卿은 唐詩와 함께 명대 의고주의 시를 함께 거론

---

24) "松庵曰…貴國學詩之法如何 龍淵曰 僕詩不足言不足言 學詩之法 須宗三百篇 須學漢 唐 取體於唐 而杜少陵當爲宗脈 松庵曰 近體之詩唐莫尙焉 唐以後無詩明 則歷下之高華 吳郡之博大 可以並驅開天諸子 其他翩翩一時之撰也 龍淵曰 王李華而無實 烏得與唐詩 比 君爲物茂卿之所誤矣 松庵曰 詩難矣 先生談何容易也 余請嘗論之 … 故學詩之法 由於 明 之於唐 游乎漢魏 溯乎三百篇 始而拘拘焉 中而徐徐焉 終而于于焉 漢魏唐明無不爲也 而非漢魏非唐明 自爲一家也 而視古之詩猶今之詩乎 國風雅頌 何所不爲也 是之謂擬議 成變矣 是之謂富有日新矣 吾黨持論如是 高意如何 龍淵曰 持論好矣 但明詩之染習 不爲 白璧之瑕乎"(『松庵筆語』)

하였다. 徂徠學派의 학시법은 명시를 배워 당시에 이르고 마지막에
는 자기의 시를 쓰는 과정을 밟는 것이다. 이러한 논법은 조선 문사에
게 '由陸入杜'나 '由蘇入杜'와 같은 학시의 낡은 명제를 떠올리게 하
는 것이다.

> 시를 짓는 것은 성정을 펼쳐 쏟아내고 사물을 망라함을 귀하게
> 여기니 느끼고 닿는 데 따라 하지 않을 것이 없다. 사물의 정교함과
> 조악함이나 말의 우아함과 속됨도 오히려 가려 택하지 않아야 하는
> 데 더구나 고금의 구별이겠는가? 이반룡 무리가 옛것을 배우는 것은
> 처음부터 신묘하게 깨닫고 터득하는 것이 없이 한갓 언어를 모의할
> 뿐이기 때문에 당시를 배우려면 당나라 사람의 말을 쓰고 한나라
> 문장을 배우려면 한나라 글자를 써야 한다. 만약 당 이후의 일을 쓰
> 면 말이 당시 같지 않을까 봐 걱정하기 때문에 서로 이처럼 경계하고
> 금하는 것이니, 어찌 다시 참된 문장이 있겠는가?[25)]

김창협은 시라는 것은 작가의 감정을 진솔하게 표현하는 것을 중
시하였다. 시경과 성당시는 바로 시인이 성정을 표출하고 사물을 사
용하는 데 제한이 없었기 때문에 작가의 개성이 잘 드러난다. 사용하
는 전고나 시어가 아름답고 훌륭해서가 아니라 시가 전달하는 감정
이 진실했기 때문에 읽는 이에게 감동을 줄 수 있었던 것이다. 이에
비해 당시와 한문을 배우려는 명대의 복고주의자들은 의고에서 그칠

---

25) "夫詩之作 貴在抒寫性情 牢籠事物 隨所感觸 無乎不可 事之精粗 言之雅俗 猶不當揀擇
    況於古今之別乎 于鱗輩學古 無神解妙悟 而徒以言語模擬 故欲學唐詩 須用唐人語 欲學
    漢文 須用漢人字 若用唐以後事 則疑其語之不似唐 故相與戒禁如此 此豈復有眞文章
    哉"(김창협, 『농암집』24권)

뿐 시의 본질을 터득하지 못했다고 비판하였다. 이러한 김창협의 시
론은 학시의 단계를 벗어나 한시가 토착화되어 가는 조선 시단의 경
향을 보여준다. 남옥을 비롯한 네 문사들이 사행 도중 김창협과 시론
을 공유했던 金昌翕의 시에 자주 차운하곤 했던 것을 보면, 이들도
당시 시론에 찬동하고 있었음을 알 수 있다. 山根淸은 네 문사에 대해
'글은 뜻을 전달하는 것을 위주로 할 뿐 문사를 닦는 법을 버렸으니
당연히 고문사의 묘함을 알 수 없다'26)라고 비판하였으나, 실제로는
고문사의 폐해를 이미 겪었기 때문에 그만두었던 것이다. 조선 문사
에 공감하고 있던 那波魯堂은 '해학하는 말이 모두 느낌을 살피기에
충분했기에 한위를 모방할 필요가 없었다'27)라고 전혀 반대의 평가
를 하였다.

　성대중과 井敏卿의 학시법은 궁극적인 목표에는 큰 차이가 없다.
학시의 끝은 다른 시를 모방하는 것이 아니라 자신의 시를 짓는 것에
있다. 徂徠學의 문제는 자신의 시를 이루기 전에 모의에서 끝나 문사
를 조탁하는 것에 골몰하게 된다는 것이다. 그렇기 때문에 성대중은
井敏卿의 의견에 찬동하면서 '明詩之染習'에 빠지지 말 것을 권유했
던 것이다.

　이러한 시론의 차이에도 네 문사가 시재를 가장 높게 평가했던 인
물은 龜井魯였다. 남옥은 '龜井魯는 나이가 21세인데 시재가 뛰어나
고 재기가 예민하여 紀國瑞와 井土 등 세 서기를 겁줄 뿐 아니라 두
렵게 하였다.'28)라고 하였으며 원중거는 '총명과 지혜가 절륜했고

---

26) "文唯主達意 而修辭之道廢矣 宜乎弗能知古文辭之妙"(『長門癸甲問槎』 서문)
27) "諧詞謔語 皆足觀感 不必擬漢模魏矣"(『問槎餘響』 서문)
28) "龜井魯年甫廿一 詩筆翩翩 才氣甚銳 不但憫紀平业與井土等三書記而畏之"(『日觀記』

문장을 쓰는 것이 나는 듯했다'[29]라고 하였다. 성대중도 「書日本二才子事」에서 '那波魯堂의 재주가 龜井魯보다 조금 아래지만 학식은 낫다'[30]라고 하여 龜井魯의 문재를 더 높이 평가하였다. 이들은 江戶를 오가는 도중 문사를 만날 때마다 龜井魯를 소개하여, 여타의 필담창수집에 龜井魯를 언급하는 구절이 자주 발견된다.

龜井魯는 네 문사를 만나 수창했을 뿐 아니라 자신의 시집을 전하고 서문을 받았다. 문사들이 특히 거론했던 시는 이 시집에 들어있던 「折楊柳」와 「胡笳歌」였다.

送客河南柳　　손 보내는 하수가 남쪽 버드나무는
枝枝垂不長　　가지가지 늘어졌으나 길지 않구나.
自添春雨色　　저절로 봄비 빛을 더했으니
復斷幾人腸　　또 몇 사람의 간장을 끊으려나?

위 「折楊柳」는 전체적으로 악부시를 본받고 있다. 이별에 관한 노래이지만 시의 표면에 슬픔을 드러내지 않는다. 강가 버들가지는 왜 길지 않은 것일까? 헤어지는 사람마다 꺾기 때문에 자라지 못하는 것이다. 거기다 봄비까지 왔으니 헤어진 사람의 마음에 더 슬픈 풍경으로 비친다. 버드나무라는 景을 통해 슬픔이라는 情을 드러내어 정경융합을 이루는 당시의 전형적인 방식이다.

12월 8일)

29) "聰慧絶倫 筆翰如飛"(『乘槎錄』 12월 8일)

30) "師曾才稍下於魯而學識勝之"(『日本錄』)

月白風蕭瑟   달 밝고 바람 소리 쓸쓸한데
胡笳度曲淸   풀피리 곡조 맑구나.
何人多旅想   어느 누가 길 떠나 그리움이 많은지
無地不邊聲   변방의 소리 나지 않는 곳이 없어라.
霜下千門肅   서리 내려 궁문 고요하고
沙平獨戍橫   모래땅 평활한 곳에 빗장문 홀로 지키자니
生憎天際雁   하늘가 기러기에 화가 나는 것은
總向故鄕鳴   다 고향 향해 울기 때문이라오.[31]

위의 시는 「胡笳歌」인데, 사용된 수법이 「折楊柳」와 매우 유사하
다. 달 밝고 바람 쓸쓸하고 피리소리 들리는 景의 묘사는 한시에서
익숙하게 볼 수 있는 것이다. 그런데 화자는 頷聯에서 胡笳 소리의
주인공에 대해 짐짓 딴청을 부린다. 고향 생각에 피리 부는 사람은
실제 자기 자신이지만 '無地不邊聲'이라고 하여 나를 숨긴 채 고향
떠난 처지를 돌려 말한다. 미련의 방식도 마찬가지이다. 기러기가 까
닭 없이 미운 것은 고향을 향해 울기 때문이라는 것인데, 고향에 갈
수 없는 자신의 처지에 대한 서글픔을 표현한 것이다. 율시 한 편에
情景의 굴곡이 심하다. 그러면서도 직접적으로 情을 노출시키는 것
이 아니라 景에 의탁해 내보인다.

원중거는 '그의 시문이 이런 류가 매우 많았다. 시집 제목이 "東遊
錄"인 것은 금년 봄 大坂을 유람했기 때문이다. 그의 아비는 伴鷗라
하고 어미는 德子라 하니 伴鷗는 호이고 德子는 자이다. 모두 송별하

---

31) "其折楊柳曰 送客河南柳 枝枝垂不長 自添春雨色 復斷幾人腸 其胡笳歌曰 月白風蕭瑟
胡笳度曲淸 何人多旅想 無地不邊聲 霜下千門肅 沙平獨戍橫 生憎天際雁 總向故鄕鳴
苟非他人口氣 則其才格誠不凡也"(『日觀記』 12월 9일)

는 와카가 있었으며 그의 문도 중에도 송별 시문이 많았다.'라고 하였
다.32) 龜井魯의 시는 악부시를 본떴어도 악부시의 분위기를 내기 위
해 억지로 슬픈 상황을 만든 것이 아니라 실제로 大坂으로 공부하러
떠나 있으면서 고향을 그리워하여 지은 것이다. 원중거는 龜井魯가
앓는 소리를 가장한 것이 아니라 실제 감정을 노래한 점을 지적하였
다. 어려운 전고와 궁벽한 글자를 사용하지 않고도 당시의 분위기를
연출하고 또 그것이 자신의 진솔한 감정을 드러내었다는 점에서 龜井
魯의 시는 네 문사에게 높은 평가를 받았다.

龜井魯는 徂徠學派의 문사였으나 그의 시는 조선 문사의 감식안을
통해 발견되었다. 이는 조선 문사의 시론이나 徂徠學派의 시론이나
궁극적으로 추구하는 것이 자기의 개성적인 시를 쓰는 데 있기 때문
이다. 학시법에는 충돌이 있어도 이미 경지에 오른 시에는 양쪽 다
찬성하게 된다. 그렇기 때문에 조선 문사의 발견은 곧 일본 문사들의
호응으로 이어질 수 있었던 것이다.

사상적 태도 때문에 양쪽 문사는 상당한 대립을 겪었고, 시론적인
면에서도 표면적으로 대립하였다. 그러나, 시를 감식하는 면에서는
본질적으로 상통하는 면이 있었다. 이미 독자적인 시론을 구축한 조
선이든 아직 언어 조탁과 모의에 힘쓰고 있던 徂徠學派든, 龜井魯의
시를 평가함으로써 양국의 문학적 공통성을 드러냈다고 할 수 있다.

---

32) "其詩與文 此類甚多 謂之東遊者 卽今春大坂城覽遊也 其父稱伴鷗 其母稱德子 伴鷗號
也 德子字也 俱有送別倭歌 其徒中亦多送別詩文矣"(『乘槎錄』 12월 9일)

2) 徂徠學派 문사의 비약적 근거 : 이언진에 대한 환상

계미사행에서 이언진의 위치는
특이하다. 그는 압물통사로 사행에
참여했으므로, 제술관이나 寫字員,
畫員처럼 문화교류를 위해 선발된
인물이 아니었다. 게다가 한학통사
였으므로 왜학통사처럼 일본인과
잦은 접촉을 했던 것도 아니었다.
그런데도 일본 문사들 사이에 상당
한 반향을 불러일으켜 사행은 그의
문재를 펼칠 수 있는 장이 되었다.
그에 대한 기록에서 두 차례의 燕行

『東槎餘談』에 보이는 이언진의 초상

보다 일본 사행이 훨씬 중요한 일로 다루어지는 것도 일본 사행을
통해 문명을 떨쳤기 때문이었다.[33]

남옥과 원중거의 기록[34]에 따르면 사행단이 壹岐島에 머물던 12
월 1일 이언진은 자신이 지은「海覽篇」과 고체시 2편을 써서 문사들
에게 비평을 구하였다.

---

33) 현전 필담창수집에서 이언진의 작품을 몇 개 확인할 수 있는데, "雲林室裏悟眞人
生在魚龍寂莫濱 草木扶乘搖落後 天花秀出一枝春"(「押物判事 傍觀此詩 援筆和之」, 『快
快餘響』, "四明狂客賀季眞 四明山人謝茂秦 天地生才無遠邇 今人何似古之人"(「敬偤備
前文學井公」, 『甲申槎客萍水集』), "海色環三島 雲帆萬里來 江卽華筆禿 多愧古人才"(「
走岬奉和大江公」, 『問佩集』), "芝蘭林裏室生香 鵲背何來抵夜光 小別千年天地外 武州
東望海無梁"(「奉報龍門劉先生」, 『東槎餘談』) 등이다.

34) "李彦瑱示海覽篇及古體數篇 淹博藻燦 眞當世奇才"(『日觀記』12월 1일), "譯士李彦瑱
字虞裳 年方二十四 書其海覽篇長短句 並書古詩兩篇求評 袖來傳翫於座中 朱評以還 儘
奇才"(『乘槎錄』12월 1일)

이언진이 『海覽篇』 및 고체시 여러 편을 보여주었는데, 학식이 넓고 문채가 화려했으니 진실로 이 시대의 기이한 재주이다. 자취가 역관 무리에 섞여 있으나 이와 같이 잘하고 사람됨도 청렴하고 강직하니 진흙 속에 노니는 연꽃이라 할 만하다.[35)]

역관 이언진은 자가 우상이고 나이는 24세이다. 자신이 지은 장단구 『海覽篇』과 고시 두 편을 써가지고 와 시평을 구했다. 소매에 넣어와 좌중에 돌려 구경시키기에 비점을 쳐서 돌려주었으니 모두 기이한 재주이다. "해람"이라고 제목을 지었는데, 험운에 의거하지 않을 수 없었고 대체로 시체가 바르지 못했다. 그러나 그 기묘하고 현란함이 마치 장수가 바야흐로 무예를 펼쳐 뛰어남을 드러내는 듯하다. 사람이 이와 같은 재주가 있으면서도 머리를 숙여 역관에 종사하고 있으니 안타깝다.[36)]

역관이 이렇듯 뛰어난 재주를 가지고 있다는 점이 문사들에게 깊은 인상을 주었던 것으로 보인다. 남옥이 "淹博藻燦"이라고 하고, 원중거가 "弔詭炫煌"이라고 한 점에서도 보이듯 이언진 시의 특징은 무엇보다도 화려한 시어와 굴곡진 익론에 있었고, 문사들은 이 점에 모두 찬탄하며 기꺼이 평을 써주었다. 이를 계기로 이언진은 자신의 존재를 인식시키게 되었을 뿐 아니라 이후 성대중을 비롯한 서울의 서얼문사들에게까지 이름을 알리게 되었던 것이다.

---

35) "李彦瑱示海覽篇及古體數篇 淹博藻燦 眞當世奇才 跡混鞮象 而能如是 爲人亦皎耿 可謂游泥之蓮"(『日觀記』 12월 1일)
36) "譯士李彦瑱字虞裳 年方二十四 書其海覽篇長短句 並書古詩兩篇求評 袖來傳翫於座中 朱評以還 儘奇才 題以海覽不能不據險 而大抵體不雅正 然其弔詭炫煌 若將方武明賢 人有如此才 而屈首鞮衆 惜哉"(『乘槎錄』 12월 1일)

원중거는 "體不雅正"이라는 단점을 아울러 언급하였는데, 박지원 역시 이와 비슷한 문제를 지적한 바 있다. 박지원은 시평을 구하는 이언진의 원고에 대해 "此吳儂細唾 瑣瑣不足珍也"라고 혹평하였고, 이후 이언진의 죽음을 전해 듣고 "우상이 연소하니 부지런히 도에 나아간다면 글을 지어 세상에 전할 만하다고 생각했었다"[37]라고 하였다. 박지원의 혹평은 이언진이 제대로 된 길로 들어서도록 하기 위한 편달이라는 것인데, 정민의 주장대로[38] 이언진의 험벽한 전거와 생소한 표현이 사용된 지나친 기교가 비판의 대상이었던 것이다. 김창협은 "천하의 일은 먼저 진위와 허실을 분변한 후에야 工拙과 精粗를 논할 수 있으니 문장 역시 그러하다"[39]라고 하였다. 지나친 기교를 부리는 것은 도리어 천진을 드러내는데 방해가 될 수 있다. 왕세정을 추숭했던 이언진에 대한 우려는 바로 이러한 지나친 기교에 있었던 것이다.

　　이언진이 병이 심했을 적에 성대중이 물었다. "자네가 아프니 酸怪語를 짓고 앉아있을 뿐이구려. 어찌 富貴語를 짓지 않는 것인가?" 이언진이 웃으며 말했다. "저도 富貴語가 있으니 '초지가 있는 산천은 황엽의 밖에 있고 제천의 누각은 백운 가운데 있도다'라는 시가 그것입니다." 성대중이 말했다. "이 역시 酸怪語일세. 내가 일본에 들어갈 때 지은 '의관이 물에 어리니 문장이 흐드러지고 고각이 바람을 맞으니 율려가 날리는구나'와 같은 시가 진짜 富貴語라네. 자네

---

37) "以爲虞裳年少俛就道 可著書垂世也"(「本傳一」, 『松穆館燼餘稿』)

38) 정민, 전게 논문, 110쪽.

39) "天下事 須先辨眞贋虛實 而後可論工拙精粗 文章亦然"(『聾巖集』 「答崔昌大」)

는 재주가 많으나 재주란 안으로 쌓아야지 밖으로 떨쳐 드러내서는
안 되네. '才'라는 글자는 삐침이 안에 있지 밖에 있지 않다네."[40]

  성대중과 이언진의 문답은 당시 문사들이 가지고 있던 이언진에
대한 우려를 잘 보여준다. 성대중은 이언진에게 '酸怪語'를 지양하고
'富貴語'로 시를 지을 것을 권유하자, 이언진은 자신도 富貴語로 지은
시가 있다고 하며 시 한 구절을 외워준다. 이 시를 살펴보면, 일본의
절과 누각이 즐비한 모습을 표현하면서 '初地', '黃葉', '諸天', '白雲'
등의 불교와 관련된 전고가 다수 사용하였다. 원래 성대중이 말한
酸怪語란 기교적이고 기묘한 시어를 가리키고 富貴語란 함축적인 시
어를 지칭하는 것이었으나, 이언진은 富貴語를 의미를 직접 노출시
키지 않고 전거가 있는 시어를 사용하는 것으로 해석했던 것이다.
그러자 성대중은 곧 부정하면서 富貴語가 사용된 자신의 시를 읊어
준다. 성대중의 시구는 이언진의 시에 비해 별다른 전고가 사용되지
않았지만, '文章'은 실제 무늬인 동시에 글을 쓰는 것을, '律呂'는 실
제 음악인 동시에 준칙을 세운다는 이중적 의미로 읽힐 수 있다. 즉,
표면적으로 사행원으로서 바나늘 선너 일본에 행차하는 모습을 그리
고 있지만, 이면적으로는 정사 서기로서 일본 문사들을 접대해 문장
을 펼치고 행차를 통해 中華적인 바른 모습을 오랑캐에게 보였다는
의미를 품고 있다. 성대중은 이언진의 이러한 기교적인 시어를 酸怪

---

40) "虞裳疾劇 成士執大中問曰 子病 坐作酸怪語耳 何不作富貴語 虞裳笑曰 吾亦有富貴語
    初地山川黃葉外 諸天樓閣白雲中 是也 士執曰 此亦酸怪語耳 如吾入日本時 有曰 衣冠照
    水文章爛 鼓角臨風律呂飛 此眞富貴語耳 子多才 才可內蘊而不可外揚 才之爲字 撇內而
    不撇外也"(「淸脾錄一則」, 『松穆館燼餘稿』)

語라 비판하면서 함축적인 시를 쓸 것을 권유했던 것이다.

　　그러나 이언진의 시에 기교적인 면이 두드러졌을지라도 의고적인
경향을 가진 것은 아니었다. 스승인 이용휴는 서문에서 이언진을 '從
己起見者'로 규정하였는데, 唐詩를 모의하는데 비판적인 이용휴의
입장에서[41] 이언진은 독창적인 시세계를 구축한 인물로 평가하였다.

> 語有新有陳腐　　시어에는 새로운 것이 있고 진부한 것이 있으며
> 法有活有印板　　시법에는 活法이 있고 印版法이 있으니
> 萬山包藏眞穴　　수만 산이 신선의 굴을 감추고 있어
> 覘者除是神眼　　엿본 자가 닦으면 바로 신안이라네.[42]

　　위의 시에서 보이듯이 이언진 스스로도 개성적인 시세계를 추구하
였다. 새로운 말을 사용한 시가 있고 진부한 말을 사용한 시도 있다.
정해진 규범을 지키면서도 규범을 넘어선 변화를 보여주는 活法이
있는가 하면, 이전 시법에 얽매어 변화 없이 그대로 따라하는 인판시
법도 있다. 스스로 일가를 이루려면 새로운 시어를 쓰고 활법을 써야
하는 것이다. 수만 개의 산이 각기 진혈을 감추고 있는 것처럼, 시인
은 자신의 개성적인 시법을 찾아 갈고 닦으면 된다. 그리고 스스로
일가를 이룬 자가 바로 신안이라 할 수 있다는 의미이다. 이언진이
李攀龍을 제쳐두고 유독 王世貞만을 높인 것은 王世貞이 스스로 일가
를 이룬 점을 높이 샀기 때문이었다. 이전 學詩의 방법으로 의고주의
를 좇던 단계와는 차별성을 가진다.

---

41) 안대회, 『18세기 한국한시사 연구』, 소명출판, 1999, 239쪽.
42) 「衕衚居室」 22, 『松穆館燼餘稿』

조선 문사들이 이언진을 비판한 점은 그의 시가 지나치게 기교적이라는 것이지 의고적이라는 것은 아니었다. 王世貞을 추숭하는 것이 문제가 아니라 王世貞처럼 기교와 奇詭를 추구하는 점이 문제였다. 이언진의 시풍은 이와 같은 비판은 받았어도 결국은 의고주의를 벗어나 金昌翕과 金昌協 이래 개성적이고 진실한 시를 추구하는 18세기 시적 경향에 속해 있었던 것이다.

현전 필담창수집 가운데 이언진과 가장 먼저 대화를 나눈 사람은 藍島의 龜井魯였다. 이좌국에게 보낸 시에 이언진이 먼저 龜井魯에게 화운시를 써줌으로 두 사람의 필담이 시작되었다. 이례적으로 조선 문사가 먼저 일본 문사에게 접근한 것이다. 일본의 문장과 서적에 대해 이리저리 물은 후 이언진은 마지막으로 "王世貞의 문장을 그대는 어떻게 생각합니까?"라는 질문을 한다. 그리고 '이는 명대의 뛰어난 인재이자 뒷사람의 본보기입니다. 제가 전념한 지 10년이지만 얼룩 하나를 엿보지 못한지라 감히 논하지 못하겠습니다. 감히 논한다면 험난하고 굴곡이 심하나 돈후하고 상세한 기색은 드뭅니다'[43]라는 긍정적인 대답을 듣게 된다. 龜井魯는 수창의 관례대로 네 문사를 만난 후 양의인 이좌국을 만나나가 우연히 이언진과 마주쳤을 뿐이다. 이외에 牛窓에서 井潛의 시에 이언진이 화운한 기록이 있지만 다른 사행원들의 화답시 가운데 끼어있는 것으로 보아[44] 이언진만을 특별히 대우했다고 보기 어렵다. 이러한 정황으로 볼 때 해로 중

---

43) "虞裳曰 王弇州之文 君以爲如何 道哉曰 此是明代翹楚 後人範圍 余刻意十年 未得窺一斑 敢論之 敢論之 則崎嶇而敦詳之色鮮焉"(『泱泱餘響』)

44) 이때 화운한 사람은 이언진 외에도 吳大齡, 南斗旻, 成灝, 金有聲, 洪聖源, 李彦佑이 있다.

이언진은 수창에 별로 참여하지 않았으며 아직 그의 이름 일본 문사들에게 그다지 알려지지 않은 듯하다.

大坂에서의 필담 기록인 奧田元繼의『兩好餘話』에 이언진의 이름이 등장한다. 이때도 일본 문사가 먼저 이언진을 찾은 것은 아니었다.

남옥 : 외당에 손님이 있으니 나가서 접대해야겠습니다. 사역원 주부 이언진이라는 사람이 있는데 이 사람이 조정에서 오랫동안 경사를 해설하였고 고사를 잘 아니 그대는 방문하도록 하십시오. 분명히 새로운 얘기를 들을 수 있을 것입니다.
奧田元繼 : 소개하는 사람 없이 어떻게 이군에게 나아가겠습니까?
남옥 : 곧 용택이에게 안내시킬 것이니 우선 소개를 받으십시오. 우리들이 다시 거처로 돌아오면 편안하게 밤에 대화할 수 있을 것입니다.45)

문사들이 奧田元繼를 만난 것은 大坂에서의 수창이 시작된 1월 22일이었다. 이날부터 문사들은 밀려드는 일본인들을 접대하느라 바쁜 나날을 보내게 된다. 이날『일관기』에 보이는 인명만도 19명이었다. 남옥은 대화 도중 奧田元繼에게 이언진을 만나보길 권하였다. 이언진을 과장하여 소개했을 뿐 아니라 자신이 직접 하지 않고 소동을 시켜 안내한다. 마지막 말에서도 보이듯이 이언진을 소개하는 데 목적이 있는 것이 아니라 다른 손님을 접대하는 동안 상대방이 시간을 보낼 수 있도록 한 조치였다. 즉, 네 문사의 접대 임무를 일부 담당하

---

45) "外堂有客 出當待接 有司譯院主簿李雲我者 此人久在中朝 說經解史 且能諳故事 君宜往訪 必有新話耳 秋月 無緣通介 何得御李君 仙樓 卽使龍澤趨導 姑爲先容耳 僕等復歸下處 則從容夜話 秋月"(『兩好餘話』)

면서 이언진도 일본 문사들을 만날 기회를 갖게 된 것이다.

> 井敏卿 : 저는 오늘 이주부를 방문했으나 만나지 못했습니다. 공
> 께서 혹시 거처를 정확히 아시는지요? 가르쳐 주십시오.
> 조동관 : 그 사람을 알더라도 간 곳은 모릅니다.
> 井敏卿 : 劉龍門께서 제게 공을 따라 가라고 당부해서 왔습니다.
> 조동관 : 만나러 방문할지라도 일이 바빠 문밖에 나오지 못할 것
> 입니다.
> (생략)
> 井敏卿 : 공이 운아 이선생입니까?
> 이언진 : 그렇습니다. 선생은 누구십니까?[46]

　위는 3월 10일 江戶에서 있었던 대화이다. 井敏卿은 이언진을 만
나기 위해 조동관에게 수소문한다. 면식이 없는 상태에서 소문만을
듣고 일부러 찾아온 것이다. 이언진의 문사로서의 위상이 大坂과 사
뭇 달라졌음을 볼 수 있다. 이날 같이 온 劉龍門, 宮田明 등은 모두
江戶의 徂徠學派에 속한 인물들이었다. 劉龍門은 이언진과의 두 번
째 필담에서 '제가 공께서 있음을 일찍 알았더라면 어찌 공을 여러
학사들과 바꾸었겠습니까? 여러 날 허다한 필담은 실로 말을 낭비한
것입니다'[47]라고 안타까워했다. 이를 보면 이언진의 명성이 江戶에
도착한 후 徂徠學派 사이에 급속도로 높아졌음을 알 수 있다.

---

46) "松庵曰 僕今日訪李主簿不遇 公或的知其處耶 見敎 花山曰 其人雖相知 其所往處不知
　　松庵曰 劉龍門囑僕 跟從公來 花山曰 雖欲訪見 而有事紛忙 未能出戶…松庵曰 公雲我李
　　先生乎 雲我曰然 先生何人"(『松庵筆語』)
47) "余早知有公 豈以公易諸學士 多日許多筆話 實費浪說"(『東槎餘談』)

徂徠學者들과의 필담 기록은 井敏卿의 『松庵筆語』와 劉龍門의 『東槎餘談』에서 볼 수 있다. 이때 井敏卿은 20대의 의원이자 젊은 학자였고 劉龍門은 徂徠學의 대표적인 중견학자였다. 3월 10일 저녁 몇몇 徂徠學者들과 이언진은 한 자리에 모여 필담을 나누었는데, 井敏卿과 劉龍門은 각자의 필담만을 정리하여 자신의 필담창수집에 엮어 넣었다.

井敏卿은 이언진을 찾아온 이유를 '李攀龍, 王世貞의 공부를 닦아 취미가 같기'[48) 때문이라고 밝힌 데서 보이듯이, 徂徠學者들은 이언진이 자기들처럼 李攀龍, 王世貞을 숭상한다는 점에서 호기심을 가졌다. 여기에는 일본의 학문이 조선으로 전해졌을 것이라는 막연한 기대가 있었다. 劉龍門은 조동관에게 '伊藤仁齋와 荻生徂徠의 저서가 귀국에 전해졌다고 들었는데 어떻습니까?'[49) 라고 묻는 것을 보면, 일본 문사들 사이에는 이러한 기대가 빚어낸 소문이 떠돈 듯하다.

> 劉龍門 : 무진년(1748) 제가 박경행, 이봉환 학사들과 만났을 적에 문장과 학술에 관한 의론이 벌처럼 일어났습니다만 필담이 李攀龍, 王世貞에 미치자 학사들이 기뻐하지 않음이 얼굴빛에 보여 알 만했습니다. 제가 이처럼 교훈을 얻어 학사들에게 쓸데없는 말만 했습니다.
>
> 이언진 : 사람의 마음은 얼굴처럼 제각각이니 이른바 학사라는 분들의 생각을 저는 모릅니다.

---

48) "松庵曰 僕姓井 名敏卿 字子愼 號松庵 東都人 聞公修李王之業 臭味之同 從二子來相見"(『松庵筆語』)

49) "龍門曰 曾聞仁齋徂徠之著書傳貴邦 何如 華山曰 弊邦無傳來之事 今番渡海 始聞貴國崇奉爲賢人"(『東槎餘談』)

劉龍門 : 제가 사행단의 선비들과 만난 지 며칠 되지만 古文辭를 말하는 사람은 없었습니다. 많은 사람들 중에 공이 있음을 안 것은 실로 宮田明을 따른 것이니 공에 대해 손뼉을 치며 동쪽으로 온 단 한 사람이라고 즐겁게 얘기하더군요. 이 사람은 공에게 해외에 있는 한 사람의 지기일 것입니다.

劉龍門 : 제가 어려서는 스승을 따라 정주학을 배웠습니다만 나중에 선학의 글을 읽고 구습을 모두 버렸습니다. 古文辭에 근거해 경서의 뜻을 해석하니 宋儒의 잘못을 가릴 수 없었기 때문입니다. 슬프도다! 선왕의 시서예악의 도가 변하여 심기를 수련하는 법이 되었으니 불교에 가까워지는 것임을 모르는 것입니다. 지금 학사들께서 걸핏하면 격물궁리로 경계하시니 저는 이미 진부한 말에 물렸습니다. 공을 만나게 되니 비로소 언덕을 넘어 태산에 오른 격이 되어 이에 학사들이 작게 여겨집니다. 공께서는 경서의 의미에 대해 반드시 유학의 근원으로 거슬러 올라가실 테니 파도를 살피는 식견에 분명 강이라고 하기 어려운 점이 있을 것입니다. 공께서는 학술에 대해 별다른 소견이 있으십니까?

이언진 : 국법이 宋儒를 벗어나 경서를 설명하는 자는 중형이 내리니 이런 일에 대해 감히 말할 수 없습니다. 문장에 대해 논하시지요.50)

---

50) "龍門曰 戊辰之年 余與朴李諸學士會 文章學術議論遝起 談及王李 諸學士不悅 觀色可知也 吾懲如此 於諸學士 徒費浪說耳 云我曰 人心如面 所謂學士者 吾不知 龍門曰 余會諸縉紳者數日矣 亡與語古文辭者 稱中知有公者 實從金峰 抵掌於公 爲東來一人 此人於公海外一知己 又曰 余幼從師受濂洛之學也 後讀先達書 盡廢舊習 階古文辭 解釋經義 宋儒疵瑕 不能掩矣 悲哉 先王詩書禮樂之道 變爲修心煉氣之法 是不知浸淫浮屠者也 今諸學士 動以格物窮理戒余 余旣厭腐語 及會於公 始超培塿而上泰山 於是乎小諸學士 公於經義 必遡洙泗之源 觀瀾之識 必有難爲水者 公於學術 有別所見乎 云我曰 國法 外宋儒而說經者重繩之 不敢言說此等事 請論文章"(『東槎餘談』)

劉龍門은 무진사행 때 이미 사행단의 문사들과 만난 경험이 있었다. 당시에도 조선의 문사들은 古文辭를 배척하는 태도를 보였다. 徂徠學 자체가 조선 문사들에게 인정받기는커녕 소개조차 하기 어려웠던 것이다. 그러나 계미사행에서 이반룡, 왕세정을 좋아하는 조선인을 발견한 것이다. 이언진을 두고 劉龍門은 상당히 비약적인 논의를 전개한다. 그는 일본 유학이 五山의 송학에서 程朱學으로, 다시 徂徠學으로 변모한 것을 발전으로 본 것이다. 劉龍門의 생각에, 徂徠學은 程朱學이 범했던 잘못을 극복하고 새로운 학문의 경지로 올라선 것이었다. 그런데 조선 문사들은 그 발전을 인정하지 않을 뿐만 아니라 오히려 비판까지 하면서 정주학의 논리에 머물러 있을 뿐이다. 그에게 무진사행 때는 없었던 王李를 숭상하는 이언진의 존재는 조선의 유학도 徂徠學의 단초가 생겨나고 있음을 보여주는 것이었다. '超培塿而上泰山'하는 것처럼 정주학을 넘어 徂徠學으로 나아가는 것이 곧 발전이라는 자신의 논리를 이언진의 존재를 통해 증명하고 싶었던 것이다.

그런데, 필담이 진행될수록 이언진과 이들 사이에 상당한 차이가 있음이 드러난다. 徂徠學派 쪽에서는 특히 李攀龍을 숭상하였고 고문사로부터 시작하여 학술적인 면에서 '성인의 도'를 발명하였다고 일컬으며 정주학자들을 공격했던 것이다.[51] 그러나 시작부터 이언진은 화제를 문장에 관한 것으로 국한시켰을 뿐 아니라 유독 왕세정만을 높였다. 井敏卿과의 필담은 李攀龍과 王世貞의 우열을 가리는 문제로 격화되기 시작했다.

---

51) 이노구치 아츠시 저, 심경호·한예원 역, 『일본한문학사』, 소명출판, 2000, 306쪽.

井敏卿 : 공께서 한유와 소식의 문장을 취하지 않고 유독 왕세정
만을 꿈에서까지 그리시는 것은 어째서입니까?

이언진 : 저는 한유와 소식의 문장을 창포김치처럼 좋아하는 것입
니다. 그러나 널리 알고 두루 분변하는 것은 문사가 가장 먼저 힘써
야 하는 것이니 하필 한두 사람만을 굳게 따라 지키겠습니까? 한유
와 소식은 만고의 한 사람이고 왕세정은 그 방에 들어간 것입니다.
저는 한유와 소식을 좋아하기 때문에 왕세정을 좋아하고 또 왕세정
을 좋아하기 때문에 袁中郞, 王思任, 錢謙益, 郭子章, 虞行圓, 李本
寧들을 좋아하는 것입니다.

井敏卿 : 왕세정 이하는 논하기에 부족합니다. 이반룡과 왕세정
의 문장 가운데 그 문사가 아름다운 곳은 전설 속에 나오는 아름다운
연못처럼 바람이 없어도 물결이 일고 던져 넣지 않아도 잔물결이
일렁이니 일종의 色相이지 속세의 물건이 아닙니다. 한유와 소식의
문장 가운데 기이한 곳을 논하면 큰물이 천 길로 솟아 흰 물결을
흩날려 하늘을 치며 밤낮으로 빙빙 도는 것과 같으니 양 쪽의 문풍이
아주 다릅니다. 천하의 가장 지혜로운 사람이더라도 왼손으로 원을
그리고 오른 손으로 네모를 그릴 리는 없습니다. 어떻게 설명하시겠
습니까?

이언진 : 육경이 변해 좌구명과 사마천의 문장이 되었고 좌구명과
사마천이 변해 한유와 구양수가 되었으며, 한유와 구양수가 변해 왕
세정, 이반룡이 되었고 왕세정, 이반룡이 변해 원굉도, 전겸익, 탕현
조, 황종희가 되었으니 이는 문장이 그렇게 되지 않을 수 없었기 때
문입니다. 사물이 오래되면 진부해집니다. 한유와 구양수가 말마다
좌구명, 사마천을 본받고 왕세정과 이반룡이 말마다 한유, 구양수를
본떴다면 이는 천하에 식견이 탁월한 사람이 없는 것입니다. 이제
고문을 배우려고 붓마다 왕세정, 이반룡을 그대로 따라가며 그들의
말을 줍는다면 죽은 물건이니 무엇이 귀하겠습니까? 제가 왕세정,

이반룡을 귀하게 여기는 까닭은 그들이 따로 수단을 내어 천고를 뛰어올라 고개를 숙이지 않고도 한유와 구양수에 나아갔기 때문입니다. 왕세정, 이반룡을 배우려면 그들의 마음을 스승으로 삼아야지 행적을 따라가지 않아야 바야흐로 잘 배웠다고 할 만합니다.

井敏卿 : 육경이 변해 좌구명, 사마천의 문장이 되었다는 것은 괜찮습니다만 좌구명, 사마천의 문장이 변해 한유, 구양수의 문장이 되었다는 것은 안 되니 구양수는 한유를 배웠기 때문입니다. 한유와 소식이 변해 왕세정, 이반룡이 되었다는 것은 아주 불가하니 이반룡, 왕세정은 고문을 닦아 이룬 자이지 한유와 구양수를 배워 변한 것이 아니기 때문입니다. 이반룡, 왕세정은 곧바로 고문사를 닦아 한유와 유종원의 진부한 말을 없애기에 힘썼습니다. 이반룡, 왕세정은 고문과 경계가 닿아있으나 한유와 유종원은 큰 강이 가로막혀 있는 것입니다. 그렇기 때문에 이반룡, 왕세정을 익힌 자는 수레를 몰아서 이르고 한유와 유종원을 모방하는 자는 뗏목을 타고 가야 선진과 서한의 수도에 들어갈 수 있는 것입니다. 그러나 붓마다 사가를 그대로 따라가며 그들의 말을 줍는다는 말은 매우 불가합니다. 저는 우선 사가를 배와 수레로 삼을 뿐이니 뗏목과 수레를 버리고 치맛자락을 걷은 채 마구 건넌다면 옆길로 떨어질까 무섭습니다. 잘못된 길로 들어서면 이를 수 있는 자가 없습니다.[52]

---

52) "松庵曰 公不取韓蘇之文 而獨夢寐弇州者何 雲我曰 僕嗜韓蘇如菖歜 然博識通辨文上急務 何必膠守一二人 韓蘇萬古一人 王其入室哉 吾好韓蘇 故好王氏 又好王氏 故好袁中郞王思任錢謙益郭子章虞行圓李本寧諸人 松庵曰 弇州以下不足論也 李王之文 其辭美處 如瑤池瓊泉 不待風波 不假淪漣 一種色相 非人間物 韓蘇之文 其論奇處 如巨浸千丈 噴雪拍天 日夜廻旋 二者文風大殊 天下雖有慧智人 無左手畫圓右手畫方之理 其說何如 雲我曰 六經之變而爲左馬 左馬之變而爲韓歐 韓歐之變而爲王李 王李之變而爲袁錢湯黃 此文章之不得不然 夫物久則陳且腐矣 如使韓歐語語效左馬 王李語語效韓歐 此天下無卓識人也 今欲學古文 而筆筆步驟王李 拾其唾涕 則死物也 何足貴也 吾之所貴乎王李 以其別出手眼 超乘千古 不俯首就韓歐也 如其學王李 師其心 不蹈其跡 方可謂善學者也

이언진은 선진부터 지금까지의 문장을 일직선에 놓고 앞의 업적을
바탕으로 하여 점차 발전해 온 것으로 보는 반면, 井敏卿은 선진의
고문을 중심으로 제가의 문장이 同異에 따라 거리를 가진 것으로 파
악하였다. 따라서 이언진은 앞의 문장이 변해 뒤의 문장이 되었다는
식으로 표현하였고, 井敏卿은 뗏목과 수레를 들어 이반룡, 왕세정의
문장이 가장 고문에 가깝고 그다음이 한유와 구양수라고 얘기하였
다. 요약하자면, 이언진의 주장은 고문을 실현하기 위해서는 고문을
흉내 내는 것이 아니라 고문의 정신을 체득하여야 한다는 것이고,
井敏卿의 논리는 고문을 실현하기 위한 가장 빠른 도구로써 李攀龍,
王世貞의 방식을 취하여야 한다는 것이다. 이언진은 고문의 정신을
가장 잘 체득한 전형으로서 왕세정을 높였기 때문에 사행 중 왕세정
만을 거론할 뿐 이반룡을 내세운 적이 없다. 반면 徂徠學派는 이반룡
의 古文辭를 적극 수용하여 시문뿐 아니라 경학에까지 응용하였다.
필담 내내 이언진은 '王李'로, 井敏卿은 '李王'으로 칭하는 것에서부
터 양쪽의 견해가 이미 처음부터 차이를 가지고 있음을 알 수 있다.
결국 이언진이 의고주의를 비판하는 데는 다른 조선의 문사들과 마
찬가지였던 것이다. 두 사람의 필담은 이러한 차이를 더 노출시키는
방향으로 진행되었으나, 극에 달하기 전 이언진의 다른 업무 때문에
마무리되었다.

松庵曰 六經之變而爲左馬可也 左馬之變而爲韓歐不可也 歐則學韓者也 韓蘇之變而爲
王李大不可也 李王修古文而成者也 非學韓歐而變也 李王直修古辭而韓柳務去陳言 李
王接壤古文而韓柳限大江也 故習李王者驅車而至焉 倣韓柳者浮筏而通焉 而得入先秦西
漢之國都也 然筆筆步驟四家 拾其唾涕 大不可也 吾姑以四家爲舟車耳 舍筏毁車蹇裳亂
走 則吾恐墮于旁蹊 出于邪路未有能至者也"(『松庵筆語』)

그러나 井敏卿은 마지막까지 이언진에 대한 기대를 버리지 않았다. 그는 '저는 (조선에) 문인과 재자들이 그 사이 흥성하게 일어났음을 알고 있습니다만 서적을 든 선비 가운데 여러 초나라 사람이 떠드는 데에서 나와 먼저 古文辭를 창도한 사람을 본 적이 없으니 어쩌면 정주의 이기설이 골수까지 스며들어 도려내지 못하는 것일까요, 아니면 역시 기다리는 바가 있는 것일까요? 오늘 비로소 우아한 모습을 접하고 옛 고사처럼 일산을 기울이며 천고의 일을 마음대로 얘기하고 일세를 의논하였으니 실제로 족하께서 바로 그 사람임을 알겠습니다'[53]라며 이언진을 조선에서 고문사를 창도할 사람으로 추켜세운다. 徂徠學派의 학자들은 이렇게 경학과 문사를 분리시키지 못한 채 王世貞의 문장을 좋아한다는 이유만으로 이언진을 고문사파로 규정짓고 싶어 했던 것이다.

사행이 끝난 후 大阪의 南川維遷은 이언진에 대해 '학문은 사물을 널리 알고 문장에 능하다고 일컬을 정도는 아니지만 중등의 사람으로 보인다. 王世貞을 사모하였고 李攀龍은 표절이라 하여 좋아하지 않았다'[54]라고 하여 江戶에 비해 상당히 박한 평가를 하였다. 시간이 흐르자 徂徠學派의 문사들은 왕세정을 숭상하는 이언진의 문학경향에 대해 바로 보게 되었고, 거기에 비례하여 평가가 낮아지게 된 것이다.

이언진이 일본 문사들 사이에 문명을 떨치게 된 원인은 그의 문재

---

53) "吾知文人才子勃勃乎興其間 而操觚之士 未嘗見出衆楚之咻 而首倡古文辭者 豈程朱理氣之說 淪人骨髓 不可剔抉乎 抑亦有所待也 今日始接雅型 傾蓋如故 縱譚千古商量一世 實知足下其人哉"(『松庵筆語』)

54) "學文等ハ博物能文ト稱スル程ノコトニモアルマジケレドモ、中等ノ人ト見ユ。王元美ヲ慕ヘリ。于鱗ハ剽竊也トテ好マズ。"(『金溪雜話』)

가 뛰어난 점도 있겠지만 무엇보다 王世貞을 숭상한다고 알려졌기 때문이었다. 명대 의고주의의 영향을 받은 徂徠學派, 특히 江戶의 徂徠學派를 중심으로 이언진에게 관심이 모아졌다. 이언진을 고문사파의 한 사람으로 보려는 이들의 시도는 조선에 인정받고 싶은 욕망과 인정받지 못하는 현실의 괴리를 메우려는 환상이라고 볼 수 있다. 조선 문사가 徂徠學을 연구하기보다 이단으로 규정했던 것과 마찬가지로 徂徠學者들도 이언진의 문학관을 이해하려기보다 자신들과 동류라는 관점에서 파악하고 싶어 했던 것이다.

V. 결론

1. 계미(1763) 통신사행의 문학사적 의의

본 연구의 궁극적인 목적은 통신사행의 사행문학을 공시적으로 고찰하는 것이다. 연구의 편의성을 위해 사행문학을 '통신사 사행을 매개로 이루어지는 직접체험과 상호접촉의 문학적 표현물'로 정의하였고, 연구대상에 조선의 사행록과 일본 쪽의 필담창수집을 모두 포괄하였으며, 표본의 객관성을 위해 최다종의 기록물이 남아있는 11차 계미사행으로 시기를 한정하였다.

통신사행단은 500명에 가까운 인물로 구성되어 있었디. 이 가운데 일본 문사와 접촉할 가능성이 있는 인물은 사신, 제술관, 서기, 사자관, 화원, 양의 및 의원, 군관, 통사, 반인 등 상위 7, 80명 정도이다. 이들 중 사행문학의 담당층이 될 수 있는 가능성은 문자능력을 가지고 있는 차관 이상으로 볼 수 있다. 실제 계미사행 때 작성된 사행록을 보면 사신, 제술관 및 서기, 군관, 역관, 선장 등 다양한 신분을 망라하고 있다.

조선쪽 기록물인 사행록의 형식을 유형화하기 위해 대표형식과 부수형식으로 나누어 조합 형태를 살펴보니, ① 대표형식이 일기인 것, ② 대표형식이 운문인 것, ③ 부수형식이 독립된 것으로 나눌 수 있었다. 사행록의 작가는 기본적으로 사행에서 각자 맡은 임무가 있었기 때문에, 작가의 신분에 따라 서술 태도가 달라진다. 예를 들어 조엄은 정사의 신분으로서 이후 사행의 열람 자료를 작성하는 목적이 컸으므로 외교의례의 내용과 일본에 대한 정보 수집, 그리고 정세의 객관적인 분석이 꼼꼼하게 기재되었다. 남옥은 제술관의 신분이었으므로 창수라는 공적인 의무는 성실하게 기록된 반면 개인적인 사행 경험은 선택적으로 기록되었다. 사행단 내에서의 위치에 따라 경험과 관점이 달라지기 때문이다.

작가가 동일하거나 작가의 친연성이 분명한 두 종의 사행록을 각각 묶어 대조함으로써, 작가들의 사행기록에 대한 의식을 살펴보았다. 조엄의『해사일기』와 이것의 축약본인『해행일기』는 저자와 편자가 상이한 경우이다. 정사의 기록인『해사일기』는 외교임무를 가장 잘 보여주는 글이기 때문에, 사행단 중 누구라도 개인적인 기록이 없는 경우 적절히 변형에서 자기의 기록으로 만들 수 있음을 보여준다. 서유대 혹은 서유대의 후손이 편집한 것으로 추정되는『해행일기』는 후손들에게는 서유대의 기록으로 알려져 왔다. 또 김인겸의『일동장유가』와 실전된『동사록』처럼 한 작가기 문자와 형식을 날리해 기재하는 경우가 있다. 이는 작가가 상정하고 있는 독자가 다른 데 기인한 것이다. 현전하는『일동장유가』는 집안의 부녀자들을 대상으로 한 파적거리로 쓰였으므로 한문본에 비해 흥미로운 일화 중심으로 엮어졌고 표현의 과장과 사상의 편향성을 여과 없이 드러낸다. 마지막으로 남옥의『일관시초』와『일관창수』처럼 부수형식으로 이루어진 사행록이 2종으로 엮어진 경우가 있다. 자발적으로 여행의 경험과 감상을 읊은 것은 『일관시초』에, 일본문사의 시에 의무적으로 창수한 시는 『일관창수』에 엮어 넣은 것을 통해 조선 문사들이 기계적으로 쓰는 창수시를 문학작품으로 취급하지 않는 태도를 엿볼 수 있었다.

반면 이들과 접촉한 일본 문사들은 남옥의 명단에 근거해 500명가량 되었다. 이들의 신분을 살펴보면 江戶까지의 호행을 담당했던 호행원, 國學과 각 藩에서 접대를 담당했던 유관, 幕府 소속의 의관, 승려, 동자와 민간인이라 할 수 있는 일반문사 등 다양했다. 계미사행 때 이루어진 필담창수집 가운데 대상이 된 30종의 작가를 살펴보면 이상의 신분에서 벗어나지 않는다.

사행 도중 일본문사와의 접촉 빈도는 여정과 밀접한 관계를 가진다. 사행원은 목적지인 江戶까지 총 22개주를 거치게 된다. 해로에서는 체류기간이 짧고 정박하는 곳이 일정하지 않았으며 전반적인 문사들의 수준이 높지 않았기 때문에 주로 미리 예정된 藩의 유관들과 여유 있는 수창과 필담을 나눌 수 있었다. 陸路가 시작되는 大阪에 들어서자마자 사행단은 수창에 시달리기 시작했으며 이후 江戶까지 다양한 문사들을 만났다. 江戶에 가까워 오며 수창이 줄다가, 다시 江戶에서 급격히 늘어났다. 江戶는 太學頭의 관할 하에 있었기 때문에 다른 지역에 비해 정제된 상황에서의 수창이 가능했다.

수창을 통해 만난 일본문사들은 계층별로 특징을 보여준다. 양국 문사들의 공식적인 수창이라 할 수 있는 林家 文人들과는 통제된 상황 속에서 기본적인 우호의식을 바탕으로 시재를 겨루는 측면이 강했다. 각 藩의 유관들은 幕府의 명에 따라 藩의 체면을 걸고 통신사를 접대했으므로, 문사들과의 필담, 수창도 정중함으로 일관되었다. 반면 江戶의 의관들은 의술 면에서 전수를 받는 입장으로서 자유롭게 학술적인 질문을 하였을 뿐 아니라 자신의 의견도 솔직히 드러내는 등 매우 개방적이고 적극적인 태도를 보였다. 승려를 포함한 일반 문사들은 강한 호기심을 가지고 사행단에 접근한 것이었고 사행단 쪽에서도 일본의 실정을 알 수 있는 기회였으므로 쌍방향으로 정보 의 교환이 이루어졌다. 그리고 수창 지역이나 외부 조건이 필담과 창수의 심도에 영향을 미쳤다.

필담창수집의 주된 요소는 필담, 창화시, 서신으로 볼 수 있다. 대 부분은 필담과 시가 함께 기재되는데, 의관처럼 의술이라는 뚜렷한 목표를 가지고 만나는 경우는 필담이 주가 되고, 순수한 문학적 교류 에 목적이 있는 경우는 시가 중심이 된다. 직접 대면이 없었던 경우에 는 서신이 주가 된『南宮先生講餘獨覽』과 관찰기인『朝鮮聘使館浪華 記』의 형태도 있다. 필담창수집에 드러난 일본문사는 전반적으로 자 신을 평가받는 존재로 자리매김하여 조선문사의 평가를 원한다. 일 본인의 눈에 자신이 어떻게 비치는지 관심이 없는 사행록에 비해 독 특한 점이라 할 수 있다.

대부분의 필담창수집은 자기의 필담을 주축으로 하여 조선 문사들 과 나눈 사소한 말과 한 편의 시까지 빠짐없이 기록하려 한다.『朝鮮 聘使館浪華記』처럼 관찰기의 형태로 남는 경우는 사행이라는 이벤트 가 가져다 준 구경거리를 기록하는 정도였고, 이차적으로 작성된『韓 館應酬錄』의 예처럼 필담창수집은 독자의 조선 취미를 반영하거나 조선적인 것에 대한 환상과 흥미를 채워주는 대체물이 된다. 상당수 의 필담창수집은 내용상 큰 의미가 없는 것들이다. 단지 이를 통해 당시 일본인들에게 사행의 의미가 선린우호에 있는 것이 아니라 幕府

가 제공해주는 사행이라는 이벤트를 즐기는 것이었음을 알 수 있다. 사행을 전후로 조선적인 것이 붐이 되어 각계각층에 영향을 주었듯 이 필담창수집은 식자층 일본인들이 가진 고상한 조선취미를 반영하는 것이다.

　엄밀한 의미에서 문학교류라는 것은 높은 수준에 도달한 몇몇 문사들만이 가능했었다. 계미사행의 시기 일본은 徂徠學派가 정점에 달해 있었고 이에 반대하는 反徂徠派의 기운이 감지되는 때였다. 사행단의 문사들이 접했던 일본문사들 가운데는 일본의 학계를 대표하는 학자들이 끼어있었다. 이들을 사상적 경향에 따라 크게 주자학과 折衷學을 포괄한 宋學派와 徂徠學派의 두 갈래로 유형화할 수 있다. 조선 문사는 徂徠學의 강렬함에 현혹되어 南宮大湫로 대표되는 절충학파의 차이점을 깨닫지 못했고, 같은 주자학자인 柴邦彦의 시에 노출된 일본적 역사의식의 이질성에 대해서도 감지하지 못했다. 일본 유학이 융통성 있게 변모한 것처럼 앞으로 유학의 세계에서 벗어나게 되리라는 징조였으나, 조선 문사들은 사행이라는 한계와 기존의 우월의식 때문에 그 신호를 적절히 잡아내지 못했던 것이다. 한편 경학뿐 아니라 시론의 면에서 왕성한 세력을 자랑하던 徂徠學派와 충돌할 수밖에 없었다. 각 국 문사가 상대국 문사 가운데 누구를 높이 평가했는지를 통해 엿볼 수 있다. 조선 문사들은 사상적인 차이에도 龜井魯를 선택하였고, 龜井魯는 조선 문사들의 평가에 힘입어 전국적인 명성을 얻게 되었다. 이는 學詩의 시대를 거쳐 독자적인 시론을 구축한 조선과 古文辭를 모방하며 아직도 학시 단계에 있던 徂徠學派는 사상적인 면이나 시론의 면에서 대립하고 있었지만, 시의 감식안 면에서는 공통된 인식을 가지고 있었음을 보여준다. 반면 王世貞을 숭상한다는 이유만으로 이언진에 열광하는 徂徠學派의 모습을 통해, 고문사의 경학적 응용을 정주학보다 발전된 것으로 자부하면서도 조선에 인정을 받고 싶어하고 극복하고 싶어하는 그들의 욕구를 엿볼 수 있다.

이상의 연구를 바탕으로 계미 통신사 사행문학의 의의를 다음과 같이 정리할 수 있다.

첫째, 외교로서의 사행이 문화 교류로서의 사행으로 완전히 이행된 모습을 문학 텍스트를 통해 확인할 수 있다. 계미 통신사행은 일본 대중들에게 대규모로 베풀어지는 이국적 축제였으며, 이를 통해 조선의 문화적 볼거리를 제공받았다. 조선에서도 이러한 기대에 부응하여, 외교사절뿐 아니라 藝人들까지 가려 뽑아 보냈던 것이다. 시문 창화를 담당했던 네 문사는 그 가운데 지식인층의 문학적 유희를 담당했다고 볼 수 있다. 일본 문사와의 창수는 시적인 수준보다 창수 행위 자체가 중요한 것이었고, 필담은 내용의 깊이보다 직접 말을 주고받는 점에서 가치가 있었다. 수창이라는 문학적 행위는 양국민의 외교적 소통의 도구로 사용되었고, 담당층이 확대되면서 질적인 수준의 저하를 가져왔지만 양국 공통의 문학 행위가 대중화되는 양적인 성장을 보였다. 계미 통신사행은 문학은 문학적 수준만으로서의 의의를 가지는 것이 아니라 활용방식으로서도 의의를 가짐을 보여주는 구체적인 예이다.

둘째, 문학교류사적인 측면에서 양국이 시론을 내세우고 토론할 수 있는 단계에 이르렀음을 보여준다. 이전까지 경학이나 시문 창작은 의학 분야에서처럼 조선이 우위를 점유한 상태에서 일본으로 전달되는 방식이었다. 1711년 이래로 뛰어난 문사들이 나와 대등한 수준에서 시문 창화가 이루어지긴 했어도, 詩論으로까지 발전되지는 않았다. 계미사행에서는 다수의 徂徠學派가 자신의 사상을 드러내면서 조선 문사와의 시론 대립이 이루어졌다. 비록 경학과 시론의 분리가 정확히 이루어진 것은 아니었지만, 일본 문사들 내에서 시론에 관한 담론이 성립하고 양국의 핵심 문사들 사이에 담론에 대한 토의가 진행된 것은 계미사행이 처음이었다. 이는 양국이 문학적인 면에서도 공통 영역을 구축해 나가기 시작했음을 의미하는 것이다.

문학 행위를 통한 광범위한 교류와 이의 향유가 이루어지고 양국 문사들 사이에 문학적인 담론이 성립되었던 계미사행은 江戸까지의 마지막 통신사행이었다. 양국이 서로에 대한 이해와 오해의 단초를 드러내기 시작하는 순간 교류가 끝났던 것이다. 이후 양국은 각자 인식에서 멀어지게 되었고, 상대방의 검증을 통한 이해의 확대와 오해의 교정에 이를 기회를 더 이상 갖지 못하였다. 계미사행에서 이루어진 양국 문학교류의 양상을 통해, 현재 양국민의 올바른 의사소통을 위한 관계정립의 단서를 찾을 수 있을 것이다.

2. 남은 과제

본 연구는 양국의 문학 활동을 모두 포괄하는 문학교류 양상을 고찰하기 위해 계미 통신사행을 표본으로 하였다. 궁극적으로는 통신사행을 통한 조선과 일본의 문학교류 양상의 연구를 위한 시도인 것이다. 따라서 시작을 위한 주춧돌을 하나 놓았을 뿐 앞으로 해결해야 할 과제는 상당하다. 여기에서는 이를 포괄적으로 몇 가지 지적하고

자 한다.

첫째, 가장 기본적으로 자료를 확충시킬 필요가 있다. 이번 연구를 진행하는 동안 이전에 소개된 것 외에도 몇 가지 새로운 자료를 발견할 수 있었다. 아직도 소개되지 않은 자료가 국내외에 흩어져 있을 가능성이 높다. 이러한 자료 발굴과 소개를 적극적으로 해야 할 것이다.

둘째, 통신사행 문학 연구 대상을 확대시킬 필요가 있다.

일례로 이번 연구에서는 의학지식에 관련된 필담창수집이 어떤 의미를 가지는지 접근할 수 없었다. 일본 지식인 중 다수는 의원 신분이었고, 이들이 작성한 필담창수집에 의술에 관한 내용이 상당한 부분을 차지한다. 의원 간의 교류가 양국 문사 교류에서 중요한 역할을 하고 있지만, 이것까지 포함시킨다면 문학 연구의 범위를 넘어서지 않을까하는 우려 때문이었다. 앞서 말한 대로 통신사행은 시간이 흐를수록 문화교류로서의 의의가 커졌다. 양국의 문사들은 문학적 행위를 통해 교류했을 뿐만 아니라 교류 행위를 문학적 텍스트로 남겼기 때문에, 통신사행을 통한 문학교류의 양상을 연구하면 현실적으로 연구대상을 문학만으로 한정시키기 어려운 점이 있다.

셋째, 양국 문학교류 행위의 원형을 찾아야 할 필요가 있다.

양국 문학교류는 주로 양국 문사의 창수와 필담 행위를 통해 이루어졌다. 의사소통을 위해 필담이 진행되는 것은 당연한 일이겠지만, 모든 문사들은 만남에 앞서 名刺와 함께 필히 시를 보냈다. 회를 거듭해 갈수록 이러한 창수 행위는 교류의 기본으로 굳어져갔고, 한 자리에서 첩운을 하는 것도 자주 볼 수 있게 되었다. 시문 교류의 시작에 대한 막연한 추측 대신 구체적인 근거를 찾아보아야 할 것이다.

넷째, 계미사행을 포괄한 전 통신사행의 통시적 연구로 나아가야 할 것이다.

본 연구는 이전 통시적 연구의 소홀한 점을 보충하기 위해 계미사행으로 한정하여 연구를 진행하였다. 이러한 연구를 계속 진행한다면, 이전 연구의 한계를 극복한 통신사를 통한 양국 문학교류 양상에 관한 통시적 연구가 나올 수 있으리라 기대된다.

이상의 과제를 앞으로 진행해 나간다면, 조선과 일본의 문학교류 양상에 좀 더 구체적으로 다가갈 수 있을 것이다.

【日文要約】

癸未通信使使行文学の研究

　本研究の目的は通信使行文学を通して作られた使行文学を考察することである。使行文学を

　「通信使行を媒介としてなされる通信使行の直接体験と相互接触の文学的表現物」と定義し。研究対象に朝鮮の使行録と日本側の筆談唱酬集をすべて包括し、標本の客観性のために最も多種の記録物が残る第11次癸未使行に時期を限定した。

　朝鮮側の記録物である使行録の形式を類型化するために、代表形式と付随形式に分け、組合

　わせの形態を調べてみると、①代表形式が日記であるもの、②代表形式が韻文であるもの、③付随形式が独立したものへと分けることが出来る。使行録の作家は基本的に使行としてそれぞれ担当した任務があったため、作家の身分によって叙述態度が異なる。

　作家が同一であったり、作家の親縁性が明らかな２種の使行録を、それぞれ組合わせて対照することで作家たちの使行記録に対する意識を知ることができる。まず、趙曦(チョ・オム)の『海槎日記』とこれの縮約本である『海行日記』とは、著者と編者が異なる場合である。正使の記録である『海槎日記』は外交任務を最もよく表している書物であるため、使行団員の個人的な記録がない場合、適切に変形して個人の記録としていることがわかる。次に、金仁謙(キム・イン

ギョン)の『日東壯遊歌』と、実在していたとされる『東槎録』のように一人の作家が文字と形式を異にして記載する場合がある。これは作家が想定している読者が異なることによるものである。最後に、南玉(ナム・オク)の『日觀詩草』と『日觀唱酬』のように付随形式からなる使行録が２種類のものへと編まれた場合がある。自発的に旅行の経験と感想を詠んだものを『日觀詩草』として、日本の文士の詩に義務的に唱酬した詩を『日觀唱酬』として編んだことを通して、朝鮮の文士たちが機械的に書く唱酬詩を文学作品として扱っていない態度が窺える。

　反面、彼らと接触した日本の文士たちは南玉の名簿によると五百名ほどになる。彼らの身分を調べるてみると、江戸までの護衛を担当していた随行員、国学と各藩での接待を担当していた儒官、幕府所属の医官、僧侶、童子と民間の一般文士などと多様であった。癸未使行の時に作られた筆談唱酬集のうち、対象とした３０種の作家を調べてみると、上記の身分の範囲内に収まる。

　唱酬を通じて出会った日本の文士たちは、階層別に特徴が見られる。両国の文士たちの公的な唱酬と言える林家の文人たちとは、統制された状況の中で基本的な友好意識を基として詩才を競うという側面が強かった。各藩の儒官たちは幕府の命により藩の体面をかけて通信使を接待したので、文士たちの筆談、唱酬とも一貫して丁重であった。その反面、江戸の医官たちは医術の面で伝授される立場として自由に学問的な質問をしただけでなく、自らの意見も素直に表明するなど、大変開放的で積極的な態度を見せた。僧侶を含む一般文士たちは強い好奇心をもって使行団に接近しており、使行団側でも日本の実情を知ることのできる機会であり、双方向で情報交換がなされた。また、唱酬のなされた地域や外部条件が筆談と唱酬の深度に影響を与えている。

　筆談唱酬集の主たる要素は、筆談、唱和、書信と見られる。大部分は筆談と詩が共に記載されるが、医官のように医術という明らかな目標をもって会う場合は、筆談が主となり、純粋な文学的交流が目的である場合は、詩が中心となる。直接の対面がなかった場合には、書信が主である『南宮先生講餘独覧』と観察記である『朝鮮聘使館浪華記』の形態がある。筆談唱酬集に見られる日本の文士たちは、全般的に自らを評価される存在と位置づけ、朝鮮の文士の評価を請う。日本人の目に自らがどう映るかに関心がない使行録に比べ独特な点であると言える。

　多くの筆談唱酬集は、自らの筆談を主軸とし、朝鮮の文士たちと交わしたちょっとしたことや一片の紙までも漏れなく記録しようとしている。『朝鮮聘使館浪華記』のように観察記の形として残る場合は使行というイベントがもたらした見物を記録する程度であり、二次的に作成された『韓館応酬録』のように、筆談唱酬集は読者の朝鮮趣味を反映していたり、朝鮮的なものに対する幻想と興味を満足させてくれる代替物となる。相当な数の筆談唱酬集は内容上大した意味のないものである。ただ、これを通して当時の日本人にとって使行の意味が善隣友好にあったのではなく、幕府が提供してくれる使行というイベントを楽しむことにあったことを知ることができる。

　使行を前後して朝鮮的なものがブームとなり、各界各層に影響を与えたように、筆談唱酬集は読者層の日本人がもっていた高尚な朝鮮趣味を反映したものである。

　厳密な意味での文学交流というものは、高い水準に到達した何人

かの文士たちにおいてのみ可能であった。癸未使行の頃、日本では
徂徠学派が頂点に達しており、これに反対する反徂徠派の気運が見
られた時期であった。使行団の文士たちが接していた日本の文士た
ちの中には、日本の学界を代表する学者たちもいた。彼らは思想的
な傾向によって大きく朱子学と折衷学を包括した宋学派と徂徠学派
との二つに類型化することができる。

　朝鮮の文士たちは徂徠学の強烈さに幻惑され、南宮大湫に代表さ
れる折衷学派との違いがわからず、同じ朱子学派の柴野栗山の詩に
表われた日本的な歴史意識の異質性に気づくことはなかった。日本
の儒学が柔軟に変貌したように、今後儒学の世界から脱け出して行
くだろうと思われる兆候であったが、朝鮮の文士たちは使行という
限界と既存の優越意識のために、その兆しを適切に捉えられなかっ
たのである。一方、経学だけでなく詩論の面から旺盛な勢力を誇っ
ていた徂徠学派とは衝突するしかなかった。各国の文士たちが相手
国の文士たちの中の誰を高く評価したのかを通して窺い知ることが
できる。朝鮮の文士たちは思想的な違いがあるにも関わらず、亀井
魯を選択し、亀井魯は朝鮮の文士たちの評価に力を得て、全国的な
名声を得ることになった。それは、学詩の時代を経て独自の詩論を
構築した朝鮮が、古文辞を模倣し、まだ学詩段階にあった徂徠学派
より鑑識眼の水準が高かったばかりでなく、詩論の対立を超えて日
本側の日本側の支持と共感を得ていたことが窺える。その反面、王
世貞を崇め尊ぶという理由だけで李彦瑱(イ・オンジン)に熱狂する
徂徠学派の姿を通して、古文辞の経学的応用が程朱学より発展して
いると自負しながらも朝鮮に認められたいという彼らの意識をかい
ま見ることができる。

참고문헌

1. 자료

『국역 해행총재』I ~XII, 민족문화추진회, 1975.

『通信使謄錄』1~5, 서울대 도서관 영인본.

『通航一覽』1~3, 일본 국서간행회.

『국역 통문관지』1~4, 세종기념사업회.

『東萊史料 1』, 여강출판사 영인본.

『邊例集要』, 예조 전객사 엮음, 홍성덕·하우봉 옮김, 민족문화추진회.

『日東壯遊歌』, 아세아문화사 영인본.

『增訂 交隣志』, 아세아문화사 영인본.

『和國志』, 아세아문화사 영인본.

『靑城集』, 민족문화추진회 영인본.

『松穆館燼餘』, 민족문화추진회 영인본.

『大系 朝鮮通信使』8, 明石書店.

『德川實紀』, 黑板勝美 편집, 吉川弘文館 간행, 1990.

2. 저서

고지마 쓰요시, 신현승 옮김, 『사대부의 시대』, 동아시아, 2004.

나카오 히로시, 유종현 옮김, 『조선통신사 이야기』, 한울, 2005.

다시로 가즈이, 정성일 옮김, 『왜관』, 논형, 2005.

마루야마 마사오, 김석근 옮김, 『일본정치사상사연구』, 통나무, 1995.

미나모토 료엔, 박규태·이용수 옮김, 『도쿠가와 시대의 철학사상』, 예문서원, 2004.

미야카와 토루·아라카와 이쿠오, 이수정 옮김, 『일본근대철학사』, 생각의나무, 2001.

미야케 히데토시, 손승철 역, 『근세 한일관세사 연구』, 이론과실천, 1991.

박찬기, 『조선통신사와 일본근세문학』, 보고사, 2001.

비토 마사히데, 엄석인 옮김, 『사상으로 보는 일본문화사』, 예문서원, 2003.

소재영·김태준 편, 『여행과 체험의 문학』, 민족문화문혹간행회, 1985.

손승철, 『조선시대 한일관계사 연구』, 지성의 샘, 1994.

아메노모리 호슈, 한일관계사학회 편, 『譯註 交隣提醒』, 국학자료원, 2001.

아사오 나오히로 외, 이계황·서각수·연민수·임성모 옮김, 『새로 쓴 일본사』, 창작과비평사, 2000.

안대회, 『18세기 한국한시사 연구』, 소명출판, 1999.

오영교 외, 『趙曮研究論叢』, 원주시, 2004.

이노구치 아츠시, 심경호·한예원 역, 『일본한문학사』, 소명출판, 2000.

이원식, 『조선통신사』, 민음사, 1991.

이진희·강재언, 김익한·김동명 옮김, 『한일교류사』, 학고재, 1998.

이혜순, 『조선통신사의 문학』, 이대출판부, 1996.

최강현, 『한국기행문학연구』, 일지사, 1982.

최강현, 『한국기행가사연구』, 신성출판사, 2000.

하우봉, 『조선후기 실학자의 일본관 연구』, 일지사, 1989.

한일관계사연구논집편찬위원회, 『통신사·왜관과 한일관계』, 경인문화사, 2005.

한일관계사학회, 『한일양국의 상호인식』, 국학자료원, 1998.

허경진, 『조선위항문학사』, 태학사, 1997.

허경진, 『하버드대학의 한국 고서들』, 웅진북스, 2003.

3. 학위논문

정영문, 『조선시대 대일사행문학 연구』, 숭실대 박사, 2005.

한태문, 『조선후기 통신사 사행문학 연구』, 부산대 박사, 1995.

4. 연구 논문

강동엽, 「「虞裳傳」에 투영된 李彦瑱과 그의 세계인식」, 『건국어문학』19·20합집, 건국대국어국문학연구회, 1995.

小島康敬, 「『先王同文の治』－太宰春台と朝鮮通信使－」, 『남명학연구』16집, 경상대남명학연구소, 2003.

구지현, 「『癸未隨槎錄』에 대한 재검토－작가와 사행록으로서의 의미를 중심으로

-」,『동방학지』131집, 연대국학연구원, 2005.

김경숙, 「18세기 조선통신사 제술관 및 서기의 문학세계」, 『온지논총』1집, 온지
학회, 1995.

김선희, 「17세기 초기-중기 林羅山의 타자상」, 『한일관계사연구』16집, 한일관
계사학회, 2002.

김성진, 「南玉의 生涯와 日本에서의 筆談唱和」, 『한국한문학회』19집, 한국한문
학회, 1996.

김성진, 「癸未使行時의 南玉과 那波魯堂」, 『한국문학논총』40집, 한국문학회,
2005.

那波利貞, 「明和元年の朝鮮國修好通信使團の渡來と我國の學者文人との翰墨上
に於ける應酬唱和の一例に就きる」, 『朝鮮學報』42집, 1967.

류기룡, 「韓國과 日本의 記錄文學 形成에 관한 比較研究」, 『어문논총』19집, 한국
문학언어학회, 1985.

박찬기, 「18세기초 大阪에서의 申維翰과 水足屛山」, 『일본어문학』6집, 한국일본
어문학회, 1990.

박창기, 「朝鮮時代 通信使와 日本의 文壇-1711년 使行時 林家 및 木下順庵의 文
學交流」, 『일본학보』23집, 한국일본학회, 1989.

박창기, 「朝鮮時代 通信使와 日本의 文壇-1711년 使行時 林家 및 木下順庵의 文
學交流」, 『일본학보』23집, 한국일본학회, 1991.

손승철, 「조선시대 통신사연구의 회고와 전망」, 『한일관계사연구』16집, 한일관
계사학회, 2002.

青木歲幸, 「在村医小林貞澄と前野良澤門人今井松庵資料」, 『長野縣立歷史館 研
究紀要』7호, 長野縣立歷史館, 2001.

이동찬, 「癸未 通信使行 記錄의 장르 選擇-「海槎日記」와 「日東壯遊歌」를 중심으
로」, 『한국문학논총』18집, 한국한문학회, 1996.

이상진, 「이언진의 동호거실고」, 『한국한문학』12집, 한국한문학회, 1989.

이성후, 「『일동장유가』와 『해사일기』의 비교연구」, 『논문집』17집, 금오공대,
1996.

이원식, 「明和度(一七六四)の朝鮮國信使 -成大中との筆談·唱和詩卷を中心に」,
『조선학보』84집, 조선학회, 1977.

이원식, 「朝鮮通信使と訪日と筆談唱和」, 『韓』110호, 동경한국학연구소, 1988.

이채연, 「조선전기 대일 사행문학에 나타난 일본의식」, 『한국문학논총』 18집, 한국문학회, 1996.

이혜순, 「여행자 문학론 시고」, 『비교문학』 24집, 한국비교문학회, 1999.

장순순, 「朝鮮後期 通信使行의 製述官에 對한 一考察」, 『全北史學』 13집, 전북대 사학회, 1990.

정민, 「『東槎餘談』에 실린 李彦瑱의 필담 자료와 그 의미」, 『한국한문학연구』 32집, 한국한문학회, 2003

최박광, 「18世紀 日本漢詩壇-신유한문집에서-」, 『일본학』 2집, 동국대일본학연 구소, 1982.

최박광, 「朝鮮通信使와 日本文學-『三綱·續三綱行實圖』를 중심으로-」, 『대동문 화연구』 22집, 성대대동문화연구원, 1988.

최박광, 「近世 韓日間의 文學交流에 대하여」, 『일어일문학연구』 19집, 한국일어 일문학회, 1991.

최박광, 「唱和集에 나타난 韓日間의 詩의 交流」, 『모산학보』 2집, 모산학술연구 소, 1991.

최박광, 「韓日間 文學交流에 대하여-朝鮮後期와 德川日本을 중심으로-」, 『비교 문학』 18집, 한국비교문학회, 1993.

최박광, 「韓·日間의 文學交流-申維翰과 月心性湛의 경우」, 『인문과학』 29집, 성 대인문과학연구소, 1999.

하우봉, 「새로 발견된 日本使行錄들-『海行摠載』의 보충과 관련하여-」, 『역사학 보』 112집, 역사학회, 1986.

하우봉, 「元重擧의 日本認識」, 『한국사학논총』 下, 이기백선생고희기념한국사학 논총간행위원회, 1994.

하우봉, 「朝鮮後期 實學과 日本近世 古學의 比較硏究 試論-교류사적 측면을 중 심으로」, 『한일관계사연구』 8집, 한일관계사학회, 1998.

한태문, 「李彦瑱의 文學觀과 通信使行에서의 세계인식」, 『국어국문학』 34집, 문 창어문학회, 1997.

한태문, 「通信使 使行文學 硏究의 回顧와 展望」, 『국제어문』 27집, 국제어문학 회, 2003.

한태문, 「通信使의 海路路程에 반영된 한일문화교류」, 『한민족어문학』 45집, 한 민족어문학회, 2005.

찾아보기

저자 **구지현(具智賢)**

1970년 천안 눈돌 출생.

연세대학교 국문과를 졸업한 후 동대학원에서 석박사를 취득하였고,

민족문화추진회에서 한문을 공부하였으며,

일본 게이오대학 방문연구원(일한문화교류기금 펠로우십)을 거쳤다.

현재 연세대학교 국학연구원 선임연구원.

주요논저로는 『통신사 필담창화집의 세계』(보고사), 『우상잉복 - 한 천재시인의 글

향기』(아세아문화사, 공저) 등이 있다.

조선후기 통신사
필담창화집 연구총서 1

계미 통신사 사행문학 연구

2011년 5월 11일 초판 1쇄 펴냄

지은이 구지현
펴낸이 김흥국
펴낸곳 도서출판 보고사

책임편집 황효은
표지디자인 윤인희

등록 1990년 12월 13일 제6-0429호
주소 서울특별시 성북구 보문동7가 11번지 2층
전화 922-5120~1(편집), 922-2246(영업)
팩스 922-6990
메일 kanapub3@chol.com
http://www.bogosabooks.co.kr

ISBN 978-89-8433-901-9 94810
     978-89-8433-900-2 세트
ⓒ 구지현, 2011

정가 20,000원